Anne-M. Keßel

Tödliche Strömung

W0293504

PIPER

Zu diesem Buch

»Plötzlich hielt Nora mitten in der Bewegung inne. Die sommerliche Nacht fühlte sich mit einem Mal eiskalt an. Der metallgeschwängerte Geruch, den sie plötzlich wahrnahm, ließ in ihr alle Alarmglocken schrillen: Es roch nach Blut! Während Nora wie festgewurzelt zwischen den Bäumen verharrte, wanderte ihr Blick langsam weiter. Bis er im fahlen Mondlicht den nackten Körper entdeckte, der nur wenige Schritte von ihr entfernt bäuchlings über einem Baumstumpf lag. Wie eine Leinwand ragte der leichenblasse Rücken empor, in dem tiefe, blutige Schnitte klafften, die Fleischränder gespreizt wie aufbrechende Krater. Verdammt, verdammt, verdammt! Ich hätte mich niemals auf Connies bescheuerte Idee einlassen sollen!, war das Letzte, was Nora dachte, bevor ihre Instinkte die Kontrolle übernahmen und sie zurück zum Festplatz rannte.«

Anne-M. Keßel ist Absolventin der Universität zu Köln (Germanistik und Philosophie) und der Hochschule für Fernsehen und Film München (Drehbuch). Sie arbeitet als Drehbuchautorin und war 2018 für den Deutschen Fernsehpreis in der Kategorie »Bestes Buch« nominiert, 2021 für den Grimme-Preis in der Kategorie »Fiktion«.

Sie haben Fragen an die Autorin? Dann schreiben Sie ihr!
gefaehrlichegischt@annekessel.de

Anne-M. Keßel

TÖDLICHE STRÖMUNG

Kriminalroman

PIPER

Mehr über unsere Autorinnen, Autoren und Bücher:
www.piper.de

Wenn Ihnen dieser Kriminalroman gefallen hat, schreiben Sie uns unter Nennung des Titels »Tödliche Strömung« an *empfehlungen@piper.de*, und wir empfehlen Ihnen gerne vergleichbare Bücher.

Von Anne M. Keßel liegen im Piper Verlag vor:
Deutsch-dänische Ermittlungen:
Band 1: Gefährliche Gischt
Band 2: Tödliche Strömung

Unser Versprechen für mehr Nachhaltigkeit
• Klimaneutrales Produkt
• FSC®-zertifiziertes Papier
• Hergestellt in Europa

FSC
www.fsc.org
MIX
Papier | Fördert gute Waldnutzung
FSC® C021394

Originalausgabe
ISBN 978-3-492-31491-6
April 2024

Dieses Werk wurde vermittelt durch die Agentur Brauer.
Redaktion: Birgit Förster
Umschlaggestaltung: bürosüd, München
Umschlagabbildung: www.buerosued.de
Satz: psb, Berlin
Gesetzt aus der Athelas
Gedruckt von ScandBook in Litauen
Printed in the EU

Erneut und immer wieder:
Für meine Eltern

PROLOG

Der Vollmond stand wie eine milchige Scheibe über den Baumwipfeln und tauchte die Lichtung in einen geisterhaften Schein. Es war die kürzeste Nacht des Jahres. Die Abenddämmerung hatte so spät eingesetzt wie noch nie, und bald schon würde ein neuer Morgen aufziehen. Aber jetzt, nur für ein paar kurze Stunden, legte die Nacht ihren dunklen Mantel über den Wald.

Aus der Ferne konnte man Musikklänge durch die warme Sommerluft herüberwehen hören: Trommelrhythmen, tiefkehlige Horn-Fanfaren. Dazu Gesänge und glückseliges Gelächter. Eine ausgelassene, fröhliche Stimmung wehte durch das kleine Küstenwäldchen.

Nora schwankte zwischen den Bäumen hindurch. Mit leichter Schlagseite steuerte sie auf die mondbeschienene Lichtung zu. Ihre nackten Sohlen tapsten über einen Teppich aus Moos und Kiefernnadeln, die den ganzen Waldboden bedeckten und überraschend weich waren. Oder spürte sie schon keinen Schmerz mehr? Nora gluckste. Hach, dieser Honigmet.

Je weiter sie sich von den Zeremonie-Klängen entfernte, desto deutlicher konnte sie in der Ferne die Nordsee rauschen hören. Dort, an den Stränden entlang der Westküste Jütlands, brannten jetzt überall die Sankt-Hans-Feuer. Ein ehemals heidnisches Ritual, das vom Christentum einfach übernommen und umgedeutet worden war. Wie so vieles in den letzten zweitausend Jahren ...

Doch die Menschen, mit denen Nora vorhin zusammen im Wald geopfert und gefeiert, getrunken und gesungen hatte, die kleine Glaubensgemeinschaft von *Stærkt Bånd*, die wussten um die wahren Wurzeln ihres Glaubens. Sie hatte so viel in den letzten drei Wochen gelernt. Über sich und über ...

In hohem Bogen stolperte Nora über eine Baumwurzel! Verzweifelt ruderte sie mit den Armen und krallte sich Halt suchend an den nächsten Baum. Von irgendwoher ertönte der zittrige Ruf eines Käuzchens. Es klang irgendwie schadenfroh. Nora schüttelte sich und richtete sich am Baumstamm auf. Langsam fiel der Schreck von ihr ab, ihr Herzschlag beruhigte sich wieder. Sie entspannte sich. Ihre Umklammerung ging in eine Umarmung über, ihre Hände umfassten zärtlich den rauen Stamm der Kiefer. Die Rinde grub sich in Noras Wange, während sie den Baum umschlungen hielt und tief die salzige Luft einsog. Sofort begann vor ihren Augen alles zu tanzen.

Eigentlich hatte sie nur einen winzigen Schluck trinken wollen. Nur mal kurz nippen. Aber das Trinkhorn war unaufhörlich durch die Reihen gereicht worden, war immer und immer wieder an ihr vorbeigekreist. Und weil sie zu Ehren der Götter nicht unhöflich sein wollte, hatte sie schließlich doch getrunken. In immer größeren Schlucken. Weshalb sie nun auch auf der Suche nach einem geeigneten Plätzchen war, ihre Blase drückte. Ja, ja, der Met ...

Noras Kichern vermischte sich mit dem erneuten Rufen des Käuzchens, während sie sich langsam vom Baum abstieß. Vorsichtig mäanderte sie weiter auf die Lichtung zu. Zwischen ihren Ohren setzte wieder der wohlige Schwindel ein, sie spürte, wie der Alkohol ihr die

Wärme in die Wangen trieb. Oder war es gar nicht der Alkohol?

Sie musste lächeln, als sie an den Augenblick vor wenigen Minuten zurückdachte. Eines war auf jeden Fall sicher: Ohne den Met hätte sie sich niemals getraut, Mats zu küssen.

Unwillkürlich fuhr sich Nora über die Lippen, spürte Mats' Berührungen nach. Ihr schnell schlagendes Herz breitete die Wärme im ganzen Körper aus.

Plötzlich hielt sie mitten in der Bewegung inne. Die sommerliche Nacht fühlte sich mit einem Mal eiskalt an, der Harndrang war schlagartig vergessen. Denn der metallgeschwängerte Geruch, den sie plötzlich wahrnahm, ließ in ihr alle Alarmglocken schrillen. Es roch nach Blut!

Während Nora wie festgewurzelt zwischen den Bäumen verharrte, wanderte ihr Blick langsam weiter. Bis er im fahlen Mondlicht den nackten Körper entdeckte, der nur wenige Schritte von ihr entfernt bäuchlings über einem Baumstumpf lag. Wie eine Leinwand ragte der leichenblasse Rücken empor, in dem tiefe, blutige Schnitte klafften, die Fleischränder gespreizt wie aufbrechende Krater.

Mit einem Schlag war Nora nüchtern.

Verdammt, dachte sie, während sie ihren Blick nicht von dem Leichnam abwenden konnte.

Verdammt, verdammt, verdammt! Ich hätte mich niemals auf Connies bescheuerte Idee einlassen sollen!, war das Letzte, was Nora dachte, bevor ihre Instinkte die Kontrolle übernahmen und sie zurück zum Festplatz rannte.

DREI WOCHEN ZUVOR

1

»Das kann unmöglich dein Ernst sein!« Nora starrte Connie mit einer Mischung aus Entsetzen und Belustigung an. »Menschenopfer?! Das ist doch Blödsinn!«

Doch Connie zuckte nur vielsagend mit den Schultern, während sie einen großen Schluck aus ihrem Kaffeebecher nahm.

Nora schüttelte ungläubig den Kopf und ließ ihren Blick über den kleinen Hafen von Billersby schweifen. Alles war wie immer. Vertraut und friedlich. Am Pier schaukelten ein paar verwaiste Krabbenkutter, über deren hochgeklappte Baumkurren hinweg ein Schwarm kreischender Möwen flog. Menschen flanierten entspannt über die Hafenpromenade oder saßen vor dem *Café Möwe,* wo sie sich in der Sonne die hauseigenen Spezialitäten wie vegane Cupcakes und Vanilla-Chai schmecken ließen. Hank, der Tourismusbeauftragte von Billersby, wieselte geschäftig zwischen Laternenpfählen und Fahnenmasten hin und her, um dort werbewirksam seine Schilder mit den Events der nächsten Wochen anzubringen: das Konzert des Shantychors, die Nachtwattwanderung, die Krabbenpul-Meisterschaft und der Tanz zu Mittsommer. Die Hauptsaison stand vor der Tür. Bald würde Billersby von einer Vielzahl nordseebegeisterter Touristen bevölkert werden, von denen schon jetzt eine Traube an der leeren Anlegestelle der *Marleen* stand und auf die 17-Uhr-Fahrt wartete.

Unwillkürlich schaute Nora auf ihre Uhr. Wenn Niklas nicht bald kam, würde er die Abfahrt nicht pünktlich einhalten können und ...

»Beeindruckend. Wirklich beeindruckend.« Connies breites Grinsen versank in einem dänischen Plunderteilchen, das sie in einer Bäckertüte aus ihrer Jackentasche gezaubert hatte. »Du *denkst* nur noch permanent über Niklas und seine Versäumnisse nach«, fuhr sie kauend fort. »Aber du *sprichst nicht mehr darüber.* Respekt. Das muss eine unbändige Kraftanstrengung für dich sein.«

Connies Ironie zeigte Nora nur zu deutlich, dass die Dänin sie ertappt hatte. Doch bevor Nora etwas zu ihrer Verteidigung erwidern konnte, erklang das Tuckern eines Dieselmotors hinter der Mole.

Die *Marleen* fuhr in den Hafen ein. Zwischen den an Deck stehenden und sich gut gelaunt unterhaltenden Touristen konnte Nora im Steuerhäuschen die Silhouette ihres Bruders erkennen. Niklas hatte den alten Krabbenkutter ihres Vaters nach dessen Tod übernommen und sich nach einer kurzen – und überaus erfolglosen – Karriere als Krabbenfischer seit Kurzem auf Vergnügungsfahrten entlang der deutsch-dänischen Nordseeküste verlegt. Das Geschäft lief gut, und Nora hatte nach vielen Jahren der Sorge endlich das Gefühl, dass Niklas' schwankendes Gemüt gefestigt und er in seinem Leben angekommen war.

Die *Marleen* fuhr eine elegante Kurve und legte schließlich an ihrem Liegeplatz an. Während sich die Touristen in beide Richtungen über den schmalen Holzsteg drängelten, sprang Niklas mit geübtem Schwung über die Reling auf die Hafenmauer. Dann entdeckte er Nora und Connie, die auf den Stufen vor der kleinen Polizeiwache saßen.

»Connie! Was machst du denn hier?« Niklas umarmte Connie herzlich. »Das ist aber eine schöne Überraschung!«

»Hej, Niki!« Connie wand sich sanft aus seiner Umarmung und ließ ihren Blick einmal von Niklas' Scheitel bis zu seinen Sohlen wandern. Dann zog sie ihn mit einem Ruck zu sich heran und drückte ihn erneut, fest und innig. »Ich freue mich auch, dich zu sehen.« Was war sie froh, dass es Niki wieder gut ging! Vor nicht allzu langer Zeit hatte er noch im Krankenhaus um sein Leben gekämpft. Und auch nachdem dieser Kampf gewonnen war, war da die schreckliche Sorge gewesen, ob er durch eine Sauerstoffmangelversorgung eventuell bleibende Hirnschäden davongetragen hatte. Glücklicherweise hatte sich diese Angst nicht bewahrheitet; von den anfänglichen motorischen und rhetorischen Einschränkungen war nichts zurückgeblieben. Er war wieder ganz der Alte: ein liebenswerter junger Mann voller Energie und Charme, den man einfach gernhaben musste.

»Jetzt sag schon: Was machst du hier?« Niklas' strahlend blaue Augen schauten Connie fragend an. Dann verdunkelte sich sein Blick. »O nein, ich hoffe, es ist nicht dienstlich. Ist etwas passiert? Etwas ... Schlimmes?«

Nora schüttelte lachend den Kopf. »Keine Sorge. Connie kümmert sich seit Neuestem nur noch um Cold Cases. Fälle, die seeeeehr lange zurückliegen.« Sie senkte ihre Stimme zu einem bedrohlichen Flüstern. »Sie ermittelt jetzt nämlich gegen Wikinger und Heiden.«

»Eben nicht, verdammt! So lange ist das alles noch gar nicht her, Nora. Es sind genau zwei Generationen. Zwei Generationen! Das passt perfekt in meine Theorie.«

»Deine Theorie ist absolut haarsträubend, Connie! Men-schen-op-fer! Ich bitte dich!«

»Nein, *ich* bitte *dich,* Nora! Und zwar um deine Hilfe! Aber du stempelst mich ja sofort als verrückt ab, anstatt mein Angebot eines kleinen Sonderurlaubs anzunehmen.«

»Das ist kein Urlaub. Das ist ein Undercover-Einsatz. Du willst, dass ich für dich den Maulwurf spiele.«

»Ja, aber doch nur, weil ich es nicht selbst machen kann. Weil mich diese Odinisten-Spinner jetzt schon kennen. Es ist doch nur für drei Wochen. Bis Mittsommer. Jetzt lass mich doch nicht so betteln!«

»Hä?« Niklas' Blick wanderte zwischen Connie und Nora hin und her, die sich in Rage geredet und seine Anwesenheit offenbar völlig vergessen hatten. »Ich verstehe nur Bahnhof. Wovon, um Himmels willen, redet ihr?«

Connie seufzte. »Ach, das ist eine längere Geschichte.«

»Für die wir jetzt keine Zeit haben. Es ist nämlich schon zehn nach fünf.« Nora deutete auf die bereits auf dem Deck der *Marleen* stehenden Touristen.

»Shit!« Niklas sprintete los, drehte sich aber mitten in der Bewegung noch einmal um. »Sehen wir uns später noch, Connie?«

»Das hängt ganz von deiner Schwester ab.« Die Dänin rang theatralisch die Hände. »Ich werde Billersby nämlich erst wieder verlassen, wenn sie verspricht, mir zu helfen.«

»Oha. Na, dann such dir mal besser eine Übernachtungsmöglichkeit. Sie kann nämlich ein echter Sturkopf sein.«

»Ich auch.« Connie grinste breit.

Niklas stieg in ihr Grinsen ein. »Schön, dich wiedergesehen zu haben! Mach's gut, Connie!« Dann machte er auf dem Absatz kehrt und lief zu seinem Kutter. Innerhalb weniger Sekunden schien sein betörender Charme den Unmut der Wartenden hinweggefegt zu haben, denn Nora und Connie konnten ein paar herzhafte Lacher herüberwehen hören. Dann legte die *Marleen* auch schon ab und tuckerte gemächlich aus dem Billersbyer Hafen hinaus.

Da schrillte durch das geöffnete Fenster das Telefon. Nora sprang auf und rannte in die Dienststelle hinein, kam aber schon nach wenigen Minuten zurück, ihre Uniformjacke über dem Arm. »Das war der Chef. Ich soll Feierabend machen und abschließen, er kommt heute nicht mehr rein. Er macht noch einen …« Nora zupfte sich gespielt am Unterlid. »… *Kontrollgang* durch Börnsens neue Schnapsbrennerei.«

Nora drehte den Schlüssel im Schloss, zog ab und stieg die Stufen der kleinen Wache hinab. Connie hatte sich in der Zwischenzeit eine Zigarette angezündet und stieß genießerisch den Rauch aus.

»Nichts als Kaffee, Süßkram und Kippen.« Nora schüttelte gespielt tadelnd den Kopf. »Wann hast du das letzte Mal etwas Richtiges gegessen?«

Connie überlegte. Selbst nach mehreren Sekunden intensiven Nachdenkens wollte es ihr partout nicht einfallen.

»Das dachte ich mir.« Nora klatschte triumphierend in die Hände. »Dann gehen wir jetzt zu Menke und hoffen, dass er für uns kocht. Na los! Keine Widerrede!«

Menke war Noras bester Freund seit Ewigkeiten – und der begnadetste Hobbykoch, den sie kannte. Wäre er nicht in die Fußstapfen seines Onkels, des Wachleiters Joost Enders, getreten und ebenfalls Polizist auf der kleinen Wache in Billersby geworden, hätte er sicherlich die

Chance auf eine Karriere als Küchenchef in erstklassigen Häusern gehabt, da war sich Nora sicher. Seine Liebe zu ausgewählten Zutaten und ihre leidenschaftliche Zubereitung schmeckte man in jedem noch so kleinen Bissen. Da konnte selbst Connie nicht widerstehen. Und so fanden sie sich kurz darauf in seiner kleinen Küche wieder, wo er sie mit Wein bewirtete und diverse Töpfe und Pfannen befeuerte.

»Also, deine Theorie ist, dass alle dreißig Jahre in diesem Wald mitten auf der deutsch-dänischen Grenze ein Mensch geopfert wird?«, fragte Menke ungläubig, während er das Fischfilet in zarte Streifen schnitt.

»Ja«, antwortete Connie. »Rainer Thun wurde vor genau sechzig Jahren ermordet. Und Kristoffer Kjær genau dreißig Jahre später. Das bedeutet: Ein Menschenopfer pro Generation!«

»Aber das kann doch auch einfach Zufall sein«, warf Nora ein. »Zwei Tote innerhalb von sechzig Jahren in diesem Gebiet, das kann durchaus vorkommen.«

Connie schüttelte energisch den Kopf. »Dafür gibt es bei beiden Morden viel zu viele Parallelen. Und außerdem habe ich dir doch schon erklärt, dass die Neuheiden in ihrem heiligen Hain durchaus auch ...«

»Moment, Moment, Moment,« unterbrach sie Menke. »Ich komm da nicht mehr mit.« Er schob den Deckel auf den Topf, in dem bereits ein betörend duftender Gemüseeintopf vor sich hin köchelte, und setzte sich zu Connie und Nora an den Tisch. »Wir haben fünfzehn Minuten, bis alles gar ist. Also noch mal von vorn, damit ich das auch alles richtig verstehe. Es fing damit an, dass dich deine Chefin in die Cold-Case-Unit versetzt hat, richtig?«

Connie schnaufte verächtlich. Immer wenn sie an ihre verhasste Chefin Karen Nygaard denken musste, bekam sie schlagartig schlechte Laune. »Abgeschoben hat die alte Hexe mich. Ins Archiv der ungelösten Fälle. Da, wo der Staub zentimeterdick auf den Akten liegt und man bis zur Pensionierung vor Frust umkommt.«

»Und wieso hat sie dich dorthin abgeschoben?«

»Weil die Nygaard mich hasst.« Connie nahm einen großen Schluck vom Wein, den Menke ihr eingeschenkt hatte. »Das ist ihre Rache.«

Connie und Karen Nygaard, ihre Chefin bei der Esbjerger Kriminalpolizei, hatten schon immer ein schwieriges Verhältnis gehabt. Denn die freiheitsliebende Connie war noch nie eine gewesen, die sich von Autoritäten etwas sagen ließ. Und Karen Nygaard hatte einfach nie verstanden, dass man Connies Instinkt vertrauen musste, anstatt ihn mit Dienst nach Vorschrift in die Schranken zu weisen.

Connies Alleingang im Fall eines tödlich verbrannten Bernsteinsuchers hatte ihre ohnehin schon angespannte Beziehung schließlich vollends zerstört. Ohne Ermittlungsbefugnis – und vor allem ohne Nygaards Kenntnis – hatte sich die damals suspendierte Connie in die Billersbyer Ermittlungen eingeklinkt. Connies langjährige Erfahrung als Kriminalpolizistin und ihre Vermittlungshilfe als Dänin waren zwar von unschätzbarem Wert bei den deutsch-dänischen Ermittlungen gewesen, hatten Karen Nygaard aber auch mit maximaler Peinlichkeit bloßgestellt.

Am liebsten hätte sie Connie in den vorzeitigen Ruhestand geschickt. Oder zumindest auf unabsehbare Zeit suspendiert. Hauptsache, die durchgeknallte Connie

Steenberg war aus dem Verkehr gezogen. Doch da hatte ihr die dänische Öffentlichkeit einen Strich durch die Rechnung gemacht.

Voller Genugtuung dachte Connie daran, wie eine der großen dänischen Tageszeitungen sie »die beste Ermittlerin Jütlands« genannt und sich lauthals darüber beschwert hatte, dass sie aufgrund bürokratischer Kleinigkeiten nicht mehr ihrem Job nachgehen durfte – und das mit weiterhin hohen Bezügen, die ja immerhin von Steuergeldern finanziert wurden. Dass der Journalist, der den Artikel verfasst und damit den Stein erst ins Rollen gebracht hatte, ein alter Bekannter von Connie war, der ihr noch einen Gefallen schuldete, hatte bis heute niemand herausgefunden. Nicht einmal Kjell, Connies ehemaliger Partner, auf den sie große Stücke hielt.

Der Zeitungsartikel hatte Karen Nygaard so unter Druck gesetzt, dass sie gezwungen war, Connie eine neue Aufgabe zuzuweisen. Doch anstatt sie in den aktiven Dienst zurückzuholen, hatte die hinterlistige Schlange ihr eine »Sonderaufgabe« zugeteilt, die »eine ganz besonders gute Spürnase« und »jahrzehntelange Erfahrung als erfolgreiche Ermittlerin« voraussetze: die ungelösten Altfälle im Archiv. Eine perfekte Möglichkeit, unliebsame Mitarbeiter kaltzustellen. In der Tristesse aus fensterlosen Kellerräumen, jahrzehntealtem Staub und vergilbtem Papier hatte sich schon so mancher verloren – und anschließend um seine vorzeitige Pensionierung gebeten.

Doch Connie wäre nicht Connie, wenn sie nicht zumindest versucht hätte, das Beste daraus zu machen. Also verschaffte sie sich einen Überblick über den meterdicken Aktenberg, bewertete neu und sortierte aus, las sich durch jedes noch so kleine Detail – und stieß so schließlich auf die beiden Mordfälle an Rainer Thun und Kristoffer Kjær, in denen sie auffällige Parallelen erkannte.

»Die Ähnlichkeiten sind doch offensichtlich! In beiden Fällen lagen die Mordopfer im Tönsburger Wäldchen, den *Stærkt Bånd* für sich als Kraftort und heiligen Hain reklamiert. Beide Morde geschahen an Mittsommer. Und beide Toten hatten Runen in ihre nackte Haut eingeritzt. Ich meine: Runen! Krasser geht's ja kaum. Das sind doch eklatante Indizien!«

»Aber die Opfer haben nichts gemeinsam, außer dass sie Männer sind. Rainer Thun war Deutscher, Anfang fünfzig, Hilfsarbeiter auf einem Schweinemastbetrieb in der Nähe. Kristoffer Kjær war Däne, erst Ende zwanzig und noch Student. Außerdem wurde Rainer Thun erstochen, Kristoffer Kjær hingegen wahrscheinlich erschlagen«, wagte Nora einzuwerfen.

»Aber beide Männer starben exakt im Abstand von dreißig Jahren! Was ziemlich treffsicher der allgemein anerkannte Zeitraum für eine menschliche Generation ist!« Connie zückte ihr Smartphone und begann, durch ihre gesammelten Internet-Recherchen zu scrollen. »Menschenopfer kamen bei den Germanen zwar sehr selten vor, aber sie *kamen* vor! Und zwar meistens zu rituellen Anlässen. Menschenopfer waren die höchstmögliche Opfergabe, um den Schutz der Götter zu erbitten. Und in einigen wenigen Gruppen war es üblich, ein Menschenopfer pro Generation zu erbringen. Versteht ihr? Ein Menschenopfer pro Generation! Und *Stærkt Bånd* gibt es seit über siebzig Jahren im Tönsburger Wäldchen. Genau da, wo Rainer Thun und Kristoffer Kjær ermordet wurden. Leute, ich bitte euch: Das kann doch alles kein Zufall sein!«

»Wer oder was war jetzt noch mal *Stærkt Bånd?*«, fragte Menke, während er aufstand und die Fischfiletstücke in den Topf gleiten ließ.

»Das ist eine Religionsgemeinschaft germanischer Neuheiden. *Stærkt Bånd* ist dänisch und heißt so viel wie *starkes Band* oder *starke Verbindung.*«

»Und was genau sind germanische Neuheiden?«, hakte Menke weiter nach.

»So nennen sich Leute, die wieder an die alten Götter glauben. Also weg von Jesus, zurück zu Odin.«

Menke zog fragend eine Augenbraue hoch. »Echt? Das ist wieder im Kommen? Ich dachte, der moderne Mensch glaubt nur noch an die Wissenschaft.«

Connie zuckte mit den Schultern. »Das Heidentum erfährt seit einiger Zeit wieder einen Aufschwung. Besonders in den nordischen Ländern, in Island, Schweden und Dänemark. Allein bei *Stærkt Bånd* gibt es fast fünfzig Leute, die wieder im Einklang mit Odin, Thor und Co. leben. Und es werden wohl von Jahr zu Jahr mehr! Das schreiben sie zumindest auf ihrer Homepage. Das ist echt ein bunter Haufen: Dänen und Deutsche. Schwarze und Weiße. Heteros und Homos. Junge und Alte. Akademiker, Handwerker und Arbeitslose. Jeder ist da willkommen. Denn es zählt nur, dass …« Connie hob ihr Handy vor die Augen und begann, von der Webpage zu zitieren: »… alle in ihren gemeinsamen Wurzeln vereint sind, im Glauben an die alten Götter und die Gesamtheit des Kosmos, an die allumfassende Liebe zur Natur und die Macht der Ahnen.« Es war nicht schwer, aus Connies Tonfall eine gewisse Abschätzigkeit herauszuhören.

»Ich dachte immer, ein Heide ist jemand, der keine Götter hat. Also quasi gottlos ist.« Zu Noras Überraschung wirkte Menke ernsthaft interessiert. »Aber das scheint ja eher umgekehrt zu sein, oder?«

»Korrekt!« Connie hatte Menkes Interesse ebenfalls registriert und war hocherfreut, ihn weiter an ihren Erkenntnissen teilhaben zu lassen. »Mit Atheismus hat das nichts zu tun. Im Gegenteil. Das Heidentum orientiert sich am vorchristlichen Götterkosmos, und der ist wirklich riesig! Er bezieht antike, keltische, germanische und slawische, aber auch andere, außereuropäische polytheistische Glaubensrichtungen mit ein. Im Grunde sind das alle Götter und Göttinnen, die man so kannte, bevor das Christentum mit seinem einzigen Gott daherkam und alles plattgemacht hat. Und jetzt, zweitausend Jahre später, setzt eine neuzeitliche Rückbesinnung auf ebendiese unterdrückte, ja quasi ausgemerzte Naturreligion wieder ein. *Stærkt Bånd* ist da übrigens ein absoluter Vorreiter. Die haben sich schon vor über siebzig Jahren gegründet. Und seit der Gründung haben sie im *grænse lund,* also im Grenzwäldchen, ihren heiligen Hain.«

Sie tippte auf ihrem Handy herum und rief eine Karte auf. »Der Wald liegt direkt auf der deutsch-dänischen Grenze, ist also im wahrsten Wortsinn eine grüne Grenze. Die beiden Dörfer, die auf deutscher und dänischer Seite daran angrenzen, sind sich sogar so sehr verbunden, dass sie im Grunde gleich heißen. Südlich vom Wald, auf deutschem Gebiet, liegt Tönsburg. Nördlich, in Dänemark, Tønsborg. Die Einwohner beider Dörfer waren sich schon immer sehr nah, die grüne Grenze, also der Wald, war da eher ein verbindendes als ein trennendes Element.«

»Und bei dieser Heiden-Community, bei *Stærkt Bånd,* willst du jetzt Nora als Undercover-Spitzel einschleusen? Weil du glaubst, dass die zeitnah wieder einen Menschen opfern wollen?« Menkes religionstheoretisches Interesse war ermittlungstaktischer Skepsis gewichen.

Connie seufzte. »Ich würde es ja selbst tun, aber ich habe in den letzten Wochen mehrmals mit denen vor Ort gesprochen, als ich die alten Zeugenaussagen überprüft habe. Die kennen mich jetzt. Und in drei Wochen ist schon Mittsommer! Exakt dreißig Jahre nach Kristoffer Kjærs Ermordung und sechzig Jahre nach dem Mord an Rainer Thun.«

Connie wandte sich direkt an Nora. »Was hast du denn schon zu verlieren? Wenn nichts passiert: umso besser. Aber wenn etwas passiert, dann müssen wir uns wenigstens nicht vorwerfen, die Zeichen nicht erkannt und nichts unternommen zu haben.«

»Ach, Connie.« Nora seufzte. »Deine Theorie klingt schon sehr abenteuerlich.«

»Ja, vielleicht. Aber wie erklärst du dir, dass diese beiden Mordfälle seit Jahrzehnten nicht aufgeklärt werden konnten? Die Kollegen haben damals in alle Richtungen ermittelt. Und nichts gefunden. Es gab einen Tatverdächtigen im Fall von Rainer Thun. Svend Hansen, einer der Gründer von *Stærkt Bånd.* Aber der ist kurz darauf verstorben. Ob Suizid oder Unfall konnte nie geklärt werden. Wie dem auch sei, das war's dann. Verdächtiger tot, Aktendeckel zu. Und bei Kristoffer Kjær ging man von einem Raubmord aus, da seine leere Brieftasche neben der Leiche gefunden wurde. Aber wenn du mich fragst, war das nur vorgeschoben. Einfacher kann man ja kein Motiv konstruieren. Schwerer als die leere Brieftasche wiegen doch all die anderen Indizien: der Ort, die eingeritzte Rune, die Mittsommernacht.« Connie schlug vor Aufregung mit der flachen Hand auf den Tisch. »Das war dieses heidnische

Opferritual, ganz sicher! Aber die von *Stærkt Bånd* haben sich natürlich alle gegenseitig Alibis gegeben. Von außen kommt man an die einfach nicht ran.«

»Nun ja, mal abgesehen von diesem Heiden-Thema könnte das tatsächlich eine Chance für dich sein.« Menke schenkte Nora einen liebevollen Blick. »Für eine richtig schöne Auszeit. Wann hast du dir das letzte Mal Urlaub genommen? Zusammen mit den Überstunden, die du angehäuft hast, kannst du dir das locker leisten. Joost und ich kriegen das schon hin. Die Wache wird ohne dich nicht im Chaos versinken, Nora.« Sie wollte Einspruch erheben, als Menke schon weitersprach: »Und was Wotan betrifft, der ist doch bei Flint bestens aufgehoben. Und im Notfall springt bestimmt Niklas ein. Du siehst: Alles in Ordnung. Also mach das!«

»Das klingt ja fast, als wolltest du mich loswerden«, echauffierte sich Nora gespielt über Menkes Vorschlag.

»Du weißt, dass das Gegenteil der Fall ist.« Menke bedachte sie wieder mit diesem warmen, liebevollen Blick, der besagte, dass er ihr die Welt zu Füßen legen wollte, würde sie nur endlich seine Gefühle erwidern. Nora schluckte trocken. Das hatte sie nicht provozieren wollen …

Doch Menke fing sich schnell wieder und fuhr fort: »Ich meine nur, dass es dir vielleicht guttäte, mal wieder aus Billersby rauszukommen. Was anderes zu sehen, zu erleben. Raus aus dem Trott.«

Connie erhob ihr Weinglas und prostete Menke zu. »Zwei zu eins. Du bist überstimmt, Nora.«

Auch Nora griff nach ihrem Glas und trank es in einem Zug leer. »Es ist meine Entscheidung«, raunte sie, als sie das Glas hart auf der Tischplatte abstellte. »Und ich sage dir, Connie, du verrennst dich da in etwas.«

»Und ich sage dir, dass bei dieser Heiden-Geschichte mein Bauchgefühl anspringt. Und das hat mich noch nie getrogen.«

»Apropos Bauchgefühl.« Menke öffnete den Topfdeckel und schnupperte prüfend. Dann ging ein Strahlen über sein Gesicht. »Das Essen ist fertig.«

Auch wenn sie sich bemühten, über andere Themen zu reden, so kam das Gespräch während des gemeinsamen Abendessens doch unweigerlich immer wieder auf die Neuheiden und Connies Menschenopfer-Theorie. Und selbst als Nora und Connie sich längst von Menke verabschiedet hatten und durch die abendlich ausgestorbenen Kopfsteinpflaster-Gassen von Billersby spazierten, drehte sich immer noch alles um das Thema.

»Jetzt bin ich doch fast ein bisschen neugierig geworden«, musste Nora zugeben. »Würde mich ja schon interessieren, was moderne Menschen dazu treibt, wieder an alte nordische Götter zu glauben. Ich würde dieses Phänomen gerne verstehen.«

»Na also!«, triumphierte Connie. »Und außerdem willst du doch nicht, dass zwei Mörder ungestraft davonkommen.«

Noras Gerechtigkeitsempfinden schlug sofort an. »Natürlich nicht!«

»Dann hilf mir, diese Mordfälle aufzuklären!«, flehte Connie.

»Na ja, zumindest im Fall von Rainer Thun ist der Mörder mit großer Wahrscheinlichkeit bereits verstorben«, gab Nora zu bedenken. »Oder sehr, sehr alt.«

»Das ist doch egal! Es geht darum, Rainer Thun und Kristoffer Kjær Gerechtigkeit widerfahren zu lassen. Zu verstehen, warum sie sterben mussten. Was damals *wirklich* passiert ist.«

»Das weißt du doch längst«, feixte Nora. »Das waren *Menschenopfer.* Sagt dir doch dein Bauchgefühl.«

»Mein Bauchgefühl sagt mir, dass das irgendwie mit diesen Heiden zusammenhängt. Aber wie genau ...« Connie zuckte mit den Schultern.

Sie waren an Connies Auto angekommen, das in der Nähe der Polizeiwache geparkt war.

»Na gut, ich kann dich ja nicht zwingen.« Connie wirkte auf einmal sehr betreten. »Aber es war schön, dich wiedergesehen zu haben. Mach's gut.« Sie nahm Nora in den Arm und drückte sie herzlich, dann stieg sie in ihren Wagen. Gerade als sie den Motor starten wollte, klopfte Nora an ihr Fenster.

»Warum ausgerechnet ich?«, fragte sie, nachdem Connie die Scheibe heruntergefahren hatte. »Warum fragst du nicht deinen Kollegen Kjell? Oder irgendeinen anderen Bekannten? Wieso kommst du extra den ganzen weiten Weg nach Billersby, um mich zu fragen, ob ich dir helfe?«

Connie schwieg. Sie holte kurz Luft, als wollte sie antworten, aber dann kam doch kein Wort aus ihrem Mund, und sie blieb einfach stumm. Sie sank ein wenig tiefer in ihren Sitz und ließ unbewusst Kopf und Schultern hängen. Und da ging Nora ein Licht auf.

»Du hast niemand anders, den du fragen kannst!«

Nora war von der Erkenntnis gleichermaßen überrascht wie schockiert. »Du hast keine Freunde. Niemanden, den du um so einen Freundschaftsdienst bitten könntest. Nur mich!«

Treffer. Versenkt.

»Nun mach mal halblang«, murmelte Connie. Doch Nora hatte voll ins Schwarze getroffen.

Während Connie noch fieberhaft überlegte, was sie auf diese sehr schmerzhafte, aber auch sehr zutreffende Analyse erwidern könnte, hatte sie Nora unbewusst genau damit längst auf ihre Seite gezogen. Denn egal, wie absurd Connies Theorie auch klang und wie fremd Nora diese nordisch-germanische Götterwelt war, so würde sie doch niemals eine Freundin im Stich lassen, die sie um Hilfe bat.

Denn genau das war Connie für Nora: eine Freundin!

GEGENWART

2 »Oh«, raunte der junge Polizist, der mit seiner unreinen Haut und der um seinen langen, dürren Körper schlotternden Uniform wie ein verkleideter Teenager aussah. Mit einer Mischung aus Faszination und Ekel betrachtete er die nackte Leiche, über die der Strahl seiner Taschenlampe wanderte.

»Das ist ein Fall für die Kollegen von der Kriminalpolizei, oder?«

Er schaute fragend zu seiner Kollegin hinab, die ihm nur bis zur Brust reichte; eine Frau von Anfang fünfzig, die im Gegensatz zu ihm ihre Uniform vollständig ausfüllte. Sie starrte ebenfalls den entstellten toten Körper an, der bäuchlings über dem Baumstumpf vor ihr lag.

»Hier scheint mir keine natürliche Todesursache vorzuliegen«, erkannte sie scharfsinnig. »Also muss ermittelt werden! Thorsten hat recht: Kriminalpolizei!«

In die Augen des großen Jungen trat ein eigentümlicher Glanz. »Spurensicherung. Kriminaltechnik. Rechtsmedizin«, flüsterte er fasziniert. »Das ganz große Besteck.«

»Aber das habe ich Ihnen doch vorhin schon alles am Telefon gesagt!« Nora war fassungslos. »Das hätten Sie doch alles längst veranlassen können!« Sie konnte ihre Verärgerung über Polizeiobermeisterin Claudia Beck und Polizeimeisteranwärter Thorsten Becker, die ihr im schwachen Schein ihrer Taschenlampen und mit bestialischem – sicherlich der unchristlich frühen Morgenstunde geschuldeten – Mundgeruch gegenüberstanden, beim besten Willen nicht verbergen.

»Also entschuldigen Sie mal bitte!« Beck warf ihr einen strafenden Blick zu. »Sie haben gelallt am Telefon. Gelallt!«

Wie zur Bestätigung des desolaten Telefoneindrucks wanderte ihr Blick an Noras einstmals weißem, nun deutlich verdrecktem Sommerkleid bis zu ihren nackten Füßen hinab. »Ist doch klar, dass wir da nicht sofort die Einsatzleitstelle alarmieren, sondern uns erst einmal selbst ein Bild von der Lage machen.«

»Außerdem ist heute Mittsommernacht«, sprang ihr Becker zur Seite. »Haben Sie eine Ahnung, was wir da für Anrufe bekommen? Nackte Menschen, die im Mondschein tanzen, und solche Sachen. Da ist leider ganz viel Unsinn dabei. Das müssen wir ja erst einmal sondieren.«

Nora holte tief Luft und versuchte, ruhig zu bleiben. »Ja, gut, aber jetzt haben Sie sich ja davon überzeugt, dass es sich hier nicht um einen beschwipsten Telefonstreich handelt. Wollen Sie dann bitte alles Weitere in die Wege leiten?«

Beck und Becker schauten erst sich an, dann die Leiche, dann wieder sich. Doch bevor sie zu einer weiteren Zeitlupen-Reaktion fähig waren, ging Nora schon ungeduldig dazwischen. »Ich schlage vor, Kollege Becker und ich sperren jetzt das Waldgebiet um den Leichnam großräumig ab, und Sie, Kollegin Beck, alarmieren die Leitstelle in Flensburg.« Ihre Stimme vibrierte vor Ungeduld.

Allein die Anfahrt der beiden Kollegen von der nächstgelegenen Polizeistation in Büllum hatte fast dreißig Minuten gedauert. Die Tatort-Spezialisten aus Flensburg würden mindestens eine Stunde brauchen, wenn nicht länger. Und bis erst einmal alle aus den Betten geklingelt und abfahrbereit waren, verging ja auch noch Zeit. Zeit, in der wertvolle Spuren verloren gehen konnten. Zeit, die nur demjenigen nützte, der verantwortlich für diesen schrecklich zerschundenen Leichnam war.

»Was ist das für ein Zeichen?«

Thorsten Becker legte den Kopf schief und kniff konzentriert die Augen zusammen. Der Lichtkegel seiner Taschenlampe ruhte auf den tiefen Schnitten im Rückenfleisch des Leichnams. »Soll das eine Rune sein?«

»Das hier ist doch das Tönsburger Wäldchen«, schaltete sich Claudia Beck ein. »Wir kriegen immer wieder Beschwerden rein über so eine Heidengruppe, die hier ihren Hokuspokus veranstaltet. Irgendwelche Rituale. Opferzeremonien.« Sie schaute Nora streng an. »Gehören Sie da etwa auch dazu?«

»Das tut nichts zur Sache!« Nora wurde laut. »Wir müssen jetzt endlich mit dem Erstzugriff beginnen! Tatortsicherung. Zeugensuche. Wir haben keine Zeit zu ver…«

»Gehören Sie auch dazu?« Claudia Becks Stimme hatte einen überraschend scharfen Ton angenommen. Wie ein Raubtier seine Beute fixierte sie den kleinen holzgeschnitzten Thorshammer, den Nora an einer dünnen Lederkordel um den Hals trug.

Eilig zog Nora den Kragen ihres Kleides zusammen und bedeckte den Anhänger. »Ja. Also nein! Nicht so richtig. Nur ein bisschen. Ach, das ist kompliziert!«

»Aha. Kann ich mal bitte Ihren Dienstausweis sehen?« Claudia Beck streckte fordernd die Hand aus. »Sie hatten sich vorhin am Telefon ja als *Kollegin* ausgegeben.« Der Argwohn in ihrer Stimme war nicht zu überhören.

Mit abschätzigem Blick beugte sie sich leicht zu Nora

vor und schnupperte. Nora wurde schlagartig bewusst, dass sie mit dem verdreckten Kleid, den nackten Füßen und den zerzausten Haaren wie eine irre Vogelscheuche aussehen musste – und dass sie höchstwahrscheinlich auch von einem leichten Hauch süßlichen Alkohols umweht wurde.

»Meinen Dienstausweis habe ich nicht dabei.« Nora zog verzweifelt den Stoff ihres taschenlosen Sommerkleids auseinander. Innerlich schalt sie sich eine Idiotin. Als sie nach dem schauerlichen Fund so schnell wie möglich zurück zum Festplatz gerannt war, hatte sie nur ihr Handy aus der dort liegenden Jacke gezogen und war sofort wieder zurückgerannt.

Nora stutzte. Jetzt erst wurde ihr bewusst, dass niemandem ihre Aufgeregtheit aufgefallen war. Die kleine Festgesellschaft war bereits zerstreut gewesen, aber selbst von den wenigen, die noch ums Feuer herumgesessen hatten, hatte sie niemand angesprochen.

Und Mats war auch nicht mehr da gewesen!

Ein Stechen breitete sich in ihrem Magen aus. Vorhin war Nora viel zu aufgeregt gewesen, um das zu realisieren. Aber jetzt, da das Adrenalin langsam abebbte, wurde ihr sein grußloser Abgang bewusst. Wieso war er einfach so abgehauen? Nach ihrem Kuss ...

»Also kein Dienstausweis?«, riss Beck sie aus ihren Gedanken. Bevor Nora etwas antworten konnte, vibrierte ihr Handy. *Teil mal deinen Standort,* stand im Display. Connie!

Dass sie da nicht selbst draufgekommen war. Es hatte ewig gedauert, Beck und Becker in ihrem Streifenwagen durch den kaum befahrbaren Wald bis zum Fundort der Leiche zu lotsen. Die Hälfte der Zeit war sicherlich dafür draufgegangen ...

Aber war Connie jetzt schon am Tönsburger Wäldchen angekommen? So früh hatte Nora noch gar nicht mit ihr gerechnet. Zwar hatte sie sofort nach dem Notruf auch Connie über ihren Leichenfund informiert, aber vom dänischen Esbjerg, wo Connie wohnte, bis hinunter zum Grenzwäldchen waren es fast neunzig Kilometer. Nora zog die Brauen hoch. Ein Blick auf die Uhranzeige ihres Handys verriet ihr, dass Connie – deren Fahrstil wahlweise dem eines Rennfahrers oder einer gesengten Sau glich – mit einer neuen Bestzeit hergerast sein musste.

»Gleich kommt eine Kollegin der dänischen Kriminalpolizei, die kann Ihnen meine Identität bestätigen«, sagte Nora, während sie im Handy eilig ihren Standort freigab. »Aber ganz egal, ob Sie mir glauben oder nicht …« Nora hob den Blick vom Display und schaute Beck und Becker herausfordernd an. »Sie sehen doch, dass es hier etwas zu tun gibt, oder?« Sie deutete unmerklich zu dem Leichnam hinüber.

»Ich hol mal das Flatterband«, raunte Becker und bahnte sich seinen Weg durch das Unterholz zum Streifenwagen, der abseits auf einem nur schwer befahrbaren Waldweg stand.

»Und ich informiere Flensburg«, sagte Claudia Beck und walzte ihm eilig hinterher. Die Kegel ihrer Taschenlampen schnitten wie nervöse Laserschwerter durch die Nacht und ließen Nora schließlich im Dunkeln zurück. Der Vollmond hatte sich längst hinter ein Wolkenband verzogen, nur das Display ihres Handys spendete noch ein wenig Licht.

Nora fröstelte. Es war, als würde sich die Kälte des Leichnams in unsichtbaren Ringen ausbreiten und durch ihre Fußsohlen in sie hineinkriechen. Von der lauen Sommernacht spürte sie schon lange nichts mehr.

Nora konnte das Gesicht des Toten nicht erkennen, denn es zeigte zu Boden und wurde von langen blonden Haaren umflossen. Eine Frau? Auch das schmale Kreuz und die breiteren Hüften ließen darauf schließen. Der linke Arm hing schlaff zur Erde hinab, der rechte hingegen war angewinkelt und schien unter dem Leichnam eingeklemmt zu sein. Eine merkwürdige Pose. Und was war die Todesursache? Waren die Schnitte auf dem Rücken wirklich tief genug, dass ein erwachsener Mensch daran verblutete? Oder würde der Rechtsmediziner, sobald er eintraf und den Leichnam umdrehte, irgendwo ein Einschussloch finden?

Das Knistern von Plastik ließ Nora aufblicken. In der Dunkelheit meinte sie die schlaksige Silhouette von Becker zu erkennen, der Flatterband zwischen den Bäumen verspannte. Von Beck hingegen fehlte jede Spur. Die saß bestimmt im Streifenwagen und rapportierte nach Flensburg.

Wieder wanderte Noras Blick über den zerschundenen Rücken. Insgeheim stimmte sie Becker zu. Es war offensichtlich, dass hier nicht in wilder Aggression unkontrolliert irgendetwas ins Fleisch geschlitzt, sondern ein ganz bestimmtes Muster geschaffen worden war. Ein Symbol. Aber was für eins? Nora hatte diese Anordnung gerader Linien noch nie zuvor gesehen. Sie zählte insgesamt acht Schnitte. Ein großes X, durch dessen Schnittpunkt sich ein senkrechter Strich zog. Diese Senkrechte ragte weit über das X hinaus, und von ihrer Spitze liefen rechts und links Schnitte hinab, die sich mit den X-Schenkeln verbanden. Diese Schnitte zogen sich noch weiter hinunter. Es wirkte beinahe wie ein Haus, das allerdings nur aus senkrechten und diagonalen Strichen bestand, ohne Horizontalen. Auf dem »Dach« des merkwürdigen Symbols ging ein loser Strich ab, der sich im Nichts verlor. Nora war sich jedoch nicht sicher, ob das so gewollt war, denn dieser Schnitt hatte die Spitze nicht exakt getroffen. Vielleicht war der Schnitt auch versehentlich abgerutscht?

Bestanden Runen nicht aus weniger Strichen?

Unwillkürlich drehte Nora sich in die Richtung, wo einige Hundert Meter tiefer im Wald der Festplatz lag. Das Feuer war mittlerweile sicherlich verloschen, und selbst die Hartnäckigsten hatten bestimmt schon den Heimweg angetreten. Das große Mittsommerblót, das gemeinsame Opferritual zum längsten Tag des Jahres, an dem Nora vor wenigen Stunden noch selbst teilgenommen hatte, war vorbei. Hatte Connie mit ihrer irrwitzigen Theorie etwa recht behalten? Konnte es wirklich sein, dass einer von *Stærkt Bånd* für den Tod dieses Menschen verantwortlich war?

Nein! Nein, das konnte sie sich beim besten Willen nicht vorstellen! Sie war von den Mitgliedern der heidnischen Religionsgemeinschaft so freundlich aufgenommen worden; in den letzten drei Wochen hatte sie so viel über deren Glauben, der das Leben in den Mittelpunkt stellte, gelernt. Keines ihrer Vorurteile hatte sich bestätigt. Die nordisch-germanischen Götter und Kulte waren in den letzten Jahrzehnten zwar oftmals für rechtes oder völkisches Gedankengut missbraucht worden; aber zumindest bei *Stærkt Bånd* war Nora weder Neonazis noch sonstigen Arier-Spinnern begegnet, die sich allen anderen »Rassen« überlegen fühlten und die nordische Symbolik nur dazu gebrauchten, um Angst und Hass zu verbreiten.

Im Gegenteil! Die Mitglieder von *Stærkt Bånd* lebten ein friedliches Miteinander, voller Offenheit und Toleranz. Jeder war willkommen, alle waren gleich. Es gab keine Hierarchien, niemand wurde ausgeschlossen. Es ging um eine naturverbundene Spiritualität, und ja, zugegeben, auch eine etwas gewöhnungsbedürftige Mystik. Nora tat sich durchaus schwer damit, an unsichtbare Elementarwesen zu glauben, an Kobolde und Faune, die angeblich überall in der Natur hockten und die Menschen wieder mit der Schöpfung verbinden oder zu ihren Ahnenwurzeln zurückführen sollten. Aber ob man nun an diese Wichtel glaubte oder nicht, allen Glaubensmitgliedern war gemein, dass sie die Natur bewusster wahrnahmen und sich ihr gegenüber verantwortungsvoller benahmen.

Und bei den Blóts, also den Opferzeremonien, denen Nora in den letzten Wochen beigewohnt hatte, wurden auch keine Tiere abgeschlachtet. Geopfert wurden Lebensmittel wie selbst gebackenes Brot, Salzgebäck, Früchte oder Gemüse. Connies Theorie mit den Menschenopfern kam Nora jetzt noch absurder vor als noch vor drei Wochen in Billersby.

Shit! Sie war überhaupt nicht mehr objektiv! Sie steckte schon viel zu tief drin! Aber ihr Auftrag in den letzten drei Wochen war gewesen, die Wahrscheinlichkeit eines Menschenopfers für diese Nacht in Erfahrung zu bringen. Und dafür hatte es kein einziges Anzeichen gegeben! Nichts!

Meine Güte, ein Menschenopfer – das war doch völlig absurd!

Und doch lag jetzt ein toter Mensch vor ihr …

Eine neue, unangenehme Geräuschkulisse drängte sich in ihr Bewusstsein und ließ Nora aufhorchen. Einerseits war es totenstill; kein Windhauch ging, und selbst das Rauschen des Meeres erschien so gedämpft, dass es kaum mehr wahrzunehmen war. Andererseits knackte und raschelte es überall um sie herum.

Wahrscheinlich nur kleine, nachtaktive Tiere, versuchte sie sich zu beruhigen. Doch längst hatte Nora eine merkwürdige Unruhe befallen. Das Gefühl, nicht allein zu sein. Beobachtet zu werden. Und das bezog sich nicht auf die Mäuse, die um sie herum durchs Dickicht huschten, oder das Käuzchen, das sehr wahrscheinlich auf einem Ast saß und auf sie hinabstarrte.

Wie um der geisterhaften Atmosphäre etwas entgegenzusetzen, hob Nora ihr Handy. Das Blitzlicht zuckte durch den Wald, als sie ein Foto von dem Schnittmuster auf dem Leichenrücken machte. Gerade wollte sie den Browser öffnen und nach dem Zeichen googeln, als Claudia Beck energisch auf sie zugestapft kam.

»Hey! Was soll denn das? Keine Fotos! Dazu sind Sie nicht befugt!«

Nora riss sich den Arm vor die Augen, da Beck ihr strafend mit der Taschenlampe ins Gesicht strahlte, und wollte gerade dazu ansetzen, dass sie als Polizeibeamtin sehr wohl befugt war, Fotos zu machen, als sie von Motorlärm abgelenkt wurde. In einiger Entfernung tasteten sich Scheinwerfer durch das Dunkel des Waldes. Connie kam!

Das Auto hielt. Grellweißes Fernlicht flammte auf, dessen scharfe Schneise den Wald zerschnitt. Eine Wagentür knallte. Und dann bewegte sich aus dem Gleißen heraus eine grotesk große Schattensilhouette mit wehendem Mantel zwischen den schwarzen Baumstämmen auf sie zu.

»Wer ist das?«, fragte Becker ehrfürchtig, der sich mittlerweile zu Nora und Beck gesellt hatte.

»Cornelia Steenberg, Politikommissær. Kriminal efterforskningsafdeling Esbjerg«, hallte Connies lautes Dänisch durch den Wald, während sie sich unter dem Flatterband hindurchbückte, zielstrebig auf sie zuschritt und dabei die Lederhülle mit ihrem Dienstausweis hochhielt. Alles um sie herum verstummte schlagartig. Selbst die Mäuse und Käuze schienen bei Connies energischem Auftreten innezuhalten. Nora musste grinsen – doch da sie in Claudia Becks wohlgenährtem Schatten stand, sah es niemand.

»Beck mein Name. Polizeiobermeisterin«, stellte Beck sich vor. Dann deutete sie auf ihren jungen Kollegen. »Und das ist …«

Doch Connie unterbrach sie mit einer wegwerfenden Handbewegung. »POK Boysen und ich übernehmen ab hier. Vielen Dank für eure Hilfe. Und jetzt stellt euch bitte hinter die Absperrung.« Connie deutete zum Flatterband hinüber.

Beck blieb der Mund offen stehen, Becker blinzelte irritiert. Nora wusste nicht, was Beck und Becker mehr verletzte: Connies Dänen-typisches Geduze oder die Degradierung hinter die Tatortabsperrung. Fast taten ihr die beiden uniformierten Kollegen ein wenig leid.

»POK Boysen?«, raunte Becker fragend. »Polizeioberkommissarin?« Er blickte Nora an, die freundlich nickte. Damit war nun auch unter den anwesenden deutschen Polizeibeamten geklärt, wer die meisten Sterne auf den Schulterklappen trug. Claudia Beck hingegen störte sich an einem anderen Detail. »Dänisch?«, fragte sie scharf. »Wieso denn dänisch? Wieso ermittelt denn jetzt die *dänische* Kriminalpolizei im *deutschen* Teil des Tönsburger Wäldchens?«

»Mach dir darum mal keine Sorgen. Ich kläre das gleich mit den Kollegen von der *deutschen* Kriminalpolizei.« Connies strahlendes Lächeln, mit dem sie Beck und Becker bedachte, verfehlte leider seine Wirkung. Denn selbst wenn Connie versuchte, freundlich zu sein, brach doch immer ihre leichte Überheblichkeit durch. Nora nahm sich vor, ihr das in einem ruhigen Moment mal zu sagen. Aber von einem ruhigen Moment waren sie gerade meilenweit entfernt. Denn kaum dass sich Beck und Becker widerwillig hinter ihre eigene Absperrung begeben hatten und außer Hörweite waren, packte Connie Nora fest am Arm.

»Nora, was weißt du hierüber?« Sie nickte zur Leiche hinüber.

»Nichts!« Nora riss sich aus Connies Klammergriff los und starrte sie entgeistert an. »Gar nichts! Das hätte ich dir doch gesagt!«

Irritiert stellte Nora fest, dass Connie stark nach Holzbrand roch. Aber noch irritierender fand sie die für Connie völlig untypische Aufgeregtheit.

»Du hast also in den letzten drei Wochen bei den Odinisten nichts mitbekommen? Keine Andeutung? Keine doppeldeutige Bemerkung? Keinen Hinweis auf einen Generationenritus? Nichts?!?«

»Nein! Die haben kein einziges Wort über Menschenopfer verloren.«

Und doch lag vor ihnen ein toter Mensch im heiligen Hain einer germanischen Neuheiden-Gemeinschaft mit einer blutigen Rune im Rücken.

»Du schätzt *Stærkt Bånd* völlig falsch ein«, rechtfertigte Nora sich weiter. »Das sind total friedfertige Menschen. Keine ganzkörpertätowierten Berserker, die Blutopfer vollziehen.«

Galt das auch für Lasse? Shit!

»Das da ...« Connie zeigte auf den Baumstumpf, über dem der Tote lag. »... ist exakt die Stelle, an der auch Rainer Thun und Kristoffer Kjær tot aufgefunden wurden. Verstehst du das, Nora? *Exakt* dieselbe Stelle! Der identische Baum! Vor sechzig Jahren stand hier noch eine Esche, an den Stamm war Rainer Thun gefesselt. Die Esche ist dann später gefällt worden, sodass Kristoffer Kjær über dem Stumpf lag. Beide hatten Runen in den Leib geritzt, beide starben in der Mittsommernacht.« Selbst in der Dunkelheit konnte Nora Connies stechenden Blick spüren. »Glaubst du immer noch, dass das Zufall ist?«

Die Farbe des Himmels veränderte sich. In das Schwarz der Nacht mischte sich ein silbriger Schein. Der Morgen dämmerte. Die kürzeste Nacht des Jahres war vorüber.

Nora und Connie standen in pietätvollem Abstand zur Leiche und hielten Totenwache.

»Sieht irgendwie aus wie *das Haus vom Nikolaus.*« Connie starrte auf das Foto auf Noras Handy. »Nur ohne die Querbalken. Und mit einer Art Fähnchen auf dem Dach.«

»Auf jeden Fall sieht diese Rune völlig anders aus als bei den beiden anderen Toten«, erwiderte Nora.

Connie zog das Foto größer und betrachtete es in maximaler Auflösung. »Sag mal, findest du auch, dass diese Schnitte irgendwie ungleichmäßig wirken?« Connie gab Nora das Handy zurück, die Stirn immer noch nachdenklich gerunzelt. »So zittrig. Als ob das Messer von einer ungeübten Hand geführt worden wäre.«

»Das ist mir auch schon aufgefallen. Vielleicht kann uns das die Rechtsmedizin erklären.« Nora schaute auf ihr Handy. Drei Uhr vierundzwanzig. Seit knapp zwei Stunden warteten sie sowie Beck und Becker auf die Kollegen aus Flensburg. Aus Connies Auto hatte sie sich eines der insgesamt vier Paar Wechselschuhe nehmen dürfen, die Connie neben einem Biwakzelt und einer Notfalltasche mit diversen Outdoor-Survival-Utensilien immer in ihrem Kofferraum mit sich führte. Die Sneaker waren zwar drei Nummern zu groß, aber wenigstens spürte Nora langsam ihre Zehen wieder.

Im Wald begann sich morgendliche Betriebsamkeit zu regen. Die ersten Vogelstimmen wurden laut und lösten mit ihrem frühen Zwitschern das Käuzchen ab. Claudia Beck gähnte hinter vorgehaltener Hand.

Auf einmal zischte Becker so scharf durch den Wald, dass Connie, Nora und Beck erschrocken zusammenzuckten. »Psssssssssssssst!«

Reflexartig hielten alle die Luft an.

»Habt ihr das auch gerade gehört?«

Becker schloss die Augen, legte eine Hand an die Ohrmuschel und neigte seinen Kopf konzentriert zur Seite. Alle lauschten angestrengt. In der Ferne rauschte das Meer. In den Baumkronen säuselte der Wind. Das Flatterband knisterte leise. Sonst ... nichts! Connie und Nora wechselten einen fragenden Blick, auch Claudia Beck schien ratlos.

»Was denn?«, flüsterte sie nach ein paar langen Sekunden.

»Ach, nichts.« Becker öffnete wieder die Augen und schüttelte leicht den Kopf. »Ich habe mich bestimmt verhört.« Müde wischte er sich über das Gesicht.

Dankbar registrierte er, dass niemand weiter nachfragte. Wie hätte er auch sonst glaubhaft erklären können, dass er ganz sicher das Gackern eines Huhns gehört hatte?

DREI WOCHEN ZUVOR

3 »Hallo, du musst Nora sein.«

Der große blonde Mann mit dem Dreitagebart und dem freundlichen Lächeln kam mit ausgestreckter Hand auf sie zu, kaum dass sie aus dem Auto gestiegen war. »Herzlich willkommen! Ich bin Mats. Wir haben miteinander telefoniert.«

Nora erwiderte den Händedruck. Mats Hansens Hand war warm und weich und verstärkte noch den extrem sympathischen Ersteindruck, den er auf sie machte.

»Ist es okay, wenn wir uns duzen? Ich glaube, so vom Augenmaß her müssten wir ungefähr gleich alt sein.«

Du bist vier Monate älter, um genau zu sein.

Nora grinste innerlich. Natürlich hatte sie ihren Ansprechpartner bei *Stærkt Bånd* vorab durch den Dienstcomputer gejagt. Mats Hansen hatte keine Vorstrafen, keine Parkknöllchen, nicht mal Punkte in Flensburg.

Was der Dienstcomputer allerdings nicht verraten hatte, war, dass Mats Hansen so umwerfend sympathisch wirkte, dass man ihm, ohne zu zögern, sein neugeborenes Baby anvertrauen würde. In seinen haselnussbraunen Augen lag eine Wärme, die bei jedem, der ihn ansah, sofort Wohlbehagen auslöste; ein Gefühl von Vertrautheit, so, als würde man sich schon ewig kennen, obwohl man sich erst vor zehn Sekunden das erste Mal persönlich begegnet war.

»Oh, Entschuldigung.« Mats Hansen wirkte plötzlich

erschrocken. »Also natürlich nur, wenn es Ihnen recht ist. Ich wollte wirklich nicht unhöflich sein.« Offenbar hatte er Noras gedankenverlorenes Schweigen als Missbilligung gedeutet.

Nora musste lachen. »Duzen ist völlig okay. Wirklich. Hallo, ich bin Nora.« Diesmal war es Nora, die ihre Hand ausstreckte.

Ein erleichtertes Strahlen ging über sein Gesicht. »Mats.«

Erneut schüttelten sie ihre Hände, doch diesmal hielten sie die Berührung etwas länger als zuvor.

»So, Mats, und du bist hier also der *Mittler?*«

Jetzt erst ließ Mats Hansen ihre Hand los. »Ja, ich bin so etwas wie der Pressesprecher von *Stærkt Bånd.* Obwohl, das trifft es auch nicht so richtig. Sagen wir einfach, ich bin von den anderen als Vertrauens- und Kontaktperson gewählt worden. Für die Menschen innerhalb unserer Gemeinschaft, aber vor allem auch für interessierte Außenstehende.« Die Lachfalten um Mats' Augen wurden tiefer. »So wie dich.«

Sein Blick fixierte Nora interessiert, aber nicht aufdringlich. Erneut empfand Nora die Art von Mats Hansen als sehr angenehm.

»Aber du machst das ehrenamtlich, oder? Was treibst du denn im richtigen Leben?«

»Im richtigen Leben?«, fragte Mats freundlich zurück, doch Nora erkannte, wie sich ein Schatten über seinen warmen Blick legte. »Religion ist doch das richtige Leben. Oder zumindest ein wichtiger Teil davon.«

Die tiefe Überzeugung, mit der er das sagte, imponierte Nora. »So habe ich das nicht gemeint. Sorry, das war blöd formuliert.«

Nora musste an ihre eigene religiöse Sozialisierung

denken. Sie war zwar evangelisch getauft und sogar zur Konfirmation gegangen, hatte in ihrer Familie den christlichen Glauben aber nie gelebt. Regelmäßiger Kirchgang, Tisch- oder Abendgebete – das alles kannte sie nur aus Erzählungen und nicht aus dem eigenen Erleben. Niemand aus ihrem engeren Freundes- oder Bekanntenkreis war gläubig, geschweige denn religiös. Für Nora war Religion ein Relikt aus der Zeit ihrer Großeltern, mit dem man sich in ihrer Generation – wenn überhaupt – nur noch pro forma etikettierte, es aber nicht mehr lebte.

Mats knipste wieder sein charmantes Lächeln an und wischte Noras Unbehagen mit einer freundlichen Geste weg. »Ach, schon okay. Genau deswegen bist du doch hier, oder? Weil du auf der Suche bist. Weil du herausfinden willst, ob das germanische Neuheidentum etwas für dich sein könnte. Richtig?«

Nora nickte.

»Aber um auf deine Frage zurückzukommen: Ich arbeite in unserem Familienbetrieb.« Mats Hansen deutete mit dem Daumen über seine Schulter. Hinter ihm ragte ein Gebäude mit prächtigem Reetdach empor. »Dachdeckerei Hansen. Bereits in der dritten Generation. Ob Reet- oder Hartdach: Dreißig Kilometer nördlich und südlich der Grenze wirst du niemanden finden, der besser Dächer decken kann als wir. Aber leider bin ich aus der Art geschlagen: Ich habe nämlich Höhenangst.« Er verfiel in ein so herzliches Lachen, dass er Nora direkt damit ansteckte. Nachdem er sich eine Lachträne aus dem Augenwinkel gewischt hatte, fuhr er fort: »Darum sitze ich auch nicht auf dem First, sondern im Büro. Buchhaltung. Geschäftsführung. Kundenbetreuung. Akquise. Und du? Was machst du im richtigen Leben?«

Sein Lächeln ließ Nora spüren, dass sie ihren ursprünglichen Plan über Bord werfen musste. Sie hatte zwar unter ihrem Klarnamen Kontakt zu *Stærkt Bånd* aufgenommen, ihren Beruf und den wahren Grund für ihre Hospitanz in der kleinen Glaubensgemeinschaft aber natürlich nicht genannt. Doch Mats Hansens entwaffnende Herzlichkeit forderte sie geradezu heraus, ihm ebenfalls mit offenem Visier zu begegnen. Sie war zwar undercover, aber sie musste sich deswegen ja nicht als komplett verlogenes Arschloch geben. Zumindest was den Beruf anging, wollte sie ehrlich zu Mats Hansen sein.

»Polizistin?«, fragte er verdutzt, aber nicht feindselig.

Sie zuckte mit den Schultern. »Warum nicht? Polizisten sind auch nur Menschen. Fragen wir uns nicht alle, ob da *mehr* ist? Eine höhere Kraft? Ein Sinn im Leben?«

»Ja, natürlich. Entschuldige, das sollte nicht abweisend klingen. Bei uns ist jeder willkommen! Wirklich jeder. Außer Nazis! Da sind wir echt intolerant.« Er versuchte sich wieder an seinem umwerfenden Lächeln, aber diesmal verrutschte es etwas. »Es ist nur …«

Nora sah ihn fragend an.

Mats Hansen zögerte. Doch dann ging ein Ruck durch seinen Körper, und Nora meinte zu spüren, dass er sich nun seinerseits dazu entschlossen hatte, ganz offen und ehrlich mit ihr zu sein. »Wir hatten in letzter Zeit ein paar unschöne Begegnungen mit der dänischen Polizei. Um genau zu sein, mit einer sehr unfreundlichen dänischen Kriminalkommissarin.«

Aha, da hatte Connie wohl wieder ihr ganzes Einfühlungsvermögen an den Tag gelegt …

»Worum ging es denn?«, fragte Nora vorsichtig nach. Doch wie erwartet, ging Mats nicht näher auf das Thema ein. Er machte eine ärgerliche Handbewegung. »Ach, es geht um alte Vorurteile, denen wir uns immer wieder stellen müssen. Das Heidentum genießt leider keinen so guten Ruf. Und das, obwohl viel zu wenig Leute wirklich etwas darüber wissen. Das verdanken wir vor allem den Nazis, die viele heidnische Symbole und Ideen für ihre kranke Ideologie missbraucht haben.« Die Wärme kehrte wieder in seine Augen zurück. »Umso besser, dass du jetzt hier bist und dir ein eigenes Bild machen willst. Frag mich alles, was du wissen willst, okay? Es gibt keine dummen Fragen! Dir wird vieles erst einmal fremd vorkommen, aber sobald du die Hintergründe kennst, erscheint es schon bald nicht mehr ganz so bekloppt wie auf den ersten Blick.«

Wieder dieses herzliche Lachen! Kein Wunder, dass er von den Gemeindemitgliedern zu ihrem Mittler gewählt worden war. Einen besseren Kandidaten für diesen Job hätte *Stærkt Bånd* nicht finden können.

Und offenbar hatte Mats Hansen wirklich keinerlei Verbindung zwischen ihr und der unfreundlichen dänischen Kriminalkommissarin gezogen. Denn diese Herzlichkeit konnte man nicht heucheln.

»Okay, wenn das so ist …« Nora wollte nicht mit der Tür ins Haus fallen, aber sie konnte auch nicht mehr viel länger mit dieser Frage, die ihr unter den Nägeln brannte, warten. Mats spürte ihr Zögern und nickte ihr freundlich zu. Nora holte tief Luft. »Glaubt ihr wirklich an Odin?«

Mats Hansens Lachen schallte lauter denn je über den Parkplatz. »Wow, du packst ja gleich den ganz großen Vorschlaghammer aus!« Er schüttelte den Kopf, aber darin lag weder Verärgerung noch Spott. »Du bist ganz schön direkt. Das ist gut. Ich mag das. Aber solche elementaren

Fragen beantworte ich besser nicht hier zwischen Tür und Angel. Wollen wir reingehen und einen Tee trinken?«

Nora und Mats Hansen gingen gerade auf das Eingangsportal des Handwerksbetriebs zu, als ein riesiger Pick-up-Truck angerauscht kam und alle Aufmerksamkeit auf sich zog. Durch die offenen Fenster dröhnte dänischer Hardrock. Als der Wagen an ihr vorbeischoss, erkannte Nora auf der hinteren Stoßstange großformatige Aufkleber. Den Ichthys-Fisch, das schon seit dem antiken Rom existierende Symbol der Christen – allerdings wurden ihm von zwei schwarzen Raben brutal Stücke aus dem geschwungenen Leib gehackt. Daneben die Fratze eines zähnefletschenden Wolfs, umkränzt von einem Spruch in Frakturschrift: *Lieber ein Wolf Odins als ein Lamm Gottes.*

Irritiert hob Nora die Augenbrauen. Diese offen zur Schau gestellte Aversion gegen das Christentum kam ihr unnötig aggressiv vor. Und nach der Selbstauskunft auf der *Stærkt Bånd*-Homepage und vor allem nach dem Kennenlernen von Mats Hansen hatte sie solch einen martialischen Auftritt von den germanischen Neuheiden nicht erwartet.

Mit dem Abstellen des Motors erstarb auch schlagartig die Musik. Die Fahrertür flog auf, und ein Wikinger stieg aus. Sein Kopf war an den Seiten kahl rasiert, aber auf der Schädeldecke waren die langen blonden Haare zu kunstvollen Zöpfen nach hinten geflochten. Das jungenhafte Gesicht wurde von einem mächtigen Vollbart dominiert, in den silberne Bartperlen geknüpft waren. Nora schätzte den Mann auf höchstens Ende zwanzig. Seine Arme waren von den Fingerknöcheln bis hinauf zum Hals mit keltischen Ornamenten und nordischen Schriftzeichen tätowiert. Fast war Nora verwundert darüber, dass in seinem Arbeitsgürtel neben dem für Dachdecker typischen Schieferhammer nicht auch noch eine Bartaxt steckte.

Als der Wikinger Nora sah, ging ein Grinsen über sein Gesicht, das ihr irgendwie bekannt vorkam. Dann hielt er sich ein Nasenloch zu und rotzte demonstrativ auf den Grünstreifen neben dem Parkplatz.

»Echt jetzt?«, stöhnte Mats leise neben ihr. Er atmete tief durch und kehrte betont sein sonniges Gemüt wieder nach außen. »Nora, darf ich dir meinen Bruder vorstellen? Lasse Hansen. Lasse, das ist Nora Boysen.«

Das Grinsen auf dem Gesicht des Wikingers erstarb. Mit breitem Gang kam er auf die beiden zu. »Nora Boysen? Das ist doch die, die bei uns rumschnüffeln will!«

Hätte sie nicht schon die aggressiven Autoaufkleber gesehen, so wäre spätestens jetzt Antipathie in Nora aufgekeimt. Und erstmals spürte sie, dass auch Mats Hansens Fröhlichkeit nicht unerschütterlich war.

»Hier will niemand *rumschnüffeln*«, wies er seinen Bruder zurecht. »Nora will unseren Glauben kennenlernen.«

»Ach, so ist das.« Bedrohlich beugte sich Lasse Hansen zu Nora vor. »Du willst also unseren Glauben kennenlernen, ja? Dann merk dir schon mal das Wichtigste: Wir sind keine Knier!« Sein Blick verschattete sich, sein Gesicht wurde zu einer Maske der Härte. »Wir knien nicht vor einem Gott, der irgendwo weit weg über uns im Himmel schwebt, und betteln ihn um seine Hilfe an. Nein, wir sind auf Augenhöhe mit unseren Göttern! Sie sind wie Brüder für uns! Wir stehen in direktem Kontakt mit ihnen. Beim Blót, beim Opfern, sind wir eins mit unseren Göttern. Das verleiht uns Stärke! Eine Stärke, von der die armen Christenschafe nur träumen können.«

Ach du meine Güte, dachte Nora. Der Typ glaubt ja wirklich jedes Wort von dem, was er da gerade von sich gegeben hat.

Sie sah den unbändigen Stolz, der in Lasse Hansens Blick loderte. Und eine innige Hingabe, eine unbezwingbare Passion.

»Jetzt beruhige dich mal wieder«, fuhr Mats Hansen seinen Bruder an. »Dafür, dass du unseren Glauben so sehr liebst, bist du wirklich nicht sein bestes Aushängeschild. Reiß dich bitte zusammen, und benimm dich nicht wie ein Pay-TV-Wikinger!«

Obwohl Lasse jünger als sein Bruder war, überragte er ihn um einen halben Kopf – was besonders gut zur Geltung kam, als er nun bis an die Nasenspitze an ihn herantrat. »Okay, Mats. Aber eines sage ich dir: Ich lasse nicht zu, dass die uns kaputtmachen!« Er ballte die Fäuste so fest zusammen, dass die Adern an seinen Unterarmen hervortraten. Die Aggressivität, die von Lasse Hansen ausging, war mit Händen zu greifen. »Niemand zerstört *Stærkt Bånd!* Nicht Connie Steenberg, nicht Magnus Hauge und auch nicht die da! Kapiert?«

Aus dem Inneren seines Autos ertönte ein Lied. Es dauerte einen Augenblick, bis Nora in dem rhythmischen Trommeln und den tiefen Hornklängen eine Handymelodie erkannte.

»Das ist Ingvar.«

Aha, offenbar ein konkret zugeordneter Klingelton.

Lasse Hansen lächelte – was ihm so viel besser stand als der Zorn, der eben noch sein Gesicht verzerrt hatte.

Grußlos drehte er sich um, ging zurück zu seinem Auto, ergriff durch das offene Seitenfenster sein Handy und nahm das Gespräch an.

Während Nora von Mats Hansen sanft zum Weitergehen gedrängt wurde, konnte sie noch hören, wie Lasse auf Dänisch ins Handy sprach. Dann fiel die Tür hinter ihr ins Schloss, und die angenehme Kühle des Eingangsportals umfing sie.

»Ich muss mich für meinen Bruder entschuldigen. Er benimmt sich manchmal wirklich wie ein Idiot.« Mats Hansen dirigierte Nora zu einer kleinen Sitzecke. »Ich weiß, was du jetzt denken musst. Er bestätigt ja geradezu jedes Klischee, das von uns und unserer Religion existiert. Ehrlich gesagt finden wir das alle ziemlich dämlich. Dieses Provozieren ist total unnötig! Aber Ingvar meint, man müsse auch die extreme Form religiöser Auslebung tolerieren. Solange es nur alberne Autoaufkleber und prollige Tattoos sind …«

»Ingvar?«, fragte Nora.

»Ingvar Poulsen«, antwortete Mats Hansen. »Er hat vor über siebzig Jahren gemeinsam mit meinem Großvater unsere Glaubensgemeinschaft gegründet.«

Auch das wusste Nora natürlich schon. Connie hatte sie im Vorfeld über alle relevanten Fakten zu *Stærkt Bånd* informiert. Vor einundsiebzig Jahren hatten zwei junge Dänen, Ingvar Poulsen und Svend Hansen, Mats' Großvater, sich der vor allem in Skandinavien aufkeimenden Rückbesinnung auf die alten, vorchristlichen Götter angeschlossen.

Ingvar Poulsen und Svend Hansen gründeten an ihrem Wohnort, dem südlichsten Jütland, nahe der deutsch-dänischen Grenze, *Stærkt Bånd,* ihren eigenen, individuellen Ableger des alten Glaubens. Das Tönsburger Wäldchen, das seit Ewigkeiten die grüne Grenze zwischen dem dänischen Tønsborg und dem deutschen Tönsburg bildete, machten sie zu ihrem heiligen Hain und hießen auch Norddeutsche in ihrer Religionsgemeinschaft willkommen.

Während sich Ingvar Poulsen, mittlerweile stolze dreiundneunzig Jahre alt, immer noch aktiv bei *Stærkt Bånd* einbrachte, war Svend Hansen der kleinen Glaubensgemeinschaft schnell verloren gegangen. Es hatte wohl schon länger Unstimmigkeiten innerhalb der Gruppe gegeben, Genaueres hatte Connie allerdings nicht in Erfahrung bringen können. Aber es war die Rede von Verhaltensauffälligkeiten und einer ungewöhnlichen Wesensveränderung, die man bei Svend Hansen beobachtet hatte. Nur wenige Wochen nach dem grausamen Mord an Rainer Thun war Svend Hansen dann nicht von seinem täglichen Bad in der Nordsee zurückgekehrt. Seine Kleidung hatte man fein säuberlich zusammengelegt am Strand gefunden. Seine nackte Leiche wurde Tage später Hunderte Kilometer entfernt an Land gespült. Fremdeinwirkung konnte ausgeschlossen werden. Doch ob es sich um einen Unfall oder um Suizid gehandelt hatte, war nie abschließend geklärt worden.

Mats griff nach einer Teekanne, die auf dem Stövchen auf einem Sideboard stand, und schenkte zwei Tassen Tee ein. »Es tut mir leid, dass dieser doofe Auftritt gerade dein erster Eindruck von Lasse ist. Denn eigentlich ist er das totale Gegenteil: einfühlsam, sensibel. Richtig soft.«

Nora entfuhr ein ungläubiges Schnaufen.

»Doch, wirklich«, beteuerte Mats. »Du solltest mal sehen, wie er mit seiner kleinen Tochter umgeht. So einen liebevollen Vater hast du noch nie gesehen.«

Tiefe Bässe ließen Noras Eingeweide vibrieren. Durch die Panoramascheibe sah sie, wie Lasse Hansens Pick-up mit Vollgas vom Parkplatz raste.

»Aber mein Bruder lebt unseren Glauben wie kein anderer. Unsere Gemeinschaft bedeutet ihm einfach alles. Und deshalb kommt es dann manchmal zu so unschönen Auftritten wie eben. Nochmals: Entschuldigung!« Sachte stellte Mats eine Tasse vor Nora auf dem niedrigen Couchtisch ab.

»Dein Bruder hat vorhin von einem Magnus Hauge gesprochen.« Nora griff nach der Teetasse, um möglichst unbeteiligt zu wirken. »Wer ist das? Und warum will er eure Gruppe kaputtmachen?«

Mats pustete den Dampf, der sich über seiner Tasse kräuselte, weg und nahm einen tiefen Schluck. Es schien, als wollte er seine Antwort hinauszögern; als müsste er Zeit gewinnen, um seine Gedanken erst zu sortieren. Nora wollte ihn nicht verprellen und war kurz davor, ihre Frage zurückziehen und sich für ihre berufsbedingte Neugier zu entschuldigen, als er schließlich doch noch antwortete: »Magnus Hauge ist ein Schweinebauer aus Tønsborg. Er hat einen alten Hof, direkt am nördlichen Waldrand. Schon seit Jahrzehnten stört er sich daran, dass wir im Grenzwald unsere Blóts abhalten. Er hat immer neue Gründe erfunden, um uns zu diskreditieren und uns an unserer Religionsausübung zu hindern. Erst war es das Trommeln, das angeblich seine Schweine nervös mache, dann waren es die Autos, die über seinen privaten Feldweg gefahren sind. Er hat andauernd die Polizei gerufen. Aber als die dann irgendwann nicht mehr auf diesen Blödsinn reagiert hat, ist er handgreiflich geworden. Hat Autos demoliert, die Leute mit Schweinekot beworfen, solche Sachen. Das ist dreißig Jahre her, ich war da noch ganz klein, keine sechs Jahre alt, aber vielleicht war dieses Erlebnis genau deshalb so verstörend.«

Mats hielt kurz inne, seine Hand mit der Teetasse schwebte in der Luft, doch er trank nicht, sondern sprach gedankenverloren weiter. »Schließlich hat er sogar einen für uns heiligen Baum gefällt. Da hat Ingvar beschlossen, dass wir den dänischen Teil des Wäldchens verlassen und weiter südlich in den deutschen Teil ziehen. Um eine größere Distanz zwischen uns und Magnus Hauge zu kriegen. Aber Hauge lässt uns trotzdem nicht in Ruhe.«

Mats Hansen führte die Tasse endlich an den Mund und nahm einen Schluck von seinem Tee. »Ich wünschte, ich könnte es anders formulieren, aber es gibt wohl keine freundlichere Umschreibung: Magnus Hauge hasst unsere Religion! Er tut alles, um uns das Leben schwer zu machen. Er ist wie besessen! Ich meine, warum lässt er uns nicht einfach in Ruhe? Ich kann mir diesen inbrünstigen Hass überhaupt nicht erklären.«

Mit einem lauten Klacken stellte er die Tasse auf der Tischplatte ab. »Aber genug von diesen unerfreulichen Themen. Du willst uns kennenlernen. Du möchtest unsere Religion verstehen. Das geht natürlich nicht hier«, er deutete um sich, »in der Verwaltung eines Dachdeckerbetriebs. Das hier war im Grunde nur unser Treffpunkt zum Kennenlernen, da wir ja keine Kirche haben. Wir haben den Wald! Wenn du willst, hole ich dich heute Abend ab, und dann gehen wir zusammen zum Blót. Besser kannst du uns gar nicht kennenlernen.«

Und mit einem verschmitzten Augenzwinkern fügte er hinzu: »Glaub mir, das wird ein *Heidenspaß!*«

Der Abend dämmerte bereits, als Nora in Begleitung von Mats Hansen zu Fuß durch das Tönsburger Wäldchen spazierte. Den offiziellen Wanderweg hatten sie schon bald verlassen und folgten einem schmalen Trampelpfad tief hinein in das Herz des Waldes. Der Baumbestand wurde immer enger, das Dickicht immer dichter, als wollte der Wald sein schönstes Geheimnis vor zufälliger Entdeckung bewahren. Doch Mats lotste sie zielsicher durch Buschwerk und Unterholz hindurch, dem lauter werdenden Stimmengewirr entgegen, bis sich schließlich eine kleine Lichtung vor ihnen auftat.

Dort, mitten im Rund der Bäume, waren bereits einige Menschen versammelt und unterhielten sich freudig miteinander. Alle Altersgruppen waren vertreten. Ältere Grauhaarige saßen auf umgestürzten Baumstämmen, zwischen ihnen tobten Kinder umher. Nora erkannte sogar einen gelangweilten Teenager, der abseits stand und mit seinem Handy spielte.

»Das ist Hugo, unser Sohn.« Eine Frau um die vierzig kam auf Nora zu. Ihre Haare wurden von einem bunten Kopftuch gebändigt, dessen knallige Farben in der Abenddämmerung zu leuchten schienen. Sie deutete hinüber zu dem Jungen, der immer noch stoisch auf seinem Handy herumtippte. »Er ist letzte Woche dreizehn geworden und hält uns seit diesem Pubertätsschub offiziell für Bekloppte. Er hat gesagt, das ist heute das letzte Mal, dass er zum Bäume-Anbeten mitgekommen ist. Er sei jetzt Atheist! Bei den Göttern, was haben wir nur falsch gemacht?« Ihr herzliches Lachen verriet, dass ihr weder der religiöse Abfall ihres Sohnes noch ihre vermeintlichen Erziehungsfehler zuzusetzen schienen. Es war ein offenes und liebenswertes Lachen, vorurteilsfrei und ohne Reue, weshalb Mats und Nora schnell einfielen.

»Na, dann ist das heute Hugos letztes Blót und Noras erstes. Passt doch«, sagte Mats grinsend.

»Ah, dann bist du also Nora. Hallo, herzlich willkommen! Ich bin Milou.« Ihre dunklen Augen strahlten Nora noch immer an, als sich ein blonder Hüne näherte und Milou zärtlich den Arm um die Schultern legte. »Und ich bin Sebastian, Milous Mann.« Er streckte Nora freundlich die Hand entgegen. Nora schlug ein, wurde aber – kaum dass sie den Händedruck wieder gelöst hatte – von Milou an der Hand gepackt und vom lachenden Mats weg- und mitten in die Menschenmenge hineingezogen.

»Hej! Vil du prøve?« Eine äußerst freundlich wirkende Frau um die sechzig reichte Nora einen Teller mit duftendem Salzgebäck. Nora glaubte sich zu erinnern, dass Milou sie ihr als Bodil Brodersen vorgestellt hatte, eine dänische Krankenpflegerin, die für einen ambulanten Pflegedienst in der Region arbeitete. Sie trug eine Halskette aus Naturbernsteinen, die alle unterschiedlich groß und buttergelb, honiggold oder haselnussbraun waren. Das Zentrum der Kette zierte ein wunderschöner Anhänger aus Silber, der mittig auf ihrer Brust auflag: Yggdrasil, der Weltenbaum. Der Stamm war ebenfalls aus Bernstein, das Wurzelgeflecht darunter und die weitverzweigte Baumkrone darüber waren aus allerfeinsten Silberfäden geschmiedet.

Bodil Brodersens gletscherblaue Augen harmonierten mit dem Silber des Anhängers und standen in einem kühlen Kontrast zu den warmen Farbtönen der Bernsteinkette, wirkten aber überhaupt nicht unfreundlich. Im Gegenteil, denn erst jetzt bemerkte Nora, dass die Dänin ihr immer noch erwartungsvoll den Teller hinhielt.

»Willst du probieren?«, wiederholte sie ihre Frage auf Deutsch, durch das ihr reizender dänischer Akzent durchklang. Dabei hatte Nora sie schon beim ersten Mal verstanden, da sie die Sprache ihres unmittelbaren Nachbarlandes in der Schule gelernt und in ihrem Alltag so sehr verfestigt hatte, dass sie Dänisch mittlerweile fast so gut wie ihre Muttersprache beherrschte. Und allen um sie herum ging es ebenso, wie sie wenig erstaunt feststellte. Hier, im Grenzgebiet, waren so gut wie alle zweisprachig aufgewachsen; jeder war der Sprache des Nachbarn mächtig, was Nora – neben dem gemeinsamen Glauben – als ein weiteres verbindendes Element dieser kleinen Gemeinschaft erkannte. So flirrte neben lautem Gelächter und leisen Gitarrenklängen auch ein fröhliches Gemisch aus Deutsch und Dänisch durch die Luft – und der herrliche Duft von Bodil Brodersens Backwaren.

»Tak!« Nora ergriff einen eher unscheinbar aussehenden Cracker und schob ihn sich in den Mund – wo der Käse-Kräuter-Gewürz-Mix ihre Geschmacksknospen förmlich explodieren ließ.

»Wow! Smager lækkert«, war alles, was Nora mit vollem Mund hervorbringen konnte. Über Bodil Brodersens Gesicht ging ein Strahlen. »Hjemmebagt!« Sie lächelte stolz. Selbst gebacken.

»Vi vil også have! Wir wollen auch!« Die Kinder kamen herbeigerannt. Bodil reichte den Teller herunter, und im Nu fielen kleine, gierige Kinderhände über die Kekse her. »Aber wir sollten den Göttern auch noch etwas übrig lassen«, sagte Bodil und zwinkerte Nora dabei schelmisch zu, bevor diese wieder von Milou untergehakt und weitergezogen wurde.

Hatte Nora im Vorfeld ihres Undercover-Einsatzes vielleicht befürchtet, dass die Heiden irgendwie schräge Vögel sein könnten, stellte sie nun fest, dass es sich um ziemlich normale Leute handelte. Dank Milous liebenswürdigen Integrationsfähigkeiten hatte Nora innerhalb weniger Minuten das schwule Ehepaar Max und Maurice kennengelernt, das eine kleine Werbeagentur führte; zudem eine Universitätsprofessorin für Mathematik, einen Hausmeister an einer Grundschule, eine Anwältin für Urheber- und Medienrecht, einen Fachverkäufer in einem Baustoffhandel, eine Altenpflegerin in einem Seniorenheim und eine Köchin aus einer Großkantine, deren Namen sich Nora auf die Schnelle aber unmöglich alle merken konnte. Denn kaum dass sie ins Gespräch gekommen war, zog Milou sie auch schon gut gelaunt weiter, um ihr die Nächsten vorzustellen.

Milou selbst arbeitete, wie sie Nora fröhlich erzählte, als leitendende medizinisch-technische Assistentin in einer Klinik in Büllum, gut zwanzig Kilometer von Tönsburg entfernt, wo sie auch mit ihrer Familie lebte. Ihr Mann Sebastian leitete dort eine kleine Supermarkt-Filiale.

Nora war überrascht, wie heterogen die Glaubensgemeinschaft war und dass sie von ausnahmslos allen freundlich empfangen wurde.

Von allen, bis auf Lasse Hansen.

Der stand mit verschränkten Armen im Hintergrund und ließ sie nicht aus den Augen. Sein Blick war so abschätzig und kalt, dass es Nora fröstelte. Hatte er etwa als Einziger durchschaut, weshalb sie wirklich hier war? Dass sie gar nicht die Halt suchende Seele war, die sie zu sein vorgab, sondern sich tatsächlich mit einem hinterhältigen Spionageauftrag in die Herzen von *Stærkt Bånd* schleichen wollte?

Nora hielt Lasses Blick, um sich durch beschämtes Weggucken nicht noch verdächtiger zu machen. Erst als

Mats und ein sehr alter, Ehrfurcht gebietender Mann auf ihn zugingen, riss Lasse Hansens Blickkontakt mit ihr ab.

Nora sah, wie Mats und der Alte eindringlich auf Lasse einredeten. Obwohl sie ihn nur von hinten sah, war Nora sicher, dass es sich bei dem alten Mann um Ingvar Poulsen handelte. Der Respekt, der ihm von allen entgegengebracht wurde, und auch Lasses demütiges Verhalten ihm gegenüber sprachen dafür. Außerdem trug er als Einziger eine Art Gewandung. Während die übrigen Anwesenden normale Shorts, Sandalen und andere, den sommerlichen Temperaturen angemessene Kleidung trugen, fiel Ingvar Poulsen ein dunkelgrüner Samt-Umhang mit goldbestickten Ornamenten über Schultern und Rücken.

Als er sich umdrehte, erkannte Nora einen mächtigen weißen Vollbart, dessen Zipfel bis zum Bauchnabel reichte. Kurz musste Nora an Gandalf denken. Doch weder trug Ingvar Poulsen einen Magierstab aus Wurzelholz noch einen breitkrempigen Schlapphut. Stattdessen stützte er sich auf einen handelsüblichen, völlig unmagischen Krückstock; und auf seinem Kopf saß eine Dockermütze aus dunkelblauem Grobstrick, die in wunderbarem Kontrast zu seinem Umhang stand. Nora musste grinsen. Ingvar Poulsen und sein unkonventionelles Erscheinungsbild waren ihr von der ersten Sekunde an sympathisch.

Mit der seinem hohen Alter geschuldeten Vorsicht ging Ingvar langsam durch die Reihen, Mats stützte ihn zusätzlich. Der alte Mann begrüßte jeden Einzelnen freundlich, zwinkerte den Kindern zu – und näherte sich dann zielstrebig Nora. Seine wässrig blauen Augen blitzten Nora verschmitzt an. »Willkommen«, sagte er in einem tiefen, melodischen Dänisch. »Mein Name ist Ingvar. Wir freuen uns, dass du zu uns gefunden hast.«

Die Gespräche verstummten, alle Blicke richteten sich auf sie. Nora kam sich vor wie bei einem Papstbesuch. Musste sie jetzt einen Knicks machen und eine beringte Hand küssen? Ingvar Poulsen schien ihre Unsicherheit zu spüren, denn die Lachfältchen um seine Augen gruben sich noch tiefer in die alte Haut hinein. »Keine Sorge, du kannst nichts falsch machen. Mach dich frei von dieser Angst. Du kannst entweder erst einmal nur zugucken oder direkt am Blót teilnehmen. Wie du möchtest. Ich will, dass du dich bei uns wohlfühlst.«

Nora nickte. Ingvar nickte freundlich zurück. Dann blickte er auffordernd zu Mats, der kräftig in die Hände klatschte.

Trommelklänge hallten in einem langsamen, monotonen Rhythmus durch den Wald und verloren sich in der Ferne mit dem Nordseerauschen. Nora waren die kunstvoll bemalten Rahmentrommeln bereits zuvor aufgefallen. Sie hatten sorgsam platziert an einem Baumstamm gelehnt, und selbst die tobenden Kinder hatten immer darauf geachtet, sie nicht umzustoßen. »Die Trommeln haben ein Wesen«, hatte Milou ihr zugeraunt. »In ihnen wohnt Leben!« Nun wurden sie sanft, aber voller Inbrunst mit gepolsterten Schlegeln geschlagen und gaben den Takt vor. Bedächtigen Schrittes traten die Versammelten im Kreis um eine Feuerschale zusammen. Daneben stand ein kleiner Altar, auf dem Holzfiguren, selbst gepflückte Blumen- und Kräutersträuße sowie ein riesiges Trinkhorn standen.

Während Mats das Feuer entzündete, hielt sich Nora im Hintergrund. Obwohl sie von vielen ausgestreckten Händen zur Teilhabe im Kreis eingeladen wurde, wollte sie ihr erstes Blót lieber still von außen beobachten.

Schließlich knisterte das Feuer in der Schale, und die Trommeln verstummten.

»Ich rufe zum Thingfrieden auf.«

Ingvar sprach zwar leise, aber trotzdem verstand man jedes Wort. Es war, als wäre selbst der Wind in den Baumwipfeln verstummt, um dem Zeremonienmeister zu folgen.

»Alle Zwistigkeiten, die zwischen uns herrschen mögen, sollen für die Dauer dieser Zusammenkunft ruhen.«

Nora glaubte, wieder Lasse Hansens Blick auf sich zu spüren, hielt aber der Versuchung stand, ihn anzuschauen.

»Und auch alles andere, was uns vom Ritual und dem Erleben der Gemeinschaft ablenken könnte.«

Verschämt versenkte Hugo sein Handy in der Hosentasche.

Ingvar Poulsen hob unter seinem Umhang die Arme und richtete seinen Blick in den Abendhimmel.

»Geister des Nordens, des Ostens, des Südens und des Westens; Mächte des Tages und der Nacht; Wesen des Feuers und des Wassers, des Himmels und der Erde; Wächter des Diesseits und des Jenseits, der Welt über uns und der Welt unter uns: Schützt diesen Kreis!«

Ingvars Worte hallten in der Stille des Waldes nach. Lange Sekunden verstrichen. Dann stützte er sich wieder auf seinen Krückstock und warf Mats einen freundlichen Blick zu. Der erhob die Stimme: »Ihr Göttinnen und Götter, wir rufen euch an. Wir laden euch ein, gemeinsam mit uns zu feiern. Nehmt unsere Opfer an, nehmt Platz an unserer Tafel, seid Teil dieser Gemeinschaft. Auf dass wir das enge Band, das uns mit euch und mit unseren Ahnen verbindet, festigen und es durch nichts auseinandergerissen werden kann.«

Mats erhob sein Trinkhorn. Alle im Kreis taten es ihm nach und streckten ihre Hörner und Becher, die vorab mit Met oder Apfelsaft gefüllt worden waren, in den Abendhimmel.

Für die Dauer eines Wimpernschlags überkam Nora das Gefühl, einer etwas albernen Theatervorstellung beizuwohnen. Doch dann wurde ihr bewusst, dass sie hier keine Rollenspiel-Nerds sah, sondern dass all diese Menschen – ein Querschnitt der Gesellschaft – ihren Glauben mit solch einem erhabenen Ernst lebten, dass nichts daran lächerlich war.

Dennoch zuckte sie kurz zusammen, als alle in Mats' »Heil!« einfielen und der Ruf durch den Wald donnerte. Nora war zwar von Mats vorgewarnt worden, dass dieser Ausruf bei heidnischen Opferzeremonien gebräuchlich war, aber dennoch schien die dunkle deutsche Vergangenheit diesen Begriff irreparabel geschädigt zu haben – wie so einiges andere auch, wie Mats traurig ergänzt hatte.

Ein kräftiger Schluck und ein Spritzer auf den Boden symbolisierten, dass man gemeinsam mit den Göttern und den Ahnen feiern wollte und sie herzlich einlud, am Blót teilzuhaben. Dreimal wurde dieses Ritual durchgeführt. Dann wurden die Trinkhörner in die Gürtelschlaufen gesteckt und die Becher auf den Boden gestellt. Das Sumbel, wie der rituelle Umtrunk genannt wurde, war vorbei; nun begann das eigentliche Opfer.

Der Reihe nach trat nun ein jeder in die Mitte des Kreises. Einige schwiegen und richteten ihre Gedanken stumm an die Götter, andere sprachen sie laut aus. »Ich teile mein Opfer mit ...« So begann ein jeder Opferspruch. Und dann folgten Götternamen und Wünsche, Bitten, Danksagungen oder sogar Eide, die alle vollkommen unterschiedlich waren. Neben Odin, Thor, Freya und Frigg, die Nora wenigstens vom Namen her kannte, wurden auch ihr unbekannte Adressaten aus dem riesigen Götterkosmos angesprochen, je nachdem, wen man am geeignetsten für sein Anliegen hielt.

Manche hatten Obst, andere selbst gebackenes Brot in den Händen; ein paar Kinder gingen mit geflochtenen Blumenkränzen oder kleinen Strohpüppchen zu der Feuerschale in der Mitte, in der die Flammen loderten.

Bodil Brodersen biss in ihr Salzgebäck und warf den Rest in die Flammen, wo es knisternd mit den anderen Opfergaben verbrannte. »Ich teile mein Opfer mit Hel. Möge sie Kristoffer wohlgesinnt sein und es ihm in ihrem Reich an nichts mangeln, bis wir uns dort eines Tages wiedersehen.« Die Trauer erstickte ihre Stimme, die Worte kamen fast lautlos über ihre Lippen. Nur wer in ihrer unmittelbaren Nähe stand, konnte sie verstehen. Nora gehörte nicht dazu; sie sah nur, wie Bodil die Tränen über das Gesicht liefen und ihr die Umstehenden, die ihr Gebet verstanden hatten, ermutigend zunickten oder ein liebevolles Lächeln schenkten. Dann trat Bodil Brodersen zurück in den Kreis, und Milou, die links von ihr stand, war an der Reihe.

Nora spürte eine Wärme in sich aufsteigen, die kaum von dem kleinen Feuer herrühren konnte. Es war vielmehr die emotionale Kraft, die diese Gemeinschaft teilte und die auch auf sie abstrahlte. In dem kleinen Kreis Gleichgesinnter wurden Sorgen und Trauer geteilt, aber auch Freude und Glück. Es wurde für die Genesung eines kranken Haustiers und die Erfüllung eines sehnlichen Kinderwunsches gebetet, es wurde für eine erfolgreich bestandene Prüfung gedankt und sogar Besserung im Umgang mit der streitsüchtigen Schwiegermutter gelobt. Es waren die kleinen und großen Begebenheiten des Alltags, die hier Raum bekamen – verbal oder stumm, nachvollziehbare Nöte, überwundene Hindernisse und überschwängliche Freude wurden miteinander geteilt, und selbst Nora, die nicht aktiv am Blót teilnahm, spürte die große Verbundenheit, die unter den Mitgliedern herrschte.

Als der Letzte aus der Mitte zurücktrat und sich der Kreis bei Ingvar wieder schloss, beendete dieser das Blòt mit einem Dankspruch. Dann fassten sich alle an den Händen und sangen ein Lied, das Nora noch nie zuvor gehört hatte, dessen zauberhafte Melodie sie aber ganz erfüllte und sie sogar noch bis in den Schlaf begleitete.

4 GEGENWART

Er hatte ein Huhn gehört! Ganz sicher!

Thorsten Becker ahnte, wie absurd das war, mitten im Wald, morgens um halb vier. Aber trotzdem: Er wusste doch, was er gehört hatte!

Er lauschte. Alle möglichen Vögel erwachten langsam zum Leben und tirilierten und tschilpten durch den morgendlichen Wald; nur nicht das Huhn. Von ihm war nichts mehr zu hören.

Das Huhn blieb stumm.

Vielleicht hatte er es sich doch nur eingebildet? So sicher er sich eben noch gewesen war, so unsicher war sich Thorsten Becker jetzt.

Ey, nie wieder! Nie wieder freiwillig Nachtschicht an Mittsommer, schwor sich Becker und seufzte laut – woraufhin ihm Claudia Beck ihren Ellenbogen in die Rippen stieß. »Pssssssst!« Sie starrte ihn mit aufgerissenen Augen an. »Hörst du das auch?«

Das Huhn?! Hatte sie es etwa auch gehört?

Doch anstatt Gegacker drang nun ganz eindeutig Autolärm durch den Wald.

»Na endlich!« Connie starrte den vier Fahrzeugen entgegen, die wie in Zeitlupe über den verwurzelten Pfad rumpelten und schließlich hinter ihrem Auto hielten. Die Türen gingen auf, und Menschen in weißen Overalls und mit riesigen Aluminiumkoffern sprangen heraus. Aus dem letzten Wagen stiegen vier Personen in Zivil.

»Hier! Hierher!« Connies Rufen schallte durch den Wald. Die Leute von der Spurensicherung griffen ihr Equipment und begannen, sich einen Weg zu ihnen zu bahnen. Beck und Becker hielten dem Heer von Spurensicherung und Kriminaltechnik emsig das Flatterband hoch. Schon flammte das Blitzlicht des Tatort-Fotografen auf.

Eine hochgewachsene Frau mit Arztkoffer kam zielstrebig auf Nora und Connie zu. »Lohse mein Name. Dr. Lohse. Rechtsmedizin.« Sie blickte hinüber zur Leiche, die einige Meter von ihnen entfernt lag, dann schaute sie Nora und Connie streng an. »Sie haben den Leichnam nicht bewegt? Nicht angefasst?« Aus ihrem Mund klangen die Fragen eher wie Drohungen. Auf ihrer ungebügelten Bluse leuchtete in der Morgendämmerung ein gelblicher Fleck. Babybrei, wie Nora hoffte; oder das, was nach der Nahrungsaufnahme aus so einem kleinen Mäulchen auch mal wieder zurückgeschossen kam. Obwohl die Sonne gerade erst aufging und unter ihren Augen dunkle Schatten lagen, wirkte die Rechtsmedizinerin nicht per se unausgeschlafen; eher so, als ob sie notorischen Schlafmangel gewöhnt wäre und deswegen schon vor langer Zeit ihre gute Laune eingebüßt hätte.

Connie – offenbar beseelt von einem Gegenüber, das genauso direkt und grenzwertig unfreundlich war wie sie selbst – schüttelte passioniert den Kopf. »Selbstverständlich nicht. Nicht angefasst, nicht bewegt.«

»Gut.«

Das Wort klang wie ein Pistolenschuss. Dr. Lohse zog sich Einmalhandschuhe über ihre langgliedrigen Finger. »Ihre Kollegen von der Mordkommission müssten auch gleich hier sein. Ich beginne jetzt mit der äußeren

Begutachtung. Wenn ich den Leichnam umdrehe, rufe ich Sie.«

Connie nickte begeistert.

In der Zwischenzeit waren mehrere Stative mit Flutlichtstrahlern aufgestellt worden, die den Wald in taghelles Licht tauchten. Während sich die Rechtsmedizinerin zur Leiche hinabbeugte, knackten Schritte durch das Unterholz. Connie und Nora wandten ihre Köpfe zu der Gruppe, die sich ihren Weg auf sie zu bahnte.

»Du immer mit deinen vorschnellen Schlüssen!«

Die Stimme eines jungen Mannes. Mit jedem Schritt, den die vier Personen in Zivil näher kamen, wurde auch ihr Streitgespräch lauter.

»Ich habe ja nur gesagt, es wäre nicht das erste Mal, dass Menschen für ihren Glauben töten.« Der rheinische Singsang, der auf unsichtbaren Schallwellen an Noras Ohr drang, kam ihr merkwürdig bekannt vor.

»Das mag ja sein. Aber deswegen sollten wir nicht auch hier davon ausgehen.«

Und diese Frauenstimme auch.

»Reza und Jule haben recht: Wir ziehen keine voreiligen Schlüsse, sondern gehen unvoreingenommen an die Sache ran.«

Hellmann!

Jetzt gab es keinen Zweifel mehr!

Nora schaute zu Connie. An ihrem breiten Grinsen erkannte sie, dass die Dänin dasselbe dachte.

Gerade als die vier von der Mordkommission bis auf einen Katzensprung herangekommen waren, trafen sich ihre Blicke. Allesamt bekannte Gesichter. Und auch sie wurden wiedererkannt!

Augen weiteten sich, eine Spitzbart-Kinnlade klappte

herunter. »Nee, oder?« Die gezwirbelten Schnurrbartspitzen des Musketierbartes zitterten. »Das glaub ich jetzt nicht!« Der Musketier riss seinen Kopf fragend zum Chef der Gruppe, einem grauhaarigen Mann von Anfang fünfzig, herum. Während sich auf Stephan Hellmanns Miene leichte Verwunderung spiegelte, entgleisten Chris Kösters Gesichtszüge in totaler Fassungslosigkeit. »Was machen die denn hier???«

»Wie schön, euch zu sehen.« Wenn Jule Korthus überrascht war, so ließ sie es sich nicht anmerken. Freudig umarmte sie Nora und Connie. Auch Reza streckte ihnen grinsend die Faust zum Fistbump entgegen, während die andere Hand obligatorisch sein Tablet umklammert hielt.

»Was soll denn das? Warum sind die hier?« Chris Köster hatte seine Irritation immer noch nicht unter Kontrolle. Stephan Hellmann zuckte nur die Achseln. »Das werden sie uns sicher noch erklären, Chris.«

In Noras Bauch breitete sich eine wohlige Wärme aus. Die Freude über das Wiedersehen überraschte sie selbst. Ihr war gar nicht bewusst gewesen, wie sehr sie die vier Kollegen seit ihren gemeinsamen Ermittlungen um den verbrannten Bernsteinsammler in Billersby vermisst hatte. Mit Kriminalhauptkommissar Stephan Hellmann, dem autoritären Leiter der Flensburger Mordkommission, war sie zwar ein paarmal aneinandergeraten, aber er hatte sich doch immer als gerechter und bedachter Vorgesetzter erwiesen. Jule Korthus und IT-Experte Reza Farhoumand, die beiden Mittzwanziger im Team, waren Nora von Anfang an sympathisch gewesen. Und selbst der eitle und zur Selbstverliebtheit neigende Christoph Köster war ihr irgendwie ans Herz gewachsen.

»Ey, die Provinzschnalle und die irre Dänin! Aber Rumpelstilzchen und der böse Wolf ermitteln jetzt nicht wieder mit, oder?«

Oder doch nicht!

Auf Noras innerer Sympathieskala rutschte Chris Köster in den unteren Minus-Bereich. Offenbar hatte sich seit ihrer letzten Begegnung weder etwas an seiner herablassenden Art noch an seinen dummen Sprüchen geändert.

Connie schlug ihm auf die Schulter und schenkte ihm ein diabolisches Lächeln. »Ich fürchte, daran führt kein Weg vorbei, mein Freund.«

»Es ist so weit«, erklang Dr. Lohses Stimme. »Ich wende jetzt den Leichnam. Wenn Sie dabei sein wollen?«

Mit großer Routine und gleichzeitig höchster Vorsicht drehte die Rechtsmedizinerin den toten Körper vom Baumstumpf herab auf den Rücken, wobei sich die wallende Haarmähne lautlos vom Schädel löste und der verdutzten Ärztin vor die Füße fiel. Alle erstarrten für eine lange Schrecksekunde. Zu grotesk war das gerade Gesehene.

Behutsam griff Dr. Lohse nach den Haaren und hielt sie begutachtend in die Höhe. »Eine Echthaar-Perücke.« Eilig schlug Jule einen Beweissicherungsbeutel auf und hielt ihn Dr. Lohse hin.

Nora betrachtete derweil das Gesicht der Toten. Trotz des kahlen Schädels und der fehlenden Augenbrauen konnte man zweifellos das Antlitz einer Frau erkennen. Nora schätzte sie auf Mitte sechzig. Weniger das Alter als der ein oder andere Schicksalsschlag schienen tiefe Furchen in das zarte Gesicht geschlagen zu haben. Die Vermutung lag nahe, dass Krebs einer davon war.

Der rechte Arm der Frau war unter ihrem Körper angewinkelt gewesen und lag nun immer noch mit geschlossener Faust auf ihrer Brust.

»Die Totenstarre hat das Ellenbogengelenk bereits versteift«, stellte Dr. Lohse sachlich fest. »Sie setzt üblicherweise zwei Stunden nach Eintritt des Todes ein und betrifft erst kleinere Gelenke wie beispielsweise das Kiefergelenk.« Sie wischte sich mit dem behandschuhten Handrücken einen leichten Schweißfilm von der Stirn. »Aber Wärme beschleunigt diesen Prozess. Und es ist eine recht warme Sommernacht. Ich schätze, dass der Todeszeitpunkt nicht länger als vier Stunden zurückliegt. Aber nageln Sie mich nicht darauf fest! Genaueres lesen Sie in meinem Bericht. Nach der Obduktion.«

Nora starrte immer noch auf die zusammengeballte Hand, die zwischen den Brüsten der Toten auf Herzhöhe ruhte. Die Faust umschloss offenbar einen Anhänger, der an einem dünnen Lederband um den Hals der Toten hing, welches bisher unter dem wallenden Haar der Perücke verborgen gewesen war. Vorsichtig öffnete Dr. Lohse die Hand der Toten. Zum Vorschein kam ein kleines Amulett aus Silber.

Mjölnir!

Nora zuckte unmerklich zusammen.

»Ein Thorshammer«, stellte die Rechtsmedizinerin emotionslos fest und reichte das Schmuckstück Stephan Hellmann, der es in einen durchsichtigen Beweissicherungsbeutel gleiten ließ.

Nora spürte Connies stechenden Blick, schaute die Dänin aber nicht an. Langsam, ganz langsam griff sie nach dem hölzernen Thorshammer um ihren Hals und ließ ihn – während sie so tat, als kratzte sie sich beiläufig am Hinterkopf – in den Nacken gleiten. Es galt, sich aus der Schusslinie zu nehmen, bis sie Hellmann und den anderen alles in Ruhe erklären konnte.

Von vorn war jetzt nur noch das dünne Lederbändchen um ihren Hals zu sehen. Erleichtert atmete Nora durch.

»Kein weiterer Schmuck, keine Piercings, keine Tätowierungen«, hob Dr. Lohse wieder zu sprechen an. »Aber schauen Sie mal hier.« Die Rechtsmedizinerin deutete auf die Hand der Toten. Am rechten Ringfinger war eine deutliche Einkerbung zu erkennen, als ob dort jahrelang ein Ring im Fleisch gesessen hätte.

»Zudem hat sie eine kleine, recht frische OP-Narbe im Nacken, am fünften Halswirbel. In der Auffindesituation vorhin war sie von den Haaren verdeckt, darum konnte man sie nicht sofort sehen.«

»Eine OP-Narbe? Was schließen Sie daraus?«, fragte Hellmann.

Dr. Lohse schnaufte kaum hörbar. »Hier und jetzt: gar nichts. Ich sage Ihnen nur, was ich sehe. Alle weiteren Interpretationen und Schlussfolgerungen entnehmen Sie dann meinem Bericht. *Nach* der Obduktion.«

»Wissen wir, wer die Tote ist? Konnte sie schon identifiziert werden?«, wandte sich Hellmann fragend in die Runde. Allgemeines Kopfschütteln. Wie aufs Stichwort kam ein Mann von der Spurensicherung auf sie zu. »Wir haben hier großflächig alles abgesucht und bisher nichts gefunden. Keine Kleidung, keine Tasche mit persönlichen Gegenständen, Geldbeutel, Ausweis, so was in der Art. Nichts. Auch kein Messer oder etwas ähnlich Scharfes. Wer auch immer sie hierhergebracht und so zugerichtet hat, hat anschließend alles wieder mitgenommen.«

»Suchen Sie weiter! Vergrößern Sie den Radius«, befahl

Hellmann. Der Mann im weißen Overall nickte und entfernte sich wieder.

»Ich mache mal einen Datenabgleich, vielleicht ist ihr Gesicht im System«, sagte Reza und hielt sein Tablet über die Tote, um ein Foto zu machen, wobei er seinen Blick leicht vom Display abwandte. Nora spürte sein Unbehagen. Reza war für die IT-basierten Recherchen und Ermittlungen zuständig und fühlte sich hinter seinen Monitoren auf der Leitstelle wesentlich wohler als vor Ort – vor allem in unmittelbarer Nähe zu einem Todesopfer. Kaum war das digitale Foto geschossen, fokussierte sich Reza wieder ganz auf seine Elektronik. Seine Finger trommelten in gewohnt rasanter Geschwindigkeit über das Tablet, sein Blick durch die blau getönten Brillengläser wich nicht mehr vom Display.

Nora schluckte. Ein unbehagliches Gefühl breitete sich in ihr aus. Wenn Dr. Lohses Schätzung des Todeszeitpunkts zutraf, war die Frau um Mitternacht herum gestorben. Keine halbe Stunde später hatte Nora sie gefunden.

Sie versuchte, sich zu erinnern. War ihr um Mitternacht irgendetwas aufgefallen? Hatte sie etwas gesehen oder gehört, oder hatte sie jemanden *nicht* gesehen? Waren alle Mitglieder von *Stærkt Bånd* um Mitternacht noch beim Feuer gewesen? Sie wusste es nicht! Um kurz vor Mitternacht hatte sie Mats geküsst. Das war das Einzige, was sie mit absoluter Bestimmtheit noch wusste …

»Todesursache?«, fragte Hellmann.

Dr. Lohse stand auf und klopfte sich die Erde von den Knien. »Kann ich hier nicht verbindlich feststellen. Aber es erscheint mir eher unwahrscheinlich, dass sie an den Schnitten im Rücken verblutet ist. Doch weitere Verletzungen kann ich bisher nicht erkennen. Keine offenen

Wunden. Keine Brüche, soweit ich das ertasten konnte. Aber Sie werden auch hier auf meinen Befund *nach* der Obduktion warten müssen.«

»Auch keine Schädelfraktur?« Connie schaute die Rechtsmedizinerin aufmerksam an. »Kein tödliches Trauma durch einen stumpfen Gegenstand?«

»Sie wollen wissen, ob sie *erschlagen* wurde?«, gab Dr. Lohse die Frage an Connie zurück. Die nickte.

»Soweit ich das hier feststellen kann: Nein. Aber mit hundertprozentiger Sicherheit weiß ich das auch erst nach der Obduktion. Genau wie die Antwort auf alle anderen Fragen, die Sie jetzt noch haben.«

»Eine letzte hätte ich tatsächlich noch.« Hellmann ließ nicht locker. »Können Sie schon sagen, ob ihr die Schnitte vor oder nach dem Tod zugefügt wurden?«

»So, wie die Wundränder beschaffen sind, spricht einiges dafür, dass ihr die Schnitte kurz vor oder unmittelbar nach dem Tod beigebracht wurden. Übrigens mit einem sehr scharfen Gegenstand, eventuell einem Skalpell oder einem anderen Messer, das für das Zerteilen von Fleischfasern verwendet wird. Allerdings gibt mir die ungleichmäßige Ausführung zu denken. Die Schnitte wirken wenig präzise.«

»Ja, das ist uns auch schon aufgefallen«, stimmte Nora der Rechtsmedizinerin zu. »Haben Sie eventuell schon eine Erklärung dafür?«, hakte Hellmann nach.

Dr. Lohses Blick sprach Bände.

»Dann vielen Dank für den Moment. Wir sehen Ihrem Obduktionsbericht entgegen«, verabschiedete Hellmann die Rechtsmedizinerin, die sich längst aus der Unterhaltung ausgeklinkt hatte und den beiden Männern, die mit einem Transportsarg auf sie zukamen, Anweisungen gab. Behutsam wurde die Tote in die graue Kunststoffwanne gelegt, der Deckel verriegelt und dann hinüber zum Leichenwagen getragen, der sie in die Rechtsmedizin fahren würde.

Auch Dr. Lohse begab sich zu den Autos, ihre Arbeit vor Ort war getan.

»Na, die war ja keine große Hilfe«, raunte ihr Köster schlecht gelaunt hinterher. »Ich meine, was konnte die uns denn überhaupt sagen, außer dass die Frau tot ist? Das hätte selbst ich gekonnt!«

»Wir haben immerhin das hier!« Jule hielt den transparenten Beutel hoch und betrachtete den Schmuckanhänger eindringlich.

»Billiger Modeschmuck, höchstwahrscheinlich aus China«, ätzte Köster.

»Eben nicht!« Jule hielt ihm den Beutel vor die Nase. »Das ist Handarbeit! Richtig feine Goldschmiedekunst. Ein Unikat!«

»Das hilft uns hoffentlich, herauszufinden, um wen es sich bei der Toten handelt. Im System ist sie jedenfalls nicht.« Reza ließ entmutigt sein Tablet sinken.

Hellmann blickte auffordernd in die Runde. »Es gibt mehr als genug zu tun. An die Arbeit!« Sein Blick wechselte zwischen Nora und Connie hin und her. »Und Sie beide schulden mir auch noch eine Erklärung.« Nun fixierten seine graugrünen Augen das dünne Lederbändchen um Noras Hals. »Was in Gottes Namen machen Sie hier?« Jetzt war klar, dass er Noras Thorshammer vorhin längst erspäht hatte.

»In Gottes Namen: Das ist ein echt gutes Stichwort«, setzte Connie gerade zu einer Erklärung an, als hinter ihnen ein Tumult losbrach.

»Wo ist sie? Ist sie hier? Was ist denn passiert? Warum steht hier ein Leichenwagen? Was ist hier los?« Die aufgebrachte Stimme eines Mannes schallte durch den Wald. »Ich suche meine Frau! Lassen Sie mich durch! Lassen Sie mich sofort durch!«

Nora sah, wie ein Mann auf Beck und Becker zustürmte, aber noch bevor sie ihn davon abhalten konnten, die Absperrung zu durchbrechen, taumelte er und ging auf die Knie.

Als Nora, Connie und die anderen ihn erreicht hatten, hing er schlapp in den Armen von Beck und Becker, die ihn mühsam aufzurichten versuchten. Das schüttere Haar war ergraut, Nägel und Haut seiner riesigen Hände, groß wie Bratpfannen, zeugten von körperlicher Arbeit.

»Ich ... suche meine Frau. Ist sie ... ist sie hier? Was ist mit ihr?« Ein Speichelfaden tropfte ihm aus dem Mundwinkel auf den fleckigen Pullover. Das Weiß seiner Augen rollte auf und ab, als hätte er Schwierigkeiten, den Blick fokussiert zu halten. Nora sah, dass er nur Pantoffeln trug.

Beck und Becker hatten den alten Herrn gerade wieder auf die Beine gezogen, als diese erneut unter ihm wegknickten.

»Was ist mit dem?«, fragte Köster irritiert. »Ist der betrunken?«

Alarmiert kam nun auch Dr. Lohse herbeigeeilt. »Lohse mein Name. Ich bin Ärztin. Können Sie mir sagen, wie Sie heißen?« Mit einer kleinen Stabtaschenlampe leuchtete sie dem Mann in die Augen.

»Hauge. Magnus Hauge«, krächzte er.

Nora zuckte zusammen. Das war Magnus Hauge?! Der Heidenhasser?!

Auch Connie hatte alarmiert aufgeschaut. Offenbar war der Name auch schon in ihren Cold-Case-Unterlagen aufgetaucht. Hatte Mats nicht erzählt, dass Magnus Hauge bereits seit Jahrzehnten mit den Neuheiden verfeindet war? Bestimmt gab es dazu Vermerke in den Altakten.

»Herr Hauge, ich sehe, dass es Ihnen nicht gut geht«, fuhr Dr. Lohse fort. »Stehen Sie unter Medikamenteneinfluss? Nehmen Sie Tabletten?«

Der Alte schüttelte den Kopf, aber nicht als Antwort auf Dr. Lohses Fragen, sondern vielmehr so, als wollte er einen unliebsamen Gedanken verscheuchen.

Dr. Lohse griff nach seinem Handgelenk und fühlte den Puls. »Haben Sie Vorerkrankungen, Herr Hauge? Bluthochdruck? Allergien?«

Mühsam rappelte sich Magnus Hauge wieder hoch. Und diesmal, nur noch von Thorsten Becker leicht am Ellenbogen gestützt, blieb er stehen. Obwohl sein Rücken von der harten körperlichen Arbeit der letzten Jahrzehnte schon leicht gebeugt war, überragte er Nora um einen halben Kopf. Magnus Hauge, ein Mann von Mitte sechzig, war selbst im angeschlagenen Zustand noch eine imposante Erscheinung.

»Sie bluten.« Dr. Lohse hatte durch ein aufgerissenes Hosenbein hindurch eine Fleischwunde an Hauges linker Wade entdeckt. Offenbar hatte er sich bei seinem Taumel durch das Unterholz verletzt. Doch Hauge schien weder das warme Blut, das an seinem Bein hinunterrann, noch die damit sicherlich einhergehenden Schmerzen zu spüren. Er ging auf Dr. Lohses Einwand gar nicht ein. Stattdessen holte er nur tief Luft, stabilisierte seinen Stand und schaute Dr. Lohse ins Gesicht. »Ich suche meine Frau. Ist sie hier?«

Unsicher blickte Dr. Lohse zu Hellmann hinüber. Der antwortete an ihrer statt: »Wieso glauben Sie das, Herr Hauge?«

»Weil sie nicht mehr zu Hause ist. Ich habe geschlafen ... wie ein Stein! Ich war wie betäubt! Und dann werde ich wach. Und sie ist nicht mehr da. Ich gehe also raus, will sie suchen. Da sehe ich diese grellen Lichter im Wald. Ich dachte, das sind bestimmt wieder diese Spinner!« Jähzorn wallte in ihm auf, doch Hauge konnte sich gerade noch beherrschen. »Aber dann komme ich hierher und sehe, dass überall Lampen aufgebaut sind. Wie ... im Krimi, im Fernsehen.« Angst trat Hauge in die Augen. Die Angst vor dem Schlimmsten, was er sich nur vorzustellen vermochte. Nora sah deutlich, wie sie sich in seinem immer nasser werdenden Blick spiegelte.

Hellmann hingegen versuchte, aus Hauge noch brauchbare Informationen herauszubekommen, bevor der unweigerlich wieder zusammenbrechen würde. »Sie und Ihre Frau wohnen also in der Nähe?«

Ungeduldig machte Magnus Hauge eine Handbewegung über seine Schulter. »Unser Hof liegt direkt am Waldrand.« Er schnaufte nun wie ein Stier. Puls und Atmung beschleunigten sich. »Aber jetzt sagen Sie mir doch endlich, wo meine Frau ist!«

»Ist das Ihre Frau, Herr Hauge?« Auf Hellmanns Wink hin hielt Reza dem Mann sein Tablet mit dem Foto der Toten hin. Sofort wich alle Farbe aus Magnus Hauges Gesicht. Er musste gar nicht antworten, sein Zusammenbruch war Antwort genug. Wie ein Streichholz im Wind knickte er um, noch bevor Beck und Becker ihn unterhaken konnten. Hellmann und Köster stürzten vor und ergriffen den alten Herrn, der kaum noch bei Bewusstsein war. Mühsam schleppten sie ihn durch das Unterholz zu den parkenden Einsatzwagen. Die Seitentür eines Vans war geöffnet, und sie setzten ihn hinein.

Einige Minuten lang war Hauge zu keiner Regung fähig. Zeit, die Dr. Lohse nutzte, um den Schnitt an seiner Wade mit Klammerpflastern zu versorgen, während Magnus Hauge mit leerem Blick in das Dämmerlicht des Waldes starrte. Regungslos ließ er alles über sich ergehen, es schien, als nähme er weder seinen schmerzenden Körper noch die Menschen, die um ihn herumstanden, wahr.

Dr. Lohse zog eine Spritze auf. »Das hier wird Ihnen helfen, Herr Hauge. Das stabilisiert Ihren Kreislauf.«

Der Alte ließ sich widerstandslos die Spritze setzen. Er zuckte nicht einmal, als die Kanüle durch seine Haut stieß.

»Ich will zu ihr«, murmelte er schwach. »Ich will zu meiner Frau!«

»Das ist jetzt keine Option«, erwiderte Hellmann bestimmt. »Aber wir bringen Sie nach Hause. Bis das Kriseninterventionsteam da ist.« Ein Blick von Hellmann, und Reza veranlasste durch schnelles Tippen auf dem Tablet alles Weitere.

Dr. Lohse beugte sich zu Hellmann vor und beriet sich flüsternd mit ihm; auf sein Nicken hin wandte sie sich wieder Magnus Hauge zu. »Herr Hauge, ich würde Ihnen gerne etwas Blut abnehmen. Vielleicht finden wir so eine Erklärung für Ihren Zustand. Ist das in Ordnung für Sie?«

Ein Ruck ging durch den schlaffen Körper des alten Mannes. Entweder war es die Spritze, die sehr schnell wirkte, oder eine gedankliche Eingebung, die ihm neue Kraft einflößte. »Blut abnehmen? Ja! Ja, tun Sie das!«, rief er aufgeregt. »Das ist eine gute Idee! Eine sehr gute Idee!

Dann können Sie beweisen, dass ich betäubt worden bin! Ich bin nämlich betäubt worden! Ganz sicher!«

»Aber wer sollte Sie denn betäubt haben?«, fragte Hellmann. »Und warum?«

»Na, diese Geisteskranken! Die Odinisten! Die hassen mich! Und nur so konnten sie meine Frau entführen. Und umbringen!«

Nora spürte Connies Blick. Magnus Hauge konnte von dem Schnittmuster im Rücken seiner Frau nichts wissen; auf dem Foto, das Reza ihm gezeigt hatte, war nur das Gesicht der Toten zu sehen gewesen. Wie konnte er dann so sicher sein, dass ihr Tod etwas mit den Neuheiden zu tun hatte?

»Sie ist doch umgebracht worden, oder?« Magnus Hauge schaute Hellmann an.

Anstelle einer Antwort nickte der nur Connie auffordernd zu. »Meine Kollegin wird Sie jetzt nach Hause bringen, Herr Hauge. Und sobald Sie sich besser fühlen, müssen wir Ihnen ein paar Fragen stellen.«

»Sie waren es! Die Heiden! Ich weiß es! Sie haben mir das Liebste genommen! Sie haben mir mein Herz herausgerissen!« Bevor Magnus Hauges Hass seinen gerade erst wieder stabilisierten Kreislauf erneut in den roten Bereich bringen konnte, fasste Connie ihn bestimmt am Arm. »Wir sprechen darüber. Aber nicht hier.« Gemeinsam mit Nora verfrachtete sie den alten Mann in ihr Auto, dann fuhren sie los, dem Sonnenaufgang entgegen, Richtung Hauge-Hof.

ZWEI WOCHEN ZUVOR

5

»Ich verstehe es einfach nicht. Ich meine, wie kann man wirklich an Odin glauben? Das ist doch nur eine Märchenfigur aus der nordischen Mythologie.«

Nora und Mats spazierten durch das Küstenwäldchen, dem fernen Rauschen der Nordsee entgegen. Eigentlich hatte sich Nora nicht so in Rage reden wollen, dafür war der Nachmittag mit Mats bisher viel zu schön gewesen. Aber seit dem Blót und dem tollen Gemeinschaftserlebnis hatte sich in ihrem Inneren etwas verschoben. Ein neues Bewusstsein begann sich in ihr zu regen, das gleichzeitig aber auf erbitterten Widerstand stieß. Gefühl und Verstand, die bisher in friedlichem Einklang miteinander gewesen waren, hatten sich auf einmal ineinander verhakt und kämpften um die Deutungshoheit. Und das machte Nora mehr zu schaffen, als sie sich eingestehen wollte.

»Früher, da brauchten die Menschen eine Erklärung für Naturphänomene. Da war es nur nachvollziehbar, dass man sich bei Gewitter einen Blitze schwingenden Gott vorstellte. Aber heutzutage gibt es doch für das alles eine wissenschaftliche Erklärung.«

Noras Gedanken schweiften ab. Sie sah Milou Helmers vor ihrem geistigen Auge, die beim Blót voller Inbrunst die Göttinnen Frigg und Eir angerufen und um die Genesung ihrer erkrankten Mutter gebeten hatte. Dabei war doch gerade Milou durch ihren Beruf mit Medizin und modernster Technik vertraut. Wie konnte sie da noch ernsthaft auf den Beistand irgendwelcher Naturgottheiten hoffen?

Je länger Nora darüber nachdachte, desto mehr beneidete sie Milou um ihren Glauben, der so frei von Zweifeln zu sein schien und in dem sie sich – jenseits aller Widersprüche – geborgen und angekommen fühlte.

»Ich denke, es geht um mehr als um die Erklärung von Naturphänomenen«, gab Mats zu bedenken. »Natürlich ist deine Frage berechtigt. Man könnte sogar noch weiter gehen und direkt das Ganze infrage stellen: Wofür brauchen wir Religionen heutzutage überhaupt noch?« Nora nickte schulterzuckend. Mats fuhr fort, ohne Nora überhaupt angeschaut zu haben. Sein Blick schweifte durch das saftige Sommergrün des Küstenwäldchens. »Viele Menschen brauchen Religion heute nicht mehr, das stimmt. Aber genauso viele brauchen sie immer noch. Oder wieder! Vielleicht sogar mehr denn je. Finden wir nicht gerade in der Natur immer wieder das Göttliche? Und geht es nicht um viel mehr? Um die wirklich wichtigen Fragen des Seins. Nach der Endlichkeit und nach dem Sinn des Lebens. Ich glaube, irgendwann wird jeder Mensch von dem Wunsch eingeholt, dass da *mehr* ist als das, was wir von dieser Welt kennen.«

»Das mag ja sein«, maulte Nora trotzig. »Aber dann glaubt man halt an eine überirdische Kraftquelle. Oder an das Universum. An irgendetwas Abstraktes. Aber doch nicht an einen Einäugigen, der auf einem achtbeinigen Pferd nach Walhalla reitet.«

»Die Christen glauben an einen einzigen Gott, der aber zugleich aus drei Entitäten besteht. Eine davon ist ein Mann, der ans Kreuz genagelt wurde und am dritten Tag von den Toten auferstanden ist. Klingt das für dich glaubwürdiger?«

Nora schwieg. Ihre Schritte knirschten auf dem Schotterweg, der als schmaler Spazierpfad zwischen den eng stehenden Bäumen hindurchführte. Sie war wütend, dabei wusste sie noch nicht einmal genau, warum oder auf wen.

»Das Heidentum ist seit Generationen in meiner Familie verwurzelt. Ich bin damit aufgewachsen. Du kommst als Quereinsteigerin hierher und erwartest, dass sich dir innerhalb von Tagen all das erschließt, wofür man Ruhe und Zeit braucht.« Mats lächelte nachsichtig. »Also, warum bist du so hart zu dir selbst? Manche Sachen erschließen sich einem halt nicht sofort.«

Warum fiel es ihr so schwer zu glauben? Warum nur?

Dabei wünschte sie es sich doch so sehr! Ob an die Götter des Nordens, des Hinduismus oder Buddhismus oder an den einen Gott der Christen oder Juden oder Muslime, war ihr fast egal. Sie wünschte sich nur, an irgendetwas glauben zu können.

Insgeheim hatte sie diesen Wunsch schon immer in sich getragen. Und besonders drängend hatte er sich ihr offenbart, als ihre Mutter gestorben war. Wenn sie damals schon in eine Glaubensgemeinschaft eingebettet gewesen wäre und Kraft aus ihrem Glauben hätte schöpfen können – vielleicht wäre der schmerzhafteste Verlust, den sie sich vorstellen konnte, leichter zu ertragen gewesen.

Sie wusste, dass Glauben Kraft geben konnte. Eine Kraft, auf die man hoffen durfte und die einem half, mit allem, was das Leben bereithielt, fertigzuwerden. Sie wünschte sich diese Kraft so sehr. War sie gerade dabei, sie zu finden?

Vielleicht war es Fügung gewesen, dass Connie sie hierhergeschickt hatte.

Nora musste an das gemeinsame Abendessen mit Menke und Connie denken. Natürlich hatten sie sich, ermuntert von Wein und Schnaps, auch untereinander die Gretchenfrage gestellt. Connie hatte mit allen Anzeichen des Entsetzens darauf reagiert. Sie war Atheistin, aus voller Überzeugung. Es gab keinen Gott. Weder einen noch viele. Ihrer Meinung nach machte schon ein einzelner genug Probleme; aber ein ganzes Pantheon war ihr einfach zu viel!

Menke hingegen hatte sich im Gespräch als Agnostiker herausgestellt, also als jemand, der weder die Existenz noch die Nicht-Existenz eines allmächtigen Gottes als bewiesen ansah – und daher tolerant beide Haltungen akzeptierte. Und weil Menke eben Menke war, tolerierte er nicht nur einen, sondern auch die Möglichkeit vieler Götter. Warum auch nicht?

Und Nora? Woran glaubte Nora? Sie wusste es einfach nicht. Einerseits fand sie es vermessen, anzunehmen, dass es keine größere Kraft als den Menschen gab. Aber andererseits fiel es ihr unendlich schwer, sich als Erklärung für das Unerklärliche einen hammerschwingenden Wikingergott vorzustellen.

Noras Seufzer ließ Mats aufhorchen. »O nein, fühlt es sich so schlimm an?« Seine haselnussbraunen Augen schauten sie besorgt an. Nora musste lachen. »Es tut mir leid, Mats. Ich will dich damit weder verärgern noch provozieren. Ich versuche einfach nur, es zu verstehen.«

Vielleicht hatte Mats recht. Einen Glauben zu finden, *seinen eigenen* Glauben zu finden, brauchte Zeit. Und die sollte sie nicht mit ihren Grübeleien zerstören, sondern lieber genießen.

Aus dem Augenwinkel heraus betrachtete sie Mats, der ruhigen Schrittes neben ihr herging. Wie wohl sie sich in seiner Gegenwart fühlte! Und wie gerne sie Zeit mit ihm verbrachte! Seit sie in Tönsburg angekommen war, hatten sie sich jeden Tag gesehen. Und das nicht nur, um über *Stærkt Bånd* zu sprechen oder gemeinsam die Treffen der kleinen Gemeinschaft zu besuchen, sondern auch, um anderweitig Zeit miteinander zu verbringen. Sie waren essen gegangen, hatten die Ausstellung »250 Jahre Klootschießen« im kleinen Heimatmuseum besucht und waren viel am Meer entlangspaziert, um sich bei salziger Seeluft über Gott und die Welt – oder vielmehr *die Götter* und die Welt – zu unterhalten. Dabei hatte Nora mit jedem Tag mehr gespürt, dass sie und Mats Hansen auf einer Wellenlänge lagen und nicht nur die gleichen Interessen, sondern auch denselben Humor teilten.

Und daher war es ihr auch mit jedem Tag schwerer gefallen, Connies Undercover-Auftrag gerecht zu werden. Ihre letzten Anrufe hatte sie nur noch sporadisch angenommen.

Was passierte hier gerade mit ihr? Und war es falsch, was sie tat? Aber wie konnte etwas falsch sein, was sich so richtig anfühlte? Shit, sie grübelte ja schon wieder!

»Du ärgerst mich damit nicht.« Mats blieb stehen und schenkte Nora sein typisches Lächeln, das hoch bis zu seinen Augen reichte. »Genau deswegen bist du doch bei uns. Genau deswegen bin ich doch da. Und wenn es uns nicht gelingt, dir unseren Glauben nahezubringen, dann ist das doch auch kein Problem. Jeder ist frei zu glauben, was er will. Wir leben ja nicht mehr in Zeiten der Christianisierung.« Nora wollte weitergehen, doch Mats rührte sich nicht vom Fleck. Fragend schaute sie ihn an.

»Vielleicht hilft dir das hier ja ein wenig.« Verschämt holte Mats etwas aus seiner Jackentasche hervor und reichte es ihr. Es war ein kleiner Thorshammer aus Holz, der von wunderschönen, filigranen Schnitzereien überzogen war.

»Das ist Mjölnir. Thors Hammer. Ich wollte ihn eigentlich meiner Mutter zum Geburtstag schenken, aber jetzt gehört er dir. Du brauchst ihn mehr.«

Behutsam ließ Mats das Schmuckstück an einem dünnen Lederband in Noras Handfläche gleiten. Es war klein und zart, kaum größer als ihr kleiner Finger und erstaunlich leicht. Kein aggressiver Wikingerprotz aus Metall, wie man ihn auf jedem Mittelaltermarkt kaufen konnte, sondern fein und filigran – und wunderschön. Ergriffen fuhr Nora mit ihren Fingerkuppen über die grazile Schnitzarbeit. »Den hast du aber nicht selbst geschnitzt, oder?«

Mats' Antwort war ein stolzes Lächeln.

Als hätte sie ein Stromschlag durchzuckt, streckte Nora ihm den Anhänger wieder hin. »Das kann ich unmöglich annehmen.«

Mats lachte laut. »Wenn nicht du, wer dann? Ich bin ziemlich sicher, dass du noch keinen hast.« Seine Stimme wurde sanft und leise. »Du musst ihn nicht tragen, wenn du nicht willst. Aber ich möchte einfach, dass du ihn hast. Dass er bei dir ist. Als Talisman. Als Wegweiser. Oder zumindest als Wegbegleiter.«

Nora umschloss den kleinen hölzernen Anhänger mit ihrer Hand und nickte ergriffen. »Danke!«

Mats lächelte glücklich. Noch immer hielt Nora den

kleinen Anhänger wie einen wertvollen Schatz in ihrer Hand geborgen. Dann wickelte sie ihn als Zeichen ihrer Wertschätzung vorsichtig in ein sauberes Taschentuch und steckte ihn behutsam in die Hosentasche. »Ich werde ihn immer bei mir tragen. Auf jeden Fall solange ich hier noch auf der Suche bin.«

Bedächtig setzten sie ihren Spaziergang fort. Der Baumbewuchs wurde spärlicher, die Dichte der Stämme geringer. Langsam ging der Wald in eine flache, weitläufige Heidelandschaft zwischen Wald und Strand über, die für die Küste hier typisch war. Durch ein Dünental hindurch konnte man in der Nachmittagssonne bereits die graublaue Oberfläche der Nordsee glitzern sehen.

Ein merkwürdiges Gefühl beschlich Nora, ein leichtes Kribbeln im Rücken, so, als ob sie beobachtet würde. Instinktiv schaute sie über die Schulter zurück, konnte aber nichts erkennen, was ihr Unbehagen erklärt hätte. Oder war das nur die Anspannung, die zwischen ihr und Mats in der Luft lag wie das elektrische Knistern eines nahenden Sommergewitters?

»Alles in Ordnung?« Mats schaute sie verwundert an. Nora nickte.

Sie gingen weiter den schmalen Sandpfad entlang, der sich durch das dichte Heidekraut der Nordsee entgegenschlängelte. Noch war das knöchelhohe Gewächs völlig unscheinbar, nicht viel mehr als eine karge Wildnis aus ockerbraunen Pflänzchen, ab und zu von Moos oder struppigem Dünengras unterbrochen. Doch schon in wenigen Wochen, ab Mitte August, würde hier alles von leuchtend violetten Heideblüten überzogen sein, einem lila Teppich, so weit das Auge reichte.

»Bekommen eigentlich alle am Heidentum Interessierten von dir als Mittler so eine Rundumbetreuung? Ausführliche Spaziergänge durch die Natur inklusive kleiner Geschenke wunderschöner Handwerkskunst?«

Trotz des neckischen Untertons in Noras Frage huschte Verlegenheit über Mats' Gesicht. »Erwischt. Ich mache das hier wahrscheinlich mehr aus privater Motivation ...«

Jetzt! War jetzt der Zeitpunkt gekommen, um eine ihrer brennendsten Fragen loszuwerden? Nora schluckte trocken. »Du hast erzählt, dass dein Bruder eine kleine Tochter hat. Wie ... also, ich meine, bist du auch ...?«

»Nein. Keine Kinder. Weder geschieden noch verwitwet.« Mats blickte in die Ferne. Doch selbst im Profil konnte Nora seine Lachfältchen erkennen. Er schmunzelte!

»Entschuldige, Mats. Ich bin einfach zu neugierig. Berufskrankheit ...«

»Na, ich hoffe doch, dass das kein berufliches Interesse war. Sondern ... privates.«

Noras Hand glitt in ihre Hosentasche und umfasste den Holzanhänger. Es war, als ginge eine Wärme von ihm aus, aber wahrscheinlich war es nur ihr schneller werdender Herzschlag, der die Hitze durch ihren Körper pumpte. Meine Güte, wo traf man denn heutzutage noch einen gut aussehenden, liebenswerten Mann von Mitte dreißig, der eine lupenreine Vergangenheit ohne private Altlasten oder kriminelle Vorstrafen hatte? Konnte das wirklich sein? Mats Hansen war der Jackpot auf dem Single-Markt!

Ihre Blicke trafen sich.

Sanft strich Mats ihr eine Haarsträhne aus der Stirn. Nora schmiegte ihre Wange in seine Hand und versank in der Wärme seiner braunen Augen.

Meine Güte, nun küsst euch doch endlich, dachte Connie, während sie die beiden angestrengt durch ihren Feldstecher beobachtete. Der Ast, auf dem sie saß, begann ihr allmählich in den Hintern zu zwacken. Die linke Pobacke war sowieso längst eingeschlafen, von den Füßen ganz zu schweigen, die spürte sie schon seit einer halben Stunde nicht mehr. Sie wollte endlich runter von diesem Baum! Auch wenn sie es sich nicht eingestehen wollte, aber vielleicht wurde sie langsam zu alt für solche Kletterpartien ...

Allerdings war ihr Noras Verhalten in den letzten Tagen merkwürdig vorgekommen. Also hatte sie sich selbst ein Bild davon machen wollen, wie gut sie sich bisher in die Neuheiden-Gemeinschaft integriert hatte. Aber mit so einer engen Bindung hatte selbst Connie nicht gerechnet. Gebannt starrte sie durch das Fernglas, in dem sich Mats und Nora in Großaufnahme immer näher kamen.

Da wurde sie durch das Taubheitsgefühl hindurch vom Vibrieren ihres Handys abgelenkt. Ärgerlich ließ sie das Fernglas sinken, umklammerte mit einer Hand den rauen Stamm des Baumes, in dem sie saß, und angelte mit der anderen ihr Smartphone aus der Jeanstasche hervor. Jonna!

»Mormor! Ich muss dich was fragen«, erklang die Stimme ihrer Enkelin in einer Lautstärke, in der sie sich wahrscheinlich auch ohne Telefonverbindung mühelos von Esbjerg bis Tönsburg hätte verständigen können. Erschrocken flatterten zwei Krähen auf, die bis dahin bewegungslos im Nachbarbaum gesessen und Connie misstrauisch beobachtet hatten. Eilig pegelte Connie die Lautstärke ihres Handylautsprechers herunter.

»Was ist denn los, mein Schatz?«, flüsterte Connie, während sie sich umständlich den Feldstecher wieder vor die Augen hielt. Hatten Nora und Mats sie gehört? Und hatte sie jetzt etwa den Kuss verpasst? »Du klingst ja ganz aufgeregt.«

»Und du klingst so, als ob du wieder observierst.«

Connie musste grinsen. »Ja, Hasenzahn, du hast recht, ich bin bei der Arbeit.«

»Du sollst mich nicht Hasenzahn nennen«, schmollte Jonna durch die Leitung. Connies Grinsen wurde breiter. »Was wolltest du mich denn so dringend fragen?« Das »Hasenzahn« am Ende des Satzes verkniff sie sich.

»Kommst du mit zum Sankt-Hans-Feuer?«

Auf keinen Fall! Connies gute Laune sackte augenblicklich auf den Nullpunkt.

Für Brauchtum, vor allem für widerlich stinkendes und eklig qualmendes Brauchtum, das einem noch Tage später in der Kleidung hing und selbst einer nikotinerprobten Raucherlunge wie ihrer zusetzte, hatte Connie nichts übrig.

Außerdem wurden die Sankt-Hans-Feuer in der Mittsommernacht entzündet, und da ...

»... muss ich leider arbeiten.« Hasenzahn.

»Aber ich will unbedingt, dass du Rasmus kennenlernst.«

Wer, verdammt noch mal, war Rasmus? Hatte Lærke etwa einen neuen Mann kennengelernt? Bestimmt wieder so ein kleinkrimineller Tunichtgut. Oder ein spießiger, liebloser Pedant! Die Letzten hatte Connie nur mithilfe wenig subtiler Drohungen vergraulen und so von ihrer Tochter und ihrer Enkelin fernhalten können.

»Der ist neu in meiner Klasse.«

Kein neuer Lover. Beruhigend.

»Er kann voll gut Fußball spielen.«

Schön, aber noch lange kein Grund, sich vom Sankt-Hans-Feuer die Haare versengen zu lassen.

»Und ich mag ihn wirklich, wirklich gerne.«

Aha! Daher wehte der Wind.

Meine Güte, die Kleine war neun! Wie früh setzte denn die Pubertät heutzutage ein?

»Und? Kommst du, Mormor?«

Connie konnte geradezu hören, wie Jonna gespannt die Luft anhielt. Connie seufzte. Wie hätte sie dem Menschen, den sie auf dieser Welt am meisten liebte, auch nur einen einzigen Wunsch abschlagen können?

Letzte Chance, um die Mittsommernacht doch noch in der Nähe des Tönsburger Wäldchens verbringen zu können: »Was sagt denn deine Mutter dazu?«

»Mama sagt, dass du eh nicht kommst. Weil du ja nie da bist, wenn man dich braucht.« Jonna klang auf einmal geknickt, und durch Connies Herz ging ein schmerzhafter Stich.

Das Verhältnis zu ihrer Tochter Lærke war schon immer schwierig gewesen. Connie war unbeabsichtigt und viel zu jung Mutter geworden; einen Vater hatte es in Lærkes Leben nie gegeben. Auf die Unterstützung ihrer verkifften Hippie-Eltern konnte Connie damals auch nicht bauen, und es wäre ein Leichtes gewesen, den durch ihre eigene prekäre Kindheit vorgezeichneten Weg einzuschlagen und als überforderte Teenie-Mutter und Schulabbrecherin perspektiv- und chancenlos in der staatlichen Sozialhilfe zu enden. Doch das wollte sie nicht. Und ihr Wille allein war es, der sie den Abschluss nachholen und den Eignungstest bei der Polizeischule bestehen ließ. Ab da kannte sie kein Halten mehr. Sie war fleißig, sie war ambitioniert. Sie wollte mehr vom Leben als nur das absolute Minimum, weshalb ihre Tochter von einer Tagesmutter und den liebevollen, kinderlosen Nachbarn aufgezogen worden war – was Lærke ihr bis heute übel nahm!

Doch seit Jonnas allererstem Atemzug versuchte Connie, ihre rabenmütterlichen Versäumnisse als Mormor, als Oma mütterlicherseits, wiedergutzumachen. Das war in ihrem Job nicht immer einfach, aber ihrer Enkelin ordnete Connie alles unter. Und dass Lærke nicht anerkannte, dass sie sich als Großmutter wirklich Mühe gab, zuverlässig und verantwortungsvoll zu sein, war einfach gemein!

So, das war's! Entscheidung gefallen! Jetzt kam sie erst recht!

»Aber natürlich komme ich, Hasenzahn!«

Jonnas Jauchzen drang trotz Minimallautstärke so laut durchs Handy, dass sie nun wahrscheinlich auch die restlichen Waldtiere verschreckt hatte.

»Aber eines muss dir klar sein, Jonna«, fuhr Connie in strengem Ton fort. »Ich bin ehrlich zu dir! Wenn ich deinen Rasmus nicht mag, also wenn der nach Zigaretten stinkt oder so Angeber-Turnschuhe trägt oder Kleinere schubst, dann sage ich dir das. Und dann musst du dir einen anderen suchen. Verstanden?«

»Na, deswegen will ich doch, dass du kommst, Mormor!« Jonna klang schon fast genervt. »Damit ich weiß, ob er ein feiner Kerl ist und wir wirklich zusammenpassen.«

Gott im Himmel! Connie stürzte beinahe vom Ast. Wann hatte sie verpasst, dass Jungs nicht mehr »bäh« waren? Warum konnte ihre kleine Maus nicht noch ein wenig Kind bleiben?

Grimmig beschloss Connie, genau dafür während des Sankt-Hans-Feuers zu sorgen: dass Jonna noch ein wenig Kind bleiben konnte.

Sorry, Rasmus, aber du hattest leider von Anfang an keine Chance ...

»Gut, Hasenzahn, dann sehen wir uns spätestens beim Sankt-Hans-Feuer. Ich freu mich auf euch! Grüß Mama von mir.«

Connie beendete das Telefonat und steckte das Handy zurück in ihre Hosentasche. Als sie den Feldstecher wieder vor die Augen nahm, waren Nora und Mats bereits hinter einer Düne verschwunden.

Zwei Krähen waren laut kreischend über sie hinweggestrichen und hatten den kurzen magischen Moment verscheucht. Doch es fühlte sich nicht nach einer verpassten Gelegenheit an, sondern vielmehr wie der Auftakt zu etwas Wunderschönem, das weiter geduldig auf sie wartete.

»Hugin und Munin«, murmelte Mats und schaute den beiden schwarzen Vögeln hinterher, die über die weite Heidelandschaft hinwegglitten.

»Wie bitte?«, fragte Nora lachend.

»Odins Raben. Sie setzen sich nach ihren Ausflügen auf seine Schultern und flüstern ihm ins Ohr, was sie gesehen und gehört haben.«

Hatte sie sich etwa von den beiden Vögeln beobachtet gefühlt?

»Aber das waren keine Raben, das waren Krähen«, gab Nora zu bedenken.

»Ach, das weißt du so genau?« Mats schaute sie mit einem belustigten Lächeln an. »Bist du Hobby-Ornithologin?«

»Vielleicht«, tat Nora gespielt geheimnisvoll.

»Es gibt noch so viel, was ich nicht von dir weiß.« Der

Blick aus Mats' warmen Augen lag wieder liebevoll auf ihr. »Ich würde gerne mehr über dich erfahren. Alles. Oder zumindest alles, was du mich wissen lassen willst.«

Nora schluckte trocken. Wenn Mats Hansen wüsste, weshalb sie *wirklich* in Tönsburg aufgeschlagen war, würde sein Interesse an ihr jäh ersterben. Schlagartig kam sie sich schäbig vor.

»Aber falls es dich beruhigt ...« Mats hatte Noras Verstimmung bemerkt, sie aber auf seine wohl zu offensive Rede bezogen und war nun bemüht, die Situation mit etwas Humor aufzulockern. »... ich glaube nicht wirklich daran, dass das da gerade Odins Raben waren. Verzeihung: Odins Krähen.«

Situation gerettet. Mats wich Noras spielerischem Boxhieb aus, und gemeinsam liefen sie den letzten Dünenhang hinab zum Meer.

»Weißt du, wer dir bestimmt noch viel besser auf all deine Fragen antworten kann?«, nahm Mats den vorherigen Gesprächsfaden wieder auf. »Ingvar. Unser Hüter.«

»Euer *was?*«, fragte Nora lachend.

»Hüter. So nennen wir die höchste Vertrauensperson in unserer Gemeinschaft«, erklärte Mats. »Der Hüter oder die Hüterin wacht darüber, dass alles, was wir bei *Stærkt Bånd* leben und auch an andere weitergeben, nicht im Widerspruch zu wissenschaftlichen Erkenntnissen steht. Also dass wir keinen ausgekochten Heiden-Schwachsinn erzählen und dann behaupten, dass die Götter uns das so eingetrichtert haben.« Mats musste selbst lachen. »Ingvar ist dafür genau der Richtige. Nicht nur, weil er unser Gruppenältester ist und einer der Gründerväter von *Stærkt Bånd,* sondern auch weil er früher als Wissenschaftler gearbeitet hat.«

»Als Wissenschaftler?«, fragte Nora überrascht.

Mats nickte. »Also wenn du willst, fahr ich dich hin. Zu Ingvar. Dann könnt ihr reden. Ich wollte mich eh mit ihm treffen und alles für das Mittsommerblót besprechen.«

GEGENWART

6 Connies Auto kroch über einen kaum befahrbaren Feldweg, der am Waldrand entlang direkt zum altehrwürdigen Hof von Magnus Hauge führte.

Zumindest die eine Seite von Wohnhaus und Stallgebäuden hatte der nahe Baumbestand vor der salzhaltigen Witterung zu schützen vermocht, doch auf der anderen Seite bröckelte schon gehörig der Putz. Nora erkannte Risse in der Fassade, die sich von der Dachkante bis hinunter zum Fundament zogen. An vielen Stellen platzte die Farbe ab, das Dach war mehrfach geflickt worden, und zwischen den Steinplatten vor der Haustür schoss das Unkraut in die Höhe. Der riesige Stall mochte einst viele Hundert Schweine beherbergt haben, jetzt waren es noch höchstens eine Handvoll, wie Nora mit einem schnellen Blick durch die halb offene Stalltür erkennen konnte. Auch die Tür des angrenzenden Gebäudes stand halb offen; Nora erkannte einen bis unter die Decke weiß gefliesten Raum, offenbar ein kleines Schlachthaus, in dem man Hofschlachtungen durchführen konnte. Aber auch hier war eine gewisse Patina unübersehbar. Es war mehr als offensichtlich: Der Hauge-Hof hatte seine besten Tage hinter sich.

Magnus Hauge stieß die unverschlossene Tür des Wohnhauses auf. Die beiden Kommissarinnen folgten ihm, ohne dass er sie hereingebeten hätte.

An der Schwelle bemerkte Nora, wie Connie nach alter

Gewohnheit die Schuhe ausziehen wollte, so, wie es in Dänemark üblich war, wenn man ein fremdes Haus betrat. Doch dann hielt sie angewidert inne. Das Haus machte auch von innen einen wenig gepflegten Eindruck und vermittelte instinktiv das Gefühl, sich ohne Schuhe irgendetwas in die Socken einzutreten. Daher behielten sowohl Nora als auch Connie die Schuhe an und folgten dem Hausherrn, der mit seinen völlig verdreckten Pantoffeln bereits hineingestapft war.

Im Inneren war es schummrig und roch nach hart gekochten Eiern.

»Hier.« Hauge zeigte auf den noch nicht abgeräumten Esstisch vom Vorabend. »Nehmen Sie Proben mit. Irgendwie müssen die mich ja vergiftet haben.«

Während Nora ein Glas aus dem Abtropfgestell nahm und mit Leitungswasser füllte, zog Connie einen durchsichtigen Beweissicherungsbeutel hervor und stülpte ihn über das Bierglas, auf dessen Boden noch ein Rest goldgelber Flüssigkeit schimmerte. Dann nahm sie mit der Messerspitze weitere Proben von den Essensresten, die angetrocknet auf den Tellerrändern klebten.

Magnus Hauge hatte sich derweil in einen abgewetzten Sessel in der Wohnstube fallen lassen und schien die beiden Frauen vergessen zu haben. Sein Atem ging stoßweise, er stierte ins Nichts, die Hände umkrampften die Armlehnen.

»Katrine ist tot.« Seine Stimme klang gebrochen und so leise, dass sie gar nicht zu seinem massigen Körperbau passen wollte.

»Katrine ist tot. Meine Katrine ist tot!«

Tränen rannen über sein wettergegerbtes Gesicht und tropften vom Kinn auf seine Brust. Nora reichte ihm das

Wasserglas. Doch Hauge reagierte nicht. Er starrte weiter mit tränennassem Blick in das Dämmerlicht, in dem die Staubkörner tanzten. Bedächtig stellte Nora das Glas auf dem Couchtisch ab und setzte sich Hauge gegenüber auf das Sofa.

Alles an der Einrichtung spiegelte den Geschmack längst vergangener Jahrzehnte wider. Doch es waren nicht nur die altbackenen Farben, Formen und Muster, die Nora auffielen. Es waren vor allem die beginnenden Anzeichen des Verfalls: Brandlöcher im Teppich, Risse in der Tapete, verschlissene Polster, gesplittertes Holz. Aber selbst in diesem trostlosen Umfeld sprang der Scherbenhaufen, der eng an der Fußleiste der hinteren Zimmerwand lag, geradezu ins Auge.

Gut, dass sie die Schuhe anbehalten hatten!

Nora meinte, in den Kristallglas-Scherben die Überreste einer Vase oder Schale zu erkennen. In der gegenüberliegenden Schrankwand klaffte ein auffälliges Loch. Alles deutete darauf hin, dass das dort fehlende Objekt einmal quer durch den Raum gegen die Wand geschleudert worden war.

In Nora stieg Unbehagen auf. Die Atmosphäre war nicht nur ungemütlich, sondern irgendetwas fühlte sich hier ganz und gar falsch an.

»Meine Katrine ist tot.«

Magnus Hauge riss Nora aus ihren Gedanken. Immer noch saß er zusammengesunken im Sessel, gefangen in seinen Emotionen, in dem inneren Kampf, den Trauer und Unglauben miteinander ausfochten.

»Herr Hauge«, begann Nora vorsichtig. »Sollen wir jemanden benachrichtigen? Haben Sie Kinder?«

Der Alte zog geräuschvoll die Nase hoch. »Jytte.«

»Ihre Tochter?«

Hauge schwieg. Nach wenigen Sekunden nickte er stumm.

»Und wo ist Jytte jetzt?«

»In Hamburg. Sie unterrichtet an der Uni. Und schreibt gerade an ihrer Dissertation. Physik.« Unverkennbarer Stolz blitzte in Magnus Hauges Gesicht auf. »Sie ist sehr, sehr klug. Das hat sie von ihrer Mutter.« Wieder füllten sich seine Augen mit Tränen.

Nora stand auf und ging zu einem kleinen Sideboard, auf dem ein paar gerahmte Familienfotos standen. »Ist sie das?« Sie deutete auf eine junge Frau mit kurzen honigblonden Haaren, die zwischen Magnus Hauge und einer Frau stand, in der Nora das Gesicht der Toten wiedererkannte. Magnus Hauge und Jytte strahlten in die Kamera; nur Katrine Hauge verzog keine Miene. Auch auf den beiden anderen Bildern – offenbar einem Jubiläumsbild zur Silberhochzeit sowie einem ebenfalls schon älteren Urlaubsschnappschuss vor einer Nordseefähre – lächelte Katrine Hauge nicht. Es wirkte auf Nora, als ob ihr eine unsichtbare Last auf den Schultern läge und ihr das Lachen, ja sogar das Lächeln, schlicht vergällt hatte. Sie wirkt traurig, dachte Nora. Traurig und vom Leben enttäuscht.

Aktuellere Bilder schien es nicht zu geben, jedenfalls entdeckte Nora nirgendwo welche. Während sie noch die Fotos betrachtete, konnte sie hinter der dünnen Wand Connies Schritte hören; wahrscheinlich sah sich die Dänin unauffällig im Haus um.

»Möchten Sie, dass wir Jytte verständigen?« Nora hatte bereits den Hörer vom altmodischen Wählscheibentelefon gehoben, als Hauge laut aufschrie: »Nein!« Doch Nora hatte schon gemerkt, was Hauge offenbar vor ihr zu verheimlichen versucht hatte: Die Leitung war tot! Kein Freizeichen war zu hören, auch nicht, als sich Nora den Hörer fester ans Ohr presste. Sie drückte mehrfach auf die Telefongabel, doch die Leitung blieb stumm.

»Ist Ihr Telefon kaputt?«, fragte sie verwundert.

»Ja«, knurrte Hauge gepresst. »Und jetzt hören Sie auf, hier einfach alles anzufassen.«

Nora hob beschwichtigend die Hände. »Entschuldigen Sie bitte, ich wollte nicht unhöflich sein. Aber könnten Sie mir die Kontaktdaten Ihrer Tochter nennen? Wir werden später auch noch mit ihr sprechen müssen.« Mit berufsbedingtem Reflex klopfte Nora ihr Sommerkleid nach Stift und Block in den nicht vorhandenen Uniformtaschen ab. »Haben Sie vielleicht etwas zu schreiben für mich?«

»Nein, habe ich nicht!« Die Antwort kam schnell und harsch. Hauges Feindseligkeit überraschte Nora. Schnell schaute sie auf das Tischchen mit dem Telefon. Hatte man dort nicht immer Block und Stift liegen? Tatsächlich entdeckte sie auf dem Platz neben dem altertümlichen Apparat ein schmales Notizheft. Aber von einem Stift fehlte jede Spur. Ihr Blick fiel auf den Couchtisch, auf dem ein aufgeschlagenes Rätselheft lag – ebenfalls ohne Stift in Reich- oder Sichtweite.

Energisch wischte sich Hauge mit dem Ärmel über das tränennasse Gesicht. »Ich rufe Jytte gleich von meinem Handy aus an. Hinterm Stall ist Empfang. Aber erst wenn Sie weg sind. Ich will jetzt meine Ruhe haben. Also gehen Sie endlich!« Seine Stimme wurde lauter. »Ich will, dass Sie gehen! Sofort!«

»Das Kriseninterventionsteam müsste bald da sein. So

lange würden meine Kollegin und ich noch bei Ihnen bleiben und …«

»Ich brauche diesen Firlefanz nicht! Gehen Sie, habe ich gesagt! Ich tu mir schon nichts an.« Auf einmal huschte ein teuflisches Lächeln über Hauges Gesicht. »Oder haben Sie etwa Angst, dass ich Selbstjustiz übe? Dass ich mein Gewehr nehme und auf jeden Odin-Spinner ballere, der es wagt, noch einmal einen Fuß in meinen Wald zu setzen?«

»Es ist nicht *dein* Wald.« Auf einmal stand Connie im Türrahmen. »Der Tønsborg Lund gehört zum einen Teil der dänischen Krone und zum anderen Teil dem deutschen Staat.« Connie ging langsam auf Hauge zu. »Aber du siehst das offenbar anders, oder? Du fühlst dich persönlich von den Neuheiden provoziert, was? Wieso laufen die auch in *deinem* Wald herum und halten da ihre bekloppten Rituale ab? Quasi in deinem Vorgarten?! Was für eine Frechheit!«

Nora spürte instinktiv, dass sie eingreifen musste, bevor Connie wieder mit ihrer beliebten Konfrontationsstrategie die Situation eskalieren ließ.

»Sie besitzen ein Gewehr, Herr Hauge?«, fragte sie so freundlich, wie es ihr eben möglich war, während sie Connie einen warnenden Blick zuwarf.

»Legal! Ich habe einen Waffenschein«, stieß er trotzig hervor.

»Deine Frau trug einen Thorshammer um den Hals.« Connie konnte es einfach nicht lassen. »Kannst du uns das erklären?«

Aus Magnus Hauges Gesicht wich alle Farbe. »Sie hatte … was?« Ein Zittern befiel seinen Körper, das er unter Kontrolle zu bringen versuchte, indem er seine Hände nur noch tiefer in die Armlehnen des Sessels krampfte. Vergeblich.

»Herr Hauge?« Eilig reichte ihm Nora das Wasserglas, das er diesmal mit zittriger Hand annahm und in einem Zug austrank.

»Sie waren es! Die Heiden! Sie haben meine Katrine umgebracht«, krächzte er. »Erst haben sie mich außer Gefecht gesetzt. Und dann haben sie sie entführt und umgebracht.«

»Und warum?«

»Aus Rache«, murmelte Hauge kaum verständlich.

»Rache?«, fragte Connie spöttisch. »Wofür? Weil du sie seit Jahrzehnten schikanierst?«

»Nein.« Hauges Pranken fuhren fahrig durch sein lichtes Haar, sein Blick flackerte Halt suchend durch den Raum. »Weil ich ihren heiligen Baum gefällt habe.«

Stille. Nur das Schlagen der Standuhr war zu hören.

»Was für einen Baum?«, brach Connie nach ein paar Sekunden das Schweigen.

»Der, auf dessen Stumpf sie Katrines Leiche abgelegt haben.« Hauge schaute hoch und blickte Nora und Connie mit nicht zu übersehender Verzweiflung an. »Da hat sie doch gelegen. Oder? Auf dem Stumpf der alten Esche.«

Noras Gedanken rasten. Magnus Hauge hatte weder die Leiche seiner Frau noch die Auffindesituation auf dem Baumstumpf mit eigenen Augen gesehen; Beck und Becker hatten ihn ja bereits bei der Flatterbandabsperrung abgefangen. Aber er wusste, dass auf der Lichtung einige Meter hinter der Absperrung der Stumpf stand, dessen Baum er offenbar vor langer Zeit gefällt hatte. Und der für *Stærkt Bånd* eine besondere Bedeutung gehabt hatte.

»Wann haben Sie den Baum gefällt? Das muss doch schon ewig her sein.«

Er zuckte die Schultern. »Weiß ich nicht mehr genau.«

»Mindestens dreißig Jahre«, klinkte sich Connie ein. »Also: Wieso sollten die sich dann erst jetzt an dir rächen wollen?«

Wieder zuckte Hauge mit den Schultern. Dann sprang er plötzlich auf, als wäre ihm klar geworden, dass er schon viel zu viel gesagt hatte. Er drückte das Kreuz durch, sodass sein Kopf beinahe an die niedrige Decke der Wohnstube stieß. »Gehen Sie jetzt! Ich will allein sein. Außerdem muss ich mich um die Schweine kümmern.«

»Haben Sie denn niemanden, der Ihnen hier auf dem Hof hilft?« Ungewollt hatte Nora den Finger erneut in die Wunde gelegt. Hauges Gesicht verdunkelte sich. »Früher mal. Ganz früher.« Hass sprühte aus seinem Blick. »Aber den haben sie auch umgebracht. Den Vorarbeiter von Katrines Vater, den haben sie auch abgeschlachtet. Katrine und ich waren da noch Kinder. Aber die Grausamkeit dieses sinnlosen Mordes, die haben wir damals trotzdem mitbekommen.«

»Der meinte Rainer Thun«, sagte Connie, als sie und Nora wieder zum Auto gingen. »Rainer Thun hat vor sechzig Jahren hier auf dem Hauge-Hof gearbeitet. Er war das erste Mittsommer-Opfer.«

Erleichtert sah Nora, dass sich ein kleiner Van über den Feldweg auf sie zukämpfte. Das Kriseninterventionsteam kam.

Während Nora mit dem Mann und der Frau vom Kriseninterventionsteam sprach, sie in die besonderen Umstände einwies und ihnen ihre Handynummer für Nachfragen diktierte, machte sich Connie auf die Suche nach Empfang. Magnus Hauge hatte recht: Ausschließlich hinterm Schweinestall zeigte ihr Handy zwei mickrige Balken an. Sie rief Reza an und brachte ihn auf den aktuellen Stand, dann erfragte sie, wo denn mittlerweile die provisorische Einsatzzentrale eingerichtet war, zu der sie nun fahren sollten.

Sie hatte das Telefonat gerade beendet, als ihr Blick auf ein merkwürdiges schwarzes Häufchen auf dem Boden fiel. Als sie näher trat, erkannte sie, dass es sich um eine alte Feuerstelle handelte. Irgendjemand hatte hier schnell und unauffällig etwas verbrennen wollen, und dieser Jemand war offensichtlich so in Eile gewesen, dass er nicht bemerkt hatte, dass die Glut zu schnell erkaltet war. Denn nicht alles war verbrannt, aus der grauen Asche ragte noch etwas heraus.

Connie griff sich ein Stöckchen vom Boden und stocherte damit vorsichtig in den Ascheresten herum. Dann zog sie sich Einmalhandschuhe über und sicherte ihre Funde in zwei Beweissicherungsbeuteln.

»Interessant«, murmelte sie, während sie sich die transparenten Tüten vor die Augen hielt. Das eine Fundstück war der verkohlte Rest eines Briefumschlags, der mit einem gelben Aufkleber versehen war. Mehr konnte Connie an dem Fragment, das nicht einmal halb so groß war wie ihre Handfläche, nicht erkennen.

Der zweite Fund schien die Ecke eines Fotos zu sein. Auf dem winzigen Rest des Hochglanzpapiers meinte Connie, eine Schulter und einen Kragenansatz zu erkennen. Vielleicht ein Porträtbild?

Sorgsam steckte sie die beiden Beweisstücke in ihre Jackentasche. Dann eilte sie zu Nora zurück.

»Als du vorhin mit Hauge gesprochen hast, habe ich

mich ein bisschen im Haus umgeschaut«, berichtete Connie, während sie den Wagen am Waldrand entlangsteuerte und sich eine Zigarette anzündete. »Nirgendwo Einbruchsspuren. Weder an den Fenstern noch an der Hintertür.« Sie blies den Rauch durch den Fensterspalt hinaus. »Allerdings waren die Holzrahmen an manchen Stellen schon so morsch, dass ich dir nicht mit absoluter Sicherheit sagen kann, ob die Absplitterungen vom natürlichen Verfall kommen oder doch durch das Aufhebeln mit Werkzeug entstanden sind.«

»Ach, offensichtlich schließt Magnus Hauge seine Haustür doch eh nicht ab«, warf Nora ein.

»Vielleicht hat er sie aber auch nur heute Morgen offen gelassen, als er panisch rausgerannt ist und nach seiner Frau gesucht hat«, gab Connie zu bedenken.

Nora schaute sie fragend an. »Glaubst du ihm die Geschichte? Dass er angeblich betäubt worden ist?«

»Er wäre schon ein extrem guter Schauspieler, wenn er uns vorhin im Wald diesen körperlichen Zusammenbruch nur vorgespielt hätte. Der konnte sich ja kaum auf den Beinen halten. Aber warten wir den Laborbefund ab.« Connie nickte mit dem Kopf in Richtung Rückbank, wo Nora neben einem Feldstecher die Beweissicherungsbeutel mit dem Papier- und Fotofetzen sowie dem Bierglas und den Essensresten entdeckte. »Oder auf das Ergebnis der Blutprobe. Dann wissen wir, ob er wirklich betäubt war.«

»Hast du eigentlich irgendwo im Haus Fotos gesehen? Also im Flur, an der Treppe oder so?«, fragte Nora.

Connie schüttelte den Kopf. »Ist mir auch aufgefallen, wie unpersönlich das da alles eingerichtet war. Keine Bilder von Freunden oder Bekannten. Auch auf dem Kalender in der Küche standen keinerlei Termine. Kein

Kaffeetrinken mit Freundinnen. Keine Besuche. Nur Arzttermine. Davon allerdings eine ganze Menge. Ich habe mal durch die letzten Monate geblättert. Einer von den beiden muss andauernd in medizinischer Behandlung gewesen sein. Und dann, seit ungefähr sechs Wochen, schlagartig nicht mehr. Ich habe Reza vorhin die Namen der Ärzte durchgegeben. Vielleicht hat der gleich schon mehr Infos für uns.«

»War da ein Stift?«

»Ein Stift?« Connie war von Noras plötzlichem Themenwechsel hörbar irritiert.

»Ja, bei dem Kalender in der Küche. War da ein Stift?«, wiederholte Nora. »Zum Eintragen der Termine.«

Auf Connies Stirn erschien eine steile Falte, als sie sich zu erinnern versuchte. »Nein«, murmelte sie gedankenverloren. »Auf dem Küchentisch lag noch ein handgeschriebener Einkaufszettel. Aber kein Stift.«

Plötzlich machte Connie eine Vollbremsung! Nora konnte sich gerade noch am Armaturenbrett abstützen, bevor sie in den Gurt gerissen wurde. »Was ist denn?«, fragte sie alarmiert. Connie deutete auf den hölzernen Telefonmast, der wie ein Überbleibsel aus längst vergangener Zeit am Waldrand stand.

»Siehst du, was ich sehe?«

Nora sah es! Zwischen dem weiter entfernt stehenden Mast und dem, der direkt vor ihnen emporragte, verlief eine oberirdische Telefonleitung. Doch anstatt sich weiter zu der Halterung auf dem Dach des Hauge-Hofs zu spannen, hing das Kabel schlaff am Mast herunter. »Deswegen war das Telefon tot. Da hat jemand die Leitung gekappt!«

Sie waren ausgestiegen, nun hielt Connie das Ende des Überland-Telefonkabels in der Hand. Es zeigte eine glatte

Schnittstelle. »Definitiv kein Sturmschaden.« Geistesabwesend starrte sie zum Waldrand hinüber, der zum Greifen nah war. Nora ahnte, was in ihr vorging. »Du denkst doch nicht wirklich, dass das die Heiden waren?! Dass an Hauges Rachetheorie etwas dran sein könnte?!«

Connie hielt wieder das durchtrennte Kabel hoch. »Möglich wäre es. Die legen erst das Festnetz lahm, damit die Hauges keine Hilfe holen können. Dann sedieren sie Magnus Hauge und entführen seine Frau Katrine. Aus Rache. Für ihre gefällte Esche.«

»Du hast selbst gesagt, dass das viel zu lange her ist, um glaubwürdig zu sein. Außerdem: Was ist aus deiner Menschenopfer-Theorie geworden? Ein Opfer pro Generation. Wie passt das denn jetzt dazu?«

»Erklär du es mir, Nora«, fauchte Connie scharf. »Denn egal, welche Hypothese ich gegen die Odinisten aufstelle, du blockst immer alles ab!«

Es dauerte einen Augenblick, bis Nora sich wieder gefangen hatte. »Was willst du damit sagen? Was unterstellst du mir denn da?«

»Dass du mittlerweile so tief in diesem komischen Verein drinsteckst, dass du überhaupt nicht mehr objektiv bist!«

Kurz verschlug es Nora die Sprache. Dann brach die Wut aus ihr heraus. »Ich habe mich doch nur deinetwegen bei denen eingeschleust. Um zu verstehen, wie die ticken. Und jetzt, wo ich das tue, sage ich dir einfach nur die Wahrheit: Dass das Schwachsinn ist mit deiner Menschenopfer-Theorie!«

Connie schaute Nora fest in die Augen. »Kann es sein, dass dich weniger die germanischen Götter anziehen als vielmehr Mats Hansen?«

Nora blieb der Mund offen stehen. Sie konnte nichts erwidern, spürte nur die in ihr aufsteigende Hilflosigkeit. Während sie noch nach einer Erwiderung suchte, fuhr Connie schon gnadenlos fort: »Ich habe euch beobachtet. Ihr wirkt schon seeehr vertraut miteinander. Und Mats Hansen ist ja auch ein echt netter Typ. Aber verdammt noch mal, Nora, du bist beruflich hier! Du hast dich blenden lassen! Du bist jetzt total voreingenommen!«

Der Feldstecher auf der Rückbank! Von wegen Hugin und Munin!

Nora schnappte nach Luft. »Du hast mir hinterherspioniert?« Ihre Stimme brach. Sie hatte Connie einen Gefallen tun wollen und sich deshalb auf diesen völlig bescheuerten Undercover-Job eingelassen. Und nun war sie seit ein paar Tagen so durcheinander, dass sie nicht mehr wusste, wo oben und unten war. Über zehn Jahre hatte sie an Thies gehangen, ihrer ersten großen Liebe, die sich nach anfänglichem Glückstaumel jedoch als untreue Enttäuschung herausgestellt hatte. Dennoch hatte Nora ihm hinterhergetrauert, sich jahrelang in ihr Schneckenhaus verkrochen, ihre Wunden geleckt und sich in die Arbeit geflüchtet. Niklas hatte sie verhöhnt, Menke hatte sie zu trösten versucht. Ersteres hatte sie mit dem letzten Rest Würde, der ihr noch geblieben war, stoisch ertragen. Letzteres hatte sie kaum ausgehalten, so sehr schmerzte es sie, dass sie für Menke, ihren besten Freund seit Ewigkeiten, nicht dasselbe empfand wie er für sie. Es hatte viel zu lange gedauert und sie fast unmenschliche Überwindung gekostet, sich neu auszurichten und wieder offen zu sein, für die Schönheit des Lebens und ja, vielleicht auch wieder für eine neue Liebe. Und jetzt war da Mats Hansen, für den sie wirklich etwas empfand, der aber auch mit dieser neuen, verwirrenden Spiritualität einherkam, die sie völlig aus der Balance brachte und ihre innere Mitte gehörig verschoben hatte. Odin, Thor, Jesus, Buddha, Mats, Ingvar, Lasse – sie war völlig verloren in ihren widerstreitenden Gefühlen!

»Ach, auch ohne Fernglas kann doch jeder sehen, wie sehr ihr euch mögt.« Connie deutete wütend auf die Lederkette um Noras Hals, obwohl Mjölnir noch immer vor allen Blicken verborgen in Noras Nacken hing. »Glaubst du wirklich, ich hätte das nicht mitbekommen?« Connie stieß wütend die Luft aus. »Wenn du es dir wenigstens zunutze gemacht hättest. Du warst so nah dran, Nora. So nah dran! Dann hättest du vielleicht rechtzeitig erfahren, ob ...«

»Mir *zunutze* gemacht?«, unterbrach Nora sie bestürzt.

Die Erkenntnis traf sie wie ein Faustschlag.

»Du wirfst mir einerseits vor, mich *vollkommen unprofessionell,* aber dafür ehrlich in Mats Hansen verliebt zu haben, und andererseits, dass ich *nicht professionell genug* gewesen sei, um mit ihm etwas anzufangen, damit ich so für dich an Insider-Informationen komme?!«

»Du hattest einen Auftrag, Nora! Einen Auftrag!« Connie schüttelte den Kopf, fassungslos darüber, dass sie jetzt ernsthaft diese Diskussion führen mussten.

»Was bist du nur für ein Mensch?!« Nora schossen Wuttränen in die Augen. »Du spielst nicht nur mit dem Vertrauen dieser Leute, sondern auch mit meinen Gefühlen! Ich weiß überhaupt nicht mehr, was ich denken soll. Und du siehst das alles nur pragmatisch.«

»Ja, verdammt! Weil du keine sechzehn mehr bist, Nora«, schrie Connie. »Und weil du mit etwas mehr Fokus auf deinen Auftrag diesen Mord vielleicht hättest verhindern können!«

Etwas in Nora zerbrach. Und dann kam der Schmerz. Die Ungerechtigkeit tat weh. So unfassbar weh.

Jetzt sollte *sie* dafür verantwortlich sein, dass ein Mensch gestorben war?!

Kälte umschloss Noras Herz und breitete sich von dort im ganzen Körper aus. Und da, wo gerade noch der Schmerz gebrannt hatte, war plötzlich nichts mehr. Seine Brandspur hinterließ nichts als Gefühllosigkeit.

Connie schnaufte abfällig, dann drehte sie sich um und stapfte zurück zum Auto. Nora sah das, konnte sich selbst aber keinen Millimeter bewegen. Sie spürte sich nicht mehr.

»Jetzt steig endlich ein! Wir fahren zu Hellmann und den anderen«, blaffte Connie sie an. Aber Nora wollte nicht einsteigen. Sie wollte weglaufen. Weit weg. Weg von Connie! Weg von diesem ganzen Heidenscheiß!

Aber weil sie eben keine sechzehn mehr war, sondern eine professionelle Polizeibeamtin, und weil Gefühle in einer Ermittlung wirklich keinen Platz hatten, riss sie sich zusammen. Sie wischte sich die Tränen weg, ging zum Auto und setzte sich neben Connie auf den Beifahrersitz.

Auf der gesamten Fahrt redeten sie kein einziges Wort miteinander.

EINE WOCHE ZUVOR

7 »Was machst du denn schon wieder hier?« Mats klang erstaunt – und wütend.

Nora war mit ihm zu Ingvar gefahren, der in einem kleinen Häuschen direkt am Rande des Tönsburger Wäldchens, keine zweihundert Meter vom Meer entfernt, wohnte. Sie hatten ihn in den letzten Tagen fast täglich besucht, weil er geduldig auf Noras unzählige Fragen und leise Zweifel zu antworten wusste.

Und bei jedem ihrer Besuche waren sie auf Lasse getroffen, der offenbar neuerdings seine Feierabende bei Ingvar verbrachte.

»Was hängst du hier dauernd rum?«, sprach Mats aus, was Nora dachte. »Hast du kein Zuhause?«

Lasse ließ die Muskeln spielen, sodass sich die tätowierten Schlangen auf seinen Armen zu bewegen schienen.

»Ob du es glaubst oder nicht: Auch ich habe Fragen. Auch ich suche Unterstützung bei Ingvar«, antwortete er, ohne dabei Nora anzugucken. Dennoch war klar, dass er sich auf sie und ihre Sinnsuche bei Ingvar bezog.

»Du hast vor allem ein Leben als Familienvater«, raunte Mats ihm zu. »Mette hat mich angerufen. Sie sagt, du kümmerst dich kaum noch um eure Kleine. Was ist los mit dir? Fahr zu deiner Tochter!«

»Mats hat recht«, erklang Ingvars tiefe Stimme. Der alte Mann stand in der Tür seines Hauses, auf seinen

Handstock gestützt. »Fahr nach Hause, Lasse. Familie ist das Wichtigste.«

Nora, die den Streit der Brüder aus Mats' Auto heraus beobachtet hatte, stieg aus und ging auf Ingvar zu. Der umarmte sie herzlich. »Setz dich doch schon mal hinten auf die Terrasse, ja? Ich komme gleich nach. Ich muss nur noch kurz etwas mit den beiden Streithähnen hier besprechen.«

Nora nickte und begann, über einen schmalen Seitenweg Ingvars Häuschen zu umrunden. Doch kaum dass sie hinter der Ecke verschwunden und außer Sichtweite war, drückte sie sich eng an die Hauswand und lauschte gespannt.

»Lasse, wir haben alles besprochen.« Das war Ingvars Stimme. »Du kennst meine Haltung. Nun liegt es an dir. Lass mich wissen, wie du dich entscheiden wirst.«

Unverständliches Gemurmel, dann knirschten Schritte über Kies. Ein Motor wurde gestartet, und Lasses Pick-up-Truck rollte rückwärts aus Ingvars Einfahrt heraus auf die Straße – und in Noras Sichtfeld! Hastig duckte sie sich hinter einen der breiten Kartoffelrosensträucher, die entlang Ingvars Häuschen wuchsen. Abrupt blieb Lasses Truck stehen. Ihr Herzschlag setzte aus. Hatte er sie gesehen? Vor Schreck hielt sie die Luft an. Wenn Lasse sie jetzt als Spionin enttarnte, war nicht nur ihre Mittsommer-Mission vorbei, sondern auch das, was sich gerade zart zwischen ihr und Mats entwickelte. Und das wollte sie auf keinen Fall gefährden, wie sie sich insgeheim eingestehen musste.

Sekunden verstrichen. Dann hörte Nora, wie Lasse den Vorwärtsgang einlegte, aufs Gas trat und davonrauschte. Erleichtert ließ sie die Luft aus ihren Lungen entweichen. Das war knapp gewesen. Glück gehabt.

In der Hocke robbte sie wieder näher an die Hausecke heran.

»Was habt ihr besprochen, Ingvar?« Mats klang aufgewühlt. »Was will Lasse von dir? Gibt es etwas, das ich wissen müsste?«

»Dein Bruder ist getrieben von einem dunklen Wunsch. Und ich werde ihn damit nicht allein lassen.« Ingvars Stimme nahm einen besorgten Tonfall an. »Und er wird auch deine Hilfe brauchen.«

Eine Böe fuhr über sie hinweg, sodass Nora nichts mehr außer unverständlichem Gemurmel hören konnte. Verärgert biss sie sich auf die Lippen. Worüber sprachen die beiden?

Als der Wind sich wieder legte, hörte sie, wie die Angeln der windschiefen Haustür quietschten, offenbar holte Ingvar etwas aus dem Inneren seines Hauses.

»Hier.« Ingvar sprach so leise, dass Nora ihn aus ihrem Versteck kaum hören konnte. »Nimm das. Lasse hat es mir gegeben. Aber es gehört euch. Eurer Familie.«

Nora wagte nicht, um die Ecke zu spähen, weil sie sicher war, dann sofort von Ingvar und Mats entdeckt zu werden. Verdammt! Was gab Ingvar da Mats gerade?

»Lasse hat es gelesen.«

Gelesen? Was? Ein Buch?

»Und seitdem ist er völlig besessen davon, seinen Glauben intensiver leben zu müssen. Nach den alten Ritualen. Um sich unserer Ahnen oder vielmehr *eurer* Ahnen würdig zu erweisen.«

»Und was soll ich jetzt damit machen?«

»Es lesen. Dann verstehst du, was in deinem Bruder vorgeht. Und dann kannst du ihm helfen. Denn auf deine Hilfe wird er angewiesen sein, Mats.«

Wovon sprach Ingvar? Um was für ein Buch handelte es sich da, um Himmels willen?

Mats' Schritte knirschten über den Kiesweg. Eine Autotür wurde geöffnet, offenbar legte er das, was auch immer Ingvar ihm gerade gegeben hatte, in seinen Wagen. Fast zu spät realisierte Nora, dass währenddessen das Klopfen von Ingvars Krückstock-Schritten bereits aus dem Inneren des Hauses zu hören war. Hektisch huschte sie über die schmalen Steinplatten zur Hinterseite des Hauses und ließ sich gerade noch rechtzeitig in einen der Liegestühle fallen, bevor die Terrassentür aufging und Ingvar ins Freie trat.

Nora war regelrecht erschrocken über Ingvars Anblick. Der alte Mann sah noch blasser aus als sonst. Er wirkte ein wenig fahrig und ungewöhnlich nervös. Dabei hatte sie Ingvar als immer ruhig und besonnen kennengelernt. Seine dreiundneunzigjährige Lebenserfahrung strahlte so viel Gelassenheit und Weitsicht aus, dass sein jetziges Erscheinungsbild gar nicht dazu passen wollte. Was hatte ihn so aufgewühlt? Etwa das Buch, das er Mats gerade übergeben hatte?

»Ingvar, soll ich dir ein Glas Wasser holen?« Nora war bereits aufgesprungen.

»Danke, ich brauche nichts.« Der alte Mann legte ihr freundlich die Hand auf die Schulter und drückte sie sanft in den Stuhl zurück. Er hatte sich wieder gefangen, strahlte nun wieder die alte Besonnenheit und Seelenruhe aus. Lächelnd setzte er sich in den Liegestuhl neben sie und schloss die Augen. Der goldene Glanz der Abendsonne ergoss sich über sein faltiges Gesicht, und eine warme Brise kräuselte sich in seinem langen Vollbart. Oder waren das etwa die Elementarwesen, die darin spielten? Unsichtbare Geister, Feen und Kobolde, die überall in der Natur um sie herum lebten und nur von ganz wenigen Auserwählten wahrgenommen werden konnten? Unsinn!

»Ich kann hören, was du denkst, Nora.« Noch immer hatte Ingvar die Augen geschlossen, aber seinen Mund umspielte ein neckisches Lächeln. »Warum bist du heute hier? Wie kann ich dir helfen?«

»Ich versuche immer noch, zu verstehen«, murmelte Nora. Und als Ingvar darauf nichts erwiderte, sondern nur die Augen öffnete und sie stumm, aber freundlich anblickte, ergänzte sie leise: »Ich versuche immer noch, zu glauben.«

»Du tust dich schwer mit unseren Göttern, weil sie für dich nicht viel mehr sind als Comic-Helden. Vielleicht wird es für dich einfacher, wenn du Abstand von den vermenschlichten Gestalten nimmst. Von Thor mit seinem Hammer und von Odin mit seiner Augenklappe und den beiden Raben. Denn ist es nicht denkbar, dass das alles nur Personifizierungen der Natur sind? Ist nicht die Natur das wahre Göttliche? In der Natur, also in allem um uns herum, in den belebten wie den unbelebten Dingen, erfahren wir das Göttliche. Wir können ohne die Natur nicht leben, sie aber sehr wohl ohne uns. Und genau diese Erkenntnis führt die Menschen hoffentlich bald wieder dazu, mehr im Einklang mit ihr zu leben. Sie zu ehren. Sie anzubeten.«

Ingvar sah, wie es in Nora arbeitete. Er lächelte und fuhr fort: »Vielleicht geht es aber viel weniger um Glauben, als du denkst. Wir glauben nicht, sondern wir versuchen zu *erfassen,* zu *fühlen,* zu *erfahren.* Du glaubst ja auch nicht an Vögel oder an den Sonnenuntergang. Das sind Fakten, sie sind real existent. Wir Heiden fragen daher auch nicht, an welche Götter du *glaubst,* sondern welchen du *opferst.* Denn im Blót, beim Opfern, zeigst du dich ihnen erkenntlich, du bedankst dich oder erbittest Hilfe. Und dann bist du ihnen ganz nah. Ihnen, der Natur, dem Göttlichen, dem Universum.«

Nora schwieg.

»Ich verstehe dich, Nora. Wahrscheinlich mehr, als du ahnst«, hob Ingvar an. »Ich weiß nicht, ob Mats es dir erzählt hat, aber ich war in der Hirnforschung tätig.«

Nora schaute erstaunt auf. »Er hat mir nur erzählt, dass du Wissenschaftler warst.«

Ingvar nickte. »Ich war Naturwissenschaftler. Neurobiologe. Und somit lange Zeit pflichtschuldigst Atheist. Für alles gab es eine logische Erklärung. Da war kein Platz für Magie, für das Übersinnliche, für das Unerklärliche. Doch durch Svend, Mats' und Lasses Großvater, der mit solch einer unbändigen Kraft den alten Glauben gelebt hat, habe ich gesehen, wie voll unsere Welt von Unerklärlichem ist.«

Nora runzelte die Stirn. Ingvar lächelte. »Doch, Nora, wirklich. Gerade in der Wissenschaft werden andauernd Dinge oder Zusammenhänge entdeckt, von denen man vorher nicht einmal etwas geahnt hat. Daher tun eigentlich gerade Wissenschaftler gut daran, Raum zu lassen für das, was man noch nicht weiß, was man eben noch nicht begreifen kann. Und was ist das anderes als der Glaube an eine höhere Kraft? Na gut, vielleicht ist es kein Glaube, aber zumindest das Erahnen einer Macht, die uns alle verbindet. Die den großen Zusammenhang herstellt. Nenn es Natur, nenn es Universum, nenn es Gott. Nenn es, wie du willst.«

Ingvars Blick suchte den Horizont. Nora folgte ihm.

Eine Weile saßen sie schweigend nebeneinander. Sie lauschten dem Rauschen des Meeres und dem Schreien der Möwen. Der Wind wehte sanft über ihre Haut und trug den Geruch von sonnenwarmem Sand über die Dünen zu ihnen herüber. Es war friedlich und ruhig und wunderschön.

»Der Polytheismus germanischer Prägung besteht aber nicht nur aus seinen Göttern«, hob Ingvar nach einiger Zeit wieder an. »Was wir leben, das ist die Religion unserer Vorfahren. Unserer Ahnen. Sie wollen wir ehren, ihrer gedenken, ihnen nacheifern oder es besser als sie machen. Es ist gelebte Ahnenverehrung, mit dem Ziel, selbst einmal zu einer Ahnin oder einem Ahnen zu werden, auf die die Nachkommenden mit Stolz blicken und sich an ihnen orientieren können.«

Nora dachte an das Blót zurück, an die besondere Atmosphäre, die Freundlichkeit und die Geborgenheit, die sie dort erfahren hatte.

»Niemand schreibt dir vor, was du zu glauben hast oder was du tun sollst, Nora. Bei uns gibt es keine Hierarchien. Und keine Priester, die als Einzige befähigt sind, zwischen den Welten zu vermitteln. Du bist frei in deinem Tun und Denken. Nichts schränkt dich ein: keine Heilige Schrift, keine Zehn Gebote, keine Angst vor der ewigen Verdammnis. Wie auch, wir glauben ja weder an den Teufel noch an die Hölle.« Ingvar lachte. Dann wurde er wieder ernst. »Wir leben sowieso viel weniger aufs Jenseits ausgerichtet als vielmehr im Diesseits, im Hier und Jetzt. Im Bewusstsein, dass unsere Taten in der Gegenwart zählen. Und dass wir teilhaben am ewigen Kreislauf aus Werden und Vergehen.«

Echt jetzt, Wiedergeburt?

Nora seufzte laut.

Warum beschäftigte sie das eigentlich alles so? Wieso bemühte sie sich ernsthaft darum, diesen Glauben zu verstehen?

Wäre es nicht viel wichtiger, so schnell wie möglich herauszufinden, was Ingvar vorhin Mats gegeben hatte?

Und dennoch ließen die Götter sie einfach nicht los!

Ingvars faltige Hand legte sich sanft auf ihren Unterarm. »Ich versuche, es dir anders zu erklären. Das Heidentum fordert einen mündigen Menschen, der selbst Verantwortung für sein Leben übernehmen will. Die Götter haben einem jeden etwas mitgegeben auf seinen Lebensweg. Ein Talent, eine Gabe. Also soll man es auch nutzen! Herausforderungen sollen selbstbewusst angenommen werden, Schwierigkeiten mit Mut gemeistert werden. Es geht nicht darum, den Zorn der Götter zu fürchten oder sie für jeden Furz um Hilfe zu bitten.«

Noras Mundwinkel zuckten. Dieses Wort aus Ingvars Mund wirkte absolut unpassend – und genau deswegen so treffsicher.

»Ja, richtig gehört.« Auch Ingvar musste lächeln. »Die Götter wollen, dass wir unsere Talente selbstständig einsetzen und auf unsere Fähigkeiten vertrauen. Jeder Mensch ist für seine Taten und die daraus folgenden Konsequenzen selbst verantwortlich. Unsere Götter haben Verständnis für menschliche Fehler und Schwächen. Und so sind wir ihnen gegenüber weniger Bittsteller als vielmehr auf Augenhöhe.«

»Aber damit sind wir ja schon wieder bei den Göttern«, murmelte Nora erneut orientierungslos.

Ingvar lachte. »Ja, das stimmt. Aber die Christen haben doch auch etwas mehr Personal als nur ihren einen, dreifaltigen Gott. Was ist mit den ganzen Engeln, Erzengeln und Schutzheiligen? Die sind doch alle auf gewisse Gebiete spezialisiert. Ähnelt ihre Funktion nicht der unserer Götter?«

Nora zuckte nur müde mit den Schultern. »Die sind mir genauso fremd.«

Ingvar nickte bedächtig. »Ich weiß, es kann verwirrend sein. Aber sieh es mal so: Wir sind umgeben von Kräften. Von Naturgewalten. Und seit Jahrtausenden versuchen wir, im Einklang mit diesen Kräften, die uns umgeben, zu leben. Und im besten Falle sie zu verstehen. Gerade in der heutigen Zeit, im Zeitalter von Klimawandel, Energiekrisen und Naturkatastrophen, finden viele wieder zu uns. Zurück zum Glauben der Ahnen. Weil es nur zeitgemäß und sinnstiftend ist, die Rolle des Menschen innerhalb einer allumfassenden Natur zu hinterfragen und eine verantwortungsvolle Haltung ihr gegenüber einzunehmen. Spätestens jetzt muss doch allen, die Augen im Kopf haben, klar sein, dass der Mensch nicht die Krone der Schöpfung ist und sich alles untertan machen sollte! Sondern dass wir ein Teil der Natur sind, dass wir mit ihr verbunden sind. Ihr Untergang ist auch unser Untergang. Ihr Wohl ist auch unser Wohl. Wir sind alle Teil eines Ganzen. Der Natur. Von mir aus auch der Schöpfung. Klingt das einleuchtend für dich?«

Nora nickte.

Ingvar lächelte. »Dann sind wir heute einen großen Schritt auf unserem gemeinsamen Weg weitergekommen.«

Erst jetzt sah Nora, dass Mats mit verschränkten Armen im Türrahmen lehnte und auf sie hinabblickte. Er lächelte, aber es lag keine Wärme in seinem Blick.

»Nora, es tut mir leid, ich muss zurück. Aber wenn du noch hierbleiben willst …« Er sprach den Satz nicht zu Ende. Nora spürte, dass er sie nicht zum Aufbruch drängen wollte, aber dass ihn seinerseits etwas trieb, von hier wegzukommen. Der kurze Blickwechsel zwischen ihm und Ingvar bestätigte ihren Verdacht nur noch. Nora stand auf. »Ich denke, ich habe jetzt genug, worüber ich erst einmal nachdenken kann.«

Sie ging vor Ingvars Stuhl in die Hocke und ergriff seine Hand, die faltig und ein wenig kraftlos, aber erstaunlich warm war. »Danke, Ingvar. Für deine Zeit. Und für deine Bemühungen um mich.«

Über das faltige Gesicht des alten Mannes ging ein Strahlen. »Ich danke dir, Nora. Für *deine* Zeit. Und für *deine* Bemühungen *um uns.*«

Sie schauten sich an, und zeitgleich glitt ein Lächeln über ihre Gesichter.

»Komm, Ingvar, ich bringe dich noch rein.« Mats reichte dem alten Herrn seinen Arm, doch der winkte nur ab. »Lass mich noch ein wenig hier in der Abendsonne sitzen. Ich komme schon zurecht.«

Man konnte Mats ansehen, dass er Ingvars Wunsch nur ungern nachkam, dass er sich um ihn sorgte; und auch Nora hatte den Eindruck, dass Ingvar plötzlich klein und eingefallen in seinem Stuhl wirkte. Doch da er keine Anstalten machte, sich zu erheben, nickte Mats Nora schließlich zu, und gemeinsam gingen sie zu seinem Auto in Ingvars Einfahrt zurück.

Sie fuhren los.

Schweigen erfüllte das Innere des Wagens.

»Wo warst du denn, als ich mit Ingvar gesprochen habe?« Nora schaute vom Beifahrersitz aus zu Mats hinüber, der stoisch auf die Fahrbahn blickte. »Warum wolltest du nicht dazukommen?«

»Ich dachte, es wäre dir angenehmer, allein mit ihm zu sprechen«, antwortete Mats. Aber Nora glaubte, ihn mittlerweile gut genug zu kennen, um die Lüge aus seiner Stimme herauszuhören. Er wirkte ziemlich ramponiert, sah emotional mitgenommen aus. Seine Hände kneteten das Lenkrad, ab und zu presste er unbewusst die Lippen aufeinander. Irgendetwas plagte ihn. Was hatte er nur die ganze Zeit, als sie mit Ingvar gesprochen hatte, gemacht?

Über den Rückspiegel warf Nora einen verstohlenen Blick auf die Rückbank. Dort lag ein dickes, in Leder eingebundenes Buch. Der braune Einband war speckig und verdreckt, ein paar Seiten quollen daraus hervor, vergilbt und angerissen. Nora meinte, handschriftliche Notizen auf einem Zipfel erkennen zu können.

War das das Buch, welches Mats vorhin von Ingvar bekommen hatte? Und hatte Mats während ihres Gesprächs mit Ingvar bereits mit dem Lesen begonnen? War er deswegen erst ganz zum Schluss zu ihnen gestoßen?

Bevor Nora sich eine unverfängliche Formulierung überlegen konnte, um möglichst beiläufig nach dem Buch auf dem Rücksitz zu fragen, hielt Mats schon vor dem kleinen Haus, in dem ihre Airbnb-Wohnung lag. Connie hatte sie ihr besorgt, keine Ahnung, ob die Kosten durch dänische Steuergelder gedeckt wurden oder ob sie mal wieder einen Gefallen bei einem ihrer unzähligen Bekannten eingefordert hatte. Die kleine Wohnung lag mitten im Herzen von Tönsburg, diesem winzigen deutschen Dorf am südlichen Rand des Tönsburger Wäldchens.

Mats schaltete den Motor aus und griff nach Noras Hand. Er versuchte sich an einem Lächeln, doch es wirkte verkrampft. »Entschuldige bitte, ich bin gerade ziemlich von etwas vereinnahmt. Gedanklich. Aber es hat nichts mit dir zu tun.«

Ich fürchte doch, dachte Nora beklommen.

»Kann ich dir irgendwie helfen?«

Sie hörte, wie falsch ihre Stimme klang. Doch Mats schien das nicht wahrzunehmen. Er schüttelte den Kopf. Noch immer hielt er ihre Hand. Sie war weich und warm. Angenehm.

Ganz kurz nur, für einen winzigen Augenblick, griffen ihre Finger wie von selbst ineinander, umschlossen sich ihre Hände, wurden eins.

Einen Herzschlag lang fühlte sich Nora glückselig und hundeelend zugleich. Dann löste sie sanft ihre Hand aus seiner und öffnete die Beifahrertür. »Danke für diesen schönen Tag. Bis morgen?«

Sie blickte seinem Auto, einem Firmenwagen des familieneigenen Dachdeckerbetriebs, hinterher, bis es hinter der Tönsburger Kirche verschwunden war.

Kurz darauf ließ sich Nora erschöpft auf die durchgelegene Matratze ihres Bettes fallen. Einem ersten Impuls folgend wollte sie Menke anrufen, hielt das dann aber für keine gute Idee. Es war nicht fair, ausgerechnet ihn um Rat zu fragen. Und Niklas war dafür erst recht keine Option. Nachdenklich hielt sie das Handy in ihrer Hand. Ob sie sich mal bei Flint melden sollte? Wie es Wotan wohl ging?

Wotan war ein schwarzer Schäferhundrüde, für den sie sich mit Flint – dem alten, schweigsamen, knurrigen Steuermann ihres Vaters und, seit sie denken konnte, engsten Freund ihrer Familie – das Sorgerecht teilte. Sie hatten Wotan übernommen, nachdem sein früheres Herrchen Selbstmord verübt und Nora es nicht übers Herz gebracht hatte, den verschmusten Hund ins Tierheim zu geben. Weil Nora ihn aber aufgrund von Menkes Hundehaarallergie tagsüber nicht mit auf die Wache nehmen konnte, teilte sie sich die Hundeelternschaft mit Flint. Tagsüber fuhr Wotan mit Flint auf dem Kutter raus zum Fischen, abends nach dem Dienst übernahm dann Nora. Und die Wochenenden teilten sie sich untereinander auf.

Als sie Flint gefragt hatte, ob er während ihres dreiwöchigen »Urlaubs« Wotan auch ganz nehmen könne, hatte seine Pfeife im Mundwinkel nur spöttisch gezuckt. Tatsächlich hatte Nora schon seit längerer Zeit das Gefühl, dass Flint den Hund jedes Mal widerwilliger bei ihr abgab. Der alte Seebär hätte es niemals zugegeben, aber Wotan hatte Licht und Wärme in seine – zugegebenermaßen selbst gewählte – Einsamkeit gebracht. Und Wotan liebte Flint ebenso. Wie sollte es ihm also schon gehen? Blendend!

Ausgerechnet *Wotan*. Wotan war der germanische Name des nordischen Gottes Odin. Nora schüttelte den Kopf. War das etwa ein Wink des Schicksals gewesen? Eine Vorbestimmung, die sie jetzt erst zu deuten wusste?

Noch immer drehte sie gedankenverloren das Handy in ihrer Hand. Doch da sie wusste, dass Flint generell nicht gerne sprach, und schon gar nicht am Telefon, warf sie es schließlich in hohem Bogen auf den Wäschestapel neben der Tür.

Noch im Flug begann es zu klingeln.

Hastig sprang Nora auf.

Connie!

»Na, was gibt es Neues?«

»Nichts.« Das war intuitiv aus ihr herausgeschossen, ohne dass sie vorher darüber nachgedacht hatte.

»Nichts?« Connies Stimme klang selbst durch die etwas rauschige Handyverbindung auffällig misstrauisch. »Es ist nicht mal mehr eine Woche bis zur Sommersonnenwende. Du musst doch langsam mal was herausgefunden haben!«

»Wie soll ich denn etwas herausfinden, wenn die nichts planen!? Zumindest kein Menschenopfer! Freu dich doch lieber, dass deine Theorie höchstwahrscheinlich falsch ist und kein weiterer Mensch zu Schaden kommen wird!«

»Ist alles okay bei dir, Nora? Du klingst irgendwie komisch.«

War da etwa Mitgefühl in Connies Stimme?

Unbewusst griff Nora in ihre Hosentasche. Ihre Finger glitten über das glatte Holz und die filigranen Schnitzereien. Sie trug den Thorshammer bei sich, seit Mats ihn ihr geschenkt hatte.

Aber das ging Connie nichts an.

GEGENWART

8 Die für die Ermittlungen vor Ort eingerichtete provisorische Einsatzzentrale war ausgerechnet das Gemeindehaus der evangelischen Laurentiuskirche in Tönsburg. Und ausgerechnet Magnus Hauges Schwester war hier die Pastorin!

»Helen Hauge ist die Schwester von Magnus Hauge? Und sie ist hier die Pastorin?« Chris Köster kratzte sich am Kopf.

»Ja, Chris. Das ist für einen Katholiken aus Köln natürlich nur schwer vorstellbar, aber hier bei uns im Norden, in der evangelisch-lutherischen Kirche, dürfen auch Frauen Kirchenämter belegen. Und trotzdem noch heiraten! Und sogar Auto fahren!« Rezas freche Belehrung wurde von Jule mit einem tadelnden Blick bedacht. Mit ihrer besonnenen Art war es ihr ein persönliches Anliegen, Disharmonien im Team gar nicht erst aufkommen zu lassen.

Doch Köster schien Rezas flapsigen Spruch gar nicht gehört zu haben. Fragend wandte er sich an Hellmann. »Aber wenn wir jetzt hier, in ihrem Gemeindehaus, unser Quartier für die Ermittlungen einrichten und ihr Bruder der Ehemann des Todesopfers ist, also, ich meine, macht uns das nicht irgendwie befangen?«

Auch Nora schaute nun zu Hellmann hinüber. Ausnahmsweise stellte Chris Köster mal eine nicht ganz unberechtigte Frage.

Hellmann zog hörbar die Luft ein. »Die Situation ist zugegebenermaßen nicht optimal. Aber da es in Tönsburg weder eine Polizeiwache noch eine Turn- oder Mehrzweckhalle gibt und wir auf keinen Fall aus dem Festsaal des *Teufel an der Wand* ermitteln werden, liegt es jetzt an uns, diese Lokalität hier so professionell wie möglich zu behandeln.«

Teufel an der Wand hieß die Dorfkneipe, direkt gegenüber der Kirche; eine verrauchte Spelunke, in der immer Dämmerlicht herrschte und wo die Tönsburger zum Kartenkloppen und Schnapszechen zusammenkamen. Im ersten Stock gab es ein paar Fremdenzimmer, die Hellmann und sein Team notgedrungen für die Zeit der Ermittlungen bezogen hatten.

Als Helen Hauge mitbekommen hatte, dass Hellmann zunehmend resigniert einen geeigneten Ort für die provisorische Einsatzzentrale suchte, hatte sie voller Nächstenliebe und Hilfsbereitschaft sofort ihren Gemeindesaal zur Verfügung gestellt; und nachdem die Leitstelle in Flensburg auch keine bessere Lokalität hatte auftreiben können, war der Leiter der Mordkommission dankend auf das Angebot der Pastorin eingegangen.

Reza hatte bereits seinen Arbeitsplatz eingerichtet, den er in den nächsten Tagen nur im äußersten Notfall verlassen würde. Auf mehreren zusammengeschobenen Tischen hatte er seinen Rechner und die drei Monitore, die er schon mit dem Van aus Flensburg mitgebracht hatte, aufgestellt und angeschlossen. Das leise Summen des Lüfters erfüllte den holzgetäfelten Raum, ergänzt durch das Trommelfeuer seiner Finger auf der Tastatur. Zwei Whiteboards gehörten ebenso zur obligatorischen Ermittlerbüro-Einrichtung wie eine nigelnagelneue Kaffeemaschine, die Jule gerade auf einem Sideboard in Betrieb nahm. Nachtschwarze Tropfen drückten sich durch den Filter und reihten sich ein in die geschäftige Lärmkulisse.

»So, nun zu Ihnen.« Hellmann wandte sich Nora und Connie zu, die zwar mit verschränkten Armen nebeneinander an einem der Tische saßen, sich jedoch keines Blickes würdigten. »Wenn ich Sie vorhin richtig verstanden habe, sind Sie, Frau Steenberg, bereits bestens in die offenbar mit diesem Fall verbundenen Cold Cases eingearbeitet. Und Sie, Frau Boysen, haben Insider-Kontakte zum innersten Kreis dieser Neuheiden-Gemeinschaft, die ganz sicher Teil unserer Ermittlungen werden wird.«

Nora und Connie nickten, die Gesichter immer noch in entgegengesetzte Richtungen gewandt. »Dann darf ich Sie nach Rücksprache mit Flensburg als externe Beraterinnen bei uns im Team begrüßen.«

Köster entwich ein theatralisches Raunen.

Davon unbeeindruckt fuhr der Leiter der Mordkommission an Connie und Nora gerichtet fort: »Sind Sie damit einverstanden?« Hellmann hatte die förmliche Anrede ihnen gegenüber immer noch nicht abgelegt, obwohl das nun schon die zweite gemeinsame Ermittlung war und man sich polizeiintern mit Vornamen ansprach – und Connie als Dänin sowieso jeden duzte.

Wieder Nicken, wieder kein Blickkontakt.

Jule und Reza warfen sich einen irritierten Blick zu. Alle spürten die eisige Funkstille zwischen Nora und Connie, aber niemand wagte, sie darauf anzusprechen.

»Gut. Dann mal los.« Hellmann stellte sich erwartungsvoll in die Mitte. »Was haben wir?«

Das war Rezas Stichwort. Er drückte seine ineinander verschränkten Finger durch, sodass das laute Knacken alle kurz zusammenzucken ließ, dann hackte er in unglaublicher Geschwindigkeit auf seine Tastatur ein und rief die ersten Ergebnisse auf die Monitore. »Das Obduktionsergebnis liegt noch nicht vor. Wir müssen auf den finalen Befund noch ein wenig warten. Dr. Lohse weiß aber um unsere Ungeduld und arbeitet so gründlich und so schnell sie kann. Weitere Nachfragen im Stundentakt hat sie sich daher ausdrücklich verbeten.«

Reza rief eine Datei auf. »Dafür ist aber der Laborbefund von Magnus Hauges Blutprobe schon da. Und ihr werdet es nicht glauben: Er hatte tatsächlich etwas im Blut!«

Der Drucker ratterte und spuckte ein Blatt Papier aus, das Jule sofort ergriff und an eines der noch jungfräulichen Whiteboards pinnte. »Pathmin«, las sie laut vor. »Ein verschreibungspflichtiges Opioidanalgetikum, das unter das Betäubungsmittelgesetz fällt. Das synthetische Opioid findet vermehrt Anwendung in der Onkologie und Palliativmedizin. Es kann für die akute und chronische Schmerztherapie sowie zur Sedierung eingesetzt werden. Es wirkt nach dem gleichen Prinzip wie Heroin, allerdings deutlich schneller. Es ist stärker als Morphium und bei Überdosierung stark euphorisierend.«

»Hä?«, grunzte Köster.

»Also wenn ich das richtig verstehe«, setzte Jule zur Erklärung an, »ist das ein enorm starkes Schmerzmittel gegen Tumorleiden, das je nach Dosierung entweder euphorisch oder aber extrem müde und benommen macht. Daher auch Hauges Schmerzunempfindlichkeit!« Sie schaute triumphierend in die Runde. »Erinnert ihr euch noch daran, dass er den blutenden Schnitt an seiner Wade gar nicht wahrgenommen hat?«

»Moment mal! Tumorleiden?«, fragte Köster irritiert. »Du meinst Krebs?«

Reza nickte. »Ich habe mal die Ärzte gecheckt, die Connie im Terminkalender der Hauges gefunden hat.«

Hellmann räusperte sich unbehaglich. Er hatte für Connies Ermittlungsmethoden, die häufig im Graubereich der legalen Strafverfolgung lagen, wenig übrig, auch wenn er durchaus von den Erfolgen der unkonventionellen Dänin profitierte.

»Ich habe das überprüft«, fuhr Reza fort. »Katrine Hauge war Patientin bei mehreren Onkologen im näheren Umkreis. Angeblich soll sie sogar in einer neu gegründeten onkologischen Privatklinik irgendwo an der deutschen Ostsee vorstellig geworden sein. Genaueres weiß ich noch nicht, aber da bin ich dran. Genauso wenig wissen wir, an welcher Form von Krebs sie litt, da hat mich die ärztliche Schweigepflicht bisher ausgebremst. Aber der richterliche Beschluss ist schon beantragt, bald wissen wir also auch dazu mehr.«

»Katrine Hauge hatte also Krebs.« Chris Köster zwirbelte eine Schnurrbartspitze zwischen seinen Fingern. »Und ihr Mann Magnus Hauge hatte ein Medikament im Blut, das ihn betäubt hat und das höchstwahrscheinlich aus der Krebsbehandlung seiner Frau stammte?«

»Soweit wir wissen, ja«, bestätigte Reza. »An eine Injektion hätte sich Herr Hauge sicherlich erinnert. Also wird er es heimlich verabreicht bekommen haben, wahrscheinlich über die Nahrung. Aber das wissen wir, sobald die Proben ausgewertet sind, die Connie aus den Abendbrotresten von den Hauges genommen hat. Das dauert aber noch, die sind gerade erst auf dem Weg ins Labor.« Reza schaute von seinen Monitoren auf. »Allerdings ist es sehr unwahrscheinlich, dass die Hauges Pathmin bei sich im Badezimmerschrank aufbewahrt haben. Laut Arzneimittelgesetz darf Pathmin nämlich nur an Fachpersonal herausgegeben und von diesem den Patienten verabreicht werden.«

Jule tippte auf den toxikologischen Befund am Whiteboard. »Hier steht, dass die nachweisbare Dosis körperfremder Substanzen in Hauges Blut immer noch so hoch war, dass man ausschließen kann, dass er seine Benommenheit nur simuliert hat. Magnus Hauge war um die Uhrzeit, zu der laut Dr. Lohses vorläufiger Prognose Katrine Hauge verstorben ist, also außer Gefecht gesetzt.«

»Moment mal! Das steht doch da gar nicht«, warf Reza ein. »Der toxikologische Befund hat lediglich festgestellt, wie viel Pathmin Magnus Hauge zum Zeitpunkt der Blutabnahme noch im Körper hatte. Das Labor kann aber nicht rückwärtsrechnen, wie viel er ursprünglich mal im Blut gehabt hat. Und zu welcher Uhrzeit es ihm verabreicht wurde. Oder ob es ihm überhaupt *verabreicht* wurde.«

»Worauf willst du hinaus?«, fragte Jule.

»Was ist, wenn Magnus Hauge das Medikament *selbst* genommen hat? Wissentlich und willentlich. Und zwar *nach* der Tat. Er könnte sich selbst betäubt haben, mit einer geringeren Dosis.«

»Aber warum sollte er das denn tun?«, fragte Köster entgeistert.

»Um ein Alibi zu haben«, führte Jule Rezas Gedankenspiel zu Ende.

»Wer ein Alibi braucht, der hat zuallererst einmal ein Motiv«, schaltete sich nun auch Connie in die Diskussion ein. »Und das haben ganz eindeutig die Heiden von *Stærkt*

Bånd. Keiner von euch hat meiner Theorie von den Menschenopfern Glauben geschenkt.« Connie erntete erneut nur allgemeines Kopfschütteln. »Aber jetzt haben wir doch ein ganz handfestes Motiv: Rache! Denn Magnus Hauge hat vor dreißig Jahren ihre heilige Esche gefällt!«

»Vor dreißig Jahren? Ist dann aber eine ganz schön späte Rache«, warf Köster ein.

»Gut, aber welche Hypothese gibt es sonst auf die Frage, warum die Ehefrau eines bekennenden Paganismus-Hassers einen Thorshammer um den Hals trägt und ein Runenmuster in den Rücken geritzt bekommen hat?«

»Das Symbol ist keine Rune!«

»Wie bitte?« Überrascht wandte sich Connie an Reza, der bekräftigend nickte. »Ich habe das recherchiert. Das ist keine Rune«, wiederholte er mit Nachdruck. »Zumindest keine aus dem *Futhark,* weder dem älteren noch dem jüngeren.«

»Dem ... was?«, sprach Köster laut aus, was alle dachten.

»Dem *Futhark,* das ist das Runenalphabet.«

Erneut ratterte der Drucker und spuckte ein mit eckigen Schriftzeichen übersätes Blatt aus. »Runen bestehen aus maximal fünf Strichen, die meisten sogar nur aus zweien oder dreien.« Wie zum Beweis hielt Reza den Ausdruck hoch. »Das Symbol in Katrine Hauges Rücken hat aber acht Striche!«

Während Jule den Runen-Ausdruck neben ein Foto von Katrine Hauges zerschundenem Rücken an das Whiteboard hängte, referierte Reza weiter: »Das mit den Runen ist übrigens gar nicht so einfach. Es handelt sich nämlich nicht um ein einheitliches Alphabet, sondern es gibt historisch und regional abweichende Symbolsysteme. Sie können sowohl für Laute als auch für Begriffe stehen, aber auch für Zahlen oder magische Zeichen, was die Interpretation extrem schwierig macht. Die wissenschaftliche Forschung ist sich im Grunde nur darüber einig, dass es keine einheitliche Übersetzung von Runen geben kann.«

»Das heißt: Wir wissen gar nichts«, sprach Köster erneut aus, was alle dachten.

»Und wenn das alles nur Fake ist?«, warf Jule ein.

»Du meinst, der Täter hat einfach kreuz und quer irgendwelche Schnitte gesetzt, damit wir glauben, es handele sich um ein heidnisches Symbol?«, hakte Köster nach.

Jule nickte. »Könnte doch sein.«

»Ich denke, das können wir ausschließen.« Reza klickte eine Bilddatei an, die formatfüllend auf einem seiner Monitore erschien. »Das hier ist ein Foto des Thorshammers, den Katrine Hauge bei sich hatte. Besser gesagt ein extrem vergrößerter Teilausschnitt. Ich habe es unter den ganzen Schnörkeln und Mustern zuerst auch nicht gesehen.«

»Was gesehen?« Köster starrte mit vor Anstrengung zusammengekniffenen Augen auf den Monitor.

»Dass ganz filigran mitten in die Ornamente genau das Symbol eingearbeitet ist, das Katrine Hauge in den Rücken geritzt wurde!«

Jetzt sahen sie es auch! Hellmann, Jule, Connie und Nora starrten auf das Bild des Thorshammers, aus dessen Verzierungen auf einmal ganz deutlich das merkwürdige Zeichen hervorzutreten schien.

»Also können wir die Zufallstat eines Möchtegern-Nachahmers ausschließen. Derjenige, der das Symbol auf Katrine Hauges Rücken geschnitzt hat, wusste ganz genau, was er da tat.«

»Aber die Heiden waren das nicht! Auf keinen Fall!«

Kösters Entschlossenheit ließ die anderen überrascht aufsehen. »Leute, denkt doch mal nach!«, fuhr er temperamentvoll fort. »Wenn die den Mord wirklich begangen hätten, wäre das doch total dämlich, da auch noch irgendein heidnisches Muster zu hinterlassen. Quasi als Visitenkarte. Warum sollten sie das tun?«

»Weil es zu ihrer Religionsausübung gehört! Weil es Teil des Ritus ist!« Connie zog zwei zerknickte Mappen unter ihrer Jacke hervor und warf sie auf den Tisch. Die Aktendeckel waren abgegriffen und speckig, das einstmals intensive Rot längst ausgeblichen.

Reza erschauderte. »Sind die etwa noch nicht digitalisiert?«

Als Antwort pustete Connie nur eine dünne Staubschicht weg, die sich hartnäckig zwischen den vergilbten Seiten gehalten hatte. Entsetzt schloss Reza die Augen und schüttelte sich.

»Rainer Thun wurde an die damals noch stehende Esche gefesselt und mit mehreren Messerstichen getötet. Er ist verblutet. Auch ihm wurde eine Rune in die nackte Haut geritzt. Der Fundort seiner Leiche war definitiv auch der Tatort.« Connie zog ein paar Schwarz-Weiß-Fotos aus einer der Akten.

»Sind das etwa Zeitungsbilder?«, fragte Jule geschockt.

Connie nickte. »Diese Tatortfotos sind damals an die Presse durchgestochen worden. Sowohl in Deutschland als auch in Dänemark wurde groß und vor allem reißerisch über diesen Fall berichtet. Die Fotos von dem Opfer waren in Großaufnahme in allen Zeitungen. So etwas wie Medienethik schien es vor sechzig Jahren noch nicht gegeben zu haben.«

»Als ob es die heute gäbe«, spottete Köster.

»Und das zweite Opfer?«, fragte Hellmann.

Connie blätterte in der Akte und zog einen Bericht hervor. »Dreißig Jahre nach dem Mord an Rainer Thun starb Kristoffer Kjær durch stumpfe Gewalteinwirkung auf den Kopf, entweder durch einen Schlag oder einen Sturz. Da die Esche in der Zwischenzeit gefällt worden war, und zwar von Magnus Hauge, wie wir ja mittlerweile wissen, wurde seine Leiche auf dem noch frischen Baumstumpf abgelegt. Der rechtsmedizinische Befund hat ergeben, dass er aber höchstwahrscheinlich nicht dort, sondern woanders getötet wurde. Posthum wurde ihm eine Rune in den nackten Oberkörper geritzt. Übrigens dieselbe wie bei Rainer Thun.«

Connie zog ein weiteres Foto aus der Akte. Es zeigte ein blutig ins Fleisch geschlitztes Symbol: einen senkrechten Strich mit einem schiefen Querbalken.

»Sieht ein bisschen aus wie ein windschiefes Kreuz«, meinte Köster und schaute unwillkürlich zu dem Kruzifix hinüber, das in schöner Rechtwinkligkeit an der Stirnwand des Gemeindesaals hing.

»Das ist die Rune Nauthiz«, referierte Connie. »Sie steht für das Schicksal, für die Überwindung der Not und die Akzeptanz des Unveränderlichen.«

»Aha«, meinte Köster nur knapp. »Na, das kann ja alles und nichts bedeuten. Je nachdem, wie man das auslegt.«

Er nahm die schwarz-weißen Zeitungsfotos, die die blutige Nauthiz-Rune auf Rainer Thuns zerschundenem Körper zeigten, und pinnte sie an das Whiteboard.

»Muss das sein?«, fragte Reza und wandte angewidert den Blick ab.

»Sei nicht so ein Weichei«, foppte Köster ihn.

»Du hast gut reden, du sitzt ja auch nicht den ganzen

Tag davor«, murmelte Reza und drehte sich auf seinem Bürostuhl vom Whiteboard weg. Jule hingegen trat nah an die Fotos heran und betrachtete sie aufmerksam.

»Ganz ehrlich: Das sieht schon alles sehr nach Nazischeiße aus«, platzte es schließlich aus ihr heraus. »Diese eckigen Schriftzeichen, dazu diese bedeutungsschweren Interpretationen, diese Heimatverbundenheit, der Blut-und-Boden-Spiritualismus. Findet ihr nicht?«

»Ich glaube, ich muss hier mal etwas klarstellen.« Connie atmete tief ein. »Sosehr ich auch der Überzeugung bin, dass diese Neuheiden Dreck am Stecken haben, so muss ich sie jetzt doch in Schutz nehmen. Das sind keine Nazis. Also zumindest nicht die Leute von *Stærkt Bånd.*« Man sah Connie an, dass sie wirklich nur äußerst widerwillig Partei für die Paganisten ergriff. »Und an sich ist das germanische Heidentum alles andere als intolerant. Menschen, die sich wirklich dafür interessieren, verachten nationalsozialistisches Gedankengut zutiefst. Umgekehrt wird nämlich ein Schuh daraus: Die Nazis haben sich heidnisch-germanische Symbole und Bräuche einfach angeeignet und für ihre kranke Herrenrassen-Denke umgedeutet und missbraucht. Und so machen die Neonazis von heute einfach weiter. Weil die das irgendwie cool finden, so eine Mischung aus Neowikinger und Arier zu sein. Aber das Heidentum an sich ist eigentlich total tolerant und weltoffen.«

»Okay, dann sind das halt keine Nazis. Aber wieso denkst du trotzdem, dass die von *Stærkt Bånd* etwas mit den drei Toten zu tun haben?«, hakte Jule nach.

»Weil ich nicht an Zufälle glaube! Irgendwie sind die darin verwickelt. Das spüre ich!« Wie immer, wenn Connie aufgewühlt war – oder hungrig oder müde, also eigentlich immer –, wollte sie sich eine Zigarette anzünden, wurde aber durch Hellmanns stechenden Blick davon abgehalten. Resigniert ließ sie das Feuerzeug zuschnappen.

»Frau Boysen!«

Hellmanns Ansprache ließ Nora zusammenzucken. Sie hatte bisher noch kein Wort zur Diskussion beigetragen und stattdessen hoch konzentriert das Runenmuster in Katrine Hauges Rücken von ihrem Handydisplay auf einen Notizblock abgezeichnet. »Frau Boysen, deckt sich das, was die Kollegin Steenberg gerade gesagt hat, mit Ihren persönlichen Erfahrungen bei den Heiden?«

Nora klappte ihren Block zu und beeilte sich, unter Hellmanns aufforderndem Blick zu antworten. »Das kann ich bestätigen«, sagte sie. »Die Mitglieder von *Stærkt Bånd*, die ich bisher kennengelernt habe, sind definitiv nicht rechts gesinnt. Im Gegenteil. Sie sind eine extrem heterogene Gruppe und Fremden gegenüber sehr offen und positiv eingestellt.«

Aber galt das auch für Lasse Hansen? Zugegeben, er war sicherlich provokanter und aggressiver als die anderen, aber doch nicht rechts. Oder?

»Gibt es denn jemanden, der sich in Ihrer Wahrnehmung in anderer Form irgendwie auffällig verhalten hat?«

Lasse Hansen …

Von welchem dunklen Wunsch, der Lasse angeblich umtrieb, hatte Ingvar gesprochen? Und was stand in diesem Buch? Wieso hatte er es Mats gegeben? Mats …

»Frau Boysen?«

Nora schüttelte den Kopf.

Sie würde hier nicht spekulieren. Sie wollte erst mit Mats sprechen.

Ihr Handy klingelte.

Mats!

Connie warf ihr einen spöttisch-wissenden Blick zu. Es war das erste Mal seit dem Streit, dass sich ihre Blicke trafen. Eilig drückte Nora den Anruf weg.

»Wissen wir schon, ob die Auffindesituation von Katrine Hauge im Wald auch gleichzeitig der Tatort ist?« Jule schaute fragend zu Reza, der sich eilig durch den vorläufigen Bericht der Spurensicherung klickte. »Nein, dazu war die unmittelbare Umgebung zu stark kontaminiert. Soll heißen: Da sind vorher zu viele herumgetrampelt, um das noch eindeutig identifizieren zu können.«

Connie ging zur Kaffeemaschine und zog mit Schwung die volle Kanne heraus.

»Was haben wir denn zu dem Schmuckanhänger?«, wollte Hellmann wissen.

Während Connie vergeblich nach einer Tasse suchte, klickte Reza auf einem seiner Monitore die entsprechende Datei auf. »Nicht viel. Zwar waren jede Menge Fingerabdrücke darauf, aber entweder verwischt oder nur als Fragmente. Die wenigen, die überhaupt ausgewertet werden konnten, waren nicht im System.«

Nora sah, wie Connie kurz mit dem Gedanken zu spielen schien, direkt aus der Kanne zu trinken, sie diese dann aber doch zurück auf die Wärmeplatte stellte. Höhnisch schwappte die schwarze Brühe gegen die gläserne Wand. Connies Kieferknochen mahlten. Ohne Nikotin und Koffein war sie noch unleidlicher als sonst. Und plötzlich spürte auch Nora, wie hungrig und ausgepowert sie war.

»Herkunft?«, fragte Hellmann.

Reza zuckte mit den Schultern. »Völlig unklar. Jule hatte recht, es handelt sich um ein Unikat. Handgeschmiedet, keine maschinelle Ware. Und auf der Rückseite ist eine Punze eingestempelt. Ein Leuchtturm mit Strahlenkranz. Vielleicht die Signatur des Künstlers?«

»Sehr gut. Jule und Chris, ihr kümmert euch um den Anhänger. Ihr klappert im immer größeren Radius alle Goldschmieden und Schmuckateliers der Umgebung ab. Die Punze sollte da hilfreich sein. Und auch dieses Runenmuster, das offenbar ganz bewusst eingearbeitet worden ist. Irgendjemand wird sich hoffentlich an dieses außergewöhnliche Schmuckstück erinnern.«

»Aber der Anhänger kann doch überall auf der Welt geschmiedet worden sein!« Chris Köster sah seinen Chef entgeistert an. Hellmann überging sein Entsetzen mit kühler Professionalität. »Reza unterstützt euch mit der Internetrecherche, vielleicht gibt es in irgendwelchen Foren Infos zu dem Anhänger. Zur Not veröffentlichen wir ein Foto und hoffen auf Hinweise aus der Bevölkerung. Wir müssen herausbekommen, woher dieser Anhänger stammt. Wie ist er in den Besitz von Katrine Hauge gekommen? Posthum oder schon zu Lebzeiten?«

Während Jule schon voller Tatendrang nach ihrer Jacke griff, sah Köster so aus, als wollte er aus purer Verzweiflung seinen Kopf auf die Tischplatte knallen. Nur Hellmanns strafender Blick hielt ihn davon ab.

»Reza, du findest heraus, wer Zugriff auf dieses Medikament in Magnus Hauges Blut gehabt haben könnte. Betäubungsmittel unterliegen strengsten Auflagen. Frag beim Bundesinstitut für Arzneimittel und Medizinprodukte nach, welche Apotheke im Umkreis von fünfzig Kilometern in letzter Zeit dieses Medikament herausgegeben hat. Und vor allem: an wen! Arztpraxen, mobile Pflegedienste, Krankenhauspersonal – ich will jede einzelne Ausgabe wissen!«

Reza nickte und wandte sich sofort seiner Tastatur zu.

Bevor Hellmann ihr auch eine Aufgabe zuweisen konnte, stand Connie bereits an der Tür, den Autoschlüssel in der Hand. »Ich fahre noch mal zu Magnus Hauge. Der hätte uns ruhig erzählen können, dass seine Frau krebskrank war. Ich will wissen, warum er uns das verschwiegen hat. Und was er uns noch alles nicht erzählt hat!«

»Gut. Und fragen Sie ihn, ob er mit einer freiwilligen Durchsuchung seines Grundstücks durch die Spurensicherung einverstanden ist. Wenn er sich nach wie vor als Opfer sieht und so felsenfest davon überzeugt ist, überfallen und betäubt worden zu sein, sollte er eigentlich nichts dagegen haben. Das erspart uns den richterlichen Beschluss. Und vielleicht finden wir so den Tatort.«

Connie quittierte Hellmanns Vorschlag mit einem Nicken.

»Und von Ihnen, Frau Boysen, brauchen wir ein Gedächtnisprotokoll von der vergangenen Nacht und eine Liste von allen, die bei dieser Mittsommerfeier dabei waren. Je schneller, desto besser. Ich fahre in der Zwischenzeit in die Rechtsmedizin. Vielleicht kann ich noch bei der Obduktion dabei sein und komme so schnell und unmittelbar an ein paar Infos von Dr. Lohse.«

Allgemeines Stühlerücken.

»Ach so, eines noch.«

Alle hielten in der Bewegung inne und schauten Hellmann an.

»Kein Wort zur Presse. Es herrscht Nachrichtensperre. Diskretion, bitte!« Hellmann klatschte in die Hände. »Es wartet jede Menge Arbeit auf uns. Legen wir los!«

Sie zerstreuten sich, bis auf Reza, der wie festgetackert

hinter seinen Monitoren saß und schon tief in die digitale Recherche versunken war.

»Frau Boysen, haben Sie einen Moment Zeit?«

Nora wollte gerade durch die Tür ins Freie treten, als Hellmann sie schon eingeholt hatte. Connie war bereits wortlos zu ihrem Auto gestürmt und hatte sich im Laufschritt eine Zigarette angezündet. Und auch Köster und Jule hatten den Gemeindesaal schon verlassen.

»Frau Boysen, es gehört ja offenbar zum Grundton unserer gemeinsamen Ermittlungen, dass ich Sie ins Gebet nehmen muss.« Hellmann stutzte kurz, offenbar selbst überrascht von seiner religiösen Metapher. »Ich erwarte von Ihnen, dass Sie wissen, auf welcher Seite Sie stehen. Sobald ich das Gefühl habe, dass Sie mir etwas verheimlichen oder ein doppeltes Spiel spielen, werde ich Konsequenzen ziehen.« Hellmann trat ganz dicht an Nora heran und blickte ihr aus seinen graugrünen Augen bis auf den Grund der Seele. »Kann ich mich auf Sie verlassen, Frau Boysen?«

Er fragte allen Ernstes, ob sie befangen war? Dabei wusste er doch gar nichts über Mats und sie. Oder hatte Connie etwa …?

Nein, so etwas würde sie niemals tun! Sie klärte Probleme allein, ohne den Umweg über Vorgesetzte zu gehen.

Vielleicht hatte Nora es Hellmann, der ein aufmerksamer Beobachter war, aber auch zu einfach gemacht.

»Es ist Ihre Entscheidung, ob Sie mir vertrauen«, fuhr Nora ihren Chef eine Spur zu harsch an. Vielleicht, weil sie es unterbewusst darauf anlegte, von Hellmann aus dem Team geworfen zu werden? Dann konnte sie wenigstens auf eigene Faust und völlig unbefangen ermitteln, was mit Mats, Lasse und diesem Buch los war. »Aber einen besseren Einblick in *Stærkt Bånd* werden Sie ohne mich auf die Schnelle nicht bekommen.«

Hellmann nickte unmerklich. »Ruhen Sie sich etwas aus, Frau Boysen. Ich brauche Sie! Wenn wir Glück haben, wissen die noch nicht, dass Sie Teil unseres Ermittlungsteams sind. Lassen Sie sie in diesem Irrglauben.« Damit drehte er sich um und ging zurück zu Reza.

Nora atmete tief aus, dann lief sie im Schatten der Laurentiuskirche den gepflasterten Pfad zur Hauptstraße hinunter.

GEGENWART

9 Nora ließ die Laurentiuskirche hinter sich und bog auf die schmale Hauptstraße ein. Tönsburg war klein, und der Fußweg zu ihrem Apartment betrug weniger als eine Viertelstunde. Der Spaziergang würde ihr guttun, so konnte sie ihre Gedanken sortieren. Doch zuerst musste sie …

Nora drückte auf die Wahlwiederholung. Aber Mats ging nicht ran. Als nach unzähligen Freizeichen schließlich seine Mailbox ansprang, legte sie, ohne eine Nachricht zu hinterlassen, auf. Da hörte sie eilige Schritte hinter sich.

»Entschuldigen Sie!« Eine Frauenstimme.

Nora tat, als hätte sie nichts gehört. Sie wollte einfach nur in ihre Ferienwohnung. Sie brauchte dringend eine Dusche und eine Stunde Schlaf, bevor sie zu Mats fahren würde und … ja, was eigentlich? Seit ihrer letzten Begegnung hatte sich alles um hundertachtzig Grad gedreht! Wieso war er nach ihrem Kuss einfach abgehauen? Konnte sie ihm wirklich vorspielen, dass sie nichts mit den Polizeiermittlungen zu tun hatte? Wusste er überhaupt schon von der toten Frau im Wald? Und warum hatte sie dieses ungute Gefühl, dass irgendetwas nicht stimmte, dass Mats irgendwie in diese Sache verwickelt war?

»Entschuldigung!«

Nora spürte den sanften Druck einer Hand auf ihrer Schulter. Unwirsch drehte sie sich um. Eine aparte Frau von Anfang sechzig stand ihr gegenüber, mit einem modischen, bereits leicht ergrauten Kurzhaarschnitt. Ihre Brille war klein und rund, wirkte aber nicht gewollt peppig, sondern unterstrich vielmehr ihren offensichtlich munteren Charakter. Auch wenn Helen Hauge weder Talar noch Beffchen trug, war Nora sofort klar, dass es sich um die Pastorin handelte – die wie das genaue Gegenteil ihres Bruders wirkte: freundlich und warmherzig. Allerdings war das Lächeln auf ihrem Gesicht sorgenvoll verrutscht.

»Entschuldigen Sie bitte, dass ich Sie so einfach überfalle. Ich habe Sie aus dem Gemeindesaal kommen sehen. Daher nehme ich an, dass Sie zum Ermittlungsteam gehören?«

Bevor Nora antworten konnte, streckte ihr die Pastorin freundlich die Hand entgegen. »Ich bin Helen Hauge, die hiesige Pastorin.« Ihr Händedruck war kurz und fest, und noch bevor Nora auf die zuvor gestellte Frage antworten oder sich selbst vorstellen konnte, fuhr Pastorin Hauge fort: »Ich darf Sie das bestimmt gar nicht fragen, aber wissen Sie schon, wie meine Schwägerin zu Tode gekommen ist?«

»Sie dürfen alles fragen, Frau Hauge, ich darf nur nicht auf alles antworten. Tut mir leid.«

Pastorin Hauge nickte verständnisvoll. »Wissen Sie, ich werde von Berufs wegen regelmäßig mit dem Tod konfrontiert. Aber das hier, das fühlt sich irgendwie anders an. Als mich mein Bruder vorhin informiert hat, da war es, als würde man mir den Boden unter den Füßen wegziehen.« Helen Hauge schaute Nora an. »Kennen Sie das?«

O ja, nur zu gut!

Nora nickte. Und obwohl sie hundemüde war, erkannte

sie die Chance, die sich ihr hier zu einem unverfänglichen Gespräch bot – und ergriff sie. »Wollen Sie mich vielleicht ein Stück begleiten? Ich möchte mich wirklich nicht aufdrängen, aber wenn Sie reden wollen, würde ich Ihnen gerne zuhören.«

Pastorin Hauge lächelte. »Das ist ja sonst eigentlich mein Job.«

Nora erwiderte das Lächeln. »Dann steht es Ihnen zu, so ein Angebot auch einmal selbst anzunehmen.«

Nora und Helen Hauge gingen los, Seite an Seite über den schmalen Bürgersteig, der sich die Hauptstraße entlangschlängelte, obwohl sie genauso gut mitten auf der Straße hätten laufen können, da weit und breit kein Auto zu sehen war. Die Laurentiuskirche und die gegenüberliegende Dorfkneipe bildeten das Zentrum von Tönsburg, quasi den geistlichen und weltlichen Ortskern. Von hier aus erstreckte sich in beide Richtungen das Dörfchen. Auf ihrem Weg passierten Nora und Helen Hauge einen kleinen Friseursalon. Die Tankstelle war erst seit Kurzem geschlossen, die Sparkassenfiliale schon länger. »Und an den Metzger und den Bäcker, die es hier auch mal gegeben hat, können sich nur noch die ganz Alten erinnern«, sagte Helen Hauge und deutete wehmütig auf ein Wohnhaus, dessen große Panoramascheibe früher wohl die Auslage für Brot und Backwaren gewesen war.

»Seit wann leben Sie hier?«, fragte Nora.

»Ach, schon immer«, erwiderte Helen Hauge. »Mein Bruder und ich sind hier geboren. Und unsere Eltern sind hier begraben. Sie waren Akademiker und ziemlich geschockt, als Magnus ihnen erklärte, er wolle Schweinebauer werden.« Sie lachte. Es war ein warmes, herzliches Lachen.

»Und wie ist es dazu gekommen?« Nora war froh, dass Helen Hauge erneut von selbst auf ihren Bruder zu sprechen gekommen war, nun musste sie nur noch sanft nachhaken.

»Er hat es aus Liebe zu Katrine getan. Sie war die Tochter vom Jessen-Hof. Jessen, das war Katrines Mädchenname, und so hieß der Hof damals noch. Die Jessens waren die zweitgrößten Schweinezüchter in Südjütland. Und Katrine war das einzige Kind. Kein Wunder, dass ihre Eltern dachten, Magnus wolle sich nur ins gemachte Nest setzen. Aber das Gegenteil war der Fall! Magnus hatte nichts für Landwirtschaft übrig. Er hätte viel lieber Tiermedizin studiert. Aber aus Liebe zu Katrine hat er den Hof übernommen. Ihre Eltern wollten das so. Und er wollte sie. Nur sie!«

Helen Hauge blieb stehen, ergriffen von den Gefühlen, die sie übermannten. »Ich habe Magnus für seine große Liebe immer bewundert. Dass er dafür bereit war, sein eigenes Leben ein Stück weit aufzugeben. Er hätte alles für sie gemacht. Alles! Sie war die Liebe seines Lebens.«

»Sie glauben also nicht, dass Ihr Bruder etwas mit Katrines Tod zu tun hat?«

Pastorin Hauge verschlug es kurz die Sprache, so aberwitzig kam ihr Noras Frage vor. »Nein!«, brach es schließlich aus ihr heraus. »Niemals hätte er ihr auch nur ein Haar krümmen können. Weder ihr noch Jytte. Die beiden sind sein Lebensinhalt. Ich meine, sie *waren* es …«

»Woher kannten sich die beiden überhaupt? Also Ihr Bruder und Katrine?«

»Ach, wissen Sie, die grüne Grenze war nie eine *Grenze* für uns. Tönsburg und Tønsborg gehören zusammen. Das sagen ja schon die Namen! Und der Wald, der zwischen den beiden Dörfern liegt, ist keine Schranke, sondern vielmehr ein Verbindungsstück. Er war unser Spielplatz. Alle Kinder und Jugendlichen aus der Umgebung haben sich dort getroffen. Schon immer. Und wussten Sie, dass das Tönsburger Wäldchen gerne von Liebespaaren für romantische Nächte genutzt wird?«

Nora schüttelte den Kopf. Helen Hauge lächelte wissend. »Es ist ein wahres Liebesnest. Obwohl das Befahren mit Autos ja strengstens verboten ist. Naturschutzgebiet! Campen ist natürlich auch verboten. Aber es gibt viele, die dort illegal eine Nacht verbringen. Man darf sich nur nicht erwischen lassen. Auf Wildcampen stehen saftige Strafen!«

»Verstehe. Das Tönsburger Wäldchen ist also damals wie heute der Treffpunkt aller Jugendlichen hier in der Gegend?«, versuchte Nora das Thema wieder auf das Wesentliche zurückzulenken.

»Ja«, stimmte Helen Hauge zu. »Wir waren ständig dort. Und Katrine war die Wildeste von allen. Sie war frei und mutig und laut. Und sie lachte viel.«

Nora musste an die Fotos denken, auf denen Katrine so betrübt gewirkt hatte. Von ihrer wilden Fröhlichkeit war in den letzten Jahrzehnten offenbar wenig übrig geblieben.

»Frau Hauge, erlauben Sie mir diese Direktheit, aber ich hatte das Gefühl, dass Ihr Bruder die neuheidnische Gemeinschaft hasst. Woher kommt dieser Hass?«

Pastorin Hauge seufzte. »Es wird Sie nicht verwundern, dass wir aus einem christlichen Hause stammen. Meine Berufswahl kommt ja nicht von ungefähr. Wir sind sehr im evangelischen Glauben verwurzelt. Und Magnus hat sich von Anfang an schwer damit getan, andere Glaubensrichtungen zu akzeptieren.«

»Aber das ist doch noch lange kein Grund, sie zu *hassen*. Eine friedliche Koexistenz sollte doch möglich sein.«

»Natürlich. Sie haben vollkommen recht.«

Nora entging Helen Hauges Zögern nicht.

»Aber es steht mir gar nicht zu, für meinen Bruder zu sprechen. Ich kann nur für mich sprechen. Und auch mir fällt es manchmal schwer, offen zu bleiben und nicht zu verbittern. Die Bedeutung von Religion hat sich in den letzten Jahrzehnten grundlegend gewandelt. Von Jahr zu Jahr bleiben bei meinen Gottesdiensten mehr Kirchenbänke leer. Das ist eine traurige Entwicklung. Und da ist es auch egal, ob wir von Protestanten oder Katholiken sprechen.« Erneut seufzte sie. »Vielen Menschen bedeutet der Gottesdienst einfach nichts mehr. Das passt irgendwie für viele nicht mehr in die heutige Lebenswirklichkeit. Dabei gibt es doch kaum etwas Schöneres, als in der Gemeinschaft seinen Glauben zu leben und den Herrn zu feiern.«

Unwillkürlich musste Nora an die Blóts der letzten Wochen denken; an die Fröhlichkeit und Ausgelassenheit, an das wunderschöne Gemeinschaftsgefühl.

Das Singen kaum mehr verständlicher Texte zu schwermütiger Orgelmusik in christlichen Kirchen hatte auf Nora hingegen immer deprimierend gewirkt. Ganz anders als die überbordende Freude, die man von Gospel-Gottesdiensten kannte. Oder aber das glückliche – ja, häufig auch feuchtfröhliche – Singen bei den heidnischen Ritualen.

»Kaum jemand geht noch in die Kirche. Aber die heidnischen Open-Air-Zeremonien, diese spirituellen Happenings, erfreuen sich immer größerer Beliebtheit. Vielleicht ist Odin einfach cooler als Jesus.« Pastorin Hauge rang sich ein schiefes Lächeln ab. »Früher gab es in Tönsburg einen Sportplatz und eine Autowerkstatt, eine Tankstelle und eine Sparkasse, Bäcker und Metzger, Kirche und Kneipe. Im Lauf der Jahrzehnte sind nur noch Kirche und Kneipe übrig geblieben. Und wer weiß, vielleicht wird letztendlich einzig und allein die Kneipe überdauern.«

Nora spürte, dass Helen Hauge ehrlich um den Stellenwert ihres Glaubens in der modernen Gesellschaft bangte. War das der Keim für Magnus Hauges Heidenhass? Oder ging es gar nicht um das große Ganze, sondern vielmehr um das kleine Konkrete – um etwas Persönliches?

An der Tür zu ihrem Apartment verabschiedete sich Nora von Pastorin Hauge und sank erschöpft aufs Bett, kaum dass die Tür hinter ihr ins Schloss gefallen war. Da klingelte ihr Handy. Mats!

»Nora! Du musst bitte sofort kommen!«

Er klang aufgeregt, fast panisch. So hatte sie ihn noch nie erlebt.

»Ingvar liegt im Krankenhaus! Er hatte einen Herzinfarkt!«

GEGENWART

10 Magnus Hauge saß im staubigen Dämmerlicht der Wohnstube und drehte den Ehering seiner Frau zwischen den schwieligen Fingern.

Wieso hatte er Katrines Ehering neben sich auf dem Küchentisch gefunden, als sich sein Bewusstsein mitten in der Nacht aus diesem schweren, fast schon komatösen Schlaf wieder an die Oberfläche gekämpft hatte?

Wer hatte den Ring neben seinen Teller gelegt? Und warum?

Er war so zierlich, dass er ihn sich gerade auf den kleinen Finger stecken konnte. Wie sehr hatte er Katrines zarte Finger geliebt. Die ihn schon lange, viel zu lange nicht mehr liebkost hatten.

Im Inneren des Rings stand etwas eingraviert, so winzig klein, dass Magnus Hauge es ohne seine Lesebrille nicht entziffern konnte. Aber er wusste auch so, was dort stand. Erster Korintherbrief, Kapitel dreizehn, Vers acht: »Die Liebe höret nimmer auf.« Das war ihr Eheversprechen gewesen. Er erinnerte sich noch daran, als sei es erst gestern und nicht schon lange fünfunddreißig Jahre her gewesen. Damals, als sie vor dem Altar gestanden und Helen sie vor Gott zu Mann und Frau gemacht hatte. Damals hatten ihre Augen geblitzt, wenn sie ihn angeschaut hatte. Damals hatte sie es ernst gemeint. Genauso ernst wie er. Doch schnell war dieser Glanz verschwunden. Als der Alltag sie eingeholt hatte.

Nur seine Liebe hatte nicht aufgehört, nie, keine Sekunde. Bis jetzt nicht.

Sie hatte ihn verlassen.

Sie war tot.

Sie kam nie mehr zurück.

Er spürte, wie ihn seine Gefühle erneut zu übermannen drohten, als von draußen plötzlich Motorlärm erklang. Sein Herz machte einen Sprung. Jytte! Endlich kam seine Jytte!

Magnus Hauge steckte Katrines Ehering in seine Hosentasche und stand auf. Doch als er voller Vorfreude die Tür zum Innenhof aufriss, stieg dort gerade die dänische Kommissarin aus ihrem Auto aus.

»Ich bin gerade erst die Typen von diesem Krisendings losgeworden, und jetzt stehen Sie schon wieder hier? Was wollen Sie denn noch?« Magnus Hauge war so ungehalten, dass Connie berechtigte Sorge hatte, er würde ihr mit Absicht die Tür vor den Kopf knallen.

»Ich habe noch ein paar Fragen«, erwiderte sie so freundlich, wie es ihr nur möglich war. »Darf ich reinkommen?«

»Nein.« Hauge schlug die Tür hinter sich ins Schloss. Dann schlurfte er zum Stallgebäude. »Ich muss mich um die Tiere kümmern.«

»Dann komme ich einfach mit und stelle ein paar Fragen. In Ordnung?«

»Wieso muss ich andauernd irgendwelche Fragen beantworten? Bin ich etwa verdächtig? Meine Frau ist tot! Und ich wurde betäubt.«

»Ja, richtig, du wurdest betäubt. Aber um das irgendwie beweisen zu können, müsste sich die Spusi hier mal umsehen. Wäre das in Ordnung für dich?«

»Die was?«

»Die Spurensicherung. Einbruchsspuren, Fingerabdrücke, DNA – die müssten halt irgendetwas finden, was deine These stützt.«

Zu Connies großer Überraschung nickte Magnus Hauge. »Ich habe nichts zu verbergen. Die können hier alles auf den Kopf stellen. Und dann glauben Sie mir vielleicht endlich! Ich wurde betäubt und ...«

»Ja, ja, ja, die Geschichte hast du jetzt schon oft genug erzählt«, schnitt Connie ihm das Wort ab. »Was du uns aber nicht erzählt hast, ist, dass deine Frau krebskrank war.«

Hauge blieb stehen und schaute Connie fragend an. »Sie ist ja wohl kaum am Krebs gestorben, oder?«

»Das wissen wir tatsächlich noch nicht.«

Hauge schnaufte verächtlich und ging weiter. Connie folgte ihm. »Trotzdem hättest du uns das sagen können. Das kann wichtig für unsere Ermittlungen sein.«

Hauge zuckte im Gehen mit den Schultern. »Sie haben mich nicht danach gefragt.«

»Gut, dann frage ich jetzt etwas anderes, was wichtig für uns sein könnte: Warum hast du diese Esche gefällt?«

»Was spielt das jetzt noch für eine Rolle? Das ist dreißig Jahre her!«

»Du hast selbst gesagt, dass sich die Odinisten vielleicht an dir rächen wollen. Also spielt es womöglich doch eine Rolle. Also? Warum?«

»Wut«, murmelte Hauge. Er kratzte sich fahrig durch die dunkelgrauen Bartstoppeln, die sein ganzes Gesicht bedeckten und fast bis unter die Augen wuchsen. »Ich wollte einfach, dass das aufhört.«

»Was?«

»Alles! EINFACH ALLES! Und jetzt, nach so vielen Jahren Kampf, haben sie mir doch noch das Liebste im Leben genommen«, brüllte Hauge völlig unerwartet los. Sein Kontrollverlust kam so unvermittelt, dass selbst die abgebrühte Connie für einen Wimpernschlag geschockt war. Sie starrte Hauge an, der am ganzen Körper zitterte. Seine Hände waren zu Fäusten verkrampft, in seinem Mundwinkel platzten kleine Speichelbläschen.

»Warum hasst du die Heiden so?« Connie näherte sich Hauge mit leicht ausgestreckten Armen, als wäre er ein scheues Tier, das sie beruhigen wollte. »Was ist passiert? Was haben sie dir angetan?«

Selten war ihr Bauchgefühl so alarmiert gewesen wie jetzt. Hier ging es nicht um irgendwelche nervigen Rituale im Wald oder nachbarschaftliche Lärmbelästigung durch Trommeln und Hörner. Nein, das hier war *persönlich,* das spürte Connie auf einmal ganz deutlich.

»Du hast Katrine geliebt! Also hilf mir, denjenigen zu finden, der sie umgebracht hat. Sag mir, was ich dazu wissen muss! Ich muss es verstehen!« Connie sah, wie der Widerstand in Hauges Innerem zu bröckeln begann. Er rang mit sich. Aus seinem massigen Körper schien die Kraft zu weichen. Seine Körperspannung schwand, seine Schultern sanken zusammen wie ein Luftballon, aus dem langsam die Luft abgelassen wurde.

»Komm schon, rede mit mir.« Gleich hatte Connie ihn so weit. »Du willst doch auch, dass diese Freaks zur Rechenschaft gezogen werden.«

Da hupte es zweimal!

Connie und Hauge schauten zeitgleich zum Wohnhaus hinüber, hinter dem gerade ein Kleinwagen vorgefahren kam.

»Jytte!«

Neue Kraft durchströmte Magnus Hauges Körper. Ohne Connie noch eines Blickes zu würdigen, eilte er auf das Auto zu und umarmte die zarte junge Frau, die gerade ausstieg, so sehr, dass sie unter seiner massigen Statur beinahe begraben wurde. Sie hielten sich eine ganze Weile aneinander fest, und erst als Connie langsam näher trat, sah sie, dass Vater und Tochter im stummen Einklang miteinander weinten.

Wenn Magnus Hauge darauf gehofft hatte, dass Connie sie nun pietätvoll allein lassen würde, dann hatte er sich getäuscht. Denn anstatt sich diskret zurückzuziehen, setzte sie sich auf eine verwitterte Holzbank vor dem Haus, zündete sich genüsslich eine Zigarette an und beobachtete die beiden.

Es dauerte lange, bis sich Vater und Tochter aus ihrer innigen Umarmung lösten. Sehr lange. Und was Connie in der Zwischenzeit sah, war pure Liebe. Minutenlang wiegte Magnus Hauge seine Tochter in der Umarmung, dann wischte er ihr mit seinen schwieligen Pranken sanft die Tränen von den Wangen. Erst als Jytte wieder zu einem leichten Lächeln imstande war, küsste er sie innig auf die Stirn und entließ sie aus seiner Umarmung.

Connie drückte ihre Kippe aus und räusperte sich. »Steenberg mein Name. Kriminalpolizei. Ich hätte da ein paar Fragen. Wir können natürlich erst reingehen, einen Kaffee kochen und physisch und psychisch zur Ruhe kommen, aber ich schlage vor, wir bringen das jetzt hier hinter uns.«

Hauge schnaufte entnervt. Mit einem Kopfnicken in Richtung der Kommissarin fragte er seine Tochter: »Fühlst du dich dazu schon in der Lage? Oder soll ich sie vom Hof jagen?«

Jytte Hauges trauriges Lächeln wurde breiter. »Ist schon okay, Papa. Die Dame macht doch auch nur ihren Job.«

»Das bezweifle ich«, knurrte Hauge. »Ich bin im Stall. Wenn du mich brauchst: Schrei!«

Jytte nickte. Magnus Hauge warf Connie einen Blick zu, der besagte, dass er ihren Schädel mit bloßen Händen zerquetschen würde, sollte sie seiner Tochter auch nur ein Haar krümmen, dann schlurfte er davon.

Jytte setzte sich neben Connie auf die Bank.

Mit ihrem honigblonden Kurzhaarschnitt wirkte Jytte Hauge jünger, als sie ohnehin noch war, und ihre positive Ausstrahlung – die sie selbst durch die Trauer hindurch versprühte – war eine Wohltat für die bedrückende Atmosphäre, die der Hauge-Hof ausstrahlte. Die junge Doktorandin passte so gar nicht zur düsteren Präsenz der halb verfallenen Hofanlage. Jytte Hauge wirkte wie eine moderne, selbstbewusste Städterin, optimistisch und voller Tatendrang, und das, obwohl sie gerade sichtlich von Trauer vereinnahmt war.

»Ich kann mir gar nicht vorstellen, dass meine Mutter nicht mehr da ist. Diese Leere, die sie hinterlässt ... Ich weiß überhaupt nicht, ob mein Vater allein klarkommt.«

»Na, er wirkt nicht so, als käme er nicht klar«, murmelte Connie.

Jytte schüttelte den Kopf. »Mein Vater mag griesgrämig wirken, aber zu denen, die er liebt, ist er der herzlichste Mensch der Welt. Und dass meine Mutter jetzt tot ist, hat ihm längst das Herz gebrochen.«

»Hast du Angst, dass er sich etwas antun könnte?«

»Nein. Das würde er mir niemals antun. Wir haben doch jetzt nur noch uns. Aber ich habe Angst, dass er leidet. Dass er nie darüber hinwegkommen wird. Sie waren mehr als ihr halbes Leben zusammen, fast zwei Drittel. Das ist so unfassbar lang.« Jytte Hauge schlug sich wütend auf die Oberschenkel. »Und ich dumme Kuh habe nicht verstanden, wie sehr die Zeit drängt. Ich hätte häufiger kommen müssen. Aber ich bin mit meiner Dissertation und an der Uni gerade so eingebunden, dass ich sie immer wieder vertröstet habe. Und was macht meine Mutter? Sie bestärkt mich auch noch darin.«

»Worin genau?«

»Meine akademische Karriere weiter voranzutreiben. Sie war unglaublich stolz auf mich. Und sie hat mich stets davor gewarnt, von einem Mann abhängig zu sein. Ich sollte eigenständig sein, unabhängig. Sowohl finanziell als auch mental. Sie wollte, dass ich rundum frei bin.«

Connie runzelte die Stirn. »Das klingt ja fast so, als hätte sie selbst schlechte Erfahrungen gemacht.«

»Na ja, vielleicht anders, als du denkst.«

Überrascht bemerkte Connie, dass Jytte so frei war, ihr Duzen zu retournieren. Vielleicht, weil sie selbst Halb-Dänin war, vielleicht, weil sie Gleiches mit Gleichem vergalt. Oder weil ihr die informelle Anrede besser gefiel.

»Mein Vater hat meine Mutter auf Händen getragen. Er hat sie vergöttert. Aber vielleicht hätten die beiden woanders glücklicher werden können.«

»Das musst du mir erklären.« Connie blickte Jytte fragend an. Die junge Frau seufzte. »Meine Mutter war das einzige Kind meiner Großeltern und sollte natürlich den Fortbestand des Hofes sichern. Der Jessen-Hof war damals eine Goldgrube, meine Großeltern hatten die zweitgrößte Schweinezucht in Südjütland. Als mein Vater um ihre Hand anhielt, war die Bedingung, dass er den Hof übernimmt. Und er hat zugestimmt. Weil er alles für meine Mutter getan hätte. Wirklich alles! Aber sowohl meine Mutter als auch mein Vater waren nie passionierte Schweinezüchter. Sie haben aus Liebe zueinander ihr Leben einem Beruf gewidmet, den sie beide nicht mochten. Was für eine Verschwendung!«

Jytte Hauge schaute in die Ferne und schüttelte den Kopf. »Und ich habe auch ihre Zeit verschwendet. Aber jetzt ist es zu spät für Reue.« Das schlechte Gewissen war ihr ins Gesicht geschrieben. »Dabei wusste ich doch, dass meine Mutter wegen ihrer Krebserkrankung nicht mehr lange zu leben hatte. Aber ich habe mir eingeredet, dass es auch okay ist, wenn ich sie täglich kurz anrufe.« Wütend auf sich selbst ballte sie die Hände zu Fäusten. »Scheiße! Ich war so egoistisch! Spätestens als vor zwei Wochen das Telefon kaputtgegangen ist, hätte ich doch mal herkommen müssen.«

Alarmiert schaute Connie auf. »Seit zwei Wochen ist das Telefon schon kaputt?«

Jytte nickte. »Ja, so ungefähr. Wieso?«

Anstatt zu antworten, zog Connie ihr Handy hervor und zeigte Jytte darauf ein Bild. »Hast du den schon mal gesehen?«

Jytte schüttelte den Kopf. »Nein. Also nicht dass ich wüsste.«

»Wir haben ihn bei deiner Mutter gefunden.«

»Einen Thorshammer?« Jytte Hauge rutschte beinahe von der Bank. »Das kann nicht sein.«

»Er gehörte also nicht deiner Mutter?«

Jytte Hauge schüttelte entschieden den Kopf.

»Jytte, dein Vater mag auf fremde Menschen generell eher griesgrämig wirken, aber ich habe die Beobachtung gemacht, dass er komplett die Beherrschung verliert, wenn man auf die Heiden zu sprechen kommt. Kannst du mir das irgendwie erklären?«

Jytte Hauge strich sich nachdenklich eine Haarsträhne hinters Ohr. »Ich weiß, was du meinst. Die Heiden sind wirklich ein rotes Tuch für ihn. Waren sie schon immer. Seit ich ein Kleinkind war, habe ich das gespürt. Ich konnte mit meinem Vater immer über alles reden, wirklich über alles. Das kann ich auch heute noch. Nur nicht darüber. Da macht er komplett zu. Ich weiß auch nicht, warum.«

»Ist in der Vergangenheit irgendetwas vorgefallen? Etwas ... Persönliches?«

Jytte zuckte mit den Schultern. »Nicht dass ich wüsste.« Dann deutete sie auf das Handy in Connies Hand, auf dem immer noch das Bild vom Thorshammer leuchtete. »Aber diesen Anhänger, den hat irgendjemand meiner Mutter zugesteckt! Ganz bestimmt.«

Connie ließ ihr Handy wieder in die Jackentasche gleiten und stand auf. »Danke für deine Zeit.«

Sie war schon auf dem Weg zu ihrem Auto, als sie sich noch einmal umdrehte.

»Ach, das hätte ich beinahe vergessen: Ich schicke nachher noch die Spurensicherung vorbei. Aber die brauchen Vergleichsproben. Damit die Trugspuren, die zu euch gehören, aussortiert werden können. Wärst du bereit, deine Fingerabdrücke und DNA abzugeben? Ist freiwillig, würde uns aber die Arbeit extrem erleichtern.«

Jytte nickte. »Natürlich. Ich tue alles, was euch hilft, um den Mord an meiner Mutter aufzuklären.« Ihre Stimme brach. Eilig drehte sie sich weg, um ihre aufsteigenden Tränen vor Connie zu verbergen. Aber die hatte auch so begriffen, dass über Jytte Hauge, die sich bisher so tapfer gehalten hatte, nun mit aller Macht die Verzweiflung über den Tod ihrer Mutter hereinbrach. Es war Zeit, zu gehen und die Hauges in Ruhe trauern zu lassen. Zumindest so lange, bis die Spurensicherung hier aufschlagen würde.

Connie wollte gerade in ihr Auto steigen, als sie im Augenwinkel ein geländegängiges Motorrad bemerkte, das über den Waldweg auf den Hauge-Hof zugebrettert kam. Als hätte der Fahrer nun auch sie bemerkt, bremste er plötzlich ab. Für ein paar Sekunden stand das Motorrad mit laufendem Motor am Waldrand. Dann begann der Fahrer, das schwere Bike auf der Stelle zu wenden. Connie riss das Fernglas von der Rückbank. Gerade noch rechtzeitig konnte sie das Nummernschild des davonpreschenden Motorrads erkennen.

»Weißt du, wer das war?«, fragte Connie an Jytte gewandt. Die wischte sich erstaunt die Tränen aus den Augen und schüttelte den Kopf. Auch sie hatte das Motorrad bemerkt. »Meine Eltern bekommen keinen Besuch«, sagte sie verwundert. »Höchstens mal von Tante Helen. Aber die fährt nur Fahrrad.«

Während Jytte noch sprach, hatte Connie das Kennzeichen bereits in eine Nachricht getippt, die sie zwecks Halterabfrage sofort an Reza schicken würde, sobald sie wieder Empfang hatte. Nicht nur deshalb konnte sie es kaum erwarten, den freudlosen Hauge-Hof endlich hinter sich zu lassen.

GEGENWART

11

Mats saß wie ein Häufchen Elend auf dem Flur der Intensivstation. Nora eilte auf ihn zu. Sie hatte nach seinem Anruf nur kurz geduscht und sich etwas Frisches angezogen, dann war sie sofort nach Büllum zum zwanzig Kilometer von Tönsburg entfernten Krankenhaus gefahren.

Als er sie sah, sprang er auf und kam ihr entgegen. Ihre Umarmung war so fest, wie sie noch nie zuvor gewesen war. Mats hatte Angst. Das spürte Nora ganz deutlich.

»Was ist denn passiert?«, flüsterte sie, doch anstatt einer Antwort atmete Mats nur tief ein. Sein Luftholen klang irgendwie unrhythmisch, als schnappten seine Lungen verzweifelt nach Sauerstoff. Schluchzte er etwa?

Nora strich ihm beruhigend über den Nacken, und es überkam sie der brennende Wunsch, ihn zu küssen, um ihm Kraft zu geben und ihm zu zeigen, dass sie an seiner Seite war und mit ihm fühlte; aber sie wollte nicht übergriffig sein, und so hielt sie ihn stattdessen weiter im Arm, so fest sie nur konnte und solange sie durfte. Doch schon ertönte von irgendwoher ein Alarm, Laufschritte rannten über den Flur auf sie zu und rissen ihre Umarmung auseinander.

Mats zog sie sanft zu den schmalen Sitzschalen und setzte sich neben sie.

»Gut, dass du da bist.« Er rang sich ein schwaches

Lächeln ab, das nichts mehr mit dem zu tun hatte, in das sich Nora schon am ersten Tag verliebt hatte und das ihr sonst immer so viel Kraft und Wärme spendete.

Augenblicklich überfiel auch Nora ein unangenehmes Gefühl. Sie hasste Krankenhäuser. Den Geruch von Desinfektionsmittel, das Flappen der Gummischuhe über Linoleum und die permanente Anspannung, dass in jeder Sekunde etwas unwiderruflich Schreckliches passieren konnte. In Krankenhäusern hatte sie die dunkelsten Momente ihres Lebens durchlitten. Den Tod ihrer Mutter. Und den Beinahe-Tod ihres Bruders. Aber am allermeisten hasste sie die Hilflosigkeit, die man hier empfand, wenn man um seine Liebsten bangte. Die Angst vor dem Tod lauerte hinter jeder Ecke, und dagegen konnte selbst das freundliche Gesicht der Oberärztin, die nun auf sie zugeeilt kam, nichts ausrichten.

»Sind Sie die Angehörigen von Ingvar Poulsen?«

»Wie geht es ihm?« Mats sprang auf und stürmte auf die Ärztin zu, die laut dem Namensschildchen an ihrem Kittel Dr. Edl hieß.

»Ist er …?« Mats' Stimme brach.

Dr. Edl schüttelte den Kopf. »Er lebt. Wir versuchen, ihn zu stabilisieren.«

»Dürfen wir zu ihm? Kann ich mit ihm sprechen?«

Dr. Edl schüttelte erneut den Kopf. »Er ist nicht bei Bewusstsein.«

»Aber er wird doch wieder gesund, oder?«

Es brach Nora fast das Herz, Mats so voller Angst zu sehen.

Dr. Edl zögerte mit der Antwort, erst nach ein paar Sekunden sprach sie weiter. »Herr Poulsen ist sehr, sehr alt. Sein Herz hat schon viel mitgemacht. Es ist müde. Wir tun hier wirklich alles, was wir können. Aber letztendlich liegt es nicht in unserer Hand.«

Mats schluckte trocken.

Die Ärztin schenkte ihm ein aufmunterndes Lächeln. »Sie können jetzt gerade nichts für ihn tun. Fahren Sie nach Hause, ruhen Sie sich aus. Wir melden uns, sobald sich sein Zustand verändert. Einverstanden?«

Sie wollte sich gerade umdrehen und wieder gehen, als Mats sie sanft am Arm zurückhielt. »Eine Bitte habe ich noch.« Nervös knetete er seine Hände, unsicher, wie er weitersprechen sollte. »Wenn Sie merken, dass er ... also dass es zu Ende geht, könnten Sie ihn dann nackt ausziehen?«

»Wie bitte?«

Sowohl die Ärztin als auch Nora starrten Mats völlig entgeistert an. Was war das für ein ungewöhnlicher – wenn nicht gar unangemessener – Wunsch?

Hastig versuchte Mats, sein Anliegen zu erklären. »Es hat etwas mit seiner Religion zu tun. Mit unserer Religion. Unserem Glauben. Also, wenn Sie das irgendwie einrichten könnten ... Ich weiß, dass ihm das wirklich wichtig wäre, wenn er seine Reise zu Hel antritt.«

Dr. Edl war sichtlich darum bemüht, die Fassung zu wahren. Nora konnte deutlich erkennen, wie viel Selbstbeherrschung ihr das abverlangte.

»Also, Herr Poulsen trägt ohnehin nur ein dünnes OP-Hemd«, antwortete Dr. Edl schließlich diplomatisch, »wegen der ganzen Überwachungssonden. Ich hoffe, dass das mit Ihrem Glauben vereinbar ist.« Sie rang sich ein Lächeln ab. »Und außerdem tun wir hier alles, damit Hel, wer auch immer das ist, noch ein wenig auf ihn warten muss.«

Dann ging Dr. Edl eiligen Schrittes den Flur hinunter und verschwand kopfschüttelnd hinter einer der weißen Türen.

Wenig später saßen Nora und Mats in seinem Auto auf dem Parkplatz vor dem Krankenhaus. Sie sprachen nicht. Sie hörten nur den Atem des anderen und starrten stumm durch die Frontscheibe.

Beide waren voller Sorge um Ingvar.

Aber auch ihr Kuss saß wie ein Elefant auf der Rückbank.

»Was ist denn eigentlich passiert?«, wagte Nora nach langen Minuten unerträglichen Schweigens zu fragen.

»Ich weiß es nicht genau«, murmelte Mats leise, ohne sie anzusehen. »Irgendetwas muss ihn aufgeregt haben. Er ist auf mich zugekommen, das war so kurz nach Mitternacht. Er sagte, er fühle sich nicht gut und ob ich ihn nach Hause fahren könne. Ich habe mich noch gewundert, weil ausgemacht war, dass Lasse ihn fährt. Und eigentlich wollte ich auch noch auf dich warten.« Er warf Nora einen scheuen Seitenblick zu. »Aber du warst verschwunden, und Lasse war auch nirgendwo zu sehen. Und Ingvar war ganz bleich im Gesicht. Der sah richtig schlecht aus. Also habe ich ihn ins Auto gesetzt und bin losgefahren.«

Mats nahm einen Schluck aus der Wasserflasche, die sie beim Verlassen des Krankenhauses an einem Automaten gezogen hatten. »Auf der Fahrt war er ganz still. Ich dachte, er sei müde. Und dann, auf einmal, hat er sich an die Brust gegriffen und gestöhnt.« Die Flasche zitterte leicht in seiner Hand. »Es war so schrecklich. Ich wusste zuerst gar nicht, was los ist. Aber dann hat er geschrien, ganz komisch. Es klang wie der Schrei eines sterbenden

Tieres. Er hatte Schmerzen! Und er hatte Angst! Da habe ich Gas gegeben und bin zum Krankenhaus gefahren. Hoffentlich noch rechtzeitig ...«

Deswegen war Mats nicht mehr da gewesen, als sie zurückgerannt war und ihr Handy geholt hatte.

»Das heißt, du bist nach unserem Kuss gar nicht abgehauen?« Erleichterung breitete sich in Nora aus – die jedoch schlagartig von Mats zerstört wurde.

»*Du* bist abgehauen, Nora!« Er knallte die Wasserflasche in den Halter in der Mittelkonsole. »Wo warst du denn? Ich habe dich überall gesucht! Ich habe mir Sorgen gemacht!« Seine Wut wich plötzlich einer Unsicherheit, die Nora bei ihm nicht vermutet hätte. »Ich dachte, ich hätte dich irgendwie ... verärgert. Dass ich vielleicht eine Grenze überschritten habe oder so. Ich habe Panik gekriegt. Dass du den Kuss vielleicht anders empfunden hast als ich. Ich wollte mit dir reden. Aber du warst wie vom Erdboden verschluckt. Warum bist du denn vor mir weggelaufen?«

Mats schaute sie traurig an.

»Ich bin nicht vor dir weggelaufen. Ich musste mal! Klingt unromantisch, war es auch, aber ich konnte es nun mal nicht ändern.« Nora griff nach seiner Hand. »Und außerdem musste ich mir auch darüber klar werden, was da gerade passiert ist. Keine Ahnung, wie oft du fremde Menschen küsst, aber für mich war das etwas Besonderes. Ich knutsche nicht mit jedem Erstbesten.«

»Wie gut, dass ich nicht jeder Erstbeste bin.« Da war es wieder, sein charmantes Lächeln, das Nora sofort entwaffnete. Sie widerstand dem Impuls, sein Gesicht in ihre Hände zu nehmen und zu sich zu ziehen. Stattdessen drückte sie seine Hand und sah ihm fest in die Augen.

»Mats, warum war Lasse nicht da, um Ingvar nach Hause zu fahren? Wo war er?«

»Ich weiß es nicht. Ich habe ihn auf dem Handy angerufen, aber es war ausgestellt. Es ist immer noch aus, ich versuche schon seit Stunden, ihn zu erreichen. Er ist einfach abgetaucht. Ich habe ihn seit dem Blót nicht mehr gesehen.«

»Weißt du, wo er sein könnte?«

Mats schaute sie wie vom Donner gerührt an; er wirkte regelrecht vor den Kopf geschlagen. Langsam dämmerte ihm, warum Nora ihn so vehement nach Lasse fragte.

»Befragst du mich jetzt gerade als Polizistin? Bist du etwa in die Ermittlungen involviert?« Er zog seine Hand aus ihrer. »Also stimmen die Gerüchte? Es heißt, man hat eine Leiche im Wald gefunden. Ist das wahr?«

Statt einer Antwort zog Nora eilig ihren Notizblock hervor und schlug die Seite mit der Runenzeichnung auf. »Kannst du mir sagen, was das ist?«

»Eine Binderune«, antwortete Mats, ohne zu zögern.

»Eine Binderune?«, wiederholte Nora fragend. »Was ist das?«

»Das sind mehrere Runen, die zu einer zusammengebunden werden. Die Runen müssen sich dabei an mehreren Stellen berühren oder überlappen, um ein möglichst harmonisches Gesamtbild zu ergeben. Dann kommen solche Gebilde dabei heraus.«

»Und was bedeutet diese Binderune?«

Mats zuckte mit den Schultern. »Keine Ahnung. Das wissen nur die, die sie gebunden haben.« Auf Noras verständnislosen Blick hin fuhr er seufzend fort: »Das können alle möglichen Runen sein. Verschiedene Schutzrunen, die man miteinander kombiniert. Oder auch Namen. Liebespaare binden häufig die Runen ihrer Namen zu einer gemeinsamen zusammen.«

Nora horchte auf. »Und kann man die Namen oder die einzelnen Runen da rückwärts auslesen?«

»Keine Chance. Du weißt ja noch nicht einmal, wie viele Runen in der Binderune miteinander kombiniert wurden. Das können fünf oder fünfzehn oder noch mehr sein. Nur wenn du die Namen schon kennst, kannst du überprüfen, ob die einzelnen Zeichen in der Binderune aufgehen.«

Katrine! Katrine Hauge! Die Tote! Konnte es sein, dass ihr Name ein Bestandteil dieser Binderune war?

»Nora, was soll das alles? Warum zeigst du mir das? Woher hast du diese Binderune überhaupt?«

Handelte es sich hier etwa um ein heidnisches Liebessymbol? Aber wieso sollte Katrine Hauge eine Liebesbinderune auf dem Rücken haben?

»Nora, stimmt es, dass eine Leiche gefunden wurde? Hat die Binderune irgendetwas damit zu tun?«

Aber wenn es wirklich eine Liebesbinderune war und Katrine Hauge ein Teil davon, wie konnte man dann den zweiten Namen herausfinden?

»Nora! Rede mit mir!«

Nora schreckte aus ihren Gedanken hoch.

»Rede mit mir! Bitte!« Mats' Blick lag flehentlich auf Nora.

Sie schloss die Augen und atmete tief ein. »Das darf ich nicht«, flüsterte sie. »Ich darf nicht mit dir darüber reden.«

Als sie die Augen wieder öffnete, sah sie in Mats' bestürztes Gesicht. Die Erkenntnis hatte ihn getroffen wie ein Hammerschlag.

»Dann hatte Lasse also recht?« Seine Stimme überschlug sich. »Du bist beruflich hier, als Polizistin?! Um uns auszuspionieren?! Das war von Anfang an dein Plan?!«

Der Kloß in ihrem Hals drückte Nora die Luft ab. Aber was sollte sie auch sagen?

Mats' Fassungslosigkeit verwandelte sich in Wut, befeuert von Noras Schweigen. »Du hast uns von Anfang an hintergangen! Arbeitest du etwa mit dieser dänischen Kommissarin zusammen, die uns seit Monaten auf dem Kieker hat? Bist du nur deswegen zu uns gekommen? Um dir unser Vertrauen zu erschleichen?!« Wütend schlug er auf das Lenkrad ein. Nora zuckte erschrocken zusammen. »Ich bin so ein Idiot! Dabei hab ich's geahnt!«

Irritiert schaute Nora Mats an, doch der nahm sie gar nicht wahr. Wütend starrte er geradeaus durch die Frontscheibe auf das Krankenhaus. »Ich hab's geahnt! Schon vom ersten Tag an, bei unserem Kennenlernen. Aber ich wollte es nicht wahrhaben. Ich wollte dich mögen dürfen.«

Aus Mats' Stimme war der Zorn verflogen. Jetzt klang er nur noch traurig und verletzt. »Erinnerst du dich, dass du nachgefragt hast, wer Magnus Hauge ist?«

Nora nickte stumm.

»Du hast damals nur nach Magnus Hauge gefragt, aber nicht danach, wer Connie Steenberg ist, obwohl beide Namen im selben Satz gefallen sind. Ab da hatte ich den Verdacht, dass du längst weißt, wer Connie Steenberg ist.« Mats schnaufte. »Natürlich wusstest du es! Aber ich Trottel habe dich auch noch verteidigt, gegen meine eigenen Zweifel und gegen Lasse! Dabei hast du mich nur ausgenutzt. Du hast dich nie für unseren Glauben interessiert.« Er schluckte trocken. »Oder für mich.«

»Das ist nicht wahr!«

Scheiße, war es doch! Aber nicht ganz!

»Ich wollte wirklich euren Glauben kennenlernen. Und euch. Um euch besser verstehen zu können. Und ich habe so viel gelernt in den letzten Wochen. So viel mehr, als ich ursprünglich gedacht habe. Wirklich, das war wichtig für mich.« Nora hörte selbst, wie verzweifelt sie klang.

Aber das war nichts gegen die tiefe Verzweiflung, die in Mats' Stimme lag. »Und was war das zwischen uns? Gehörte das auch zu deinem Plan?«

Nichts war weiter entfernt von der Wahrheit!

»Nein. Das ist einfach so passiert.« Noras Flüstern war kaum zu verstehen, so sehr schnürte es ihr die Kehle zu. »Und es ist echt. Das musst du mir glauben. Bitte!«

Schlagartig wechselte Mats das Thema, hart und kaltherzig. »Wer ist es? Wer lag tot im Wald?«

»Dazu darf ich dir nichts sagen. Nicht, solange ich dich nicht offiziell vernehme.«

Wahrscheinlich durfte sie in Hellmanns Augen jetzt noch nicht mal neben ihm im Auto sitzen, ohne die Ermittlungen zu gefährden.

Mats wandte den Blick vom Krankenhaus ab und schaute Nora direkt ins Gesicht. »Tust du das denn nicht gerade? Mich vernehmen?«

Nora schüttelte den Kopf. »Ich befrage dich als Freund.«

Mats schnaufte. Es war nicht schwer zu erraten, dass er die Situation anders interpretierte.

»Habt ihr schon einen Verdächtigen?«

»Ich will dich nicht anlügen. Also frag mich bitte nicht weiter!«

»Verdächtigt ihr etwa uns?« Mats lachte laut auf. »O ja, natürlich tut ihr das!«

Nora versuchte, ruhig zu bleiben. Doch nun kochte langsam auch in ihr die Wut hoch.

»Hört doch auf, euch immer zu Opfern zu stilisieren.« Sie war selbst überrascht über den harschen Ton, der plötzlich aus ihrem Mund kam. »Es werden alle überprüft, die zur Tatzeit in der Nähe waren. Das ist kein Heidenmobbing, sondern einfach Routine. Also, wo ist dein Bruder?«

Mats schwieg.

»Bitte, Mats! Du musst mir jetzt vertrauen.«

»Dir? Vertrauen? Das ist ein bisschen viel verlangt, nach allem, was du abgezogen hast. Findest du nicht?«

»Ich habe dich nie angelogen! Kein einziges Mal! Ich habe dir sogar gesagt, was ich beruflich mache. Du machst es dir so verdammt einfach mit deinem Schwarz-Weiß-Denken! *Ich* bin es, die jetzt in der Zwickmühle steckt. Nicht du! Aber es geht jetzt gerade mal nicht um *dich*. Es geht noch nicht mal um *uns*. Ein Mensch ist gestorben, und ich muss herausfinden, wer dafür verantwortlich ist.«

»Und du denkst, dass es Lasse ist? Der tätowierte Neowikinger, der von Anfang an unfreundlich zu dir war?«

»Nein, aber vielleicht der Neowikinger, den wir beide kurz vor Mitternacht mit Ingvar haben weggehen sehen!«

Nora sah den Schrecken auf Mats' Gesicht. Er erinnerte sich. Genau wie sie. Sie wussten beide, was sie gesehen hatten, nur Sekunden bevor es zum Kuss gekommen war.

Noras Gedanken rasten. War die Synchronität dieser beiden Ereignisse wirklich nur ein Zufall gewesen? Oder hatte Mats sie ablenken wollen? Immerhin hatte er sie ja – wie er gerade selbst zugegeben hatte – von Anfang an für eine Schnüfflerin gehalten. Hing Mats da irgendwie mit drin? Hatte er ihren Kuss nur provoziert, damit Lasse und Ingvar unbemerkt im Wald verschwinden konnten?

Ihr Herz zog sich schmerzhaft zusammen. Nein, das wollte sie nicht glauben!

Nora holte tief Luft. »Ich will ihm nur ein paar Fragen stellen. Wo er kurz vor Mitternacht war, zum Beispiel.«

Als wir uns geküsst haben und du deshalb das allerbeste Alibi der Welt hast, Mats Hansen!

»Mats, wo ist Lasse?«

»Ich weiß es nicht!«

»Und wenn du es wüsstest?«

Schweigen.

Nun war es Nora, die am liebsten vor Wut auf irgendetwas eingeschlagen hätte. »Verstehst du nicht, dass ich euch helfen will? Dass ich alles mache, um zu beweisen, wer *wirklich* für diese grauenvolle Tat verantwortlich ist? Also hilf mir, bitte! Was ist letzte Nacht passiert? Warum hatte Ingvar einen Herzinfarkt? Und warum ist Lasse verschwunden?«

»Ich weiß es nicht.«

»Was war das für ein Buch, das Ingvar dir gegeben hat?«

Mats war so überrumpelt, dass er Nora für einen langen Augenblick nur anstarren konnte. Dann verhärtete sich sein Blick. »Du hast beim Schnüffeln ja wirklich ganze Arbeit geleistet.«

»Meine Güte, ich habe es zufällig mitbekommen«, legte Nora den Wahrheitsgehalt ihrer Aussage großzügig aus. »Und warum macht ihr überhaupt so ein Geheimnis darum? Was steht denn drin?«

»Das geht dich nichts an.« Mats' Stimme klang kalt und abweisend. »Das ist eine Familiensache.«

»Es geht hier um eine Mordermittlung, Mats!«

»Das Buch hat damit nichts zu tun!«

»Lass mich das doch bitte selbst beurteilen.«

»Nein! Nur mit Durchsuchungsbeschluss oder wie das heißt. Sonst nicht!«

Noch nie hatte Nora solche Kälte in Mats' braunen Augen gesehen. Sie wollte nach seiner Hand greifen, hielt sich aber zurück. Stattdessen legte sie so viel Wärme und Ehrlichkeit in ihre Stimme, wie sie konnte. »Bitte, Mats«, sagte sie flehentlich. »Hilf mir! Damit ich dir helfen kann! Damit ich *euch* helfen kann!«

»Ich will, dass du jetzt aussteigst.«

»Was?«

»Du hast mich schon verstanden! Steig aus, Nora!«

»Das ist doch jetzt albern. Lass uns wie zwei erwachsene ...«

»RAUS!«

Nora fiel förmlich aus dem Wagen. Durch die noch offene Beifahrertür sah sie, wie Mats bereits den Motor startete. »Und vergiss den Kuss.« Mats konnte ihr nicht einmal mehr in die Augen schauen. »Vergiss alles, was zwischen uns war. Wir stehen jetzt auf unterschiedlichen Seiten.«

Nein, tun wir nicht, schrie Nora innerlich. Doch sie war zu stolz, um Mats ihren Schmerz zu zeigen.

Wütend knallte sie die Wagentür zu. Sie hatte den Türgriff noch in der Hand, als Mats bereits aufs Gas trat und davonfuhr.

Der Emotions-Tsunami brach über ihr zusammen, kaum dass sie sich hinter das Steuer von Niklas' Schrottlaube hatte fallen lassen, die er ihr großzügig für die Heidenmission geliehen hatte. Sie wollte weinen, wollte auf etwas einschlagen, wollte schreien. Doch sie tat nichts von alledem. Sie schloss die Augen und versuchte, ihr wild hämmerndes Herz und den zitternden Atem zu beruhigen.

Sie saß zwischen allen Stühlen. Auf der einen Seite Connie, die ihr vorwarf, ihren Job als Polizeibeamtin nicht mehr machen zu können, weil sie emotional viel zu sehr mit den Heiden verbunden war. Und auf der anderen Seite Mats, der sie genau deswegen von sich wegstieß.

Nora wischte sich wütend die Tränen aus den Augen. Sie musste sich jetzt auf den Fall konzentrieren. Angespannt starrte sie auf das Krankenhaus, auf dessen Parkplatz sie immer noch stand. Solange Lasse verschwunden blieb, war Ingvar der Einzige, der ihr erzählen konnte, was sie in der Mittsommernacht getan hatten. Und worüber er sich so sehr aufgeregt hatte, dass es seinem Herz zu viel geworden war.

Aber Ingvar würde ihr in naher Zukunft erst einmal keine Antworten geben können ...

Sie drehte den Zündschlüssel. Der Anlasser wimmerte, aber der Motor sprang nicht an.

Wie sie dieses Auto hasste!

Schlagartig war nicht mehr Mats Hansen ihr größtes Problem, was den Wutfokus auf einen neuen Endgegner lenkte.

Um Beherrschung bemüht, drehte Nora den Zündschlüssel erneut. Noch einmal und noch einmal und jedes Mal wütender, sodass er beinahe im Schloss abbrach.

Da endlich sprang der Motor an!

Sie legte knirschend den ersten Gang ein und fuhr los.

Es war zwar noch hell, aber trotzdem schon spät am Abend, als Nora über die Landstraße zurück nach Tönsburg zuckelte. Der Keilriemen quietschte und zerrte zusätzlich an ihren Nerven.

Freundlicherweise hatte Niklas ihr seine alte Laube für die Wochen in Tönsburg geliehen, da sie selbst kein Auto besaß. Jetzt gerade fragte sie sich jedoch, ob das Mieten eines E-Bikes nicht vielleicht die bessere Option gewesen wäre. Den ersten Gang konnte man nur beidhändig einlegen, die gebrochenen Sitzfedern machten das Befahren von Kopfsteinpflaster zur reinsten Tortur, die porösen Fensterdichtungen verliehen Wind- und Regenfahrten unfreiwilliges Cabrio-Flair. Aber aus ihr unerklärlichen Gründen hatte der TÜV die Schrottkiste noch einmal für verkehrstauglich befunden, und tatsächlich hatte sie die Fahrt von Billersby nach Tönsburg unfall- und pannenfrei zurückgelegt. Erst ab Tönsburg hatte der Keilriemen zu quietschen begonnen.

Wenn die Schrottkiste jetzt schlappmachte, würde sie ihre Dienstwaffe aus dem Handschuhfach ziehen und das Scheißteil mit einer vollen Magazinladung durchlöchern. Und nichts, aber auch gar nichts würde sie davon abhalten!

Nora krallte die Hände ums Lenkrad und biss die Kiefer zusammen. Doch nichts passierte. Weder explodierte der Motor, noch platzte ein Reifen. Nur der Keilriemen quietschte weiter in den höchsten Tönen.

Zwanzig Kilometer erschienen unter dieser akustischen Folter als eine sehr, sehr lange Strecke. Völlig entnervt bog Nora gerade nach Tönsburg ein, als ihr Handy klingelte. Reza.

»Heute kriegen wir keine Laborbefunde oder Rechercheergebnisse mehr rein. Der Chef hat daher Feierabend ausgegeben. Morgen früh um acht in der Einsatzzentrale.« Noch bevor sie überhaupt antworten konnte, hatte Reza schon aufgelegt.

Wenig später fiel Nora in ihrem Ferienapartment aufs Bett, zu entkräftet, um sich noch umziehen zu können. Sie hatte körperlich und geistig ihr Limit erreicht.

Ein viel zu langer Tag ging endlich zu Ende. Jeder Muskel in ihrem Körper war verspannt und schmerzte, aber noch viel schlimmer war das Chaos in ihrem Kopf. Die schlaflose Nacht, der Konflikt mit Connie und der Streit mit Mats forderten ihren Tribut. Nora war kurz davor, hemmungslos in ihr Kopfkissen zu heulen, doch dann war die Erschöpfung schneller, und sie schlief ein, bevor sie auch nur eine Träne hatte vergießen können.

22 STUNDEN ZUVOR

12 Verdammt! Der Junge war nett! Richtig nett! Und auch noch gut erzogen.

Connie konnte kaum fassen, dass ein ordentlich und vor allem unaufgeregt gekleideter Dreikäsehoch vor ihr stand und ihr mit freundlichem Grinsen die Hand zum Gruß entgegenstreckte. Welcher Zehnjährige machte denn so etwas, bitte schön?

Verzweifelt suchte sie Gesicht und Hände nach Piercings oder Tattoos ab. Nichts. Der Kleine trug nicht mal einen Ohrring. Weder an seinen Turnschuhen noch an seinem Shirt waren irgendwelche prolligen Markenlogos zu erkennen.

Es gab genau zwei Optionen: Entweder er würde genauso ein Erwachsener werden, wie es schon sein zehnjähriges Ich erahnen ließ: zuverlässig, gesittet, ohne Eskapaden und Affären, ein guter Ehemann, liebevoller Vater und braver Steuerzahler.

Oder aber – und das war die zweite Option – die Pubertät würde ihn gehörig durcheinanderwirbeln. Sex 'n' Drugs. Alkohol. Protziges Angebergetue, um das plötzlich ins Nichts geschrumpfte Ego wieder hochzupäppeln. Kompensiert wurde das mangelnde Selbstbewusstsein dann erst mit frauenverachtendem Gerede, später auch mit frauenverachtendem Gehabe. Lost in growing up, fucked by getting old. Connie kannte die am Ende solcher Entwicklungen stehenden Jungmänner-Egos nur zu gut.

Anti, anti, anti! Immer einfach gegen alles! Gegen Ausländer, gegen geregelte Arbeit, gegen die einfachsten Regeln zivilisierten Miteinanders.

Doch sosehr Connie sich auch bemühte, sie konnte an Rasmus Lund nichts, aber auch rein gar nichts Anstößiges entdecken. Der kleine Junge, der da vor ihr stand, versteckte den Mann, der er einmal werden sollte, wie ein menschliches Überraschungsei vor ihren neugierigen Blicken in seinem Inneren.

»Rasmus ist sitzen geblieben. Darum ist er neu in unserer Klasse«, erklärte Jonna, ohne ihn auch nur ansatzweise dafür zu verurteilen.

Endlich! Ein Makel! Wer blieb denn bereits in der Grundschule sitzen?

Connies Zuneigung für Rasmus wuchs ins Unermessliche. Er wirkte eigentlich nicht sonderlich doof; wahrscheinlich war er hochbegabt, unterfordert und nur deswegen sitzen geblieben.

»Ich war ziemlich lange krank. Aber jetzt bin ich wieder ganz gesund.«

Oder so. Herrgott, der Kleine war einfach uneingeschränkt sympathisch.

Connie musste sich zurückhalten, ihm nicht vor Begeisterung in die prallen Bäckchen zu kneifen. Stattdessen versuchte sie, betont gelassen zu sein.

»Aha. Na, gut für dich, dass du wieder fit bist.« Sie zog gedankenverloren ihr silbernes Zigarettenetui hervor, obwohl ihre Lungen mit dem Qualm des Sankt-Hans-Feuers, das die Feuerwehr gerade entzündete, schon genug zu tun hatten. Sie klopfte gerade suchend ihre Taschen nach dem Feuerzeug ab, als Rasmus ihr einen dünnen Reisigzweig hinhielt, dessen Spitze rot glühte. »Feuer?«

Er grinste von einem Ohr zum anderen. Der Kleine gefiel ihr!

Gerade wollte Connie, die Kippe zwischen den Lippen, sich zu ihm vorbeugen, als Rasmus den glimmenden Stock in den Sand fallen ließ. »Bitte nicht, Frau Steenberg. Rauchen ist ganz, ganz schlecht für die Gesundheit. Und die ist doch das Allerwichtigste.«

Connie rutschte beinahe die Kippe aus dem Mundwinkel. Unwillkürlich verengten sich ihre Augen zu schmalen Schlitzen, aus denen sie imaginäre Giftpfeile auf Rasmus abfeuerte. Nur mit allergrößter Selbstbeherrschung widerstand sie dem Impuls, noch eine zweite Zigarette aus dem Etui zu ziehen und sich beide gleichzeitig mit großer Geste anzuzünden – nur um die Schmach zu überspielen, von einem Zwerg zurechtgewiesen worden zu sein.

Doch der Zwerg war mutig. Und das imponierte ihr. Er lief weder weg, noch brach er den Blickkontakt zu ihr ab. Rasmus schaute sie einfach nur aus seinen großen blauen Augen an und erwartete eine Reaktion von ihr.

Connie spürte ganz deutlich, dass nun auch Jonnas und Lærkes Blicke auf ihr lagen. Betont lässig nahm sie die Zigarette aus dem Mund und steckte sie zurück ins Etui. »Junger Mann, wo du recht hast, hast du recht!«

Sollte ihr doch noch mal jemand nachsagen, sie sei ein schlechter Umgang für Kinder.

Connie seufzte innerlich und notierte sich geistig, die Erwachsenensachen, die richtig doll Spaß machen, in Zukunft nur noch außer Reichweite von Kindern auszuüben. Oder zumindest außer Reichweite von Rasmus Lund!

»Genug geschwatzt.« Connie deutete auf die mittlerweile grell in den Nachthimmel züngelnden Flammen. »Steht nicht bei uns alten Leuten herum. Haut schon ab. Lasst euch ein bisschen flambieren.«

Mit ihren vor Begeisterung aufgerissenen Augen und neuen, überdimensionalen Schneidezähnen sah Jonna wie ein breit grinsender, durchgeknallter Osterhase aus. Es war nicht zu übersehen, wie sehr sie Rasmus mochte.

Ebenfalls nicht zu übersehen waren allerdings auch ihre neuen, riesigen Front-Hauer, die aus den Zahnlücken ihres Milchgebisses gewachsen waren und im Vergleich zum restlichen Kindergesicht viel zu groß und völlig unproportioniert wirkten. Connie war von diesem neuen Erscheinungsbild jedes Mal erschrocken und verzückt zugleich.

Mein kleiner Hasenzahn wird groß, dachte Connie wehmütig. Nicht nur dental.

Denn als Jonna und Rasmus laut juchzend zu den anderen Kindern liefen, die singend ums Feuer tanzten, meinte sie ganz kurz ein Händchenhalten gesehen zu haben.

Connie spürte, wie Lærke an ihre Seite trat. »Gute Reaktion gerade.« Sie klang überrascht. »Früher hättest du dir – nur um den Kleinen zu provozieren – gleich zwei Zigaretten angesteckt.«

»Ach was.« Connie machte eine wegwerfende Handbewegung.

Doch Lærke bekräftigte ihre Aussage noch. »Nein, wirklich. Ich rechne dir das hoch an.«

Irritiert schielte Connie aus dem Augenwinkel zu Lærke hinüber. Ein Lob aus dem Mund ihrer Tochter?! Welche Überraschungen hielt dieser Abend noch bereit?

»Dass du aufs Rauchen verzichtest«, fuhr Lærke fort,

»dass du überhaupt mit uns zum Sankt-Hans-Feuer gekommen bist, das ist keine Selbstverständlichkeit für dich. Ich weiß, wie schwer dir so etwas fällt. Geselligkeit. Verbindlichkeit. Sich nach anderen zu richten. Danke dafür.«

Connie winkte erneut ab, wusste aber vor Ergriffenheit nichts mehr zu erwidern.

Konzentrieren! Sie durfte sich jetzt unter keinen Umständen anmerken lassen, wie sehr sie sich nach einem doppelten Whiskey sehnte – und nach einer Zigarette in jedem Mundwinkel!

Langsam ließ Connie ihren Blick über die Menschenmasse schweifen. Erst jetzt entdeckte sie Stine, die etwas abseits bei ihren Eltern stand und Jonna und Rasmus mit Argusaugen beobachtete. Warum spielten sie denn nicht zusammen? Hatten Stine und Jonna etwa Streit? Dabei waren die beiden doch seit dem Kindergarten beste Freundinnen.

Am liebsten wäre Connie durch den Sand zu Stine gestapft und hätte sie an der Hand hinüber zu Jonna und Rasmus gezogen, doch was auch immer die beiden Mädchen gerade trennte, das mussten sie selbst regeln. Da hielt man sich als Erwachsener besser heraus.

Der riesige Scheiterhaufen brannte lichterloh. Gitarren erklangen. Fiedeln stimmten mit ein. Und dann sangen alle, wirklich alle Menschen, die an diesem Abend am Strand zusammengekommen waren, das *Midsommervisen*, das Lied, das alle Dänen kennen und in dem sie – traditionell zu Mittsommer – ihre Liebe zu ihrem Heimatland besingen und den Frieden und den Sommer feiern.

Vor ihnen prasselte das Feuer. Hinter ihnen rauschte die Nordsee. Goldene Funken tanzten in den schwarzen

Nachthimmel empor, wo sie sich mit den Sternen vermischten. Connie spürte, wie sich der Holzrauch in ihren Haaren und der Kleidung festsetzte, doch es war ihr egal. Es war einfach schön! Richtig schön! Und so ließ sie sich von der fröhlich-feierlichen Stimmung überwältigen und stimmte laut in den *fællessang,* das gemeinsame Singen, mit ein.

Noch wusste sie nicht, dass in einer halben Stunde ihr Handy vibrieren und Nora ihr von einem grausigen Leichenfund erzählen würde.

Etwa neunzig Kilometer weiter südlich, in einem kleinen Waldstück, genau auf der deutsch-dänischen Grenze, erklangen ebenfalls lautes Lachen und inbrünstiger Gesang zu Gitarren und Fiedeln. Denn nach dem langen Opferritual, bei dem diesmal auch Nora mit im Kreis gestanden hatte, war nun der ausgelassene Teil des Abends eingeläutet worden.

Kinder tanzten um das kleine Lagerfeuer, das in der Mitte der Lichtung brannte und um das sich im größeren Kreis auch die Erwachsenen geschart hatten. Der Geruch von Stockbrot lag in der Luft. Schalen mit Grillfleisch, Gemüse, Süßspeisen wurden herumgereicht. Es gab Limonade, Bier und Met. Alle aßen, tranken, tanzten, sangen, unterhielten sich. Über ihnen ragten die Baumwipfel wie schwarze Scherenschnitte in den Sternenhimmel, beschienen vom warmen Schein des Feuers und flankiert von den vielen kleinen Lampions, die überall hingen.

War Noras erstes Blót noch eher im kleinen Kreis abgehalten worden, waren nun, in der Mittsommernacht, wirklich alle Heiden aus der näheren Umgebung zusammengekommen. Überall sah Nora neue Gesichter, und selbst Milou, die ihr in ihrer überschwänglichen Freundlichkeit wieder jeden Einzelnen hatte vorstellen wollen, war nicht hinterhergekommen, so viele waren heute hier.

Selbst Lasse Hansen, der immer grimmig und verschlossen wirkte, ließ sich von der allgemeinen Geselligkeit anstecken. Dazu trug offenbar auch Bodil Brodersens selbst gemachtes Käsegebäck bei. Nora sah, wie sie mit einer riesigen Kiste auf ihn zusteuerte und er sich daraus bedienen durfte. Ein herzhafter Biss, dann entfalteten Butter, Zucker und Käse ihre wundersame Wirkung und verliehen Lasse Hansens sonst so mürrischem Gesicht samtig weiche und liebenswürdige Züge, die Nora auch an seinem Bruder Mats so liebte. Zufrieden zog Bodil mit ihrer Kekskiste weiter, um die Nächsten zu beglücken. Nora sah ihr lächelnd hinterher.

Sie ließ ihren Blick weiterschweifen. Im allgemeinen Gewusel der vielen neuen Unbekannten erblickte sie auch immer wieder vertraute Gesichter. Nur Hugo, den pubertierenden Sohn der Helmers, konnte Nora nirgendwo entdecken. Offenbar hatte er seine Ankündigung wahr gemacht und hielt sich als frischgebackener Atheist von den Feierlichkeiten fern. Was ein Jammer war, wie Nora fand. Denn dieses Fest voll ausgelassener Fröhlichkeit sollte sich niemand, der die Möglichkeit hatte, daran teilzunehmen, entgehen lassen. Nora genoss die Atmosphäre in vollen Zügen.

»Gefällt es dir?«, fragte Mats.

Nora nickte überflüssigerweise. Denn sie war sich sicher, dass ihre vor Begeisterung glänzenden Augen und die vom Met geröteten Wangen für sich sprachen.

Mats lächelte glücklich.

Sie saßen nebeneinander auf einem umgestürzten

Baumstamm, etwas abseits vom Trubel, und beobachteten, wie die anderen ausgelassen die Mittsommernacht feierten.

»Mittsommer ist so ein schönes Fest. Dabei feiern wir heute Balders Tod«, flüsterte Mats, und seine Stimme klang beinahe traurig. »Kennst du die Geschichte von Balder, die hinter Mittsommer steht?«

Nora schüttelte den Kopf.

Mats holte Luft, dann begann er leise zu erzählen: »Balder, ein Sohn Odins, war der Gott des Lichts. Er war der friedlichste, der reinste, der barmherzigste aller Götter. Alle liebten ihn. Aber eines Nachts träumte er von seinem Tod. Er erzählte seiner Mutter Frigg davon, die daraufhin zu jedem Tier und zu jeder Pflanze ging und sie alle aufforderte, einen Eid abzulegen: Nichts und niemand durfte ihren geliebten Balder verletzen oder gar töten.«

Nora spürte, wie sich Mats' Hand langsam über die raue Rinde des Baumstammes zu ihrer vortastete – und sich dann, ganz sachte, auf ihre legte. Es war ein schönes Gefühl. Voller Wärme und Geborgenheit.

»Nur ein junger, unscheinbarer Mistelzweig schien Frigg zu unbedeutend, also nahm sie ihm den Eid nicht ab. Bei einem Spiel unter den Göttern, bei denen der nun unverwundbare Balder mit Speeren und Steinen beworfen, aber nicht verletzt wurde, ließ Loki den blinden Hödur mit einem Mistelzweig nach Balder werfen.«

Nora drehte sachte ihre Hand, sodass ihre und Mats' Handflächen nun aufeinanderlagen und sich ihre Finger wie von selbst ineinander verschränkten. Ein warmer Wind strich über sie hinweg und streichelte die Haut ihrer nackten Arme wie ein liebevoller Odem.

»Und Balder? Was passierte mit ihm?«, flüsterte sie.

Mats beugte sich zu ihr vor, seine Worte kitzelten ihr Ohr. »Balder starb. So, wie die Sonne ab morgen jeden Tag ein kleines bisschen mehr sterben wird.«

»Aber das ist doch kein Grund, zu feiern. Das ist traurig.«

»Das ist der ewige Kreislauf.« Mats' Daumen streichelte zärtlich über Noras Handrücken. »Ab Jul, dem Fest zur Wintersonnenwende, gewinnt die Sonne dann wieder an Kraft. Es ist ein Werden und Vergehen, wie bei allem in der Natur. So ist das Leben.«

Direkt über ihnen in der Baumkrone machte Nora den Schatten eines schwarzen Vogels aus. Eine Krähe? Oder doch ein Rabe?

Odin schaut zu, dachte sie und kicherte innerlich. Sollte er doch.

Noch immer hielten sie sich an der Hand, nichts konnte diesen Moment zerstören. Er gehörte ganz ihnen.

Auf einmal überkam Nora das Gefühl, dass dies der richtige Zeitpunkt war. Jetzt, genau *jetzt,* fühlte es sich richtig an.

Mit der freien Hand griff sie in die Seitentasche ihrer Jacke, die sie neben sich über den Baumstamm gelegt hatte. Ihre Finger tasteten sich am Handy vorbei und ergriffen das warme Holz des geschnitzten Thorshammers. Sachte zog sie ihn hervor. Ein glückliches Strahlen ging über Mats' Gesicht, als sie sich das Lederband mit dem Anhänger umlegte. Sanft strich Nora mit den Fingerspitzen über die Schnitzereien. Ja, es fühlte sich richtig an.

Da bemerkte sie aus den Augenwinkeln zwei Schattenrisse, die sich verstohlen von den anderen absetzten. Nora drehte den Kopf. Die Dunkelheit zwischen den Bäumen hatte die beiden Gestalten schon fast verschluckt, doch sie meinte, die leicht gebeugte Silhouette von Ingvar und den breitbeinigen Gang von Lasse zu erkennen. Die beiden entfernten sich, vermeintlich unbemerkt, von der feiernden Festgesellschaft und schlichen tiefer in den Wald hinein. Warum? Was hatten sie vor?

Nora wollte gerade Mats fragen, was das zu bedeuten habe, als sie seine Hand an ihrem Kinn spürte und er ihr Gesicht sanft zu sich drehte. Seine Lippen schwebten nur Millimeter vor ihren. Von seiner sommerwarmen Haut stieg ein betörender Duft auf, und Nora glaubte, seinen trommelnden Herzschlag hören zu können. Seinen – oder ihren.

So nah waren sie einander noch nie gewesen. Sie verharrten kurz in dieser intimen, wunderschönen Distanzlosigkeit – dann ließen sie sich fallen. Ihre Lippen fanden einander, und irgendetwas in Noras Innerem explodierte. Seine Hände umrahmten ihr Gesicht, sein Atem fegte über ihre Haut. Ihre Zungen tanzten miteinander zu dem hämmernden Beat ihrer Herzen.

Dann ein kurzes Innehalten. Was taten sie hier? Durfte das sein? Einen Herzschlag lang zögerte Nora. Dann schaltete sie ihren Verstand aus und folgte ihrem Gefühl. Alles war auf einmal vergessen. Sie war ganz im Moment, sie ließ alles hinter sich. All ihre Unsicherheit, all ihre Verletzungen. Und vor allem Thies, den ein winzig kleiner Teil von ihr wahrscheinlich immer lieben würde, aber der nicht das lebenslange Monopol auf ihre Liebe hatte, wie es lange Zeit ihre schmerzlichste Befürchtung gewesen war.

Denn hier und jetzt war Thies weit weg. Aber Mats war da! Mats Hansen! Und das, was sie gerade miteinander machten, war einfach viel zu schön, um damit aufzuhören.

Mats umgriff ihre Taille und zog sie näher zu sich heran, Noras Hände wühlten sich in seine Haare, und noch immer küssten sie sich mit allem, was sie einander geben konnten.

Als sie sich sanft wieder voneinander lösten, war die Welt für einen Wimpernschlag lang stumm – nur um sich dann umso intensiver ins Bewusstsein zu drängen. Die Farben schienen von innen heraus zu leuchten, obwohl es mitten in der Nacht war und eigentlich alles im grauen Dämmerlicht versank. Die Musik ließ ihre Eingeweide hüpfen, der Geruch des Feuers und von Mats' sommerwarmer Haut waren überpräsent. Es war alles zu viel.

Wie viel Zeit war vergangen? Nora wusste es nicht. Es hätten Stunden oder auch nur Sekunden sein können. Und es war im Grunde auch egal. Aber jetzt meldete ein dringendes menschliches Bedürfnis unumstößlich seine Ansprüche an.

»Ich ... muss ... äh ... mal kurz weg.«

Ruckartig stand Nora auf, und die Welt schien sich auf einmal entgegen der Erdrotation zu drehen. Doch bevor Mats etwas erwidern konnte, stolperte sie schon davon, einfach in den Wald hinein, überwältigt von ihren Gefühlen und bis unter den Scheitel angefüllt mit Glück.

GEGENWART

13

Es war Punkt sieben. Die Kaffeemaschine röchelte, und Helen Hauge hatte freundlicherweise ein paar angeschlagene Porzellantassen – laut verwaschenem Aufdruck von den ökumenischen Kirchentagen der letzten fünfzehn Jahre – bereitgestellt, die nun gierig ergriffen wurden.

Nur Reza wirkte ausgeschlafen. Allen anderen steckten die Ereignisse der letzten vierundzwanzig Stunden noch in den Knochen. Jule und Köster waren frustriert von ihrer bisher erfolglosen Suche nach der Herkunft des Thorshammers. Nora und Connie saßen an entgegengesetzten Enden des Tisches und würdigten einander keines Blickes. Und selbst der willensstarke Hellmann konnte ein Gähnen nur mühsam unterdrücken. Er war noch mitten in der Nacht von der Rechtsmedizin in Kiel zurück nach Tönsburg gefahren, dafür aber mit dem druckfrischen Obduktionsbericht im Gepäck, dessen Erkenntnisse er nun mit den anderen teilte.

Dr. Lohses Befund bestätigte, dass Katrine Hauge an Krebs im Endstadium gelitten hatte. Die Rechtsmedizinerin hatte Metastasen gefunden, deren Quantität und Qualität eine Genesung ausschließen ließen. Den Grund für die kleine OP-Narbe am fünften Halswirbel konnte Dr. Lohse nicht mit absoluter Gewissheit bestimmen. Eine endoskopische Operation schien ihr naheliegend, aber zu welchem Zweck war nicht mehr rekonstruierbar. Auch mögliche Nerven- und Muskelfunktionen – oder deren Fehlfunktionen – konnte man an einem toten Körper nur noch schwer, eigentlich gar nicht mehr feststellen. Was es mit der ominösen OP-Narbe am Rückgrat auf sich hatte, würden Hellmann und sein Team also anderweitig ermitteln müssen.

Die Wundränder der Rune waren unterblutet gewesen, sodass Dr. Lohse sich nun darauf festlegte, dass Katrine Hauge die Schnitte noch zu Lebzeiten zugefügt worden waren. Warum sie jedoch so ungleichmäßig geführt worden waren, blieb nach wie vor ein Rätsel.

Todesursache war ein letaler Cocktail aus Schlaf- und Schmerzmitteln gewesen; hauptsächlicher Bestandteil war das auch schon in Magnus Hauges Blut festgestellte Pathmin.

Sowohl Katrine als auch Magnus Hauge hatten das hoch dosierte Opioidanalgetikum oral eingenommen. Magnus Hauge wohl über die Nahrung, da die Essensreste des Abendbrots und sein Bier damit durchsetzt gewesen waren; das hatte der Laborbefund der Proben ergeben. Katrine Hauges Magen hingegen war so gut wie nüchtern gewesen.

»Was heißt das?«, wagte Jule eine Zwischenfrage. »Dass Katrine Hauge die Tabletten willentlich geschluckt hat?«

Hellmann setzte sich in seinem Stuhl auf. »Dr. Lohse hat gesagt, dass Katrine Hauges Körper keine Injektionsstelle aufweise, ihr das Medikament also nicht gespritzt wurde. Da es ihr auch nicht heimlich mit der Nahrung verabreicht wurde, hat Katrine Hauge das Medikament sehr wahrscheinlich wissentlich geschluckt. Ob es eine Überdosis aus Versehen war oder ob sie zur Einnahme gezwungen wurde, lässt sich nicht mehr nachvollziehen. Aber auf jeden Fall geht Dr. Lohse davon aus, dass Katrine

Hauge absolut schmerzfrei einfach eingeschlafen ist. Ein sehr sanfter Tod.«

Kurz war es still im evangelischen Gemeindesaal. Alle dachten fieberhaft darüber nach, was das alles zu bedeuten hatte.

Köster war der Erste, der seine Stimme wiederfand. »Katrine Hauge wurde also extrem sanft und human ins Jenseits befördert. Und trotzdem schneidet ihr jemand noch zu Lebzeiten mit einem Messer in den Rücken? Das ist doch total widersprüchlich! Ich meine, warum bringt jemand sie einerseits völlig schmerzfrei um, ritzt sie aber andererseits kurz vorm Exitus noch brutal?«

»Guter Punkt«, musste Hellmann zugeben.

»Vielleicht hat sie von dem Ritzen ja gar nichts gespürt«, warf Jule ein. »Vielleicht war sie komplett betäubt oder zumindest der Rücken anästhesiert. Denk an die blutende Wade bei Magnus Hauge. Der hat davon auch nichts mitbekommen.«

»Hat Dr. Lohse sonst noch etwas Auffälliges bei der Obduktion bemerkt?«, schaltete sich erstmals Connie ein. Hellmann nickte. »Minimale Spuren von Kleberesten. Wahrscheinlich von einem handelsüblichen Paketklebeband. An ihren Fingerspitzen.«

»Klebereste?« Connie stutzte. »Heißt das, ihre Hände wurden mit Klebeband gefesselt?«

Reza klickte sich in rasantem Tempo durch die Dateien auf seinen Monitoren und schüttelte den Kopf. »Dafür gibt es keinerlei Anzeichen. Keine Druckstellen an den Handgelenken, keine Hämatome, nichts in der Art. Außerdem wurden die Klebereste nur an den Fingerspitzen ihrer rechten Hand gefunden.«

»Dann hat sie irgendetwas angefasst.« In Connies Hirn

ratterte es. »Was ist mit dem verbrannten Briefumschlag, den ich gefunden habe? Der gelbe Aufkleber!«

»Die Spuren an ihren Fingern sind nicht identisch mit der Materialzusammensetzung des Klebers von dem Briefumschlag. Es handelt sich definitiv um unterschiedliche Substanzen. Aber der gelbe Aufkleber ist ein gutes Stichwort.« Reza klickte einen weiteren Bericht auf. »Denn dabei handelt es sich um einen Vermerk der Post. Damit werden Briefe, die nicht ausreichend frankiert wurden, zurück an den Absender geschickt. Mit der Aufforderung nachzuzahlen.«

»Hä? Aber warum verbrennt man dann den Brief?« Köster strich sich nachdenklich über seinen Kinnbart. »Da muss man doch eigentlich nur das fehlende Porto ergänzen und kann den Brief dann wieder einwerfen. Das ergibt doch gar keinen Sinn, ihn zu verbrennen.«

»Doch!« Auf einmal wusste Nora die Antwort. Laut stellte sie ihre Kaffeetasse ab. »Weil die Person, die den Brief verbrannt hat, nicht identisch ist mit der Person, die ihn verschickt hat!«

»Und auf keinen Fall wollte, dass dieser Brief weiter existiert«, ergänzte Connie. Kurz trafen sich ihre Blicke. Dann schob sich Jule in ihre Sichtachse. »Ihr meint, einer von den Hauges verschickt ohne das Wissen des anderen einen Brief, der dann aber zurückkommt, weil er nicht ausreichend frankiert ist. So bekommt der andere vielleicht auch überhaupt erst mit, dass ein Brief verschickt wurde – und auch an wen und mit welchem Inhalt. Und weil der offenbar so brisant ist, wird der Brief hinterm Stall verbrannt. Wahrscheinlich sogar ohne dass der andere, also derjenige, der den Brief ursprünglich verschickt hat, etwas davon mitbekommt. Krass!«

»Das könnte eine mögliche Erklärung sein«, gab Hellmann zu.

»Und wenn das stimmt, dann war die Ehe der Hauges vielleicht gar nicht so harmonisch, wie es uns alle Welt glauben machen will«, murmelte Connie, wurde aber von Hellmann zurückgepfiffen: »Keine vorschnellen Schlüsse. Erst müssen wir wissen, an wen der Brief adressiert war.«

»Keine Chance«, antwortete Reza bedauernd. »Das Labor hat alles versucht, aber die Adresszeile auf dem Umschlag ist komplett verbrannt. Das kann man nicht mehr rekonstruieren.«

»Verflucht«, donnerte Connie. »Wir *müssen* herausbekommen, an wen dieser Brief verschickt werden sollte. Ich meine, irgendetwas stinkt hier doch gewaltig. Warum sonst wurde er heimlich verbrannt? Ist ja nicht so, als ob jeder seine unliebsame Post gewohnheitsmäßig verbrennen würde, oder? Nein, das tut man nur, wenn man etwas komplett vernichten will. Was war so wichtig, dass es einer der beiden Hauges für immer verschwinden lassen wollte? Was stand in diesem Brief, verdammt?«

»Das werden wir auf anderem Wege herausfinden müssen. Wenn das Labor uns dabei nicht helfen kann, dann können wir daran für den Moment nichts ändern«, dämpfte Hellmann in seiner gewohnt sachlichen Art Connies aufkeimende Emotionalität.

»Und was ist mit dem Foto?«, griff Connie nach dem letzten Strohhalm. »Die verbrannte Ecke gehörte doch mal zu einem Foto, oder?«

»Ja, das konnte das Labor aus der Zusammensetzung des Papiers und der Farbmaterialien eindeutig nachweisen. Und dass das Foto schon älter gewesen sein muss. Definitiv älter als zehn Jahre. Vielleicht sogar wesentlich älter.« Reza zuckte mit den Schultern. »Das war's aber auch schon. Die Größe des Fotos kann nicht mehr rekonstruiert werden. Und auch zum Motiv kann man natürlich nichts mehr sagen.«

»Ob das Foto in dem Briefumschlag war?«, sinnierte Connie. »Oder hatten Briefumschlag und Foto gar nichts miteinander zu tun?«

»Auch das werden wir anderweitig ermitteln müssen«, ging Hellmann wieder dazwischen. »Was haben wir sonst noch?«

Reza fasste zusammen, dass Magnus Hauge tatsächlich einer freiwilligen Spurensicherung auf seinem Hof zugestimmt hatte. So hatten noch am Abend des Vortags die Kollegen der Kriminaltechnik den Hauge-Hof auf links gedreht. Die Auswertung der Spuren würde allerdings etwas Zeit in Anspruch nehmen.

Dann berichtete Nora, was sie bei ihrem Streitgespräch mit Mats Hansen am Vortag über die Binderune herausgefunden hatte. Dass sie dabei allerdings auch als Undercover-Heidin aufgeflogen war, behielt sie erst einmal für sich.

»Reza, überprüf doch mal, ob der Name Katrine in der Binderune vorkommt«, meinte Hellmann. »Falls nicht, können wir die Theorie von der Liebes-Rune direkt zu den Akten legen.«

»Und wenn doch, fehlt uns nur noch der andere Name. Bleiben ja nur Millionen von Möglichkeiten übrig«, ätzte Köster.

»Connie, ich habe übrigens den Halter des Motorrads ermittelt, das du gestern vom Hauge-Hof hast wegfahren sehen.« Reza schnippte einen Notizzettel über die blanke Tischplatte zu Connie hinüber. »Maya Moreno. Eine Investigativjournalistin. Hat schon für die ganz großen Blätter geschrieben. Aktuelle Meldeadresse ist in Hamburg. Habe ich dir aufgeschrieben. Auch ihre Handynummer.«

»Es gilt immer noch die Nachrichtensperre«, erinnerte Hellmann sein Team. »Ich hoffe nicht, dass diese Journalistin schon Wind bekommen hat von unserem Fall und jetzt eine Story wittert. Frau Steenberg, Sie machen das Frau Moreno bitte klar.«

»Also wenn sie wirklich den großen Scoop wittern würde, wäre sie wohl kaum abgehauen«, warf Connie ein.

»Umso interessanter, herauszufinden, was sie eigentlich dort wollte und warum sie unverrichteter Dinge wieder weggefahren ist. Nehmen Sie zu dieser offiziellen Zeugenbefragung auch Frau Boysen mit! Sie kennen unseren höchsten Grundsatz: Befragungen und Vernehmungen nie allein, immer zu zweit.«

Fieberhaft suchte Nora nach einem Vorwand, um auf keinen Fall gemeinsam mit Connie den Vormittag verbringen zu müssen, doch Hellmann war schon zum nächsten Punkt übergegangen. »Jule und Chris kümmern sich weiter mit Hochdruck um den Schmuckanhänger. Und Reza und ich befragen alle, die auf dieser Liste stehen.« Er hielt ein handgeschriebenes Blatt hoch, das Nora ihm am Morgen gegeben hatte. »Frau Boysen, das sind alle Mitglieder von *Stærkt Bånd,* die in der Tatnacht bei dieser Feier anwesend waren?«

Nora nickte. Knapp dreißig Namen standen auf der Liste. Sie hatte wirklich jeden notiert, den sie beim Mittsommerblót gesehen hatte. Sogar die Kinder. »Von einigen kenne ich allerdings die Namen nicht. Ich habe sie aber, so gut es ging, beschrieben. Mats Hansen wird Ihnen sicherlich die dazu passenden Namen und Kontaktdaten geben können.«

Hellmann nickte. »Aber Sie können nicht bezeugen, dass Sie als Gruppe den ganzen Abend bis einschließlich Mitternacht zusammen gewesen sind, habe ich das richtig verstanden?«

»Dafür waren wir einfach zu viele. Und das Gelände ist groß und recht unübersichtlich.«

Und vielleicht war ich auch ein kleines bisschen abgelenkt.

Als hätte sie ihre Gedanken laut ausgesprochen, spürte Nora schon Connies spöttischen Seitenblick.

»Jeder weiß, was er zu tun hat«, beendete Hellmann die morgendliche Besprechung. »Also los!«

Nora hatte ihre leere Kaffeetasse noch nicht ganz ausgespült und zurück auf die Anrichte gestellt, als Connie schon neben sie trat. »Ich habe gerade mit der Moreno telefoniert. Wir müssen gar nicht nach Hamburg. Die ist hier! Direkt um die Ecke, im *Teufel!* Na, wenn das kein Zufall ist ...«

Aha, taten sie jetzt so, als wäre nichts geschehen? Connies Verhalten ließ Nora darauf schließen.

Wahrscheinlich, weil Connie es albern fand, über Probleme zu reden. Oder nein, weil sie sich – wie immer – im Recht sah!

Doch darauf hatte Nora keine Lust. Sie würde weder die beleidigte Mimose geben noch so tun, als wäre nichts geschehen. Wenn Connie mit Freundschaften nicht umzugehen wusste, dann war das ihr Problem. Sie, POK Nora Boysen, würde jetzt einfach höchst professionell weiterarbeiten. Ob ihr das auch gelingen würde, wenn sie das nächste Mal Mats begegnete, stand allerdings auf einem anderen Blatt ...

Wie sich herausstellte, hatte sich Maya Moreno – ohne es zu wissen – in das letzte freie der insgesamt fünf Fremdenzimmer im *Teufel an der Wand* eingemietet und schlief somit Tür an Tür mit Hellmann, Reza, Jule und Köster. So mussten Nora und Connie nur den Gemeindesaal verlassen und die Straße überqueren, um sie zur Befragung zu treffen.

Die Journalistin saß in der hintersten Ecke des um diese Uhrzeit gähnend leeren Schankraums und frühstückte. Nora glaubte, Rührei auf ihrem Teller zu erkennen, war sich aber nicht sicher. Ohnehin war das *Teufel* weniger bekannt für seine exquisite Küche als vielmehr für feuchtfröhliche Kneipenquiz- und Skat-Runden mit selbst gebranntem Schnaps. Jetzt stand neben dem Frühstücksteller allerdings ein Glas Cola. Die Luft war abgestanden und müffelte nach dem Schweiß vom Vorabend. Am liebsten hätte Nora ein Fenster aufgerissen, hielt das aber für übergriffig und atmete stattdessen flach in ihren Blusenkragen.

Maya Moreno begrüßte sie mit einem leichten Kopfnicken, ohne ihnen die Hand zu schütteln. Ungefragt setzte sich Connie ihr gegenüber, Nora blieb stehen. Überrascht stellte sie fest, dass die Journalistin selbst im Sitzen einen Kopf größer als Connie war. Sie wirkte geradezu riesig an dem kleinen Holztisch. Sie hatte die langen schwarzen Haare zu einem Pferdeschwanz zusammengebunden und trug eine Lederjacke, die unschwer als Motorrad-Montur zu erkennen war und ihr breites Kreuz betonte, das sie sich entweder als passionierte Hobby-Schwimmerin oder in exzessiven Fitnessstudio-Einheiten erarbeitet hatte. Die Frau wirkte generell fit, körperlich wie geistig. Ihre Augen waren hellwach, und es hätte Nora nicht verwundert, wenn sie bei dem sekundenkurzen Begutachten ihrer Dienstausweise sich nicht nur ihre Namen, sondern auch die jeweils achtstellige Identifikationsnummer gemerkt hätte.

»Kommen wir doch direkt zur Sache«, begann Connie ohne Umschweife. »Was war das gestern für eine Aktion beim Hauge-Hof?«

»Stimmt es, dass Katrine Hauge tot ist?«, konterte Maya Moreno mit einer Gegenfrage.

»Wer behauptet das denn?«, schickte Connie den Fragenbumerang direkt wieder auf den Rückweg.

Maya Moreno nahm eine weitere Gabel ihres Rühreis. Sie kaute langsam und gründlich und machte keinerlei Anstalten, auf Connies Fragen zu antworten.

Nora schob sich etwas näher an den Tisch heran. »Frau Moreno, wir befragen Sie als Zeugin in einer Mordermittlung. Sie müssen hier und jetzt nicht mit uns sprechen, aber sobald die staatsanwaltliche Vorladung kommt, sind Sie dazu verpflichtet. Ich denke, es wäre für uns alle angenehmer, das jetzt in diesem eher informellen Rahmen zu erledigen. Es erspart uns Zeit und Ihnen Unannehmlichkeiten. Und Sie haben sicherlich Verständnis dafür, dass wir Ihnen zum Stand laufender Ermittlungen nichts sagen dürfen. Noch nicht. Aber bestimmt wird es bald dazu eine Pressemitteilung geben.«

Maya Moreno schob den Teller mit den undefinierbaren Essensresten zur Seite und wischte sich den Mund mit einer dünnen Papierserviette ab.

»Ich bin freiberufliche Investigativjournalistin. Ich habe kein Problem damit, hart zu arbeiten, das heißt, intensiv und auch unter unangenehmen Umständen für eine gute Story zu recherchieren. Womit ich aber ein Problem habe, ist, wenn die Informationen, die ich mir erarbeitet habe, einfach abgegriffen werden und ich sie dann nicht mehr selbst verwerten kann. Wenn ich Ihnen jetzt also alles sage, was ich bisher recherchiert habe, dann ...«

Moreno verstummte und schaute die beiden Kommissarinnen verheißungsvoll an. Nora versteinerte innerlich. Moreno war auf einen Deal aus! Nora hasste solche Mauscheleien. Wer einmal ein Auge zukniff, der kniff sehr bald auch beide zu, und in diese Situation wollte sie niemals kommen. Dann mussten sie eben den hochoffiziellen Weg über die Staatsanwaltschaft gehen, auch wenn das wertvolle Zeit kostete.

Connie hingegen sah das völlig anders. Grinsend lehnte sie sich über den Tisch zu Maya Moreno vor und beendete ihren Satz: »... dann rufe ich dich, eine Stunde bevor die offizielle Pressemitteilung rausgeht, an. Also? Ich höre!«

»Es stimmt, ich war gestern beim Hauge-Hof. Weil ich am Vormittag mit Frau Hauge verabredet gewesen war. Zu einem Interviewtermin. Aber sie ist nicht erschienen. Ein Handy hatte sie nicht, das Festnetz ist schon seit Wochen defekt. Also bin ich am Nachmittag zum Hof gefahren, um mit ihr zu sprechen.«

»Und warum bist du abgehauen, als du uns gesehen hast?«

»Weil mir da einfach zu viele Leute waren. Ihrem Mann wollte ich eh nicht begegnen, den hatte sie mir als schwierig und jähzornig beschrieben. Und dann parkten da zwei Autos im Hof, die ich nicht kannte. Die Hauges haben sonst nie Besuch, das hat mir Frau Hauge selbst erzählt. Höchstens mal von ihrer Schwägerin, der Pastorin. Das war mir einfach zu heiß. Ich wollte keinen Stress.«

»Und wieso wollten Sie Frau Hauge interviewen?«, brachte sich nun auch Nora in die Befragung ein.

»Weil sie meine Hauptbelastungszeugin für einen Privatklinik-Skandal ist«, erwiderte Maya Moreno ruhig. Und dann begann sie zu erzählen.

Schon seit Monaten recherchierte die Investigativjournalistin über *Lux Salutis,* eine erst vor zwei Jahren von Dr. Valerie Günther, einer ambitionierten Onkologin, gegründete Privatklinik auf Fehmarn. Für viele Betroffene, Krebspatienten im Endstadium oder mit irreparablen Tumoren, galt nach unzähligen Schockdiagnosen und fehlgeschlagenen Therapieversuchen das *Lux Salutis* als allerletzte Hoffnung. Der Leidensdruck der Erkrankten trieb sie nach Fehmarn und spülte ordentlich Geld in die Kassen von Dr. Valerie Günther.

Doch von Anfang an rankten sich um das *Lux Salutis* bösartige Gerüchte: dass Dr. Valerie Günther den verzweifelten Todgeweihten nur falsche Hoffnungen mache und ihnen mit ihren umstrittenen Pseudotherapien das letzte Geld aus der Tasche ziehe. Und dass die im *Lux Salutis* durchgeführten Operationen unter medizinischen Gesichtspunkten nicht nur unsinnig, sondern in vielen Fällen sogar gefährlich waren. Diesen Gerüchten ging Maya Moreno seit einigen Monaten nach. Doch um den Verdacht zu erhärten, brauchte sie Fakten. Oder Belastungszeugen, die bereit waren, auszusagen.

»Aber die allermeisten, die diese Klinik wieder verlassen haben, sind kurz darauf verstorben. Soweit ich es mit meinen bisherigen Recherchen belegen kann, ist kein einziger Patient, der im *Lux Salutis* behandelt worden ist, genesen. Und die, mit denen ich Kontakt hatte, waren nach der Behandlung mit ihren Kräften so am Ende, dass sie ihre letzten Tage nicht damit verschwenden wollten, mich bei meinen Recherchen zu unterstützen. Meiner Meinung nach hat sich Dr. Günther da ein richtig feines Geschäftskonzept ausgedacht: Sie vergeht sich an Menschen, die ohnehin schon mit einem Bein im Grab stehen, und ist sich dann keines Fehlverhaltens bewusst, wenn ihre Behandlung leider doch nicht erfolgreich ist und der Patient verstirbt. Immerhin hat sie es ja versucht. Aber die Rechnung für die Behandlung, die wird nicht erst im Erfolgsfall fällig, die müssen die Angehörigen natürlich in jedem Fall bezahlen. Das sind vier-, manchmal sogar fünfstellige Summen.« In Maya Morenos Augen blitzte Wut auf über so viel menschenverachtende Skrupellosigkeit.

»Und Katrine Hauge war die Einzige, die bereit war, mit dir zu sprechen?« Wütend ballte Connie ihre schlanken Finger auf der Tischplatte zur Faust.

»Ja«, nahm die Journalistin den Faden wieder auf. »Und mehr noch: Sie ist durch die Laseroperation von Dr. Günther sogar zusätzlich geschädigt worden!«

»Wie das?«, hakte Nora nach.

»Eine Metastase im Rückenwirbel sollte per Laser zerstört werden, dabei ist aber wohl auch ein Nervenstrang irreparabel geschädigt worden.«

»Laser? Frau Hauge hat sich einer Lasertherapie unterzogen?«

»Ja, das *Lux Salutis* ist darauf spezialisiert. Für viele Betroffene ist eine Laservaporisation häufig die letzte Option, beispielsweise wenn der Tumor inoperabel ist. Allerdings ist diese von Dr. Günther speziell weiterentwickelte Therapieform nicht ganz unbedenklich und in Dänemark gar nicht zugelassen. Frau Hauge war aber so verzweifelt, dass sie sich darauf eingelassen hat. Doch bei der Laser-Bestrahlung wurde der …« Maya Moreno zog aus der Innentasche ihrer Lederjacke ein Notizbuch hervor, blätterte hastig und zitierte dann. »… der *Plexus brachialis* irreparabel geschädigt.«

»Plexus brachialis?«, hakte Connie nach. »Was kann der so? Oder sollte ich besser fragen: Was *konnte* der so?«

»Musste ich auch googeln«, gab Maya Moreno freimütig zu. Wieder zitierte sie aus ihrem Notizbuch: »Der *Plexus brachialis* ist ein Nervengeflecht, aus dem zahlreiche Nerven zu Armen, Schulter und Brust führen und das für die Motorik der Schulter und die Sensorik von Arm und Hand sorgt.« Sie hob ihren Blick und schaute Nora und Connie an. »Der Laser hat Frau Hauges Tumor leider nicht beseitigen können, dafür aber einige Nervenfasern durchtrennt. Seit der OP hatte sie abwechselnd unfassbare Schmerzen oder ein komplettes Taubheitsgefühl in ihrem rechten Arm. Auf jeden Fall konnte sie ihn nur noch eingeschränkt bewegen. Die Behandlung durch Dr. Günther hat Frau Hauges Leiden also erheblich verstärkt, anstatt es zu lindern.«

Maya Moreno klappte ihr Notizbuch zu und steckte es wieder weg. »Das hat sie mir im Vorgespräch am Telefon erzählt. Aber das war alles nur als Hintergrundinformation für mich gedacht. Das ausführliche Interview, aus dem ich dann auch für meinen Artikel hätte zitieren dürfen, sollte gestern stattfinden. Endlich! Sie hatte diesen Termin bereits mehrfach verschoben. Einerseits wollte Frau Hauge mit mir sprechen, das habe ich ganz deutlich gespürt. Aber andererseits ist sie immer wieder zurückgeschreckt, wenn es konkret wurde. Ich bin mir sicher, dass sie unter Druck gesetzt worden ist! Dass Dr. Günther dahintersteckt. Die hat von meinen Recherchen Wind bekommen und setzt nun alles daran, dass ihre ehemaligen Patienten nicht gegen sie aussagen. Angeblich muss man bei der Aufnahme im *Lux Salutis* nun eine Verschwiegenheitsklausel unterzeichnen, die bei Zuwiderhandlung eine horrende Schadenersatzforderung nach sich zieht. Sagt das nicht schon alles?«

Maya Moreno schnaufte herablassend. »Ich habe herausgefunden, dass Dr. Günther den Hauges die Rechnung für die OP erlassen hat. Wenn Sie mich fragen, hat sie damit versucht, sich ihr Schweigen zu erkaufen. Und als sie gemerkt hat, dass Frau Hauge sich trotzdem mit mir treffen und alles erzählen wollte, da ...«

Maya Moreno ließ ihren Satz erneut unvollendet. Wahrscheinlich, weil sie klug genug war, keine Anschuldigungen auszusprechen, die rein spekulativ und nicht zu beweisen waren. Völlig frei von jeglicher Spekulation war hingegen ihr bitteres Fazit: »Jetzt, wo Frau Hauge tot ist und ich weder hieb- und stichfeste Fakten noch von ihr freigegebene Zitate habe, kann ich meinen Artikel erst einmal vergessen. Ich fange wieder bei null an.«

Frustriert blickte sie die beiden Kommissarinnen an. »Wenn mein Artikel mit Katrine Hauge als Hauptbelastungszeugin herausgekommen wäre, hätte Dr. Günther ihre schicke Privatklinik dichtmachen können. Nun frage ich Sie: Wer profitiert am meisten von Katrine Hauges Tod?«

»Das ist doch Blödsinn!«

Dr. Valerie Günther, eine mondäne Frau von Ende vierzig, saß vor einer gigantischen Fensterfront, hinter der die Ostsee wie ein Teppich aus zerstoßenen Diamanten glitzerte. Sie hatte Nora und Connie gegenüber ihrem mächtigen Holzschreibtisch – einer antiquarischen Kostbarkeit – Platz nehmen lassen und ihnen vor wenigen Minuten noch freundlich Kaffee und Wasser angeboten, war jetzt aber sichtlich verstimmt. »Ich kenne diese missgünstigen Unterstellungen, die gegen mich und meine Einrichtung im Umlauf sind. Und es ist mir unbegreiflich, warum manche Menschen so etwas Niederträchtiges in die Welt setzen. Ich bin Ärztin! Ich habe den hippokratischen Eid geleistet! Ich *heile* Menschen, ich schädige sie nicht, weder wissentlich noch willentlich!«

Die Ärztin atmete tief durch, dann hatte sie auch schon ihr Lächeln wiedergefunden. »Alle Patientinnen und Patienten, die bei uns aufgenommen werden, sind sich der Risiken der Behandlung durch Laservaporisation bewusst. Sie werden vorab ausführlich darüber aufgeklärt. Das ist Standard. Selbst bei einer Routine-OP in einem normalen Krankenhaus muss man vorher unterschreiben, dass man über mögliche Komplikationen aufgeklärt wurde und das Krankenhaus von jeglicher Haftung entbindet.«

»Aber soweit ich weiß, muss man in einem *normalen* Krankenhaus keine Verschwiegenheitsklausel unterschreiben.« Connie schenkte Dr. Günther ein strahlendes Lächeln, doch ihre Worte trafen die Ärztin wie Giftpfeile. Kurz zuckte der Schreck durch ihr Gesicht, dann hatte sie sich wieder gefangen. »Das ist eine Freiheit, die sich *Lux Salutis* seit Neuestem aus den eben genannten Gründen zur Prävention weiterer Rufschädigung herausnimmt. Juristisch ist das einwandfrei ausgearbeitet und abgeklärt.« Dr. Günthers manikürte Hand ergriff den Telefonhörer. »Wenn Sie möchten, stelle ich eine Verbindung zu unserer Hausjuristin her.«

Connie winkte ab. »Das denke ich mir, dass das juristisch einwandfrei ist.« Lässig begann sie in dem Designer-Schwingsessel vor und zurück zu wippen. »Aber ist das juristisch auch einwandfrei, dass die Hauges die Rechnung für die OP gar nicht mehr bezahlen müssen?« Mit Schwung federte Connie nach vorn und fixierte die Ärztin. »Oder läuft das unter Schweigegeld?«

Es verwunderte Nora nicht, dass Connie ihrer bevorzugten Befragungsstrategie nachging: Provokation. Das war zwar immer ein wenig unangenehm für alle Beteiligten, hatte aber schon häufig zu überraschenden Informationen geführt.

Was Nora hingegen sehr wohl verwunderte, war, dass sich Dr. Valerie Günthers Mundwinkel zu einem selbstzufriedenen Lächeln auseinanderzogen. »Ach das«, sagte sie nachsichtig, als hätte Connie nur einen offensichtlichen Zusammenhang nicht erkannt. »Sie haben recht, das wirkt natürlich komisch. Aber das hat sich mittlerweile geklärt. Das war ein Fehler in der Buchhaltung. Natürlich geht die Rechnung noch raus. Ich bitte Sie, wir sind doch kein unseriöses Unternehmen.«

Nora schüttelte sich innerlich. Wenn Dr. Günther Katrine Hauge wirklich die Rechnung erlassen hatte, um sich so ihr Schweigen zu erkaufen, dann war es – selbst bei einem so schmutzigen Deal – einfach niederträchtig, die Rechnung jetzt, nach ihrem Ableben, doch noch zu stellen. Wie sollte Magnus Hauge mit seinem heruntergekommenen Hof denn eine hohe vierstellige Summe aufbringen?!

»Soso, ein Fehler in der Buchhaltung«, wiederholte Connie ironisch. »Was genau ist denn bei Katrine Hauge eigentlich gemacht worden?«

Wieder zeigte Dr. Günther – diesmal noch ungenierter als zuvor –, dass sie Oberwasser hatte. »Sie wissen, dass ich der ärztlichen Schweigepflicht unterliege, auch postmortal. Daher werde ich diese Frage nicht beantworten.«

»Na gut, dann mal so ganz allgemein: Was wird hier bei *Lux Solaris* gemacht?«

»Lux Salutis«, Dr. Günther lächelte Connies nächste Frechheit einfach weg. »Wir sind auf Tumorbehandlungen mittels Laservaporisation spezialisiert. Das ist viel schonender als eine Chemo, bei der ja auch immer gesunde Zellen zerstört werden. Bei der fotodynamischen Therapie hingegen wird gezielt nur das betroffene Gewebe behandelt. Eine Laservaporisation bietet sich daher auch an, wenn die erprobten Standardtherapieformen nicht von Erfolg gekrönt waren oder die Tumore an inoperablen Stellen liegen. Dank endoskopischer Operationstechnik.«

»Das heißt?«, raunzte Connie, die den selbstgefälligen Vortrag von Dr. Günther kaum noch ertragen konnte.

»Das heißt, dass die Lasersonde durch einen winzigen Schnitt in der Haut in den Körper eingeführt und direkt am Tumor platziert wird. Über diesen minimalinvasiven Eingriff erfolgt dann die Vaporisation. Die Tumorzellen werden gezielt mit hochenergetischer Laserenergie bestrahlt. Das Gewebe, in dem Fall die Krebszellen, wird vaporisiert. Das heißt, sie verdampfen. Sie verbrennen und sterben ab. Das ist die schonende Alternative zu einer Operation. Und manchmal auch die einzige.«

»Ein winziger Schnitt in der Haut haben Sie gesagt?«, hakte Nora nach. Dann war das sicher die frische Narbe an Katrines fünftem Halswirbel, die Rechtsmedizinerin Dr. Lohse nicht hatte zuordnen können.

Dr. Günther lächelte stolz. »Ja. Die Narbe ist winzig. So winzig, dass die meisten sie hinterher kaum noch wahrnehmen.«

»Ach, wen kümmern schon optische Mängel, wenn man tot ist?« Connie spiegelte Dr. Günthers Lächeln, das daraufhin schlagartig in sich zusammenfiel.

Treffer Nummer eins! Dr. Günthers eben noch selbstsicher zur Schau gestellte Contenance bekam erste Risse. »Es tut mir wirklich sehr leid, dass Frau Hauge tot ist«, hauchte sie mit dünner Stimme.

»Ach, das ist sie ja erst seit gestern.« Connie wischte Dr. Günthers geheuchelte Betroffenheit mit einer lässigen Handbewegung weg. »Aber wirklich schlimm ist doch, dass sie die letzten Wochen ihres Lebens unerträgliche Schmerzen hatte und ihren Arm nicht mehr richtig benutzen konnte. Und das nur, weil in dieser Klinik hier gepfuscht worden ist!«

»Hier wurde nicht gepfuscht!«

Treffer Nummer zwei! Die Ärztin bekam emotionale Schlagseite. Es war ihr deutlich anzumerken, wie sehr sie Connies Vorwürfe trafen und dass sie alles tat, um ihr Lebenswerk, ihre Privatklinik *Lux Salutis,* zu verteidigen – weshalb sie viel zu hastig fortfuhr: »Niemand bedauert mehr, dass wir Frau Hauge nicht helfen konnten, als ich! Aber wir haben wirklich alles in unserer Macht Stehende versucht! Allerdings litt Frau Hauge unter Wirbelmetastasen. Inoperabel aufgrund der Platzierung direkt an der Wirbelsäule!«

Nora konnte sich einen bewundernden Seitenblick nicht verkneifen. Connie hatte es mal wieder geschafft. Sie hatte die Ärztin so sehr provoziert und in die Defensive gedrängt, dass diese sich nun mit allen Mitteln rechtfertigte – und darüber ihre Schweigepflicht vergaß.

»Keine der diversen Therapieformen, die bei Frau Hauge schon angewandt worden waren, zeigte Erfolg«, rechtfertigte sich Dr. Günther weiter. »Stattdessen wuchsen die Metastasen in rasantem Tempo weiter, was neben den unerträglichen Schmerzen zu neurologischen Defiziten in Armen und Beinen führte. Ihr Leidensdruck war immens! Wir waren ihre letzte Hoffnung!«

»Ach so. Das heißt: Man konnte bei ihr eh gar nicht mehr viel kaputt machen?«

»Wie können Sie nur so reden?« Dr. Günther starrte Connie entgeistert an. »Wir wollten ihr helfen! Wir haben alles getan, um die Metastasen an Frau Hauges Wirbelsäule zu vaporisieren.«

»Ja, nur dass der Laser dummerweise gesundes Gewebe verbrutzelt hat. Den *Plexus brachialis,* richtig?«

»Das war ein Unfall!«

Jetzt hatte Connie Dr. Günther genau da, wo sie sie von Anfang an hatte haben wollen.

Dr. Günther, die nun auch begriff, dass sie schon zu viel gesagt hatte, setzte eilig das Wasserglas an die Lippen, das ihr Assistent zu Beginn des Gesprächs auf den Tisch gestellt hatte. Während sie in winzig kleinen Schlucken trank, konnte man ihrem Gehirn förmlich dabei zusehen, wie es sich um Schadensbegrenzung bemühte.

Geduldig warteten Nora und Connie, bis die Ärztin ausgetrunken hatte. Schließlich stellte sie das Glas mit einem harten Klacken ab. Gleichzeitig ging ein Ruck durch ihren Körper. Sie setzte sich aufrecht hin und drückte das Kreuz durch.

»Ich weiß ehrlich gesagt gar nicht, was genau Sie mir oder meiner Klinik vorwerfen.« Dr. Günther hatte ihre alte Souveränität wiedergefunden. »Sich mit einem Laser ins Körperinnere zu wagen ist natürlich immer mit Risiko verbunden. Frau Hauge wurde vorab darüber aufgeklärt und hat sich bewusst für den Eingriff entschieden. Ja, es stimmt: Bei Frau Hauge sind leider Komplikationen aufgetreten, die zu Folgeschäden geführt haben. Das tut mir schrecklich leid, aber das kann nun mal vorkommen.«

»Das mag ja juristisch alles stimmen, aber natürlich ist es für Sie und Ihre Klinik nicht schön, wenn solch hässliche Berichte die Runde machen. Durfte Frau Hauge deswegen nicht mit einer Journalistin über ihre Erfahrungen sprechen?«

Nun war es Dr. Günther, die siegessicher Connies Lächeln spiegelte.

»Das sind doch nichts als Gerüchte! Oder haben Sie *Beweise* dafür, dass Frau Hauge das *nicht durfte?*«

GEGENWART

14

Ein Huhn?! Ein einzelnes Huhn?! Ernsthaft?! Claudia Beck starrte über ihren Schreibtisch hinweg den älteren Herrn an, der gerade eine Diebstahlanzeige bei ihr aufgab. Ihm war ein Huhn aus seinem Hühnerstall gestohlen worden. Ein einziges Huhn. Die restlichen zwölf sowie der Hahn waren noch da.

»Vielleicht hat es ja der Fuchs ...« Claudia Beck suchte nach dem richtigen Ausdruck. »... geholt?«

Der ältere Herr schüttelte entschieden den Kopf. »Wenn ein Fuchs in einen Hühnerstall eindringt, dann tötet er in der Regel alle Hühner. Alle! Außerdem habe ich es noch nicht erlebt, dass ein Fuchs es schafft, den Holzriegel auf einem Meter fünfzig Höhe zur Seite zu schieben, sich ein einzelnes Huhn zu schnappen und danach den Hühnerstall wieder zu verschließen, als wäre er nie da gewesen.«

Widerwillig musste Beck sich eingestehen, dass die Fuchs-Theorie damit widerlegt war.

»Vielleicht ist das Huhn weggelaufen«, wagte sie eine neue Arbeitshypothese.

Wieder rigoroses Kopfschütteln. »Am Abend, als ich den Hühnerstall versperrt habe, waren alle noch da. Alle! Und am nächsten Morgen ...«

»... fehlte Henriette«, ergänzte Claudia Beck seufzend.

Der ältere Herr nickte bekräftigend. Dann beugte er sich über die Tischplatte vor und äugte verschwörerisch zum Nachbarschreibtisch hinüber, wo Thorsten Becker einer aufgebrachten Dame gegenübersaß. »Das war bestimmt die da«, zischte er. »Die hasst nämlich alle meine Tiere. Alle!«

Wie aufs Stichwort wurde die Dame am Nebentisch laut. »Seine Katzen haben mir schon wieder mitten in die Stauden gekackt!«

»Lüge!« Der ältere Herr erhob sich erbost.

»Ich habe Beweise!« Auch die aufgebrachte Dame sprang nun auf.

Beck und Becker wechselten einen irritierten Blick. Was war denn heute los? Sie konnten sich nicht daran erinnern, wann es das letzte Mal auf ihrer kleinen Büllumer Wache so turbulent zugegangen war.

»Nun beruhigen wir uns alle mal wieder«, mahnte Claudia Beck, wurde von den zerstrittenen Nachbarn jedoch einfach ignoriert.

»Beweise? Was denn für Beweise?«, höhnte der Alte.

»Ich habe ein Video!« Triumphierend zog die Nachbarin ein Handy aus ihrer Handtasche, tippte kurz darauf herum und reichte es dann Thorsten Becker. »Ich habe Kameras installiert. Und nun habe ich endlich den Beweis! Es sind seine Katzen, die mir permanent den Vorgarten verschandeln! Die meine Stauden platt walzen und mir die Beete zuscheißen!«

»Warum pflanzen Sie denn auch Katzenminze in Ihren Vorgarten?«

»Weil die bienenfreundlich ist! Bienenfreundlich!!!«

Während der Nachbarschaftsstreit in die nächste Runde ging, schoss plötzlich Thorsten Becker auf seinem Schreibtischstuhl zu Claudia Beck heran. »Claudia!« Aufgewühlt hielt er ihr das Handy hin. »Das musst du dir ansehen!«

Über das Display ruckelte eine schwarz-weiße Nachtsicht-Videoaufnahme. Durch die Stängel eines Staudenbeets schlich die Silhouette einer Katze, deren fluoreszierende Augen gespenstisch in die Kamera blickten. Doch noch während sie sich mit rundem Buckel direkt vor der Linse erleichterte, erschienen im Hintergrund zwei menschliche Gestalten. Die eine wirkte gebrechlich und stützte sich auf einen Krückstock. Die andere hingegen war groß und breit; in der einen Hand hielt sie einen nicht näher zu identifizierenden Kasten. Und in der anderen ein im Restlichtverstärker der Kamera grell leuchtendes Messer!

Thorsten Becker deutete auf den Timecode am oberen Bildrand. Der Zeitstempel zeigte kurz vor Mitternacht. »Das war die Mittsommernacht«, flüsterte er aufgeregt. »Und das Grundstück liegt direkt am Tönsburger Wäldchen.«

»Es gibt ein Video, das Lasse Hansen und Ingvar Poulsen zur Tatzeit abseits des Festgeländes zeigt.« Stephan Hellmann gab Reza ein Zeichen, der daraufhin die Videoaufnahme startete. Nora und Connie standen hinter ihm und schauten gebannt auf den Monitor, auf dem nun die von Beck und Becker bereitgestellte Aufnahme lief.

Nach ein paar Sekunden endete der Clip, wobei die beiden menschlichen Silhouetten am Waldrand mitten in der Bewegung einfroren. Das Messer in der Hand von Lasse Hansen war gut zu erkennen.

»Lasse Hansen ist verschwunden«, fuhr Hellmann fort. »Reza und ich haben alle an der Feier beteiligten Heiden befragt. Nur ihn konnten wir nicht ausfindig machen.«

»An seiner Meldeadresse ist er nicht, und auf der

Arbeit ist er auch nicht erschienen. Angeblich hat er sich krankgemeldet. Aber wieso ist er dann nicht zu Hause?« Reza schaute fragend Nora an, als ob die eine Antwort auf die Frage wissen müsste. Auch Hellmann wandte ihr den Blick zu. »Haben Sie eine Ahnung, wo er sein könnte, Frau Boysen?«

Nora schüttelte wahrheitsgemäß den Kopf. »Ich glaube, er hat eine Freundin. Die Mutter seiner Tochter. Vielleicht ist er da?«

»Da waren wir schon. Sie hat auch keine Ahnung, wo er steckt.«

Shit!

»Außerdem hat die uns was ganz anderes erzählt. Von wegen Krankmeldung. Angeblich hat er ihr gesagt, er müsse mal ganz dringend den Kopf freikriegen. Deswegen ist er für ein paar Tage weg. Zur Ruhe kommen, abschalten, nicht erreichbar sein, komplett offline gehen.« Man konnte förmlich sehen, wie es Reza bei dem Gedanken innerlich schüttelte.

»Wissen Sie, ob die Hansens vielleicht irgendwo ein Ferienhaus haben? Oder ein Boot? Eine Gartenlaube? Irgendetwas, wo man Unterschlupf finden kann?«, fragte Hellmann.

Wieder schüttelte Nora den Kopf.

»Der kann doch überall sein«, warf Connie ein. »Wenn er wirklich geflohen ist, hat der sich sicher längst nach Schweden abgesetzt.« Ein Schauder lief ihr den Rücken hinunter. Die Schweden um Amtshilfe bitten zu müssen, würde alles nur zusätzlich erschweren und verzögern.

»Oder aber der verkriecht sich in einer der Ferienwohnungen, die es hier überall gibt«, fuhr sie fort. »Die Schilder stehen doch an jeder Straßenecke. Bargeld im

Voraus, dann stellt auch keiner Fragen. Vor allem, da wir mit dem Fall noch nicht an die Öffentlichkeit gegangen sind.«

»Okay, das reicht mir jetzt! Wir schreiben Lasse Hansen zur Fahndung aus«, entschied Hellmann. »Und wenn wir ihn haben, soll er uns dieses merkwürdige Video erklären.«

»Ihr glaubt doch nicht wirklich, dass er etwas mit dem Tod von Katrine Hauge zu tun hat?«, fragte Nora. »Bei den Heiden tragen viele Männer Messer am Gürtel. Und außerdem kann er damit alles Mögliche gemacht haben. Zweige fürs Feuer abschneiden. Holz schnitzen. Irgendetwas zerkleinern.«

Hellmann trat dicht an sie heran. »Ich verstehe, dass Sie ihn etwas näher kennengelernt haben, Frau Boysen …«

Nun ja, mehr seinen Bruder.

»… aber wenn Sie das befangen macht, muss ich Sie auf der Stelle bitten zu gehen.«

»Nora, das Verhalten von Lasse Hansen ist doch wirklich mehr als merkwürdig«, pflichtete Reza bei. »Und mal unabhängig davon, dass wir dieses Messer-Video von ihm haben und er spurlos verschwunden ist: Selbst in seiner Heiden-Community genießt er nicht den besten Ruf. Alle, die wir befragt haben, halten ihn für einen Hardliner. Einen, der nicht nur Salzgebäck und Früchte opfern will, sondern etwas Lebendiges!«

»Was?«, entfuhr es Nora erschrocken. Das hatte sie nicht gewusst.

»Ja«, bestätigte Hellmann. »Er soll diesen Wunsch regelmäßig geäußert haben. Back to the roots. Zurück zu den heidnischen Wurzeln, zurück zum Ritus der Ahnen. Den Göttern müsse wieder wie in alten Zeiten geopfert werden, mit Tieropfern, mit fließendem Blut aus einem schlagenden Herzen!«

Nora lief ein eiskalter Schauer den Rücken hinunter. Niemals hatte sie für möglich gehalten, dass die Heiden tatsächlich über so etwas diskutierten. Aber sie musste sich eingestehen, dass sie solch eine Gesinnung tatsächlich am ehesten Lasse Hansen zutraute.

»Er ist jedes Mal von der Gruppe überstimmt worden«, ergänzte Reza. »Viele haben uns erzählt, dass sie ihn immer wieder gebeten hätten, diesen Quatsch nicht mehr zu äußern. Diese Radikalität war vielen einfach zu krass. Sie wollten unbedingt vermeiden, dass Lasse Hansen das Klischee vom blutrünstigen Odin-Verehrer, der Tiere abschlachtet und eigentlich schon mit einem Bein im braunen Sumpf steckt, weiter befeuert.«

War das nicht Wasser auf Connies Mühlen? Sie hatten mindestens zwanzig Zeugenaussagen, die Lasse Hansen einhellig eine radikale Religionsauffassung bescheinigten; die bezeugten, dass er immer wieder von Gewalt fantasiert und sich dabei auf die ursprüngliche heidnische Opferpraxis berufen hatte. Wäre Lasse Hansen mit dieser Gesinnung in der Lage, im Namen seines Glaubens auch einem Menschen Gewalt anzutun?

Nora wagte einen Seitenblick, doch Connie ließ sich – sollte sie tatsächlich so etwas wie innere Genugtuung empfinden – nichts anmerken. Stattdessen fragte sie an Hellmann und Reza gewandt: »Hat die Befragung sonst noch etwas ergeben?«

Hellmann schüttelte den Kopf. »Alle beteuern, den Festplatz nicht verlassen zu haben.«

»Die geben sich alle untereinander Alibis«, seufzte Reza. »Da hackt eine Krähe der anderen kein Auge aus.«

Nicht Krähen. Raben, dachte Nora. Die Raben des einäugigen Gottes. Wer hackte hier wem kein Auge aus …?

Sie schüttelte den Kopf, um den Gedanken loszuwerden. Sie war ja wirklich schon komplett im Heidenuniversum versunken, wenn sie jetzt ausgerechnet an Hugin und Munin dachte!

»… ist wirklich eiskalt! Und sie profitiert davon, dass Katrine Hauge nicht mehr gegen ihre Klinik aussagen kann«, hörte sie Connie sagen. Offenbar berichtete sie Hellmann und Reza gerade von ihrem Treffen mit Dr. Günther.

»Dr. Günther ist übrigens in der Nähe des Hauge-Hofs gesehen worden. Dafür haben wir Zeugen.« Reza scrollte auf seinem Tablet durch die digitalen Notizen. »Hier: Milou und Sebastian Helmers. Bei den Vorbereitungen zu ihrer Mittsommerfeier war ihnen ein Wagen aufgefallen, der über einen unbefestigten Waldweg zum Hauge-Hof gefahren ist. Ihnen ist das aufgestoßen, weil sie Sorge hatten, dass Magnus Hauge ihnen das wieder anlastet. Ihr Sohn hat sogar ein Handyfoto von dem Auto gemacht. Ich hab das Kennzeichen überprüft. Der Wagen ist auf Dr. Valerie Günther zugelassen.«

»Das heißt, Dr. Günther war kurz vor Katrine Hauges Tod in ihrer Nähe«, fasste Connie zusammen.

»Zumindest ihr Auto. Aber wenn wir die Funkzellendaten ihres Handys abfragen, sollten wir nachweisen können, dass sie selbst in dem Auto saß.«

»Und Dr. Günther gehört zu dem kleinen Kreis, der Zugang zu Pathmin hat«, murmelte Connie. Reza nickte. »Natürlich. Und sie war den Hauges bekannt. Sie hätte sich sehr einfach Zutritt zum Hof verschaffen und ihnen irgendwie das Medikament verabreichen können.«

»Aber wenn es wirklich Dr. Günther war, die Katrine Hauge umgebracht hat, warum dann diese Heidennummer?«

»Ein Ablenkungsmanöver«, mutmaßte Reza. »Vielleicht hat Katrine Hauge in der Klinik mal davon erzählt, dass bei ihnen in der Nachbarschaft Heiden aktiv sind und ihr und ihrem Mann auf die Nerven gehen.«

Connie legte nachdenklich den Kopf schief. »Aber woher wusste die Günther dann, wie diese Binderune aussieht?«

Die Binderune! Ein Ruck ging durch Noras Körper. Instinktiv spürte sie, dass die Binderune der Schlüssel war. Sie musste herausfinden, welche Namen dort miteinander kombiniert waren! Wenn sie doch nur mit Ingvar sprechen könnte. Der hätte ihr bestimmt einen klugen Rat geben können. Ob es ihm schon besser ging? Sie musste sich unbedingt im Krankenhaus erkundigen. Oder bei Mats.

Mats ...

»Wir brauchen das Bewegungsprofil ihres Handys«, ordnete Hellmann an.

Während Rezas Finger schon wieder über seine Tastatur flogen, schaute sich Connie fragend im Gemeindesaal um. »Wo sind eigentlich Jule und Köster? Recherchieren die etwa immer noch Mjölnir hinterher?«

Einzig Rezas Tastaturklappern durchbrach die Stille. Das war Antwort genug.

»Ey! Warte mal!«

Connie eilte Nora auf dem schmalen Weg zwischen Gemeindesaal und Kirche hinterher und hielt sie am Arm fest.

»Was soll der Quatsch? Auf der gesamten Rückfahrt von der *Lux Salutis*-Tante hast du kein einziges Wort mit mir gesprochen.«

Aha, war ihr das also doch aufgefallen.

Nora schaute an Connie vorbei die Straße hinab. Sie hatte jetzt keinen Nerv für eine Aussprache. Sie wollte ins Krankenhaus zu Ingvar. Und danach zu Mats ...

»Was ist dein Problem, Nora? Rede mit mir! Und guck mich mal an!« Demonstrativ starrte Connie ihr ins Gesicht, doch Nora schwieg.

Connie verdrehte die Augen. »Bist du eingeschnappt? Nur weil wir gestern mal eine Meinungsverschiedenheit hatten?! Meine Güte, du bist echt zu alt, um die bockige Leberwurst zu spielen!«

»Es heißt beleidigte Leberwurst«, erwiderte Nora so sachlich wie möglich. »Und nein, ich bin nicht eingeschnappt. Wir hatten auch keine Meinungsverschiedenheit. Wir hatten einen Streit! Du hast mir sehr deutlich gezeigt, was du von unserer Freundschaft hältst. Und deswegen bin ich jetzt einfach nicht mehr grundlos nett zu dir.«

Sie schob sich an Connie vorbei und warf ihr, während sie weiter zur Straße hinabging, noch ein gemurmeltes »Kannst du ja vielleicht mal drüber nachdenken« über die Schulter zu. Dann war Nora verschwunden.

Connie schaute ihr verdattert nach.

Grundlos nett?!? Was sollte das denn bitte schön bedeuten?

Connie schnaufte und steckte sich eine Zigarette an. Doch diesmal verbreitete das Nikotin nicht seine wohltuende Wirkung. Pfff, wie war jemand, der so wenig Kritik vertragen konnte, nur in den Polizeidienst geraten?

Unschlüssig schaute Connie den Weg hinunter, über den Nora vor wenigen Sekunden noch gelaufen war. Erwartete Nora etwa, dass sie ihr hinterherlief? Das konnte sie vergessen!

Unter Connies gierigen Zügen war die Zigarette schnell bis zum Filter heruntergebrannt. Unschlüssig schaute sie sich auf dem Vorplatz der Laurentiuskirche um und entdeckte tatsächlich direkt neben dem Eingangsportal einen Mülleimer mit aufgesetztem Aschenbecher.

Sie hatte die Kippe gerade dort ausgedrückt, als aus dem Inneren der Kirche Orgelmusik erklang. Festlich und erhaben – und wunderschön! Neugierig zog Connie die schwere Pforte auf.

Das Innere der Kirche war angenehm kühl und gänzlich erfüllt vom Klang der Orgel. Schmucklose Holzbänke zogen sich zu beiden Seiten des Gangs bis zum Altar, über dem ein gekreuzigter Christus hing. Das abendschwache Dämmerlicht, das durch die farblosen Fenster fiel, verhüllte gnädig seine blutende Seite und die leidende Miene unter der Dornenkrone. Connie schüttelte leicht den Kopf. Sie würde nie verstehen, wie Christen in diesem martialischen Abbild mehr als nur einen grausam Hingerichteten sehen konnten. Von Bildern mit Erhängten, Geköpften oder Gepfählten wandte man sich doch auch mit Grauen ab; wie konnte man es da ertragen, sich einen Gekreuzigten um den Hals oder über das Bett zu hängen?

Kaum hatte sie das gedacht, brach die Orgelmusik mit einer schrecklichen Dissonanz ab. Connie erstarrte. Nur langsam verhallte der grauenhafte Ton zwischen den Kirchenwänden und fräste sich beinahe schmerzhaft in ihr Trommelfell.

Connie blinzelte irritiert. Hatte Gott etwa gerade ihre Gedanken gehört?

Langsam senkte sie den Blick zu ihren Füßen hinab, in der irrwitzigen Erwartung, dass sich dort nun der Steinboden auftun und sie direkt ins Fegefeuer stürzen würde. Doch nichts dergleichen geschah.

Stattdessen setzte mit lautem Brausen die Orgel wieder ein – nur um ein paar Sekunden später, an der gleichen Stelle und mit der gleichen schrägen Tonfolge wie zuvor, brutal abzubrechen.

»Och, menno!«, erscholl eine ärgerliche Frauenstimme von der Orgelempore. Erleichterung machte sich in Connie breit. Also war sie doch nicht in eine metaphysische Grenzerfahrung, sondern nur in eine Musikprobe geraten.

Leise setzte sie sich in die hinterste Bankreihe und lauschte den immer wieder abbrechenden und unnachgiebig aufs Neue beginnenden Orgelklängen – bis die schwierige Passage endlich gemeistert war. Erneut erfüllte inbrünstige Musik das Innere der Kirche.

Erst jetzt fiel Connie auf, dass sie, abgesehen von der Organistin, nicht allein war. Ein paar Reihen weiter vorn saß eine Gestalt, den Kopf im stummen Gebet gesenkt. Im Nähergehen erkannte sie überrascht, dass es Chris Köster war.

Das Holz knarrte leise, als Connie sich auf das äußerste Ende seiner Bank setzte. Wenn Köster sie bemerkt hatte, dann ließ er sich nichts anmerken. Noch immer hatte er die Augen geschlossen und die Hände im Schoß gefaltet.

Minuten verstrichen. Eine selten erlebte Ruhe legte sich über Connie. Millimeter um Millimeter beobachtete sie den über den Steinboden wandernden Schatten, den das Altarkreuz im goldenen Abendlicht warf; und mit jedem Atemzug nahm sie mehr von der wunderbaren Orgelmusik in sich auf, bis ihr ganzer Körper von dem Klang erfüllt war. Für einen kurzen Moment glaubte sie, so etwas wie Seelenfrieden in ihrem Inneren aufsteigen zu spüren; ein Gefühl von Geborgenheit und Nähe, das sie so nur einige wenige Male in ihrer Kindheit verspürt hatte.

Doch bevor Connie sich ganz in diese angenehme Empfindung hineinfallen lassen konnte, donnerte der lang gezogene Schlussakkord durch die Kirche, und mit seinem Verklingen verschwand auch das wunderbare Glücksgefühl.

Schritte hallten von der Orgelempore zu ihnen herunter. Die Probe war beendet. Auch Connie wollte gerade aufstehen und gehen, als in Chris Kösters Körper das Leben zurückkehrte.

Stirn. Brust. Linke Schulter. Rechte Schulter: Kösters Fingerspitzen tippten nach katholischer Sitte das Kreuzzeichen. Dann erst schlug er die Augen auf.

»Wo ist Jule?«, war das Erste, was Connie über die Lippen kam, und sie wunderte sich selbst darüber, dass das ihre drängendste Frage war.

»Noch mal los«, flüsterte Köster. Noch nie hatte sie den immer vorlauten und großspurigen Köster so leise und bedächtig erlebt. Connie rutschte über das abgesessene Holz ein wenig näher.

»Alles okay bei dir?«

Köster nickte bedächtig. »Ich ... ich brauchte nur mal einen Moment.« Es klang beinahe entschuldigend, als wollte er sich vor Connie dafür rechtfertigen, sich – eigentlich schon längst nach offiziellem Dienstschluss – für ein paar Minuten in eine Kirche gesetzt und dort Kraft getankt zu haben.

Connie rutschte noch näher.

»Habt ihr schon rausgefunden, woher der Thorshammer stammt?«

Köster schüttelte den Kopf.

»Und jetzt sitzt du hier und betest zu Jesus, dass er euch dabei hilft«, feixte Connie. Doch ihr Lächeln verschwand schlagartig, als sie in Kösters Augen sah, wie ernst ihm das hier war.

»Nein, um so etwas bitte ich Gott nicht«, sagte er mit einer Aufrichtigkeit, die Connie noch nie an ihm wahrgenommen hatte. »Mit so einem Scheiß belästige ich ihn nicht. Ich bitte nicht darum, dass mein Fußballverein nicht absteigt. Oder dass am Wochenende das Wetter schön ist, damit die Grillparty nicht ins Wasser fällt. Oder dass wir endlich herausfinden, woher dieser Thorshammer stammt. Meinen Job muss ich schon allein hinkriegen.«

»Warum sitzt du dann hier?«, fragte Connie leise. »Worum bittest du ihn denn?«

»Nur um wirklich wichtige Sachen«, wisperte Köster. »Dass meine Frau mir verzeiht, zum Beispiel.«

Chris Köster war verheiratet? Welche Frau mit gesundem Menschenverstand hatte diesem Angeber das Jawort gegeben?

»Und dass mein Vater wieder gesund wird.«

Schweigen erfüllte die Kirche. Connie fühlte sich plötzlich ergriffen, aber weniger von dem Ort, an dem sie gerade waren, als vielmehr von Chris Kösters Ehrlichkeit. Der Typ, der da neben ihr auf der Holzbank saß, hatte nichts mehr mit dem Großmaul zu tun, das sie zu kennen geglaubt hatte. Zum ersten Mal erschien er ihr wie ein Mensch, der nicht alles und jeden mit einer spöttischen

Bemerkung auf Distanz hielt, sondern der sie mit offenem Visier in sein Innerstes blicken ließ.

»Und du glaubst wirklich, dass das hilft?«, fragte Connie nach ein paar Sekunden in die Stille hinein. »Dass du eine Kerze anzündest oder die Hände faltest, und dann sorgt der alte Mann mit dem weißen Rauschebart auf seiner Wolke da oben dafür, dass alles wieder gut wird?«

Köster lächelte. »Ich glaube. Und darauf kommt es an. Ob meine Gebete erhört werden oder nicht, darauf habe ich keinen Einfluss.«

»Hä? Verstehe ich nicht«, murmelte Connie ehrlich.

Köster neigte sich ein wenig zu ihr herüber. »Vielleicht lässt meine Frau sich doch von mir scheiden. Und vielleicht erholt sich mein Vater auch nicht mehr von seinem Schlaganfall. Vielleicht stirbt er sogar daran.« Er holte tief Luft. »Natürlich bitte ich Gott, dass er meine Liebsten beschützt und dass sie mir nicht genommen werden. Ich vertraue darauf, dass er meine Gebete erhören und mir helfen wird. Aber vor allem *glaube* ich an seine Hilfe. Egal, wie die aussieht. Ob das nun bedeutet, dass nichts Schlimmes passiert oder dass er mich auffängt, *wenn* etwas Schlimmes passiert. Und das gibt mir Kraft. Eine Kraft, die mich darauf vertrauen lässt, irgendwie alles durchstehen zu können. Dass ich alles bewältige, egal, was passiert.«

Er schluckte trocken. »Zugegeben, das klappt mal besser, mal schlechter. Aber ich habe immer das Gefühl, dass da jemand ist. Dass ich nicht allein bin. Und das tröstet mich. Das ist ganz tief in mir drin. So ein Urvertrauen. Und das beruhigt mich ungemein, egal, wie schlimm alles noch kommen wird.« Köster lächelte leicht. »Sorry, aber besser kann ich das nicht beschreiben.«

Connie nickte. Denn sie hatte Köster schon verstanden. Und zum ersten Mal, seit sie ihn kannte, empfand sie so etwas wie Respekt für ihn.

Wie tröstlich musste es sein, an eine höhere Macht glauben zu können, die einem Halt gab und auch in dunkelsten Stunden nicht verzweifeln ließ. Vielleicht wurde Köster von seinem Gott die Trauer nicht erspart, aber auf jeden Fall war er sich sicher, von ihm Trost gespendet zu bekommen. Aufgefangen zu werden, anstatt ins Bodenlose zu fallen.

Fast war Connie ein bisschen neidisch. Doch für sie, die ausschließlich an die eigene Selbstwirksamkeit glaubte und nur ein gähnendes Nichts nach dem Tod erwartete, war dieses Glaubenskonzept einfach viel zu irreal.

Unwillkürlich musste sie an ihren Streit mit Nora denken. Ob es irgendeine Gottheit gab, die ihr dabei helfen konnte, ihr gestörtes Verhältnis zu Nora wieder geradezurücken?

Connie seufzte. Nein, das musste sie schon selbst wieder hinbekommen.

»Nanu! Was ist denn hier los?«

Connie und Köster drehten sich erstaunt um. Hinter ihnen kam Helen Hauge den Mittelgang entlang und übte sich in bitterem Sarkasmus. »So voll war es hier ja schon lange nicht mehr!«

Connie und Köster erhoben sich.

»Ich fürchte, wir sind leider keine neuen Schäfchen für deine Gemeinde«, duzte Connie die Pastorin in typisch dänischer Manier.

Sie deutete auf Köster. »Katholik.« Und dann auf sich. »Atheistin.« Dann zuckte sie entschuldigend mit den Schultern. »Sorry.«

»Ach, das habe ich mir fast schon gedacht. Umso mehr freue ich mich, dass ihr in meiner Kirche Einkehr gefunden habt. Jeder ist herzlich willkommen.« Helen Hauge lächelte. Doch das Lächeln erreichte ihre Augen nicht, dafür war es viel zu kraftlos. Connie erschrak. Dunkle Schatten zogen sich über die Wangen der Pastorin, sie wirkte übernächtigt und vollkommen erschöpft. Mit der energiegeladenen und gut gelaunten Frau, die sie vor Kurzem noch gewesen war, hatte sie nicht mehr viel gemein.

Helen Hauge hob einen großen, beinahe antik aussehenden Bartschlüssel in die Höhe. »Allerdings würde ich jetzt gerne abschließen. Ich hatte eigentlich nur für die Orgelprobe aufgesperrt.«

»Ich muss eh los«, murmelte Köster und hastete den Gang hinunter.

Connie und die Pastorin folgten ihm gemessenen Schrittes. Als sie das große hölzerne Portal erreicht hatten, wagte Connie, die Pastorin auf ihr äußeres Erscheinungsbild anzusprechen.

»Geht es dir gut? Entschuldige, wenn ich das sage, aber du siehst sehr müde aus. Brauchst du Hilfe?«

»Danke, das ist sehr nett, aber mir fehlt nichts.« Mit größter Mühe versuchte Helen Hauge, die Fassade aufrechtzuerhalten. »Nun ja, meine Schwägerin wurde ermordet. Natürlich quält mich das. Die Trauer und die Unwissenheit über das, was genau passiert ist, bringen mich um den Schlaf.«

»Das ist nur zu verständlich«, pflichtete Connie ihr bei. »Aber wenn du reden willst oder so, dann meldest du dich. Ja?«

Diesmal erreichte Helen Hauges Lächeln ihre Augen. Dankbar blickte sie Connie an und nickte.

»Okay, gut. Dann hab noch einen schönen Tag. Hej hej.«

Connie hob grüßend die Hand und ging über den Vorplatz der Laurentiuskirche davon.

Zurück blieb Helen Hauge.

Allein mit ihrem schlechten Gewissen, das sie seit letzter Nacht terrorisierte.

DREI MONATE ZUVOR

15

Gottes schöne Welt drehte sich so schnell, dass die Farben lustig-bunte Schlieren zogen und alles miteinander verschwamm. Die Sterne, der Hof, Katrine, Magnus – alles war eins.

Was hatte sie dieses Gefühl von Leichtigkeit und Frohsinn vermisst! Helen Hauge kicherte. Ihr war zwar schwindelig, aber es ging ihr gut. Es war lange, viel zu lange her, dass sie das letzte Mal so herrlich beschwipst gewesen war.

Schade, dass Jytte sich nicht von ihrer Arbeit hatte loseisen und herkommen können. Mit ihr wäre der Abend perfekt gewesen. Aber auch so hatten sie nett gefeiert, im engsten Familienkreis. Das waren doch ohnehin die schönsten Runden, wo man sich seit Jahrzehnten kannte und einem nichts peinlich sein musste. Vielleicht hatte sie sich deshalb hinreißen lassen, ein Glas nach dem anderen zu trinken?

Mit dem Fahrrad, mit dem Helen gekommen war, wollte sie mitten in der Nacht und mit zu viel Alkohol im Blut nicht wieder zurück nach Tönsburg fahren. Und Magnus war auch nicht mehr fahrtüchtig. Also erklärte Katrine sich widerwillig bereit, sie mit dem Auto zu fahren, da sie aufgrund ihrer Medikamente hatte nüchtern bleiben müssen. Aber auch sonst wirkte sie wenig in Feierlaune.

»Mensch, Katrine, fünfunddreißig Jahre. Herzlichen Glückwunsch! Das ist wirklich toll«, nuschelte Helen gut gelaunt.

Doch Katrine reagierte nicht. Sie starrte konzentriert durch die Frontscheibe, vor der die Lichtkegel der Scheinwerfer die Dunkelheit zerteilten. Der Wagen fuhr kaum schneller als das Fahrrad, das hinten auf der Ladefläche lag und bei jeder Bodenwelle schepperte.

Im Schritttempo rumpelten sie über den unebenen Feldweg, der direkt am Waldrand entlangführte und die einzige Verbindung zwischen der Zivilisation und dem Hauge-Hof war. Man konnte das für idyllisch halten oder für hinterwäldlerisch; für das letzte Paradies auf Erden oder für den letzten unzivilisierten Fleck am Arsch der Welt.

Helen ließ das Fenster eine Handbreit hinunter. Sofort drängte sich kühle Nachtluft durch den Spalt ins Wageninnere. Sie atmete tief ein. Dann versuchte sie erneut, die bleischwere Stille im Auto zu durchbrechen.

»Man sagt ja, nach fünfunddreißig Jahren ist die Verbindung so reißfest wie echtes Leinen. Darum heißt es ja auch Leinenhochzeit. Und auf euch beide trifft das doch voll und ganz zu, findest du nicht? Magnus und du, ihr habt alle Strapazen gemeistert. Nichts kann euch mehr auseinanderbringen. Nur noch der Tod.«

Helen biss sich auf die Lippen. Wie gedankenlos von ihr! Das hatte sie nicht gewollt. »Entschuldige, Katrine, das war unsensibel von mir. Ich wollte dich nicht –«

»Hattest du das Saufen nicht eigentlich besser im Griff?«, schnitt Katrine ihr das Wort ab.

Helen spürte einen schmerzhaften Stich.

»Dein Über-den-Durst-Trinken meine ich«, fuhr Katrine fort, ohne Helen eines Blickes zu würdigen. »Du warst seit Jahren davon weg. Warum heute?«

»Na, zur Feier des Tages«, hörte Helen sich stammeln.

»Und außerdem waren es doch nur ein paar klitzekleine Gläschen.« Sofort verabscheute sie sich für das Diminutiv, das allen Säufern zur Rechtfertigung diente. Beschämt verstummte sie.

Wieder erfüllte Schweigen das Autoinnere. Bedrückendes, freudloses Schweigen.

Helen kämpfte den inneren Drang nieder, einfach irgendetwas zu sagen, nur damit sie diese ohrenbetäubende Stille nicht länger ertragen musste. Es war so schwer, mit Katrine einfach nur zu schweigen. Geradezu unerträglich.

Helen wagte einen verstohlenen Seitenblick auf ihre Schwägerin.

Katrine war erst ein bildhübsches Mädchen und dann eine wunderschöne Frau gewesen, und selbst mit zunehmendem Alter war sie immer aparter geworden. Nur der Krebs hatte sie in den letzten Jahren gezeichnet. Hoffentlich würde diese Laserbehandlung Erfolg bringen, wo doch bisher alle anderen Behandlungsmethoden versagt hatten. Selbst die Chemo, die Katrine ihre wilde Mähne gekostet hatte, hatte den Krebs nicht auslöschen können. Diese neuartige Lasertherapie in dieser sündhaft teuren Privatklinik auf Fehmarn war wirklich ihre allerletzte Chance.

Helen wünschte Katrine aufrichtig, dass der Allmächtige ihr noch ein wenig Zeit schenkte und sie so die Chance bekam, wieder zu ihrer alten Lebensfreude zurückzufinden. Denn, bei Gott, was war sie für ein Wirbelwind gewesen! Helen konnte sich noch gut daran erinnern, was für ein ungestümes, lebensfrohes Mädchen Katrine Jessen einst gewesen war. Wild und unbeugsam und frei! Sie hatte sofort verstanden, warum Magnus sein

Herz an sie verloren hatte. Alle Jungs waren verrückt nach ihr gewesen; aber nur Magnus war verrückt genug gewesen, sein ganzes Leben nach Katrine auszurichten und ihr zuliebe Schweinebauer zu werden.

Nun, fünfunddreißig Jahre nach ihrer Hochzeit, war der Hof nur noch ein Schatten seiner selbst. Genau wie Katrine. War es der Krebs, der ihre Lebensfreude niederrang? Nein, Helen schüttelte innerlich den Kopf. Das Feuer, das Katrine als junge Frau versprüht hatte, war schon viel länger erloschen. Vielleicht war es einfach vom Leben erstickt worden, das ein unbekümmertes Mädchen zu einer erwachsenen Frau mit Alltagssorgen hatte heranreifen und den naiven Blick auf die Welt und das eigene Leben hatte abstreifen lassen. Vielleicht war das der normale Lauf der Dinge?

Helen wusste, dass sie sich selbst etwas vormachte. Ja, das Leben hatte Katrine Hauge gezeichnet, aber vor allem das Leben an Magnus' Seite. Dabei trug der sie auf Händen!

Helen wusste, dass ihr Bruder für Jytte und Katrine zu sterben bereit war. Aber auch, zu morden?

Kurz streifte sie dieser irrwitzige Gedanke. Nein! Nein, auf keinen Fall! Im Affekt schüttelte sie so heftig den Kopf, dass Katrine überrascht zu ihr herübersah.

»Was ist los? Geht es dir nicht gut?«

»Doch, doch«, beeilte sich Helen zu versichern. »Der Rotwein macht mich nur melancholisch. Er bringt alte Gedanken wieder hoch.«

Endlich hatten sie den Wald hinter sich gelassen und die asphaltierte Zufahrtsstraße nach Tönsburg erreicht. Helen erahnte im fahlen Mondlicht schon die Spitze ihrer Laurentiuskirche. Gleich war sie zu Hause. Endlich.

»Was für alte Gedanken?« Auf einmal wirkte Katrine neugierig.

Doch Helen schüttelte wieder den Kopf. »Ach, das ist so lange her. Und ihr habt das wirklich ganz wunderbar gemeistert. Mensch, Katrine, wer hätte das damals gedacht, was?«

Zum ersten Mal seit drei Jahrzehnten dachte Helen daran zurück. An das, was sie in jener Nacht beim Dorffest hinter dem Festzelt gesehen hatte.

Wieso fiel ihr das ausgerechnet jetzt wieder ein? Das musste der Alkohol sein!

»Helen, was meinst du?« Jetzt hatte sie Katrines volle Aufmerksamkeit.

»Na, dass ihr euch wieder zusammengerauft habt, Magnus und du«, antwortete Helen. »Magnus liebt dich über alles. Mir war so ein Glück ja leider nicht vergönnt, darum freue ich mich umso mehr für euch. Zwei Menschen, die in inniger Liebe ihr ganzes Leben gemeinsam verbringen. Zwei, die sich gefunden haben. Erinnerst du dich noch an euer Eheversprechen? Welch dumme Frage von mir, natürlich tust du das!«

Helen wusste, dass sie anfing zu plappern, wenn sie zu viel getrunken hatte; aber obwohl sie das wusste, konnte sie rein gar nichts dagegen tun. Außerdem war sie viel zu froh darüber, dass die grauenvolle Stille endlich durchbrochen war.

»Erster Korintherbrief, Kapitel dreizehn, Vers acht: *Die Liebe höret nimmer auf.* Und genau so ist es bei euch, bei Magnus und dir. Seine Liebe ist so groß, dass er dir deinen Fehltritt sofort verziehen hat. Und nun schaut euch an: Dreißig Jahre später feiert ihr Leinenhochzeit! Ich meine, ganz ehrlich, ich habe damals nicht geglaubt, dass ihr noch über drei Jahrzehnte später verheiratet seid und –«

»Zusammengerauft? Verziehen?«, unterbrach Katrine Helens Redefluss irritiert. »Wovon redest du, Helen?«

»Na, von deinem Kuss.«

Schlagartig wurde es kalt im Auto. Eisiger Nachtwind zog durch den Fensterspalt und bohrte sich tief in Helens Knochen.

»Kuss?« Katrines Stimme zitterte.

Helen versuchte, sich zu konzentrieren, doch der Rotwein in ihrem Blut übernahm die Kontrolle über ihre Sinneswahrnehmungen. Genau wie damals ...

Jetzt bildete sie sich sogar schon ein, dass das Auto langsamer wurde. Übelkeit stieg in ihr auf. Eilig ließ sie das Fenster ganz herab und atmete tief ein. Dann erst bemerkte sie, dass sich die Laternen am Straßenrand nicht mehr bewegten. Katrine hatte das Auto tatsächlich angehalten.

Als Helen sich fragend zu ihr drehte, blickte sie in Katrines bleiches Gesicht, das vollkommene Fassungslosigkeit widerspiegelte.

»Was hast du damals gesehen?«

»Ach, das ist doch jetzt nicht mehr wichtig. Das hat sich ja alles geklärt.«

Es hatte einen Grund gehabt, warum sie so lange abstinent gewesen war. Damals, vor dreißig Jahren, auf dem Tönsburger Dorffest, hatte sie auch über den Durst getrunken und geglaubt, Sachen zu sehen, die sie in eine der schwierigsten emotionalen Notlagen ihres Lebens gebracht hatten. Was hatte sie damals mit sich gerungen, ob sie Magnus ihre Beobachtung beichten sollte. Schließlich hatte sie sich aber doch verpflichtet gefühlt, ihrem

Bruder alles zu erzählen. Auch auf die Gefahr hin, damit seine Ehe zu zerstören. Aber wie hätte sie ihm das verheimlichen können? Außerdem hatte sie ja nichts falsch gemacht, und es hatte ja alles ein gutes Ende genommen. Das war doch alles längst vergeben und vergessen. Warum musste Katrine daraus jetzt so eine große Sache machen?

Helen war müde, so unendlich müde. Sie wollte nur noch in ihr Bett.

»Katrine, lass uns den schönen Abend nicht mit solch alten Geschichten kaputtmachen. Bitte fahr weiter. Ich bin wirklich sehr müde.«

»Helen!!!«

Katrines Schrei ging ihr durch Mark und Bein! Helen zuckte zusammen und saß aufrecht in ihrem Sitz, schlagartig nüchtern.

»Was hast du gesehen?« Katrine flüsterte. Angst klang in ihrer Stimme mit. »Und was hast du Magnus erzählt?«

Helen beschlich ein ungutes Gefühl. So aufgebracht hatte sie Katrine noch nie erlebt. Sie schluckte trocken. Und dann war sie auf einmal wieder auf dem Dorffest von vor dreißig Jahren.

Eine laue Vollmondnacht, für Anfang Mai überraschend warm. Die Lampions, mit denen die Bäume um den Dorfplatz herum geschmückt waren, leuchteten mit den Sternen am nachtschwarzen Himmel um die Wette. Alle waren gekommen, die Tönsburger, natürlich auch die dänischen Nachbarn aus Tønsborg und sogar einige der *Stærkt-Bånd*-Leute. Magnus hatte das verärgert, doch Helen hatte sich darüber gefreut; es sollte ein gemeinsames Fest sein, das die deutsch-dänische Nachbarschaft rund um das Tönsburger Wäldchen, den Tønsborg Lund, wie die Dänen es nannten, stärkte. Ein fröhliches Fest, das

Ressentiments abbaute und auf dem vielleicht sogar neue Freundschaften geschlossen wurden.

»Wie kannst du das nur hinnehmen?«, hatte Magnus sie angeschnauzt. »Du beklagst dich doch selbst darüber, dass immer weniger in deine Kirche kommen. Aber zu deren Wald-und-Wiesen-Zeremonien, da rennen sie hin. Zu dieser Mitmachreligion ohne Hierarchie und Struktur, wo jeder alles kann und alles darf, ja sogar Priester sein! Wo alles vollkommen beliebig ist, weil das natürlich viel weniger anstrengend ist als unser Glaube, mit seinen Regeln und Geboten. Aber anstatt sich dafür gerade zu machen, sitzt du jetzt hier mit diesen Odin-Spinnern zusammen und trinkst mit ihnen. Du biederst dich ja geradezu an. Fehlt nur noch, dass du auch aus einem ihrer Trinkhörner säufst!«

Magnus hatte sich so sehr darüber geärgert, dass er schon früh nach Hause gegangen war. Und Helen musste sich eingestehen, dass seit seinem Abgang die Atmosphäre deutlich gewonnen hatte. In dem Festzelt, das auf dem Dorfplatz aufgebaut worden war, herrschte eine fröhliche, ungezwungene Stimmung, die mit zunehmender Stunde immer ausgelassener wurde. Lautes Lachen drang durch das nächtliche Dorf, Gläser wurden klirrend angestoßen, bald schon lag man sich in den Armen und schunkelte gemeinsam zur Musik.

Es war kurz nach Mitternacht, als Helen mit leichter Schlagseite aus dem erleuchteten Festzelt hinaus in die Nacht stolperte. Es gehörte zu ihrem Job als Seelsorgerin, mit ihren Schäfchen zu trinken, aber heute war es das ein oder andere Glas zu viel gewesen. Mal wieder. Aber niemand aus ihrer Gemeinde sollte sehen, wie sich ihre Pfarrerin in den Kirschlorbeer erbrach oder über ihre eigenen

Füße stolperte und sich dabei einen Schneidezahn ausschlug. Nein! Sie war zumindest noch klar genug, um zu erkennen, dass es Zeit war, zu gehen.

Vorsichtig setzte sie einen Fuß vor den anderen. Nicht nur das leichte Kreiseln in ihrem Kopf erschwerte den Heimweg, sondern auch die Wolke, die sich vor den Mond geschoben und sein Licht einfach ausgeknipst hatte. Die Sichtverhältnisse hatten sich dramatisch verschlechtert.

Helen wollte gerade um die Ecke zu ihrem Pfarrheim abbiegen, als sie im Schatten des Festzelts eine Bewegung wahrnahm. Neugierig trat sie einen Schritt näher. Im Zwielicht meinte sie, zwei ineinander verschlungene Körper wahrzunehmen. Ein Liebespaar, das in einen innigen, es die Welt um sie herum vergessen lassenden Kuss versunken war. In den Liebkosungen lag so viel Wärme und in den Berührungen so viel Zärtlichkeit, dass Helen ganz warm ums Herz wurde. Sie lächelte.

Dann erkannte sie Katrines farbenfrohen Seidenschal und ihre unbändige Mähne. Helen gefror mitten in der Bewegung.

Mit vor Schreck weit aufgerissenen Augen starrte sie in das Halbdunkel, in dem Katrine und ein ihr unbekannter Mann sich immer noch leidenschaftlich küssten. Für ein paar lange Sekunden war Helen wie festgewachsen und konnte den Blick einfach nicht abwenden. Dann endlich gehorchte ihr Körper ihr wieder, und sie rannte weg, so schnell sie konnte. Sie floh vor dem, was sie da hatte mitansehen müssen, sie wollte nur noch weg, weit weg von diesem schrecklichen Ereignis!

Wenig später saß sie zitternd auf ihrer Bettkante und rief sich die Szene immer wieder vor Augen. Was hatte sie *wirklich* gesehen?

Trotz all der Innigkeit glaubte Helen, erkannt zu haben, dass etwas Verzweifeltes in diesem Kuss gelegen hatte, aber genau deswegen war er so kraftvoll und authentisch gewesen. Das hatte nicht nach Teenie-Geknutsche ausgesehen und auch nicht nach einem alkoholbedingten Kontrollverlust von zwei besoffenen Erwachsenen. Sondern nach ... Liebe! Nach zwei Menschen, die sich nichts sehnlicher wünschten, als beim anderen sein zu können, aber dazu verdammt waren, ihre Leidenschaft heimlich, im Dunkeln hinterm Festzelt, auszuleben.

Hatte sie jemals gesehen, dass Katrine und Magnus sich so geküsst hatten?

Helen schluckte trocken. Sofort hatte sie Angst um ihren Bruder.

Er würde es niemals verkraften, wenn Katrine ihn für einen anderen verließ. Wenn Katrine einen anderen Mann liebte.

Es fühlte sich an, als läge ihr ein eisernes Band um die Brust, das sich immer enger zuzog. Was sollte sie nur tun? Sollte sie es für sich behalten oder Magnus davon berichten?

Die ganze Nacht lang flehte sie den Herrgott an, ihr die Entscheidung abzunehmen und ein Zeichen zu senden. Aber anders als vielleicht die Paganisten vermochte sie aus der Amsel, die im ersten Schein des aufziehenden Morgens vor ihrem Schlafzimmerfenster saß und sie argwöhnisch beäugte, keine göttliche Nachricht herauszulesen.

Sie würde selbst eine Entscheidung treffen müssen.

Helen wischte sich über die vor Müdigkeit brennenden Augen. Doch obwohl sie so erschöpft war wie noch nie zuvor in ihrem Leben, fand sie auch die nächsten drei

Nächte so gut wie keinen Schlaf. In ihrem Kopf herrschte Chaos, ihre Gedanken fuhren Karussell und projizierten immer und immer wieder das Bild des sich küssenden Liebespaares vor ihr geistiges Auge. Bis sie es nicht mehr aushielt und Magnus alles erzählte.

Sie hatte ihn unter einem Vorwand zu sich in die Sakristei gebeten, wo er nun an einem schmalen Holztisch saß und den Apfel, den er sich aus der Obstschale für die Messdiener gegriffen hatte, gedankenverloren in seinen Händen drehte. Seit sie ihm von ihrer Zufallsbeobachtung erzählt hatte, war noch kein Wort über seine Lippen gekommen.

»Bist du sicher? Bist du dir wirklich ganz sicher?«, fragte er schließlich leise und fixierte seine Schwester.

Helen seufzte. »Ich weiß es nicht«, flüsterte sie. »Ich glaube schon, dass ich Katrine erkannt habe. Aber es war dunkel, und ich habe die beiden nur kurz im Vorbeigehen gesehen. Außerdem ...« Helen fühlte sich unter Magnus' Blick zunehmend unwohl und schaute pikiert zu Boden. »Außerdem war ich betrunken.«

»War es einer von diesen Odin-Spinnern?«

Magnus' Stimme war ruhig und leise, was Helen überraschte. Sie hatte angenommen, dass er vor Wut toben, dass er brüllen und mit Gegenständen um sich werfen würde. Stattdessen biss er beherrscht in den Apfel, doch sein Blick ruhte immer noch auf Helen. Die zuckte mit den Schultern.

»Keine Ahnung. Wirklich, Magnus, ich habe nicht erkannt, wer es war.«

»Beschreib ihn!«

»Das kann ich nicht.«

»Versuch es!«

»Magnus, bitte, hör auf! Ich kann ihn nicht beschreiben. Ich habe ihn kaum gesehen.«

»Alt? Jung? Groß? Klein? Lange Haare? Glatze? Irgendetwas wirst du doch gesehen haben!«

Helen schloss gequält die Augen und atmete tief aus. Vielleicht war es doch falsch gewesen, Magnus zu erzählen, was sie gesehen hatte. Wo sie doch im Grunde so gut wie gar nichts gesehen hatte ...

Aber wie hätte sie ihm das verheimlichen können? Hatte er nicht ein Recht darauf, zu wissen, dass Katrine die Nähe eines anderen suchte?

Ein schmatzendes Geräusch, das sie in ihrer Sakristei so gar nicht zuordnen konnte, ließ Helen wieder die Augen öffnen.

»Ich muss wissen, wer es ist.« Magnus' Stimme hatte sich nicht verändert, er sprach immer noch vollkommen ruhig und bedacht. Doch seine Pranke zerquetschte den Apfel, von dem er gerade noch abgebissen hatte und dessen Fruchtfleisch ihm nun zwischen den Fingern hindurchquoll, ohne dass er es überhaupt bemerkte.

»Aber was bringt es dir, zu wissen, wer er ist?« Helen beschloss, ihrem Bruder den Spiegel vorzuhalten. »Deine Frau hat leidenschaftlich einen anderen Mann geküsst. Allein diese Information reicht doch.«

»Reichen?«, fragte Magnus irritiert. »Wofür?«

»Dass du eure Ehe überdenkst. Dass du dich fragst, ob du ihr verzeihen willst.« Helen schaute ihrem Bruder fest in die Augen. »Und ob du ihr in Zukunft ein besserer Ehemann sein kannst.« Sie machte eine bedeutungsschwere Pause. »Damit sich das nicht wiederholt.«

Wie von Zauberhand legte sich plötzlich ein Lächeln auf Magnus' Gesicht, mit dem Helen nun wirklich nicht gerechnet hatte und das der Situation völlig unangemessen wirkte. Seine innere Angespanntheit schien mit einem Mal verflogen, als hätten Helens Worte, einem Zauberspruch gleich, ihn schlagartig besänftigt.

Bedächtig wischte er sich mit einem Stofftaschentuch den Apfelmatsch von seiner Hand und leckte die letzten Reste von den Fingern.

»Sei unbesorgt, Helen«, sagte Magnus sanft und schenkte seiner Schwester ein Lächeln, das allerdings nicht bis zu seinen Augen reichte. »Das wird sich nicht wiederholen. Dafür sorge ich.«

Wenn Helen gehofft hatte, nach ihrer Aussprache mit Magnus endlich wieder die ersehnte Nachtruhe zu finden, dann hatte sie sich getäuscht. Beinahe jede Nacht schreckte sie mit einem Schrei aus dem Schlaf hoch. Ihr Nachthemd pappte schweißnass an ihrem Körper, feuchte Haarsträhnen klebten ihr im Gesicht. Die Stimme ihres Bruders hallte durch ihren Schädel wie ein bösartiges Echo aus der Vergangenheit.

Das wird sich nicht wiederholen. Dafür sorge ich.

Was hatte er damit gemeint?

Er hatte beherrscht gewirkt, doch Helen war nicht entgangen, wie verletzt er gewesen war. Die Liebe ihres Bruders zu Katrine war seine größte Stärke und seine größte Schwäche zugleich. Und sie hatte ihm durch den Kuss mit diesem Fremden das Messer bis zum Schaft ins Herz gestoßen. Nein, sie – Helen! – hatte es ihm ins Herz gestoßen! Wenn sie ihm nichts von ihrer Beobachtung erzählt hätte, die sie unter Alkoholeinfluss gemacht hatte, wäre er niemals so verletzt worden.

»Herr im Himmel«, murmelte sie verzweifelt. »Bitte lass mich das Richtige getan haben. Und bitte lass meinen

Bruder das Richtige tun. Steh ihm bei in seinem Schmerz, und schenke ihm Zuversicht und Hoffnung. Gib ihm die Einsicht, sich zu bessern und seine Ehe zu retten, wenn es in seiner Macht steht. Und gib ihm die Stärke, es zu akzeptieren, wenn es nicht so ist.«

Dann sank Helen müde und abgekämpft zurück in die schweißnassen Kissen und wartete auf das Morgengrauen.

Zu ihrer eigenen Überraschung wurde Helens Gebet schneller erhört als gedacht. Denn kaum eine Woche nach dem Dorffest war bereits alles wieder im Lot.

Nach dem sonntäglichen Gottesdienst nahm Helen ihren Bruder zur Seite und schaute ihm tief in die Augen. »Magnus«, flüsterte sie. »Wie steht es um euch? Willst du, dass ich mit Katrine rede? Brauchst du meine Hilfe?«

Magnus machte eine wegwerfende Handbewegung. »Es ist sehr fürsorglich von dir, dass du fragst, Helen, aber es ist alles bestens!«

»Wirklich?« Helens Blick wanderte von Magnus hinüber zu Katrine, die mit ein paar anderen Gottesdienstbesuchern zusammenstand und plauderte. Tatsächlich wirkte sie so entspannt und gelöst wie schon lange nicht mehr. Auch dass sie nach sehr langer Zeit Magnus mal wieder zu einem Gottesdienst begleitet hatte, wertete Helen als gutes Zeichen.

»Wir haben uns ausgesprochen«, fuhr Magnus fort. »Wir waren sehr ehrlich miteinander. Haben alles auf den Tisch gelegt, nichts verschwiegen, uns alles gesagt. Jetzt steht nichts mehr zwischen uns! Ich habe ihr verziehen. Ich würde ihr alles verzeihen. Und ich werde ihr ab sofort ein besserer Ehemann sein, ich werde noch mehr auf ihre Bedürfnisse eingehen. Das habe ich ihr versprochen. Wir werden an uns arbeiten müssen, und es wird vielleicht nicht immer leicht. Aber wir lieben uns! Wirklich, Helen, es ist alles gut.«

Freude flutete Helens Herz. Und Erleichterung.

Glücklich legte sie Magnus eine Hand auf den Arm. »Das freut mich zu hören«, sagte sie. »Ich bin froh, dass ihr euch nicht aufgebt. Dass euch nichts so schnell trennen kann. Dass ihr den Unebenheiten des Lebens nicht ausweicht, sondern gemeinsam begegnet. Als Paar. Als Liebende. Als Partner.«

»Ja, ja, schon gut«, sagte Magnus lachend. »Spar dir das für deine Predigt am nächsten Sonntag auf.«

Helen fiel in sein Lachen mit ein.

Was hatte sie sich die letzten Tage und Nächte gesorgt. Und nun war alles wieder gut. Meine Güte, es war doch auch nur ein Kuss gewesen. Nichts weiter. Nur ein Kuss.

Oder?

Der Blick in Katrines entsetztes Gesicht holte Helen wieder in die Gegenwart zurück. Sie saßen bei laufendem Motor im Auto, das mitten auf der nächtlichen Straße stand.

»Du hast mich gesehen? Und du hast Magnus davon erzählt?« Katrines Stimme zitterte so stark, dass man sie kaum verstehen konnte.

»Aber ... hat er dir das denn damals nicht gesagt? Ich dachte, ihr hättet euch ausgesprochen.« Nun war es Helen, die irritiert klang.

Katrines Miene war Antwort genug. Nein, sie hatten sich damals wohl nicht ausgesprochen.

Dann hatte Magnus also einfach stillschweigend beschlossen, seiner geliebten Katrine zu verzeihen. Ohne Aussprache. Eine Vergebung im Stillen. Auch gut. Sein Plan von Großmut war aufgegangen. Denn heute, dreißig

Jahre später, hatten sie ihren fünfunddreißigsten Hochzeitstag gefeiert.

Warum Katrine so vollkommen entgeistert war, blieb für Helen Hauge jedoch im Dunkeln. Ebenso wie die Erkenntnis, dass sich der Kuss, deren Zeugin sie vor dreißig Jahren geworden war, genau zwei Monate vor Johannistag ereignet hatte – dem christlichen Sommerfest, das die Heiden als Sommersonnenwende feierten und bei dem man einen toten Mann im Tönsburger Wäldchen gefunden hatte.

GEGENWART

16 Nach einem intensiven, aber irgendwie auch frustrierenden Arbeitstag schickte Hellmann sein Team früher als gewohnt in den Feierabend. Denn alles, was sie tun konnten, war für den Moment getan. Nun blieb ihnen nicht mehr übrig, als zu warten, zumindest bis zum nächsten Tag.

Hellmann hatte sich um die Organisation der Fahndung nach Lasse Hansen gekümmert, doch der Wikinger war weiter wie vom Erdboden verschluckt. Es gab einfach zu viele Ferienwohnungen in der Gegend, die alle zu überprüfen ihre Kapazitäten bei Weitem überstieg. Und wenn Lasse Hansen dort auch noch unter falschem Namen abgestiegen war, ging die Wahrscheinlichkeit, ihn aufzustöbern, gegen null.

Zudem konnten alle, die Hellmann befragt hatte, glaubwürdig versichern, dass sie wirklich keine Ahnung hatten, wo er sich aufhielt. Lasse Hansen schien ein Eigenbrötler zu sein, der sich kaum jemandem anvertraute. Am ehesten noch Ingvar Poulsen, aber der lag nach wie vor im Krankenhaus und war in seinem kritischen Zustand noch immer nicht vernehmungsfähig.

Jule und Köster suchten noch weiter nach der Nadel im Heuhaufen respektive der Herkunft des Thorhammers, den man an Katrine Hauges Leichnam gefunden hatte. Sie hatten ihren Radius auf der Suche nach dem Goldschmied, der das Unikat hergestellt hatte, immer mehr ausgeweitet, weshalb sie sich schließlich aufgeteilt hatten. Zusätzlich unterstützte sie noch Reza, der die Internetrecherche übernahm und bereits in zahlreichen Foren ein Foto von dem Schmuckstück veröffentlicht hatte.

Nach vielen entmutigenden Fehlschlägen war Jule aber nun vielleicht auf eine heiße Spur gestoßen. Sie hatte vor ein paar Minuten angerufen und berichtet, sie sei so weit nördlich nach Jütland vorgedrungen, dass sie nicht wieder nach Tönsburg zurückfahren würde. Sie wollte die Spur am nächsten Morgen weiterverfolgen und war daher über Nacht in einem *Kro,* einem dänischen Landgasthaus, abgestiegen.

Dr. Valerie Günther hatte die Bitte um eine erneute Befragung durch ihre Anwältin beantworten lassen, die sich als nicht sonderlich kooperativ bei der Terminfindung zeigte.

Zudem ließ die Auswertung der Hauge-Hof-Durchsuchung noch immer auf sich warten. Die Kollegen von der Spusi hatten dort jede Menge Spuren sichergestellt, die nun im Labor ausgewertet und abgeglichen werden mussten. Aber aufgrund von Krankenstand und Personalmangel dauerte das Abarbeiten ungewöhnlich lange. Da nützte es auch nichts, dass Reza immer wieder nachhakte.

Schließlich hatte Hellmann den Druck auf die Kollegen aber so sehr erhöht, dass die zähneknirschend eine Nachtschicht versprochen und die Ergebnisse für den kommenden Tag angekündigt hatten.

Derweil liefen noch diverse andere Anfragen und Informationsabrufe über Rezas Tisch, die aber so spät am Tag auch nicht mehr eintrudeln würden. Sie würden also erst am nächsten Morgen einen neuen Anlauf nehmen können.

»Na gut, dann war's das für heute.« Hellmann wischte sich über die müden Augen. »Morgen früh um acht legen wir wieder los. Ruht euch bis dahin aus. Wer weiß, welche neuen Informationen uns morgen erreichen und wie anstrengend der Tag werden wird.«

Während er, Reza, Köster und Jule ihr Quartier im *Teufel* bezogen, eilte Nora die Straße hinunter zu ihrem Auto. Das Krankenhaus in Büllum hatte noch Besuchszeit, und sie hoffte, Ingvar noch sehen und vielleicht sogar sprechen zu können. Im Laufen zog sie ihr Handy hervor und drückte die Wahlwiederholung. Das Freizeichen ertönte.

»Geh ran. Komm schon! Bitte, geh ran«, murmelte Nora. Ein kurzes Knacken in der Leitung. Sie holte gerade Luft, als ihr die automatische Bandansage das Wort abschnitt: »Mats Hansen. Nachrichten bitte nach dem Signalton.«

Ein schrilles Piepsen ertönte. Nora wollte schon auflegen, wie die achtzehn gescheiterten Anrufversuche zuvor an diesem Tag, aber diesmal zwang sie sich zu einer Antwort.

»Hey, ich bin's.« Nora gab sich alle Mühe, ihre Enttäuschung nicht mitklingen zu lassen. »Bitte lass uns reden. Ich fahre jetzt ins Krankenhaus, zu Ingvar. Ich hoffe, dass es ihm schon besser geht. Am Telefon wollten die mir nichts sagen. Weißt du etwas? Wollen wir uns vielleicht dort treffen?«

Sie verstummte, als würde ihr die Bandansage eine Antwort auf ihre Fragen liefern. Dann fuhr sie eilig fort: »Also, ich würde gerne mit dir sprechen. Über alles. Also, über uns. Aber auch ... über die anderen Sachen. Wir müssen wissen, wo Lasse ist! Hast du wirklich keine Ahnung, wo er sein könnte? Und ich muss auch das Buch einsehen, Mats. Bitte! Wenn es tatsächlich nichts mit unserem Fall zu tun hat, dann kannst du es mir doch auch geben. Aber ich habe irgendwie das Gefühl, dass es der Schlüssel zu Lasses Verhalten sein könnte, und wenn das stimmt, dann kann ich das vor meinem Chef nicht mehr lange verheimlichen. Also bitte hilf mir, damit ich euch helfen kann, okay? Bitte melde dich. Ich –«

Erneut erklang das schrille Piepsen. Die Verbindung war gekappt, die Mailbox hatte das Gespräch beendet.

Gerade als Nora niedergeschlagen ihr Handy wegsteckte, wurde ihr bewusst, dass sie sich mit ihrer Nachricht auf Mats' Mailbox einen Bärendienst erwiesen hatte. Denn wenn er wirklich gerade bei Ingvar war und seine Mailbox zeitnah abhörte, konnte er jetzt rechtzeitig abhauen, bevor Nora ihn dort erwischte.

Frustriert öffnete sie die Fahrertür und wollte gerade einsteigen, als sich jemand breitbeinig vor ihre Motorhaube stellte und energisch auf das Blech schlug. Connie!

»Ey, das war nicht in Ordnung von mir«, fing sie sofort an zu reden, ungeduldig und vielleicht eine Spur zu aggressiv für ihr Anliegen. »Nee, das war nicht nur *nicht in Ordnung,* das war *voll daneben.* Wirklich, ich hätte das nicht sagen sollen.«

Nora hob fragend die Augenbrauen.

»Na, du weißt schon, was ich meine«, knurrte Connie.

Es war überdeutlich zu sehen, wie schwer sich Connie tat. Aber Nora verspürte keinerlei Lust, ihr den Gefallen zu tun, konkreter nachzufragen.

Fahrig steckte Connie sich eine Zigarette an, nahm einen tiefen Zug und fuhr dann mit leiser Stimme fort: »Verdammt noch mal, dass ich behauptet habe, du hättest den Tod von Katrine Hauge verhindern können. Das war falsch. Und total ungerecht. Das hätte ich dir niemals vorwerfen dürfen.«

»Aha.« Nora schaute Connie verständnislos an. »Soll das eine Entschuldigung sein?«

»Ja! Ja, verdammt, das soll eine Entschuldigung sein.« Connie zog so fest an ihrer Zigarette, dass sich die Glut wie im Zeitraffer bis zum Filter fraß.

»Okay.« Nora nickte und griff wieder nach der Wagentür.

Kaum dass sie saß und den Zündschlüssel drehen wollte, beugte sich Connies fragendes Gesicht über die Motorhaube bis zur Frontscheibe vor. »Was heißt das denn jetzt? Entschuldigung angenommen?«

Nora hatte Connie noch nie so unsicher gesehen. Keine Spur mehr von ihrer sonst so offen zur Schau getragenen Lässigkeit. Die Dänin stemmte sich auf die Motorhaube, aber tatsächlich war es wohl eher so, dass sie an ihr Halt suchte.

Etwas weitete sich in Noras Innerem. Ein Gefühl von Wärme stieg in ihr auf. Nie zuvor hatte Connie so deutlich gezeigt, wie viel ihr daran lag, dass Nora ihr verzieh.

»Ja. Entschuldigung angenommen.«

Erleichterung zeichnete sich auf Connies Gesicht ab.

»Aber kannst du jetzt bitte zur Seite gehen? Ich hab's eilig.« Nora drehte den Zündschlüssel. Der Motor leierte, sprang aber nicht an.

O nein, bitte nicht jetzt, dachte Nora und drehte den Zündschlüssel erneut. Wieder sekundenlanges Leiern, dann endlich erklang das erlösende Röhren. Doch auch dieses Geräusch bot durchaus Grund zur Besorgnis, da ein leichtes Stottern nicht zu überhören war.

»Soll ich dich fahren?« Connie schaute mit gerunzelter

Stirn auf die Motorhaube hinab, als erwartete sie jeden Augenblick, dass Flammen daraus hervorschlugen.

»Passt schon.« Nora winkte lässig ab und griff mit beiden Händen zur Gangschaltung, was Connie ebenfalls mit irritiertem Stirnrunzeln beobachtete.

»Äh ... Wo willst du denn eigentlich hin?« Ohne eine Antwort abzuwarten, ging Connie zur Beifahrertür. »Ach egal, ich komme mit.«

»Nee, wirklich nicht!« Nora rammte krachend den ersten Gang ins Getriebe. »Wir sehen uns morgen. Tschüss!« Dann trat sie aufs Gas und brauste unter nervenzerfetzendem Quietschen davon.

Connie starrte ihr mit offenem Mund nach. Sie blickte immer noch die Straße hinab, als Nora schon längst um die Ecke gebogen und außer Sichtweite war. Doch ihr Keilriemen war noch mehrere Straßenzüge lang zu hören, bis sich schließlich auch dieses Geräusch in der Ferne verlor.

Connies Erleichterung über die vermeintlich geglückte Entschuldigung wich irritierter Fassungslosigkeit. Echt jetzt? Nora ließ sie einfach so stehen? Sie hatte sich doch entschuldigt, verdammt! Was wollte sie denn noch?

Missmutig machte sich Connie auf den Weg zu ihrem eigenen Wagen, der in der Nähe der Kirche geparkt war. Widerwillig musste sie sich eingestehen, dass es wohl noch ein bisschen Zeit brauchte, bis ihr freundschaftliches Verhältnis ganz wiederhergestellt war. So schnell wie erhofft konnte Nora ihr offenbar doch nicht verzeihen.

Connie seufzte. Dann musste sie unwillkürlich lächeln. Es hatte sie zwar alle Überwindung gekostet, Nora nachzugehen und sich endlich, endlich vor sie hinzustellen und sich zu entschuldigen. Aber auf dem Weg zu Noras Auto hatte Connie auch unfreiwillig Noras durchaus interessantes Telefonat mitgehört. Sie hatte nicht lauschen wollen. Wirklich nicht. Aber Nora hatte so laut gesprochen, dass man sich schon die Ohren hätte zuhalten müssen, um nicht mitzuhören.

Von was für einem Buch hatte sie gesprochen? Und warum wollte Mats Hansen es ihr nicht geben?

Connies Neugier war geweckt. Wenn Nora so scharf darauf war, dieses Buch zu bekommen, dann musste es wichtig sein. Vielleicht sogar so wichtig, dass es zur Klärung des Falls beitragen konnte?

Unschlüssig stand Connie vor ihrem Auto und drehte den Zündschlüssel in der Hand. Ihr Verhältnis zu Mats Hansen war durch ihre Cold-Case-Ermittlungen etwas angespannt. Oder besser gesagt: Sie war Mats Hansen mit ihrer forschen Art und ihrer nur schwer zu verbergenden Heiden-Antipathie wohl zu nahe getreten. Der würde ihr ohne Durchsuchungsbeschluss nicht mal die Haustür öffnen. Und wenn er schon Nora das Buch nicht freiwillig geben wollte, dann ihr erst recht nicht.

Connie blickte auf die Uhr. Überrascht stellte sie fest, dass es noch Zeit genug war, um nach Esbjerg zu fahren. Sie sehnte sich nach ihrem Bett. Die letzten Nächte hatte sie dank ihrer allzeit im Kofferraum parat liegenden Survival-Ausrüstung im Auto am Waldrand verbracht, auch wenn Wildcampen im Tönsburger Wäldchen strengstens verboten war. Aber die lauen Sommernächte waren viel zu schön gewesen, um diese Einladung auszuschlagen. Und außerdem war der Weg nach Esbjerg zu weit, um ihn jeden Abend zu fahren.

Nun aber lockte die Aussicht auf ihr eigenes Bett und ihr eigenes Badezimmer. Auch wenn sie dafür in Kauf nehmen musste, sich sehr früh den Wecker zu stellen, um zu Hellmanns angeordnetem 8-Uhr-Appell wieder in Tönsburg zu sein.

Doch dann schoss Connie ein Gedanke durch den Kopf, der jeden Zweifel über den Sinn und Nutzen einer Fahrt nach Esbjerg im Keim erstickte: Wenn sie sich beeilte, konnte sie Jonna sogar noch vom Schwimmen abholen!

Eilig schloss sie ihren Wagen auf und stieg ein.

Das mysteriöse Buch, über das sie sich vorhin noch voller Neugierde den Kopf zerbrochen hatte, war für den Moment erst einmal vergessen.

Connie hatte das Gaspedal durchgetreten und stand kaum neunzig Minuten später auf dem Parkplatz vor der Wassersporthalle in Esbjerg, in der Jonna einmal die Woche ihr Schwimmtraining absolvierte. Jonna war eine leidenschaftliche Schwimmerin und mittlerweile so gut, dass ihre Trainerin sogar schon von »Jugendauswahl« und »Leistungsschwimmen« gesprochen hatte. Doch Lærke hatte das rigoros abgelehnt. Jonna sollte weiterhin Freude am Schwimmen haben und nicht durch einen verfrühten Leistungsdruck um diese Freude – und eine unbeschwerte Kindheit – gebracht werden.

Connie hatte Lærkes Entscheidung begrüßt, aber hinter ihrem Rücken Jonna heimlich das Versprechen gegeben, sich für sie einzusetzen, sollte die Kleine doch irgendwann den Wunsch nach einer Sportkarriere verspüren; so wie Connie sowieso gewillt war, Jonna in allem zu unterstützen, was ihre Talente förderte und ihr Freude bereitete.

Aber vielleicht war das ohnehin alles viel zu früh. In

dem Alter wechselten die Interessen ja noch so schnell wie die Farbe ihrer Lieblingskleidungsstücke. Und vielleicht rückte die nahende und unvermeidliche Pubertät ohnehin bald den Fokus auf ganz andere Lebensbereiche.

Ein merkwürdiges Kribbeln überfiel Connie, als sie an das Sankt-Hans-Feuer und das Kennenlernen mit Rasmus zurückdachte. Wie glücklich Jonna ihn angesehen hatte. Mit diesem Strahlen in den Augen, das sich sonst nur zu Weihnachten oder ganz besonders schönen Anlässen in ihren Blick legte. War das etwa das erste Verliebtsein?

Connies Brust entwand sich ein theatralischer Seufzer. Für sie fühlte sich auch das viel zu früh an. Vielleicht wünschte sie sich aber auch nur, dass Jonna der quälende Schmerz enttäuschter Liebe noch ein wenig erspart blieb. Allerdings hielt das Leben noch so viele Enttäuschungen parat, dass ein Hinauszögern wahrscheinlich nur den lebensnotwendigen Lernprozess verlangsamte.

Aber wer sagte denn, dass Jonnas Schmetterlinge im Bauch nicht auch von Rasmus erwidert wurden? Beim Sankt-Hans-Feuer hatten die beiden doch sogar Händchen gehalten! Wieder seufzte Connie, wieder ging ihr das alles – verdammt noch mal – viel zu schnell. Doch vielleicht war es das Beste, ausnahmsweise mal nicht regulierend einzugreifen und der Sache ihren Lauf zu lassen; auch wenn das so gar nicht nach ihrem Geschmack war.

Endlich trudelten die Mädchen mit geröteten Wangen und noch feuchten Haaren aus der Halle ins Freie. Jonna war eine der Ersten, blieb aber wenige Meter vorm Parkplatz stehen und stand noch quatschend mit ein paar anderen zusammen.

Connie betätigte die Lichthupe. Jonna erkannte sie, winkte freudig – und drehte sich dann wieder quasselnd zu ihrer Clique um, die sich allerdings rasant dezimierte. Immer mehr Mädchen verabschiedeten sich und kletterten in die Autos ihrer Eltern. Ein Wagen nach dem anderen rollte vom Parkplatz.

Als eine der Letzten verließ nun auch Stine die Halle. Es versetzte Connie einen Stich, sie und Jonna so weit entfernt voneinander aus der Halle kommen zu sehen. Das fühlte sich nicht richtig an. Früher waren sie unzertrennlich gewesen, immer Seite an Seite. Doch schon beim Sankt-Hans-Feuer hatten die beiden sich kaum eines Blickes gewürdigt. Und dass Jonnas glühende Begeisterung für Rasmus der Grund dafür war, konnte selbst ein Blinder sehen. Oder war es vielleicht eher Stines Begeisterung für Rasmus, die dieser aber nicht erwiderte, sondern stattdessen Jonna zukommen ließ?

Was für eine blöde Situation! Wirklich, die beiden wussten ja gar nicht, was sie aneinander hatten! Ihre Freundschaft war viel zu wertvoll, als dass man sie an so etwas zerbrechen lassen durfte.

Connie schluckte trocken. Ob ihre Entschuldigung ausgereicht hatte, um ihre brüchige Freundschaft zu Nora wieder zu kitten? Sie hoffte es! Denn verdammt noch mal, sie hatte erst so richtig gespürt, wie wichtig sie ihr war, als Nora ihr die kalte Schulter gezeigt hatte. Weil Connies dumme, unbedachte Bemerkung sie zutiefst verletzt hatte.

Nun gut, dachte Connie, ich habe, wenn auch etwas spät, meine Lektion gelernt. Aber bei Jonna und Stine werde ich es nicht so weit kommen lassen! Die beiden sind seit dem Sandkasten beste Freundinnen! Sie gehören zusammen, verdammt!

Connie war kurz davor, auszusteigen und die Sache selbst in die Hand zu nehmen, als etwas Unvorhergesehenes geschah: Jonna erblickte Stine, löste sich aus ihrer Mädchentraube und lief auf sie zu. Sie sprachen kurz miteinander, und dann umarmten sie sich. Ganz, ganz fest.

Connie blinzelte ungläubig. Was war das? Die beiden begannen, immer noch fest umarmt, miteinander zu hüpfen, und dabei giggelten und lachten sie so laut, dass man es über den ganzen Parkplatz hinweg hören konnte.

Connies Herz weitete sich. Wie schön! Wie wunderwunderschön!

Die beiden Mädchen hüpften noch immer, als Stines Mutter leicht verspätet auf den Parkplatz gebraust kam und direkt vor ihnen hielt. Noch während Stine einstieg, quasselten die beiden gut gelaunt miteinander, und Jonnas zur Telefongeste geformte Finger zeigten überdeutlich an, dass die beiden nachher noch miteinander sprechen würden. Dann setzte sich das Auto langsam wieder in Bewegung, und Jonna marschierte endlich auf Connies Wagen zu.

»Hej, Mormor«, begrüßte sie ihre Großmutter und schleuderte die riesige Schwimmtasche auf den Rücksitz.

»Hej, mein Schatz. Bitte sofort die Mütze aufziehen!«, gab Connie instinktiv Lærkes Befehl weiter, den sie während ihres Telefonats vorhin mindestens fünfmal wiederholt hatte.

Jonna verdrehte die Augen. »Es ist Sommer. Es ist richtig, richtig warm. Und meine Haare sind so gut wie trocken.«

Connie fixierte ihre Enkelin im Rückspiegel. »Aber abends wird es kühler. Und du kennst deine Mutter, die versteht da keinen Spaß. Die reißt mir den Kopf ab, wenn ich dich ohne Mütze abliefere.«

Mit genervt verdrehten Augen begann Jonna, in ihrer

Sporttasche zu wühlen. Connie beobachte derweil, wie das Auto von Stines Mutter langsam vom Parkplatz fuhr.

»Sag mal«, unterbrach Connie die Suchaktion ihrer Enkelin nur ungern, aber ihre Neugier war einfach zu groß. »Was war das denn gerade?« Sie deutete mit einem Kopfnicken auf die roten Rücklichter von Stines Auto.

Jonna tauchte fragend aus ihrer Sporttasche auf. »Hä? Wieso? Du kennst doch Stine!«

»Natürlich kenne ich Stine!«, sagte Connie ungeduldig. »Aber ich dachte, ihr seid ... nun ja, nicht mehr so eng befreundet.«

»Ach, Mormor«, sagte Jonna mit weicher Stimme, aus der wohlwollende Nachsicht klang. Eine weitere Erklärung hielt sie offenbar für überflüssig, denn ohne weiteren Kommentar fuhr sie fort, ihre Sporttasche auf der Rückbank zu entleeren. Über den Rückspiegel konnte Connie fasziniert beobachten, wie eine Schwimmbrille, ein Paar Badelatschen, zwei feuchte Handtücher sowie eine pinkfarbene Badekappe quer durch den Fond des Autos flogen. Bevor Jonna noch ihren nassen Badeanzug auf die Polster klatschen konnte, hatte sie ihre Mütze glücklicherweise gefunden. Allerdings tropfte sie genauso wie der Rest ihrer Schwimmsachen.

Jonnas Mund formte erst ein überraschtes »Oh«, dann verzog er sich zu einem entschuldigenden Grinsen, das ihre neuen Schneidezähne ganz besonders schön zur Geltung brachte. Connie konnte gar nicht anders, als in ihr Feixen miteinzusteigen.

Sie startete den Motor und reihte sich in den gemächlich dahinfließenden Abendverkehr ein. Jonna berichtete begeistert von ihrem Schultag. Sie hatte sich gemeinsam mit Stine für den Vorlesewettbewerb angemeldet, der beim Schulfest in drei Wochen stattfinden sollte. Und auch beim Staffelschwimmen vorhin waren die beiden als Team angetreten und hatten einen sehr guten dritten Platz belegt. Offenbar hatten sie schon seit Längerem wieder zu ihrer alten, innigen Freundschaft zurückgefunden.

Lächelnd lauschte Connie den Erlebnisberichten ihrer Enkelin, stellte ab und zu eine Nachfrage, gratulierte Jonna zu ihren Errungenschaften und beglückwünschte sie zu ihren Plänen.

Kurz bevor sie in Lærkes Straße einbogen, hielt Connie es jedoch nicht mehr aus.

»Sag mal, Spatz, was ist denn eigentlich aus Rasmus geworden?«, fragte sie, und sosehr sie sich auch bemühte, beiläufig zu klingen, so wenig gelang es ihr.

Doch Jonna schien es entweder nicht zu merken, oder es war ihr egal. Sie zuckte nur mit den Schultern. »Ach, Rasmus. Der ist kein Thema mehr.«

»Wieso das denn?« Connie war sofort alarmiert. »Ist etwas passiert?«

Was hatte er ihrem kleinen Hasenzahn angetan?!?

»Nö. Nix ist passiert. Aber Stine fand ihn auch gut. Und da hab ich irgendwann gemerkt, dass ich ihn nicht *sooo* gut finde, dass ich mich deswegen mit Stine zerstreiten will.«

Connie klappte die Kinnlade herunter. Aber auch das schien Jonna nicht zu bemerken, denn sie war zu sehr damit beschäftigt, ihre verstreuten Schwimmsachen wieder in die Sporttasche zu stopfen.

»Echt jetzt?«, war alles, was Connie herausbrachte. Erst jetzt schaute Jonna auf. Ihre Blicke trafen sich im Rückspiegel. »Ja«, erwiderte sie. »Aber wieso guckst du denn so komisch?«

»Ich ... bin einfach nur überrascht«, sagte Connie. »Ich dachte, er ist dir wirklich wichtig.«

»Ja, das dachte ich auch. Aber beim Sankt-Hans-Feuer war es doch irgendwie schon total doof«, gab Jonna zurück.

Connie hatte den Abend eigentlich als sehr schön empfunden, zumindest bis sie Noras Anruf mit dem Leichenfund erreicht hatte.

»Also mit Stine, meine ich«, schob Jonna erklärend hinterher. »Zuerst hab ich mich total gefreut, dass Rasmus alles *mit mir* gemacht hat. Er findet mich halt besser als Stine. Das war schon ein schönes Gefühl.«

Connie parkte den Wagen vor Lærkes Haus und schaltete den Motor aus. Dann drehte sie sich nach hinten und schenkte Jonna ihre ungeteilte Aufmerksamkeit.

»Aber dann ...«, fuhr die Kleine stockend fort. »... dann war das Gefühl nicht mehr so schön. Weil ich Stine vermisst habe. Weißt du, mit ihr konnte ich immer über alles reden. Aber natürlich nicht über Rasmus. Und dann auch über nichts anderes mehr. Weil sie so traurig war, dass sie mich nicht mehr sehen wollte.«

»Und dann hast du dich gefragt, ob der vermeintliche Gewinn den Verlust aufwiegt. Oder ob es nicht vielleicht andersherum ist«, murmelte Connie leise.

Jonna zog verständnislos die Augenbrauen zusammen.

»Entschuldige, Spatz. Bitte erzähl weiter«, beeilte sich Connie.

Jonna holte tief Luft. »Ich habe überlegt, was wichtiger ist. Dass Rasmus mich gut findet. Oder dass ich wieder mit Stine befreundet bin. Das war echt schwer, aber dann hab ich's auf einmal gewusst. Also habe ich mich bei Stine entschuldigt. Und dann habe ich Rasmus gesagt, dass ich ihn wirklich gerne mag, aber Stine halt noch mehr. Und dass ich nicht will, dass wir uns streiten. Und dann ist er wütend geworden, aber mir war das egal. Denn ich habe gewusst, dass Stine jetzt nicht mehr traurig ist. Und seitdem ist alles wieder gut.«

Connie war sprachlos. Dann überrollte sie ein Gefühl glühenden Stolzes. Diese kleine, schlaue Neunjährige war sich gar nicht bewusst, wie klug und intuitiv empathisch sie gehandelt hatte. Und wie sehr sie ihrer eigenen Großmutter als Vorbild diente!

Die Haustür schwang auf, und auf der Schwelle erschien Lærke. Mit fragender Miene schaute sie zu den beiden im Auto hinüber. Dann starrte sie Jonna an und deutete hektisch auf ihren Kopf.

»Wieso trägst du keine Mütze, Jonna?«, schallte ihre Stimme quer über die Straße.

»Weil es Sommer ist, Lærke«, rief Connie durch das geöffnete Seitenfenster zurück. »Es ist richtig, richtig warm. Und ihre Haare waren so gut wie trocken.«

Sie zwinkerte Jonna verschwörerisch über den Rückspiegel zu.

»Aber abends wird es doch immer kühler«, setzte Lærke nach. Resigniert ließ sie die Hände fallen. »Ach, kommt jetzt bitte einfach rein!«

Connie bedachte ihre auf der Türschwelle gestikulierende Tochter mit einem Lächeln und stieg aus. Sie umrundete das Auto und öffnete Jonna die Tür. Die Kleine rutschte von der Rückbank und zerrte ihre schwere Schwimmtasche hinterher. »Kommst du nicht mit?«, fragte Jonna, als sie merkte, dass ihre Großmutter keine Anstalten machte, ihr zu folgen.

Connie schüttelte den Kopf.

»Was? Wieso denn nicht?«, maulte Lærke lautstark los. »Am Telefon hast du gesagt, du isst mit uns. Ich habe jetzt extra mehr gekocht!«

»Ach, Jonna isst meine Portion mit. Schwimmen macht doch hungrig.«

Dann beugte sich Connie zu Jonna hinunter. »Danke, mein Spatz. Du hast mir gerade sehr geholfen, weißt du das?«

Wahrheitsgemäß schüttelte Jonna den Kopf.

»Ich hab dich lieb«, flüsterte Connie. Und dann zog sie Jonna am Kragen zu sich heran und drückte ihr einen dicken Kuss auf die Nase.

»Ich dich doch auch, Mormor«, sagte Jonna grinsend. »Aber warum kannst du denn nicht bleiben?«

»Weil ich noch mal losmuss, Hasenzahn. Es ist wichtig.« Connie holte Luft. »Auch ich muss eine Freundschaft retten.«

»Nora?«, fragte Jonna leise.

Connie nickte.

Und Jonna verstand sofort. »Okay. Dann krieg das bloß wieder hin, Mormor!«

Während die Kleine ihre Sporttasche schulterte und zur Haustür schlurfte, wo ihre Mutter sie liebevoll umarmte, setzte Connie sich wieder hinters Steuer und startete den Motor. Im Rückspiegel sah sie, wie Jonna ihr noch nachwinkte, als sie bereits die kleine Wohnstraße hinunterschoss, so schnell es die Straßenverkehrsordnung erlaubte. Sie hatte es eilig. Denn jetzt endlich hatte sie etwas verstanden.

Es war ihr nur darum gegangen, dass Nora ihr verzieh, damit sie – Connie – sich wieder besser fühlte. Aber dass auch Nora sich in ihrer Freundschaft wieder so wohlfühlen musste, dass sie ihr wieder vertrauen konnte, das hatte Connie dabei völlig außer Acht gelassen. Was war sie nur für eine egoistische Ziege gewesen!

Es reichte nicht, sich für ein Fehlverhalten nur zu entschuldigen. Man musste seinen Worten auch Taten folgen lassen. Man musste auch etwas *tun* für eine Freundschaft. Und genau das hatte Connie jetzt vor.

Es würde nicht einfach werden, aber sie würde dieses Buch besorgen. Sie hatte zwar noch keine Ahnung, wie, aber irgendetwas würde ihr schon einfallen.

Und dann würde sie dafür sorgen, dass Mats Hansen Nora eine zweite Chance gab! Denn das hatte sie verdient.

Connie grinste. Ja, verdammt, das war ein guter Plan!

GEGENWART

17

»Sind Sie vollkommen bescheuert?«

Mats Hansen stand in Pyjama-Shorts und zerstrubbelten Haaren im Türrahmen und schaute sie aus kleinen Augen an.

Ach du meine Güte, hatte sie ihn etwa geweckt? Es war doch noch nicht mal elf!

Connie legte ihre zuckersüßeste Miene auf. »Ich habe dich angerufen. Mehrfach. Aber du gehst nicht an dein Handy. Also dachte ich mir: Fahr doch einfach direkt vorbei.« Sie breitete heiter die Arme aus. »Tja, und hier bin ich nun. Es ist nämlich wichtig.« Sie deutete einen Ausfallschritt an. »Kann ich reinkommen?«

»Nein!«

Langsam zog Connie ihren bereits über der Türschwelle schwebenden Fuß zurück.

Auf der Fahrt nach Tönsburg hatte Connie sich überlegt, mit welcher Strategie sie bei Mats Hansen aufschlagen sollte. Sie hatte sich ausnahmsweise mal für die »freundliche Tour« entschieden, war sich aber schon jetzt nicht mehr sicher, ob das die richtige Entscheidung gewesen war. Manchmal war es einfacher, mit der Tür ins Haus zu fallen – im wahrsten Sinne des Wortes.

»Hörst du das auch?«, fragte Connie alarmiert und riss sich eine Hand hinters Ohr. Unwillkürlich hielt Mats Hansen die Luft an. Angespannt lauschten sie. Doch es war nichts zu hören außer ländlicher Nachtstille.

»Da schreit doch jemand um Hilfe!«

»Was???«, war das Letzte, was Mats Hansen noch irritiert ausstoßen konnte, bevor Connies Arm nach vorn schoss, die Tür so hart aufstieß, dass dahinter der Putz von der Wand bröckelte, und sie sich – immer noch ein Lächeln auf den Lippen – an ihm vorbei in die Wohnung schob.

Geschockt und sprachlos starrte er ihr nach. Sie war schon im Wohnzimmer angelangt, als der völlig überrumpelte Mats Hansen endlich aus seiner Schockstarre erwachte. »Ey! Stopp!«, schrie er aufgebracht. »Das ist illegal!«

»Echt?« Connie heuchelte Verwirrung. »Aber du hast mich doch so freundlich reingebeten.« Dann verfinsterte sich ihr Gesicht. »Ach nein, es war ja Gefahr im Verzug! Ich dachte, ich hätte jemanden schreien gehört. Da muss man doch helfen!« Nun wich die bedrohliche Miene einem versöhnlichen Lächeln. »Egal, nun bin ich ja schon drin. Jetzt können wir auch kurz miteinander reden. Findest du nicht?« Sie deutete einladend auf das Sofa. »Setz dich doch.«

Mats Hansen starrte sie entgeistert an. Er wollte gerade Luft holen, um mit der Polizei zu drohen, als ihm klar wurde, dass die ja bereits anwesend war – in Person einer völlig durchgeknallten dänischen Kriminalkommissarin, die es sich gerade auf seiner Couch bequem machte.

Widerwillig ließ er sich Connie gegenüber in einen Sessel fallen.

Connies Blick fiel auf ein paar Spirituosen im Regal. Erfreut wollte sie gerade einen Schnaps erbitten, als Mats Hansen ihr scharf das Wort abschnitt: »Vergiss es!«

Müde strich er sich die ungekämmten Haare aus der

Stirn. »Also, was ist so dringend, dass das nicht bis morgen warten konnte? Was willst du?«

Connie beschloss, sein Abrutschen ins dänische Duzen, trotz der unüberhörbaren Schärfe, die in seiner Stimme lag, als gutes Zeichen zu werten.

Versöhnlich rutschte sie auf der Sofakante nach vorn.

»Ich brauche das Buch.«

Mats Hansen zögerte nur für den Bruchteil einer Sekunde, doch Connie registrierte es genau.

»Was für ein Buch?«, gab er sich ahnungslos.

»Du weißt genau, welches Buch!«, erwiderte Connie.

Im Gegensatz zu mir, dachte sie mulmig, behielt ihr Pokerface aber bei.

»Was habt ihr denn immer mit dem Buch? Das ist ein Familienerbstück.«

»Es bleibt ja auch ein Familienerbstück. Wir wollen nur mal einen Blick hineinwerfen. Und wenn du dich nicht so vehement dagegen sträuben würdest, es uns einfach zu geben, hättest du gar nicht erst unsere Neugier geweckt!«

Mats Hansen verschränkte die Arme vor der Brust. »Ich bleibe dabei: Das Buch ist privat. Das geht euch nichts an.«

»Nichts ist privat in einer Mordermittlung.«

»Ich habe Nora schon gesagt, dass ich das Buch nur herausgebe, wenn ihr mit einem richterlichen Beschluss kommt.«

»Das ist schade«, seufzte Connie. »Wirklich schade. Weil es so wahnsinnig unkooperativ ist.« Sie schlug mit der flachen Hand auf die Sofalehne. Der Knall klang wie eine Ohrfeige und ließ Mats so erschrocken zusammenzucken, als wäre er selbst getroffen worden.

»Jetzt hör mir mal gut zu«, fuhr Connie ihn an. »Dein Bruder ist dringend tatverdächtig. Und wenn du dich nicht der Beihilfe schuldig machen willst, dann zeigst du dich jetzt lieber kooperativ und hilfst uns, ihn zu finden.«

»Aber ich weiß wirklich nicht, wo er ist«, stöhnte Mats Hansen erschöpft.

»Das glauben wir dir sogar. Aber Nora ist sich sicher, dass uns das Buch bei unseren Ermittlungen weiterhelfen kann. Also rück es endlich raus!«

»Nora!?« Jetzt war es Mats, der laut wurde. »Nora hat sich hinterhältig bei uns eingeschlichen! Das waren keine offenen Ermittlungen, das war einfach nur heimtückisch, unter Vorspiegelung falscher Tatsachen! Sie hat unser Vertrauen missbraucht, um uns auszuspionieren. Ich habe sie in mein Leben gelassen, ich hab sie in mein privates Umfeld mitgenommen, weil ich ihr vertraut habe. Und ohne dieses Vertrauen hätte sie überhaupt nie von dem Buch erfahren.«

In seinen Augen spiegelte sich der Schmerz. Er war zutiefst verletzt.

Erst jetzt bemerkte Connie den kleinen Hausaltar auf einem Sideboard in der Ecke. Sie stand auf, ging hinüber und betrachtete ihn eingehend.

Auf einem dunkelgrünen Samttuch befand sich eine kleine Schale mit Kräutern, wahrscheinlich eine Räuchermischung. Daneben lagen Treibgut und Sammelstücke vom Strand: ein paar glänzende Steine und ein schön geformtes Stück Holz, dessen Maserung sofort die Fantasie anregte und Ornamente und Figuren erahnen ließ. Herzstück des Altars war aber ohne Zweifel eine kunstvoll geschnitzte Figur, die von zwei schmalen Kerzenständern eingerahmt wurde.

»Nicht anfassen«, mahnte Mats Hansen, doch zu spät. Connie hatte die Holzfigur bereits ergriffen.

»Stell das wieder hin! Sofort!«, blaffte Mats Hansen. Nachdem Connie schon seine Wand im Flur ramponiert hatte, traute er ihr offenbar zu, die Holzfigur mit bloßen Händen zu zerbrechen.

Fasziniert drehte Connie den Gott in ihrer Hand und betrachtete ihn von allen Seiten. Es handelte sich um eine auffallend kunstfertige Schnitzarbeit, in der selbst kleinste Details ausgearbeitet waren. Und was auf den ersten Blick wie eine Beschädigung gewirkt hatte, stellte sich nun als gekonnte Handwerkskunst heraus: Dem Gott fehlte die rechte Hand! Aber sie war nicht etwa abgebrochen oder abgesplittert. Vielmehr war auch der Armstumpf selbst kunstvoll geschnitzt worden.

»Tyr«, murmelte Connie.

Überrascht sah Mats Hansen sie an. Connie lächelte spöttisch. »Nur weil ich eurem Glauben nicht folge, heißt das nicht, dass ich mich nicht mit ihm auseinandergesetzt habe.«

Wieder drehte sie die Holzfigur in ihrer Hand. »Tyr, der Gott des Kampfes. Aber auch der Gott der Gerechtigkeit. Der Bewahrer von Recht und Ordnung. Ist er damit im Grunde nicht der Schutzpatron der Polizei?« Sie gluckste amüsiert.

Mats Hansen ging auf Connies Scherz allerdings nicht ein. »Ja, aber er gilt auch als Gott der Treue«, ergänzte er.

Connie nickte. »Ja. Aber treu gegenüber wem?«

Sanft fuhr ihre Fingerspitze über den Armstumpf. »Tyr war der beste Freund von Fenris, einem Sohn Lokis. Fenris war ein riesiger, Furcht einflößender Wolf, und die Götter hatten Sorge, er würde sie eines Tages verschlingen. Zuerst war er noch klein und unscheinbar, aber mit jedem Tag wurde er größer und stärker. Bis er schließlich zu einem wahren Monster herangewachsen und so bedrohlich geworden war, dass die Götter beschlossen, ihn für alle Zeiten in Ketten zu legen. Doch die Fesseln aus Eisen zerriss Fenris mühelos. Da kamen die Zwerge zu Hilfe. Sie spannen einen harmlos aussehenden Faden, die magische Fessel Gleipnir. Sie war aus Dingen gemacht, die es gar nicht gibt: aus der Stimme der Fische, dem Geräusch eines Katzentritts, den Bärten von Frauen, den Wurzeln der Berge. Mit ihr konnte man den Fenriswolf festbinden. Aber der hatte mittlerweile Verdacht geschöpft. Als die Götter ihn in einem vermeintlichen Spiel mit dem Faden fesseln wollten, verlangte er daher ein Pfand. Im wahrsten Sinne des Wortes ein Faustpfand! Denn einer der Götter sollte seine Hand in sein Maul legen. Doch niemand traute sich. Schließlich legte Tyr, sein bester Freund, dem der Fenriswolf ganz besonders vertraute, seine Hand in dessen Maul. Daraufhin ließ sich Fenris mit dem magischen Faden fesseln. Doch je stärker er an seinen Fesseln zog, desto enger zogen sie sich zusammen. Da verstand er, dass Tyr ihn verraten hatte, und biss ihm die Hand ab.«

»Ja, ich kenne die Geschichte. Warum erzählst du sie mir?«, fragte Mats Hansen müde.

»Weil ich es beeindruckend finde, wie unterschiedlich man eine Tat auslegen kann«, erwiderte Connie. In ihrer Stimme klang ehrliche Verwunderung mit. »Die einen sagen, dass Tyr ein Verräter ist. Dass er seinen besten Freund schändlich hintergangen hat. Für die anderen ist Tyr ein Held, ein Märtyrer. Weil er, ausgerechnet der Gott des Kampfes, wissentlich seine Schwerthand geopfert hat, um eine tödliche Gefahr von der Gemeinschaft abzuwenden.«

Sachte stellte Connie die Holzfigur wieder an ihren Platz auf dem Hausaltar zurück.

»Was für die einen ein hinterhältiger Verrat am besten Freund ist, ist für die anderen ein selbstloses Opfer zum Wohle der Gemeinschaft. Zwei sehr unterschiedliche Interpretationen ein und derselben Sache, findest du nicht?« Sie wandte sich um. »Verstehst du, was ich dir damit sagen will?«

Mats Hansen war tief in seinen Sessel gesunken und starrte nachdenklich ins Nichts. Connies Worte hatten etwas in ihm angestoßen. Es arbeitete in ihm. Doch Connie war noch nicht fertig.

Geschmeidig wie eine Katze ließ sie sich wieder auf das Sofa neben ihm sinken.

»Ich habe Nora in die Scheiße reingequatscht«, sagte sie leise. Überrascht wandte Mats den Kopf und blickte sie an.

»Sie wollte das nicht«, sprach Connie weiter. »Sie fand die Idee von Anfang an nicht gut, sich undercover bei euch einzuschleusen. Aber ich habe so lange auf sie eingeredet, bis sie sich schließlich doch hat breitschlagen lassen. Weil sie mir einen Freundschaftsdienst erweisen wollte. Und ich habe das gnadenlos ausgenutzt. Weil ich egoistisch bin!« Die Worte flossen nur so aus Connie heraus. Sie sprach gar nicht mehr zu Mats, sondern vielmehr zu sich selbst. Ihr Unterbewusstsein hatte übernommen und redete sich endlich den ganzen Ballast, der sich angesammelt hatte, von der Seele. Es war schmerzhaft und befreiend zugleich.

»Es ging mir die ganze Zeit nur darum, der Nygaard

eins auszuwischen und möglichst schnell wieder aus diesem muffigen Cold-Case-Archivkeller herauszukommen. Weil ich endlich wieder richtige, tagesaktuelle Polizeiarbeit machen will! Aber das klappt nur, wenn ich einen Erfolg vorweisen kann. Und deswegen habe ich Nora instrumentalisiert. Ich dachte, dass ich so endlich zwei ungelöste Morde aufklären kann. Und stattdessen haben wir jetzt eine dritte Leiche.« Sie schluckte trocken. »Ich habe meine eigenen Interessen über meine Freundschaft mit Nora gestellt. Die einzige Freundschaft, die mir je etwas bedeutet hat. Vielleicht sogar die einzige Freundschaft, die ich je hatte.«

Diese Erkenntnis spülte über Connie hinweg wie eine Welle eiskalten Meerwassers. Was war sie für eine beschissene Freundin gewesen! Es tat ihr leid! Es tat ihr ehrlich leid! Sie musste das wieder hinkriegen!

Wütend schlug sie auf die Sofalehne. Staub wirbelte hoch und gab Mats Hansen, der die ganze Zeit über kaum zu atmen gewagt hatte, den Rest. Sein Husten holte Connie wieder in die Gegenwart zurück. Mit einem Ruck setzte sie sich aufrecht hin und fixierte ihn.

»Also, mein Freund, wenn du schon auf jemanden sauer sein willst, dann sei auf mich sauer! Denn ich habe Nora in diese Scheißlage gebracht. Du fühlst dich von ihr verraten. Aber ich habe sie dazu gedrängt, mir bei meinen Ermittlungen zu helfen. Dabei hätte ich wissen müssen, dass sie das alles viel zu nah an sich heranlässt. Weil sie nämlich überhaupt nicht so abgebrüht und hinterhältig ist, wie du denkst. Im Gegenteil, sie ist viel zu sensibel für so etwas. Es ist überhaupt nicht Noras Stil, sich das Vertrauen anderer zu erschleichen und sie dann hinterrücks fallen zu lassen.«

Connie legte ihre Hand auf Mats Hansens Arm und zwang ihn, sie anzuschauen. »Und dich so zu hintergehen, hat ihr ganz besonders wehgetan. Sie mag dich nämlich. Sehr sogar! Falls du das noch nicht selbst gemerkt hast, du Holzkopf!«

Ein leichtes Lächeln huschte über Mats Hansens Gesicht, das sich jedoch zu einer Grimasse des Schmerzes verzog, als sich Connies Finger wie ein Schraubstock in seinen Arm bohrten.

»Wehe, du sagst ihr irgendetwas von dem, was ich dir gerade erzählt habe«, knurrte sie. »Sonst bringe ich dich um und lasse es wie einen Unfall aussehen. Verstanden?!«

Mats Hansen nickte hektisch. Es stand außer Frage, dass das keine leere Drohung war.

Erleichtert spürte er, wie Connie ihren Griff lockerte und das Blut wieder durch seinen Arm fließen konnte. Er rieb sich noch über die schmerzende Stelle, als die Dänin bereits aufgestanden und zur Tür gegangen war.

»Und jetzt rück endlich das Buch raus!«

GEGENWART

18

Der Wecker auf dem Nachttisch zeigte kurz nach drei, als jemand von außen aufgeregt gegen die Tür hämmerte.

Wäre Nora nicht ohnehin wach gewesen, hätte sie das Poltern brutal aus dem Schlaf gerissen. So aber war es eher eine willkommene Ablenkung, denn sie lag schon seit Stunden im Bett, ohne schlafen zu können. Zu viele Gedanken rotierten ihr durch den Kopf.

Sie war immer noch erschüttert von ihrem Besuch im Krankenhaus. Mats hatte sie zwar nicht angetroffen, dafür aber kurz mit Dr. Edl, der sympathischen Oberärztin auf der Intensivstation, sprechen können.

Ingvar ging es leider nicht besser. Er war immer noch nicht ansprechbar, sein Zustand nach wie vor kritisch. Er brauchte jetzt absolute Ruhe, um sich wieder zu erholen. Dr. Edl hatte sie daher nicht einmal zu ihm gelassen. Ingvars Herz war so schwach und sein Körper so alt und gebrechlich, dass ihn die kleinste Aufregung umbringen konnte. Er musste erst wieder zu Kräften kommen. Vielleicht war er in zwei Tagen schon wieder fitter, vielleicht aber auch erst in einer Woche. Oder aber er erholte sich gar nicht mehr von seinem Herzinfarkt.

Nora wünschte dem alten, weisen Mann, dass er es schaffte und schnell wieder ganz gesund wurde. Aber sie hoffte es auch, damit er ihr erzählen konnte, was er in der Mittsommernacht gemeinsam mit Lasse Hansen im Wald nahe dem Hauge-Hof gemacht hatte. Er war ein wichtiger Zeuge, und solange Lasse verschwunden blieb, ihr einziger Anhaltspunkt.

Nora hatte Dr. Edl das Versprechen abgenommen, sie sofort anzurufen, Tag und Nacht, sobald sich Ingvars Zustand veränderte, zum Guten wie zum Schlechten. Dr. Edl hatte Noras Visitenkarte mit der Handynummer sorgsam in ihre Kitteltasche gesteckt, und Nora war sich sicher, dass die einfühlsame Oberärztin ihr Versprechen einlösen würde.

Auf der Rückfahrt vom Krankenhaus hatte Nora dann noch einmal versucht, mit Mats zu sprechen, aber wieder nur seine Mailbox erreicht. Kurz hatte sie mit dem Gedanken gespielt, einfach bei ihm vorbeizufahren, diese Idee aber schnell wieder verworfen. Sie empfand das als übergriffig, und sie wollte sich ja mit ihm aussöhnen und ihn stattdessen nicht noch mehr verärgern.

Also war sie zurückgefahren und hatte im *Teufel* gemeinsam mit Hellmann, Reza und Köster zu Abend gegessen. Jule war noch in Jütland; und Connie war offenbar nach Esbjerg gefahren, zumindest saß sie nicht mit den anderen am Tisch, als Nora die Gaststätte betrat.

Hungrig machten sie sich über das Tagesgericht her, das nach Selbstauskunft des Wirts aus Rührei und Bratkartoffeln bestand, auf den Tellern aber exakt so undefinierbar aussah wie Maya Morenos Frühstück vom Morgen.

Das unterdurchschnittliche Essen trug nur zur bescheidenen Stimmung bei. Sie versuchten, über etwas anderes als die Arbeit zu sprechen, aber es wollte ihnen nicht so recht gelingen, zu unterschiedlich waren ihre Leben und Interessen. Köster starrte nur stumm auf das Handy, das neben seinem Teller lag. Reza flüsterte Nora noch zu, dass er wohl einen dringenden privaten Rückruf erwartete; dann tauchte Reza in die Tiefen seines Tablets ab und war für den Rest des Abendessens nicht mehr ansprechbar. Als Kösters Handy tatsächlich klingelte und er hinauseilte, um draußen in Ruhe telefonieren zu können, sah sich Nora im Grunde nur noch mit Hellmann am Tisch sitzen. Und der blockte jeden Gesprächsansatz, der in eine persönliche Richtung ging, konsequent ab und wollte tatsächlich ausschließlich über den Fall sprechen.

Nora wurde bewusst, wie wenig sie von Kriminalhauptkommissar Stephan Hellmann wusste: nämlich nichts. Weder, ob er verheiratet war, noch, ob er Kinder hatte. Von Hobbys, Urlaubszielen oder anderen Interessen ganz zu schweigen.

Hellmann schien nur für seine Arbeit zu leben. Er war ein aufmerksamer Beobachter, präziser Analytiker und erfahrener Kriminalist. Und er hatte einen sechsten Sinn dafür, wenn Nora sich während laufender Ermittlungen in die Bredouille manövrierte. Das hatte sie schon bei ihrer ersten Zusammenarbeit, dem Fall des verbrannten Bernsteinsammlers in Billersby, erfahren. Damals war es ihr Bruder Niklas gewesen, für den sie bereit gewesen war, ihre Karriere oder gar ihr Leben aufs Spiel zu setzen. Und jetzt steckte sie in diesem dämlichen Gefühlschaos mit Mats Hansen fest, das sie selbst noch nicht richtig einordnen konnte, von dem sie aber auf keinen Fall wollte, dass Hellmann Wind davon bekam.

Seine graugrünen Augen beobachteten sie aufmerksam, als er sie zum wiederholten Male in ein Gespräch über das Mittsommerfest verwickelte und seine Fragen immer engere Kreise um Mats Hansen zogen. Glücklicherweise rauschte in dem Moment Köster herein. Ohne ein weiteres Wort setzte er sich an die Theke, bestellte ein Bier und einen Schnaps und verfolgte mit versteinerter Miene das Fußballspiel, das dort über einen kleinen Röhrenfernseher flimmerte. Hellmann verspürte in seiner Funktion als Ermittlungsleiter offenbar so etwas wie eine Fürsorgepflicht, denn er wandte sich sogleich Köster zu, sodass Nora die Gelegenheit ergriff und sich eilig verabschiedete.

Sie war in ihr kleines Ferienapartment gefahren, hatte heiß geduscht, in der Hoffnung, so den Stress und die Sorgen abwaschen zu können, und war danach wie ein Stein ins Bett gefallen. Aber der Stress pumpte immer noch mit Hochdruck durch ihre Adern und hielt ihre Gedanken besetzt.

Der Streit mit Mats machte ihr zu schaffen. Es war nicht nur das Gefühl der Ungerechtigkeit, die Nora in seinen Vorwürfen schmerzte. Nein, es war mehr als das. Wo bis vor ihrem Streit nur Leichtigkeit und glückseliges Bauchkribbeln gewesen war, spürte sie nun nichts als stechenden Schmerz. Denn sobald sie an ihn dachte, tat jeder Herzschlag weh.

Sie wollte es sich nicht eingestehen, sie wischte den Gedanken beiseite, drängte ihn zurück, ließ ihn nicht zu. Und trotzdem konnte sie ihn nicht leugnen: Sie war verliebt.

Nie hätte Nora gedacht, noch einmal für jemanden so zu empfinden, wie sie es lange – viel zu lange – für Thies getan hatte. Es hatte gedauert, bis die Wunden verheilt waren, und es hatte noch länger gedauert, bis sie stark genug gewesen war, sich wieder für das Gefühl von partnerschaftlicher Nähe und Geborgenheit zu öffnen.

In den Gesprächen mit Mats, in seinem Lausbubenlächeln, seinen sanften Berührungen und seinem hingebungsvollen Kuss hatte sie dieses Gefühl endlich wiedergefunden.

Noras Finger umspielten den Thorshammer, den Mats ihr geschenkt hatte. Dann steckte sie ihn in die Nachttischschublade und zwang sich, an etwas anderes zu denken.

Vielleicht war es das Beste, sich jetzt mit Arbeit abzulenken. Sich voll und ganz auf den Fall zu fokussieren und dabei höchst professionell alle persönlichen Baustellen auszublenden.

Aber jetzt musste sie erst einmal schlafen!

Nora warf sich auf die Seite, knüllte das Kissen unter ihrem Kopf zurecht und atmete tief aus.

Nun ja, immerhin hatte sie sich mit Connie ausgesöhnt. Also irgendwie zumindest. Sie wusste, wie schwer sich Connie mit Entschuldigungen tat, gingen die doch einher mit der unbestreitbaren Erkenntnis, einen Fehler gemacht zu haben – und das entsprach nun einmal nicht dem Selbstverständnis von Connie Steenberg.

Da hämmerte es gegen die Tür!

Nora sprang aus dem Bett. Sie wollte gerade ihre Dienstwaffe aus dem Holster reißen, das am Garderobenhaken direkt neben dem Eingang hing, als Connies gedämpfte Stimme durch das Türblatt drang. »Mach auf! Ich bin's.«

Nora öffnete. Connie streckte ihr ein dickes, in braunes Leder gebundenes Buch entgegen, das sie sofort wiedererkannte.

»Wo hast du das her?«, entfuhr es Nora.

»Nicht wichtig«, erwiderte Connie. »Aber jetzt verstehe ich, warum Mats Hansen es so verbissen für sich behalten wollte.«

Sie schlüpfte aus ihren Schuhen und wieselte auf Socken an Nora vorbei ins Zimmer. Dann legte sie das Buch auf den kleinen Tisch und ließ sich auf einen der beiden Stühle fallen. »In diesem Buch steht richtig kranker Scheiß drin, Nora. Richtig kranker Scheiß!« Ihr Blick durchbohrte den speckigen Lederband.

Nora drückte leise die Tür ins Schloss und setzte sich zu Connie an den Tisch. Erst jetzt bemerkte sie ihr bleiches Gesicht. So aufgebracht hatte sie die Dänin noch nie erlebt.

»Du hast es gelesen?«, fragte sie leise.

Connie machte eine vage Handbewegung. »Nicht alles. Nur das, was ich entziffern konnte. Die Handschrift ist extrem krakelig, an vielen Stellen vollkommen unleserlich. Und außerdem ist das meiste in so einer komischen Mischung aus Dänisch, Altnordisch und irgendeinem Fantasykauderwelsch geschrieben. Vielleicht Elbisch oder so.«

Beinahe hätte Nora laut aufgelacht, aber Connies immer noch aschfahles Gesicht hielt sie davon ab. Die Dänin war vollkommen konsterniert.

»Es reicht aber auch, sich an manchen Stellen nur die Zeichnungen anzugucken.«

Connie schlug das Buch auf. Es knisterte leise, als sie durch die vergilbten Seiten blätterte. Es klang wie ein Flüstern aus längst vergangenen Zeiten, die nun von Connies Fingerspitzen wieder wachgekitzelt wurden.

Nora erschauderte, als sie die vorbeifliegenden Seiten sah. Die Blätter waren von oben bis unten mit schwarzer Tinte beschrieben. Es gab keinen Rand, keine freie Fläche. Die Seiten waren fast komplett schwarz vor Schrift. Doch das Schriftbild wandelte sich. War es im ersten Teil des

Buches noch winzig klein und eng gewesen, so wurde es auf den hinteren Seiten immer größer und ungelenker. An einer Stelle rutschte die Handschrift sogar von der Seite ab. Die Aufzeichnungen eines wirren, gequälten Geistes.

»Hier.« Connie schob Nora das aufgeschlagene Buch hin.

Die schwarze Tinte war so dick aufgetragen worden, dass sich das Papier gewellt hatte. In kratzigen, scharfen Strichen erwachten monströse Kreaturen zum Leben, mit fledermausartigen Schwingen und messerscharfen Krallen, mit gefletschten Zähnen und weit aufgerissenen Augen.

Sofort spürte Nora die Angst, die aus den Zeichnungen sprach. Todesangst und Hilflosigkeit, aber auch eine bösartige Aggression. Es war, als hätte jemand seine schlimmsten Albträume gezeichnet. Nora kroch ein kalter Schauer über den Rücken.

»Was, um Himmels willen, ist das?«, flüsterte sie bestürzt.

»Das Tagebuch von Svend Hansen«, antwortete Connie. »Aber das ist noch nicht alles.« Sie blätterte die Seite um, und Nora verschlug es den Atem. Die Zeichnung zeigte eine an einen Baum gefesselte Gestalt. Die Augen lagen in toten Höhlen. Der Körper hing erschlafft in den Seilen, von unzähligen Messerstichen malträtiert, aus denen schwarzes Blut in Strömen floss. Die Parallelen zu den Tatortfotos von Rainer Thun waren nicht zu übersehen. Vielmehr wirkten die Fotos wie die wahr gewordene Vision der hier vor ihr liegenden Skizze. Nora spürte, wie sich die Härchen auf ihren Unterarmen aufstellten. Auf einmal erschien es ihr unnatürlich kalt im Zimmer.

Stumm tippte Connie auf das Datum, das oben auf die

Seite gekritzelt worden war. »Wenn Svend Hansen in seinem Wahn nicht auch noch in einem verschobenen Raum-Zeit-Kontinuum gelebt hat, hat er das hier einen Monat vor dem Mord an Rainer Thun gezeichnet.«

Nora versuchte, den mit zittriger Hand unter die Zeichnung geschriebenen Satz zu entziffern.

»Es geht ums Blóten«, sprang Connie ihr bei. »Eigentlich geht es in dem ganzen Tagebuch um nichts anderes.«

»Opfern?«, übersetzte Nora fragend, worauf Connie entschlossen nickte.

»Ja«, sagte sie. »Bei meinen Recherchen habe ich gelernt, dass das rituelle Opfer tatsächlich die wichtigste religiöse Handlung im gelebten Heidentum ist; aber Svend Hansen hat es pervers übertrieben. Er war geradezu besessen davon! Nur wer opfert, ehrt die Götter! Nur beim Opfern kommt es zur Kommunikation zwischen Menschen und Göttern. Er schreibt, dass man als Heide geradezu eine *Opferpflicht* habe. Jeder müsse den Göttern die Ehre erweisen, die ihnen gebührt. Das fordert angeblich der heilige Vertrag, der zwischen den Ahnen und den Göttern geschlossen wurde und den jeder, der sich dem Glauben an die alten Götter zuwendet, aufs Neue schließen muss. Und so weiter und so weiter.« Connie schüttelte den Kopf. »Aber bei ihm klingt überall eine ganz abartige Angst durch. Dass er verdammt sei, wenn er den Göttern nicht oft genug und nicht ausreichend opfert. Darum musste er es auch immer öfter tun, und es musste immer mehr sein. Bis er schließlich in einer Passage davon fantasiert, dass er die Gunst der Götter ein für alle Mal durch die allerhöchste Form des Opfers erlangen will.«

Connie schaute Nora vielsagend an. Die schluckte.

»Ein Menschenopfer«, flüsterte sie heiser.

»Na ja, das könnte zumindest den Ritualmord an Rainer Thun erklären. Die Indizien sprechen doch sehr dafür. Für mich klingt alles, was Svend Hansen hier reingekritzelt hat, total gestört. Geisteskrank! Ich bin keine Medizinerin, aber wenn du mich fragst, hatte der eine schwere Psychose. Und aus diesem Krankheitsbild heraus, vielleicht in einem akuten psychotischen Schub, könnte er vielleicht auch einen Menschen getötet haben. Wir werden das Buch von Experten begutachten lassen. Die werden meine Theorie entweder zerlegen oder bestätigen.«

Connie klappte das Buch zu und begrub die verstörende Zeichnung zwischen den vergilbten Seiten. Es war unschwer zu erkennen, dass sie ihre Theorie durch das abartige Werk Svend Hansens bereits bestätigt sah. Und Nora musste ihr insgeheim zustimmen. Es sprach einiges dafür, dass Rainer Thun vor sechzig Jahren von dem psychisch gestörten Svend Hansen als Opfergabe an die Götter ermordet worden war. Wenn sich Lasse Hansen seinen Großvater zum Vorbild genommen hatte, war er vielleicht für den Tod von Katrine Hauge verantwortlich. Und sollte sich das alles bewahrheiten, war es nicht ganz unwahrscheinlich, dass auch Kristoffer Kjæer einem heidnischen Ritualmord zum Opfer gefallen war.

Das, was Nora lange Zeit absolut abwegig vorgekommen war, schien auf einmal im Bereich des Möglichen zu liegen: dass einige vom Weg abgekommene Religionsfanatiker tatsächlich nach alter heidnischer Tradition Menschen geopfert hatten.

Nora starrte auf das Buch, das zwischen ihr und Connie auf dem Tisch lag und eine dunkle Aura verströmte. Am liebsten hätte sie es gepackt und nach ganz unten in den Schrank verbannt. Und noch ein paar schwere Kisten und ihren Koffer darauf gestapelt, damit der kranke Geist zwischen den Seiten nicht herauswehen konnte, sondern für immer zwischen den zusammengepressten Buchdeckeln eingesperrt blieb.

Nora blickte aus dem Fenster. Draußen regte sich nichts; nur undurchdringliches Schwarz drückte sich durch die fadenscheinigen Vorhänge ins Innere ihrer kleinen Ferienwohnung. Aber irgendwo in der Nähe begann ein Vogel zu singen. Nicht mehr lange, und die Morgendämmerung würde einsetzen. Ein neuer Tag brach an. Ein neuer Tag voller neuer Chancen, neuer Erkenntnisse oder neuer Abgründe.

»Du hattest den richtigen Riecher mit dem Buch, Nora.« Connie lächelte anerkennend.

»Ach ja? Aber woher wusstest du überhaupt davon?«

Connies Lächeln fiel in sich zusammen.

Nora schaute die Dänin fragend an. »Du hast wirklich sehr, sehr laut telefoniert«, verteidigte sie sich.

Noras Blick wanderte wieder aus dem Fenster. Das Schwarz hatte sich bereits in ein dunkles Grau verwandelt.

»Hast du Hellmann von dem Buch erzählt?«, fragte Nora nach einiger Zeit leise.

»Nachts um drei?« Connie schnaufte amüsiert. »Bestimmt nicht.«

»Aber wirst du ihm davon erzählen?«

Und davon, dass ich ihm diese wichtige Information vorenthalten habe, dachte Nora.

»Och, ich glaube, dass ich dich da erst einmal komplett heraushalten kann«, beantwortete Connie Noras eigentliche Frage und grinste verschmitzt. »Das Buch betrifft ja in erster Linie meinen Cold Case um Rainer Thun. Das ist Sache der dänischen Kriminalpolizei. Das hat mit dem aktuellen Fall nichts zu tun.«

»Vielleicht ja doch«, warf Nora ein. »Was ist, wenn Lasse sich von dem Tagebuch seines Großvaters hat inspirieren lassen? Wenn er ihm nacheifern wollte und deswegen Katrine Hauge umgebracht hat?«

»Dann werde ich das Tagebuch natürlich als Beweisstück zur Verfügung stellen. Aber nach Lasse Hansen wird ja ohnehin schon gefahndet. Dieses merkwürdige Messervideo und sein spurloses Verschwinden machen ihn verdächtig genug. Das kann er uns ja erst mal erklären, wenn wir ihn gefunden haben.« Connie lächelte Nora an. »Und außerdem werde ich dann hervorheben, wie kooperativ Mats Hansen war und dass er mir das Buch freiwillig zur Verfügung gestellt hat. Also, von mir wird niemand erfahren, dass du schon länger von dem Buch wusstest. Und Mats wird sicherlich auch den Mund halten.«

Nora nickte dankbar. Sie war erleichtert, dass Connie sie bei Hellmann nicht ans Messer lieferte. Und dafür sogar in Kauf nahm, anschließend vielleicht selbst Stress zu kriegen. Doch den lächelte die Dänin wie immer weg.

»Ist doch selbstverständlich, Nora.« Connie grinste breit. Nora stieg mit ein. Ein angenehmes Gefühl breitete sich in ihrer Magengegend aus. So, als würde sich ein lange verhärteter Knoten endlich lösen. Die Anspannung der letzten Tage fiel von ihr ab, die inneren Verkrampfungen wichen einer angenehmen Milde. Und auch Connie wirkte erleichtert. Das Vertrauen zwischen den beiden stellte sich langsam wieder her.

»Und jetzt?« Nora schaute Connie ratlos an.

»Jetzt sollten wir gucken, dass wir noch ein bisschen Schlaf bekommen. Zumindest zwei, drei Stunden.« Connie gähnte herzzerreißend. Dann blinzelte sie Nora aus müden Augen an. Sie öffnete kurz den Mund, klappte ihn dann aber wieder zu, ohne dass ein Wort über ihre Lippen gekommen wäre. Auch der zweite Versuch endete lautlos.

»Was?«, fragte Nora, die plötzlich eine dunkle Vorahnung überkam.

»Äh ... na ja ...« Connie riss sich zusammen. »Kann ich vielleicht bei dir schlafen?«

Zeitgleich schauten sie auf das schmale Bett, auf dem sich Nora schon allein kaum hatte umdrehen können.

»Bis ich mein Zelt am Waldrand aufgeschlagen habe, muss ich schon wieder aufstehen. Und im Auto ist es auf Dauer so ungemütlich.« Connie legte so viel Wärme in ihr Lächeln, wie sie nur konnte.

Nora entfuhr ein Seufzer. Doch dann ging ein Grinsen über ihr Gesicht. Wie hätte sie bei so viel geballter Liebenswürdigkeit auch »Nein« sagen können?

Wenig später lagen sie wie die Sardinen nebeneinander auf dem Bett. Das Licht war schon gelöscht, nur die kleine Mikrowellen-Uhr in der Küchenzeile leuchtete rot in der Dunkelheit.

Die Minuten verstrichen. Jede lauschte auf den Atem der anderen. Nur der Vogel sang noch vor dem Fenster, ansonsten war es still.

Dann schabte der Stoff von Connies Shirt über das Bettzeug, als sie sich unruhig bewegte. Ihr Atmen wurde lauter, wurde zu einem leisen Schnaufen, bis sie sich schließlich unwohl räusperte.

»Nora?«, flüsterte Connie.

Nora stellte sich schlafend, war sich aber nicht sicher, ob Connie ihr breites Grinsen durch die Finsternis eventuell doch spüren konnte.

»Nora, bist du noch wach?«, fragte Connie eine Spur lauter.

Nora drehte den Kopf. »Was ist denn?«

»Ich wollte nur noch mal sagen ... Wegen, na, du weißt schon ... Also, ich war ...« Connie wand sich. Und dann platzte es aus ihr heraus, es rutschte ihr in Dänisch von der Zunge: »Jeg var en rigtig kælling!« Weil Connie genau wusste, dass Nora ihre ordinäre Selbstbeschimpfung richtig zu übersetzen wusste.

Nora schwieg.

»Es tut mir wirklich leid«, flüsterte Connie. »So etwas kommt nie wieder vor.«

Nora schwieg immer noch.

»Ist jetzt alles wieder gut?«, fragte Connie zaghaft in die Dunkelheit. »Ich meine, so richtig?«

Noras unsichtbares Grinsen wurde noch eine Spur breiter. Sie ließ noch ein paar lange, bange Sekunden verstreichen, bis sie Connie schließlich erlöste.

»Ja, verdammt«, imitierte sie launig Connies Sprachstil. »Und jetzt schlaf endlich!«

GEGENWART

19

Es war kurz nach acht, doch im Pfarrgemeindesaal der Laurentiuskirche zu Tönsburg herrschte bereits ein geschäftiges Treiben. Während Köster fahrig an der Kaffeemaschine herumfriemelte, tippte Reza abwechselnd auf seinem Tablet oder dem Keyboard seiner Monitorlandschaft herum. Um ihn herum herrschte ein akustisches Inferno aus Klingeln, Piepsen und Bimmeln, so schnell trudelten die neuen Nachrichten und sehnsüchtig erwarteten Rückmeldungen ein. Das maschinengewehrartige Tastaturklackern und die renitenten Störgeräusche der Kaffeemaschine komplettierten den apokalyptischen Klangteppich.

»Hat sich die KT schon gemeldet? Liegt der Laborbericht vom Hauge-Hof endlich vor?«, fragte Hellmann, während er herrlich duftende Backwaren aus einer Papiertüte zog und großzügig verteilte. Nora hatte keine Ahnung, wo er sie aufgetrieben hatte, denn einen Bäcker gab es in Tönsburg schon lange nicht mehr. Genüsslich biss sie in ein Croissant, dass der Blätterteig nur so aus ihren Mundwinkeln platzte. Connie hingegen ignorierte die Nussschnecke, die vor ihr lag, und starrte stattdessen ungeduldig zu Köster hinüber, der immer noch mit der Kaffeemaschine kämpfte. Er wirkte vollkommen geistesabwesend, weshalb ihm selbst die einfachsten Handgriffe nicht gelingen wollten. Connie war kurz davor, ihn zur Seite zu schubsen und sich selbst der Sache anzunehmen, als ihr wieder ihr Kirchengespräch einfiel. Sofort überkam sie tiefe Demut darüber, dass sie gerade weder in einer Ehekrise steckte, noch dass ihre Liebsten schwer erkrankt waren. Also ermahnte sie sich, geduldig zu sein und Chris nicht zu stressen. Auch wenn ihr Verlangen nach einem Kaffee übergroß war und ihre schweren Lider und die dunklen Ringe unter den Augen davon zeugten, dass die Nacht trotz weicher Matratze und der gelungenen Versöhnung mit Nora einfach zu kurz gewesen war.

Auch Nora konnte nur mühsam ein Gähnen unterdrücken. Sie hoffte, dass zumindest das Croissant ihren müden Geist wiederbeleben würde. Und die Neuigkeiten, die Reza gerade akribisch sichtete und aufbereitete.

»Noch nicht«, antwortete er auf Hellmanns Frage, ohne von seinen Monitoren aufzuschauen. »Aber der kommt heute noch rein, das haben sie versprochen.«

Endlich mischte sich in Rezas Elektro-Soundkulisse auch das müde Röcheln der Kaffeemaschine. Wasserdampf zischte, dann drückten sich die ersten schwarzen Tropfen durch den Filter und platschten in die Glaskanne. Connie atmete erleichtert auf.

Reza drosch mehrmals auf die Entertaste ein, dann schwang er in seinem Drehstuhl zu den anderen herum. »Okay, ich bin so weit.«

Auf Hellmanns Nicken hin legte er los.

»Also, die Telefongesellschaft hat sich endlich zurückgemeldet. Die berufen sich auf den Datenschutz und so weiter, darum rücken die ihre Infos nur mit richterlicher Anordnung und extrem zögerlich raus. Ich hatte bei denen angefragt, seit wann genau der Schaden des Telefonkabels bei den Hauges bestand und warum er noch nicht behoben wurde. Und jetzt haltet euch fest: Die wussten noch gar nichts davon!«

»Wie bitte?« Connie, die sich gerade Kaffee einschenkte, hielt mitten in der Bewegung inne. »Aber Jytte Hauge hat mir erzählt, dass das Festnetz ihrer Eltern schon seit zwei Wochen kaputt ist.«

»Tja, das mag ja sein«, fuhr Reza fort. »Aber Fakt ist: Der Telefonanbieter der Hauges wusste nichts von einer gestörten Verbindung, geschweige denn von einem durchtrennten Kabel!«

»Aber wieso haben die Hauges den Schaden denn nicht gemeldet?«, fragte Nora verwundert.

»Offenbar hatten die keinen Leidensdruck«, mutmaßte Köster. »Wenn man keine Freunde hat, mit wem will man dann auch telefonieren?«

»Sprichst du etwa aus Erfahrung?«, stichelte Reza, wurde aber sofort von Connie übergangen. »Jytte Hauge hat mir bestätigt, dass ihre Eltern keinen Besuch bekommen. Offenbar haben die wirklich keine Freunde. Und auch nur wenig Familienangehörige. Vielleicht war der Ausfall des Festnetztelefons tatsächlich kein großer Verlust.«

»Das glaube ich nicht.« Nora schob gedankenverloren den Teller mit dem angebissenen Croissant von sich weg. »Die haben auf ihrem Hof noch nicht mal richtigen Handyempfang. Ohne Festnetztelefon sind die doch völlig von der Außenwelt abgeschnitten. Und außerdem war Katrine Hauge todkrank. Ohne Telefon konnten die im Notfall nicht einmal einen Krankenwagen rufen!«

»Stimmt. Also muss es einen Grund dafür geben, dass die Hauges den Schaden nicht gemeldet haben. Dass sie bewusst auf eine funktionierende Telefonleitung verzichtet haben.« Connie pustete den Dampf über ihrer

Tasse weg und schüttete sich dann den brühheißen Kaffee – offenbar vollkommen schmerzfrei – die Speiseröhre hinab. Köster, der das als Einziger mitbekommen hatte, hielt entsetzt mit dem Kauen inne. Unwillkürlich griff er sich an die Kehle, in der er sofort den brennenden Phantomschmerz einer schrecklich verbrühten Schleimhaut zu spüren glaubte.

»Was ist, wenn sie den Schaden sogar selbst herbeigeführt haben?«

»Aber warum?«, fragte Reza ratlos.

»Das gilt es herauszufinden, Sherlock.« Connie zwinkerte Reza zu und schenkte sich eine zweite Tasse Kaffee ein.

»Erinnerst du dich noch daran, dass wir bei denen vergeblich nach etwas zu schreiben gesucht haben?«, fragte Nora an Connie gerichtet. Die nickte langsam. »Stimmt. Das war merkwürdig. Im ganzen Haus schien es keinen Stift zu geben. Nicht beim Kalender in der Küche, nicht neben dem Rätselheft im Wohnzimmer, nicht am Notizblock neben dem Telefon.«

»Das ja ohnehin nicht mehr funktionierte«, murmelte Köster und massierte sich immer noch den Hals.

»Kein Stift im Haus, kein Telefon, so gut wie kein Handyempfang. Sie meinen, die Hauges hatten keinerlei Möglichkeit, mit der Außenwelt zu kommunizieren?«, fragte Hellmann. »Aber warum sollten Magnus oder Katrine Hauge die eigene Kommunikation sabotieren?«

»Weil einer der beiden nicht will, dass der andere nach draußen kommunizieren kann«, resümierte Connie. Gedankenverloren biss sie in ihre Nussschnecke. »Vor zwei Wochen muss irgendetwas passiert sein, das ihn dazu veranlasst hat.«

»Ihn? Du denkst also, dass *er* es war? Magnus Hauge? Dass er seine Frau von der Außenwelt abgeschnitten hat?«, fragte Reza.

»Alles andere ergibt einfach keinen Sinn. Und wir haben ihn alle erlebt«, gab Connie zu bedenken. »Er kann aufbrausend sein, geradezu jähzornig. Er wird ausfallend, wenn es nicht nach seinem Willen geht. Und gerade deshalb, aufgrund dieser Hilflosigkeit bei Kontrollverlust, wirkt er auf mich wie jemand, der immer unbedingt die Kontrolle haben muss. Über sich und vor allem über andere.«

»Auch über seine Frau?«, fragte Köster, aber es klang nicht wie eine Frage.

»Gerade über seine Frau«, bestätigte Connie seine Vermutung. Sie schob die Nussschnecke zurück in die Bäckertüte und stopfte sie in ihre Jackentasche. Ihr war der Appetit vergangen.

»Auf jeden Fall werden wir Magnus Hauge dazu befragen«, beendete Hellmann die Spekulationen. »Aber erst wenn endlich der Laborbefund von der KT vorliegt. Vielleicht ergeben sich da noch weitere Fragen.«

»Gut. Weiter im Text.« Rezas Finger flogen über die Tastatur und setzten den Drucker in Gang. »Nach den Zeugenaussagen der Helmers, dass sie Dr. Valerie Günthers Auto am Tag vor Mittsommer in der Nähe des Hauge-Hofs gesehen haben, lässt ihre Anwältin uns mitteilen, dass sie tatsächlich dort war. Weil sie angeblich einen Gesprächstermin mit Katrine Hauge hatte.«

»Um sie zu bitten, von dem Interview mit Maya Moreno abzusehen?«, hakte Nora nach. Reza zuckte mit den Schultern. Dazu hatte die Anwältin offenbar nichts geschrieben.

»Wenn Dr. Günther wirklich nichts mit Katrine Hauges Tod zu tun hat: Warum will sie dann nicht mit uns reden?«

»Weil sie Angst vor negativer Presse hat. Wenn Maya Moreno herausfindet, dass sie intensiv von der Polizei befragt oder sogar als Verdächtige vernommen wird, und darüber berichtet, ruiniert das den Ruf der Klinik.«

»Aber natürlich ist es auch einfach ihr gutes Recht, sich anwaltlichen Beistand einzuholen«, warf Hellmann emotionslos ein.

»Glaubt ihr wirklich, dass Dr. Valerie Günther zu einem Mord fähig ist?«, fragte Köster in die Runde.

Connie nickte entschieden. »Wenn es darum geht, ihre Reputation und ihr Lebenswerk, diesen Privatklinik-Tempel, zu verteidigen: Wieso nicht? Es haben Menschen schon für weniger gemordet.«

An Rezas Rechner erklang eine quirlige Gute-Laune-Melodie. »Das ist Jule«, rief er. »Ein Videocall!«

Hellmann, Köster, Nora und Connie drängten sich hinter Rezas Schreibtischstuhl zusammen, während der den Anruf annahm und Jules Gesicht formatfüllend auf einem seiner beiden Monitore erschien.

»Ich habe ihn!«, rief sie schon aufgeregt, bevor Reza überhaupt etwas zur Begrüßung sagen konnte. »Ich habe ihn gefunden!« Ihr Gesicht strahlte erschöpft, aber überglücklich in die Handykamera. »Den Goldschmied, der den Thorshammer gemacht hat.«

Köster stieß einen Jubelschrei aus und spendete spontanen Beifall, was seine Erleichterung darüber, dass ihre nervenaufreibende Suche endlich ein Ende hatte, überdeutlich zum Ausdruck brachte.

»Wer ist es?«, fragte Hellmann so ruhig wie möglich,

doch trotzdem merkte man ihm die Anspannung an. Ein baldiger Ermittlungserfolg täte nicht nur seinem Rapport bei der das Verfahren leitenden Staatsanwältin gut, sondern auch der Stimmung im Team. Sie mussten endlich einen Schritt weiterkommen!

Jule schwenkte ihr Handy, sodass hinter ihr ein kleines Reetdachhaus in den Bildausschnitt rückte. Es schien sich um ein Privathaus zu handeln, in dessen Erdgeschoss ein Juweliergeschäft eingerichtet worden war. In den schmalen Schaufenstern dominierten honiggoldene und orange Farbtöne, weshalb Nora vermutete, dass dort hauptsächlich Bernsteinschmuck gefertigt wurde. Ein Plakat neben der Eingangstür wies in Dänisch darauf hin, dass man aber auch Gold- und Silberschmuck nach eigenen Vorstellungen anfertigte.

»Das ist die Werkstatt von Nikolaj Østergård, einem Goldschmied und Schmuckdesigner.«

Während Jule noch sprach, hatte Reza bereits das Netz nach Nikolaj Østergård durchsucht und auf dem zweiten Monitor das Foto eines alten Mannes mit struppigem Bart und buschigen Augenbrauen aufgerufen.

»Er konnte sich noch sehr gut an den Anhänger erinnern«, fuhr Jule mit ihrem Bericht fort. »Er hat ihn vor Ewigkeiten handgefertigt. Eine Auftragsarbeit. Für den Bruder der besten Freundin seiner damaligen Ehefrau. Der hatte ganz genaue Vorstellungen davon, wie das Schmuckstück auszusehen hatte. Besonders dieses spezielle Muster, das er auf seinen Wunsch hin einfügen sollte, ist ihm noch in Erinnerung geblieben. Das Einarbeiten der Ornamente und Schnörkel habe ewig gedauert, hat Nikolaj Østergård erzählt. War ein teurer Spaß, trotz Freundschaftspreis. Aber dem jungen Mann sei das egal gewesen. Er habe einen Großteil seines Ersparten dafür ausgegeben. Weil der Anhänger ein Geschenk für seine neue Freundin gewesen sei.«

Natürlich! Ein Liebesgeschenk! Wieso war sie da nicht früher draufgekommen? Unwillkürlich griff sich Nora an den Hals. Doch der Anhänger, den Mats ihr geschnitzt hatte, lag in ihrer Nachttischschublade.

»Wie hieß der junge Mann, der den Thorshammer in Auftrag gegeben hat?«, fragte Hellmann in die Kameralinse von Rezas Computer.

»Daran konnte sich Herr Østergård leider nicht mehr erinnern. Das ist dreißig Jahre her.«

Ein frustriertes Raunen ging durch den Saal.

»Und seine Ex-Frau können wir leider auch nicht mehr fragen. Die ist letztes Jahr verstorben.«

Jules Worte waren wie Dolchstöße. Alle ließen entmutigt die Schultern hängen. Selbst Hellmann konnte einen kurzen Faustschlag auf den Tisch nicht unterdrücken, was für ihn eine extrem seltene Gefühlsexplosion war.

Auch Nora spürte Verbitterung. Sie waren so nah dran gewesen, das Geheimnis des Thorshammers zu entschlüsseln. Aber jetzt hatten sie die Endstation erreicht.

Oder doch nicht?

Jules Grinsen war so breit, dass es über die Seiten des Monitors herauszuragen schien.

»Aber den Namen der besten Freundin seiner Ex-Frau, also der Schwester des Auftraggebers, den wusste er noch«, sprach sie gut gelaunt weiter. »Bodil. Bodil Brodersen.«

Die Crackerfrau! Nora fuhr der Schreck durch die Glieder!

Sofort sah sie wieder die gletscherblauen Augen vor sich, mit denen Bodil Brodersen ihr das selbst gemachte Salzgebäck angeboten hatte. Bei Noras allererster Opferzeremonie hatte sie den Göttern ihre göttlichen Cracker geopfert. Und sie war auch beim Mittsommerblót dabei gewesen. Das bedeutete, Bodil Brodersen ...

»... ist Mitglied von *Stærkt Bånd*«, führte Reza Noras Gedanken zu Ende. »Und sie steht auch auf der Liste der Anwesenden in der Mordnacht.«

»Was macht sie beruflich?«, fragte Hellmann.

Reza tippte. »Sie arbeitet als Krankenpflegerin für *Hygge HausHilfe*, einen ambulanten Pflegedienst hier in der Region. Moment mal ...« Wieder hastiges Tippen, dann stieß Reza einen leisen Pfiff aus. »*HyggeHausHilfe* steht auch auf der Zugriffsliste des Bundesinstituts für Arzneimittel und Medizinprodukte, die ich angefragt habe.«

»Zugriffsliste? Zugriff auf was?«, fragte Köster.

»Zugriff auf Pathmin.« Reza hielt triumphierend sein Tablet mit einer tabellarischen Auflistung hoch. »Im Auftrag von *HyggeHausHilfe* ist in der Apotheke in Büllum vor zwei Wochen Pathmin gekauft worden! Und Bodil Brodersen ist die einzige Krankenpflegerin bei *HyggeHausHilfe*, die für Patienten in Büllum und Tönsburg zuständig ist.«

»Pathmin? Das Zeug, mit dem Magnus Hauge betäubt wurde und das Katrine Hauge sanft in den Tod befördert hat?« Connie riss ihre Lederjacke von der Stuhllehne. Bevor Reza ihre Frage bejahen konnte, war sie schon an der Tür. »Dann habe ich ein paar sehr drängende Fragen an Bodil Brodersen.« Und mit diesen Worten rauschte sie nach draußen.

Auf Hellmanns Nicken hin eilte Nora ihr hinterher.

Endlich hatten sie einen neuen Anhaltspunkt. Doch

trotzdem wollte sich keine Euphorie bei Nora einstellen. Im Gegenteil, mit jedem Schritt zeichnete sich die dunkle Ahnung, die Nora überfallen hatte, deutlicher vor ihrem geistigen Auge ab. Und wenn sich das, was sie dachte, wirklich bewahrheiten sollte, dann würde das nur noch mehr Fragen aufwerfen, anstatt endlich Antworten zu liefern …

GEGENWART

20

»Ich habe wirklich keine Zeit«, begrüßte sie Bodil Brodersen, nicht unfreundlich, aber bestimmt. Sie stand an einem Kleinwagen mit dem Firmenlogo von *HyggeHausHilfe* und sortierte ihre Sachen. Dann erst erkannte sie in einer der beiden Frauen, die ihr ihre Dienstausweise hinhielten, Nora wieder.

»Dann stimmt es also, was Lasse die ganze Zeit vermutet hat? Dass du eine Schnüfflerin bist?« Sie wirkte weniger verärgert als traurig darüber, doch dann schüttelte sie energisch den Kopf. »Egal. Wie schon gesagt: Ich habe keine Zeit. Ich muss zu meinem nächsten Patienten.«

»Na ja, aber wenn es um deinen Bruder geht, nimmst du dir vielleicht die Zeit, oder?«, fragte Connie provokant.

Bodil Brodersen hielt mitten in der Bewegung inne. Dann drehte sie sich langsam zu den beiden Kommissarinnen um.

»Wie bitte?« Ihr Gesicht hatte alle Farbe verloren.

Connie hielt einen durchsichtigen Beweissicherungsbeutel hoch, in dem der silberne Thorshammer glänzte. »Der hier gehört doch deinem Bruder. Oder nicht?«

Bodil Brodersen schnappte nach Luft, dann tastete sie nach der offenen Fahrertür und sank auf den Sitz.

Es war offensichtlich, dass sie den Schmuckanhänger wiedererkannt hatte.

Wortlos streckte sie die Hand aus, in die Connie das Beweisstück gleiten ließ.

Das Plastik knisterte, als Bodil Brodersen den Thorshammer durch den Beweissicherungsbeutel hindurch liebevoll berührte.

»Ja, der gehörte meinem Bruder«, flüsterte sie tonlos. »Meinem kleinen Bruder.« Sie schluckte trocken. »Der viel zu früh seine Reise nach Helheim angetreten hat.«

»Er ist tot?«, fragte Connie, die nah an das Auto herangetreten war und sich an der offenen Fahrertür abstützte. Nora hingegen ging vor Bodil sachte in die Hocke, um auf die sichtlich betroffene Frau nicht von oben herabzuschauen.

»Ja, er ist tot. Schon lange.« Tränen schossen Bodil in die Augen, die sie jedoch mit heftigem Zwinkern zu unterdrücken versuchte.

»Das tut uns leid«, sagte Nora sanft. »Wie hieß dein Bruder?«

»Kristoffer«, flüsterte Bodil.

Ein Ruck ging durch Noras Körper. Sie warf Connie einen beunruhigten Blick zu. Im Gesicht der Dänin erkannte sie, dass die das Gleiche dachte.

»Kristoffer? Und wie weiter?«

»Kjær. Kristoffer Kjær.«

Kristoffer Kjær! Der Tote aus der Mittsommernacht vor dreißig Jahren! Connie zog hörbar die Luft ein. Und auch Nora spürte, wie diese neue Information ihren Herzschlag beschleunigte. Bodil hingegen streichelte immer noch über den Thorshammer und bemerkte nichts von der Erregung der beiden Polizistinnen.

»Wieso habt ihr unterschiedliche Nachnamen, dein Bruder und du?« Connie legte die Stirn in Falten.

»Kjær war mein Mädchenname«, erklärte Bodil. »Ich habe bei der Eheschließung den Nachnamen meines Mannes angenommen.«

Connies Stirnfalten wurden dicker. »Das ist in Dänemark doch eher unüblich. Du bist Dänin. Wieso hast du nicht einfach deinen Nachnamen behalten?«

»Weil Bjarke die Liebe meines Lebens ist. Ich wollte, dass jeder weiß, dass wir zusammengehören. Ich wollte unbedingt so heißen wie er.« Bodil Brodersen lächelte. »Außerdem gefiel mir, dass unsere Namen mit B beginnen. Unsere Kinder haben wir Bent und Birthe genannt.«

Nora spürte, wie Connie innerlich die Augen verdrehte. Solch ein Kitsch war gar nicht Connies Ding.

Doch bevor sie sich zu einem bissigen Kommentar hinreißen ließ, sprach Bodil Brodersen schon versonnen weiter. »Da waren Kristoffer und ich uns übrigens sehr ähnlich: Wenn wir jemanden lieben, dann zu einhundert Prozent. Wir verschenken unser Herz nicht schnell. Aber wenn wir unseren Seelenverwandten gefunden haben, unseren Lebensmenschen, das fehlende Puzzlestück, dann geben wir uns ihm hin. Ohne Zweifel, ohne Kompromisse. Ganz und gar.«

Nora hörte förmlich, wie in Connies Speiseröhre der Brechreiz aufstieg und sie nur mühsam das Würgen unterdrücken konnte.

»Aber wieso wollt ihr das eigentlich alles wissen?« Bodil hob den Blick und sah Nora an. »Und wo habt ihr überhaupt Kristoffers Anhänger her?«

Anstatt zu antworten, zog Connie nur ihr Handy aus der Jackentasche und entfernte sich ein paar Schritte. Nora wusste, dass sie die brisante Information, dass Bodil

Brodersen die Schwester von Kristoffer Kjær war, jetzt mit Reza und den anderen teilte und dass sie somit Nora in der Zwischenzeit das Feld der unangenehmen Fragen überließ.

Mit schmerzenden Knien stemmte sich Nora langsam wieder aus der Hocke hoch. »Bodil, du musst uns bitte alles erzählen, was du über diesen Anhänger weißt.«

Bodil Brodersen atmete tief ein. »Eigentlich hatte ich gehofft, dass ihr mir mehr dazu erzählen könnt.« Nun hielt sie den Thorshammer fest mit der Hand umschlossen, als wollte sie so verhindern, ihn wieder hergeben zu müssen. »Ich habe all die Jahre lang gehofft, dass ich diesen Anhänger noch einmal wiedersehe. Und dass ich dann endlich hinter sein Geheimnis komme.«

»Geheimnis? Was denn für ein Geheimnis?«

»Für wen der Anhänger bestimmt war.«

»Ach, das weißt du gar nicht?«

Bodil schüttelte den Kopf. »Ich weiß nur, dass Kristoffer den Anhänger verschenken wollte. An seine neue Freundin. Aber das war auch schon alles, was er uns gesagt hat. Meinen Eltern und mir. Er hat uns nie ihren Namen verraten.« Ihr Gesicht wurde weich, als sie daran zurückdachte. »Sie war seine große Liebe. Die Eine, wie er immer beteuert hat. So hatte ich ihn noch nie zuvor erlebt. Er war nicht einfach nur verliebt. Er *war* voller Liebe. Von den Fußsohlen bis zum Scheitel. Er hat Tag und Nacht nur an sie gedacht. Er hat diese Frau vergöttert. Mit keiner zuvor war es ihm so ernst wie mit ihr. Mit dieser Frau wollte er den Rest seines Lebens verbringen. Er war verrückt nach ihr.«

»Ach ja?« Connie, die ihr Telefonat beendet und sich wieder zum Auto begeben hatte, konnte sich einen ironischen Unterton nicht verkneifen. »Und warum hat er dir dann so gar nichts von ihr erzählt?«

»Weil er sie schützen wollte. Sie war verheiratet. Das ist ihm mal rausgerutscht.« Bodil Brodersens Blick verfinsterte sich. »Ich habe ihn natürlich gewarnt. Man lässt sich nicht mit einer verheirateten Frau ein! Aber er hat mir versichert, dass sie seine Liebe erwidert. Er war so beseelt. Aber auch traurig, dass sie ihre Liebe nur heimlich leben konnten. Und dann hat er mir irgendwann unter Tränen gestanden, dass sie unglücklich in ihrer Ehe ist. Eine Gefangene! Und dass sie mit ihm zusammen ausbrechen wollte.«

»Dein Bruder wollte mit der Frau abhauen?« Connie zog die Brauen hoch.

»Er wollte sie *befreien.*« Bodil Brodersen erhob sich aus dem Fahrersitz und stellte sich energisch vor Nora und Connie. »Er wollte mit ihr gemeinsam ein neues Leben anfangen. So hat das für mich zumindest geklungen.« Bodil schaute zwischen den beiden hin und her. »Also, wer ist sie? Wer ist die Frau? Wo habt ihr den Anhänger her?«

»Er wurde an einem Tatort gefunden«, rang sich Nora eine dürftige Erklärung ab. »Mehr dürfen wir nicht sagen.«

Hellmann hatte auf Weisung der Staatsanwaltschaft veranlasst, dass über die Identität der Toten in der Presse noch nicht berichtet werden durfte. Und Magnus, Jytte und Helen Hauge hatten sich offenbar bisher an die Verschwiegenheitsaufforderung gehalten, denn selbst im Mikrokosmos von Tönsburg war noch nicht durchgesickert, um wen es sich bei dem Toten handelte.

»Tatort? Etwa bei der Leiche, die in der Mittsommernacht gefunden wurde?« Bodil Brodersen war auf einmal wie elektrisiert. »Wer ist sie? Bitte, Nora, sag es mir. Ich muss es wissen.«

Plötzlich keuchte Bodil laut auf. Die Erkenntnis traf sie völlig unvorbereitet und schnürte ihr die Luft zum Atmen ab.

»Ist es etwa Katrine? Katrine Hauge?« Ihre Stimme zitterte, so erschüttert war Bodil Brodersen. Die Beine gaben unter ihr nach. Sie schwankte. Nora und Connie griffen ihr gerade noch rechtzeitig unter die Arme, bevor sie im wahrsten Wortsinn den Boden unter den Füßen zu verlieren drohte. Vorsichtig setzten sie Bodil Brodersen wieder auf den Fahrersitz, wo sie in den Polstern versank und auf einmal noch winziger und älter wirkte, als sie ohnehin schon war.

»Es ist Katrine, stimmt's?«, flüsterte Bodil. »Ich hätte heute Vormittag einen Termin bei ihr gehabt. Sie ist eine unserer Palliativpflegepatientinnen. Ich betreue sie schon seit vielen Wochen. Aber die Pflegeleitung hat gesagt, ihre Tochter hätte bis auf Weiteres alle Termine abgesagt. Ich habe mir natürlich Sorgen gemacht. Ich habe gedacht, dass sich ihr Zustand verschlechtert hat. Dass sie jetzt doch ins Hospiz muss, obwohl sie das immer abgelehnt hat.«

Wieder schossen ihr Tränen in die Augen, doch dann erschien plötzlich ein neuer Ausdruck auf ihrem Gesicht. »Stammt der Thorshammer von Katrine? Dann war sie die große Liebe meines Bruders?« Sie lächelte selig. »Ja, das kann ich verstehen. Sie war so ein liebenswürdiger Mensch. So herzlich. So friedlich. Wir haben uns gut verstanden. Ich habe sie sehr gemocht.«

»Hast du je in ihrer Gegenwart von deinem toten Bruder gesprochen? Ich meine, war Katrine Hauge klar, dass du Kristoffers Schwester bist?«, hakte Nora nach.

»Das weiß ich nicht«, antwortete Bodil ehrlich. »Sie hat es mich zumindest nicht wissen lassen. Sie hat mir lediglich zu verstehen gegeben, dass sie eine von uns ist.«

»Eine von euch? Was soll das heißen?«, fragte Connie irritiert.

»Na, sie war Heidin«, antwortete Bodil Brodersen nicht ohne Stolz.

»Katrine Hauge war Odinistin???«

Connie und Nora schauten sich entgeistert an. Das hatten sie nun wirklich nicht kommen sehen.

»Ja! Katrine glaubte an die alten Götter«, bekräftigte Bodil. »Aber sie konnte ihren Glauben nicht leben. Und das nicht etwa, weil die Pastorin von Tönsburg ihre Schwägerin war. Die ist eine so kluge, weltoffene Frau, die hätte damit bestimmt irgendwie umgehen können. Nein, es war *wegen ihm!* Ihr Mann sei da nicht so offen, hat sie immer gesagt.« Bodil schnaufte. »Das ist noch milde formuliert. Wir von *Stærkt Bånd* haben ja nur zu oft mitbekommen, was Magnus Hauge von uns hält. Nämlich gar nichts! Er *hasst* uns!«

Auf einmal weiteten sich Bodil Brodersens Augen in wilder Panik.

»O nein. Ist es etwa gar nicht Katrine, sondern Magnus? Ist es ihr Mann? Der Tote im Wald? Bei den Göttern, Katrine! Was hast du nur getan? Wie konntest du mir das antun?« Bodil starrte sie aus angstgeweiteten Augen an. »Jetzt sagt schon: Wer ist es? Katrine? Oder Magnus?«

»Wovon in aller Welt redest du?« Connie war sichtlich bemüht, nicht die Fassung zu verlieren. Bodil Brodersen hingegen atmete erleichtert auf. »Also ist er es nicht?! Was für ein Glück! Das hätte ich mir nie verziehen.«

»Jetzt habe ich die Faxen aber dicke!« Connie baute sich bedrohlich vor Bodil Brodersen auf und rupfte ihr energisch den Plastikbeutel samt Thorshammer aus der Hand. »Hör auf, immer nur in Rätseln zu sprechen, verdammt noch mal! Spuck endlich aus, was du weißt. Und zwar alles!«

»Aber ich weiß doch gar nichts«, kam es verunsichert aus den Tiefen des Sitzpolsters zurück.

»Meine Kollegin hat recht.« Nora schob Connie sanft zur Seite und schaute Bodil Brodersen tief in die Augen. »Wenn du etwas weißt, dann musst du uns das jetzt sagen, Bodil.«

»Ich weiß wirklich nichts.« Unwillkürlich umschloss Bodils Hand den Anhänger auf ihrer Brust, als könnte er ihr Kraft spenden. Nora erkannte die wunderschöne Bernsteinkette mit dem silbernen Yggdrasil-Anhänger wieder, die sie schon auf dem Mittsommerblót bewundert hatte.

»Ich weiß nur, dass Magnus Hauge ein Tyrann ist«, sprach Bodil mit zitternder Stimme weiter. »Und dass sich Katrine von ihm überwacht gefühlt hat. Ich war doch der einzige soziale Kontakt, den sie noch hatte. Alles andere hatte ihr Mann längst unterbunden. Angeblich, um sie zu schonen, weil sie todkrank war. Aber das ist doch nicht normal, dass man jemanden nie allein lässt. Der hat sie mit seiner Liebe ja geradezu erdrückt! Ich musste ihn jedes Mal auffordern, den Raum zu verlassen, wenn ich bei ihr war. Der war so wahnsinnig misstrauisch und besitzergreifend. Sie tat mir so schrecklich leid. Ich wollte ihr doch nur helfen. Sie hat mich angefleht. Was hätte ich denn tun sollen?«

»Helfen? Inwiefern?«

An Bodil Brodersens Hals bildeten sich auf einmal hektische rote Flecken, die schnell auch auf das Gesicht übergriffen. Schweißtröpfchen standen auf ihrer Stirn. »Ich weiß, dass das falsch war. Aber sie hatte doch solche Schmerzen. Gerade nach der missglückten OP. Sie wurde beinahe verrückt vor Schmerz. Sie hat geweint und mich angefleht, ihr etwas zu besorgen. Für den Fall, dass es unerträglich wird. Wie hätte ich ihr diesen Wunsch abschlagen können?«

»Und deshalb hast du ihr Pathmin besorgt?!«

Bodils Atem ging immer schneller. Sie schluckte hektisch, konnte sich aber nicht zu einer Antwort durchringen.

»Schweigen hilft dir nicht, Bodil! Wir wissen längst, dass du es warst, die in der Apotheke in Büllum Pathmin besorgt hat«, bluffte Connie.

»Ja, aber ich wollte Katrine doch nur helfen«, brach es aus Bodil Brodersen heraus. »Ihr nur etwas Linderung verschaffen. Die Schmerzen etwas dämpfen. Bei allen Göttern, viel schlimmer hätte es ihr doch gar nicht mehr gehen können.«

»Und dir ist nie der Gedanke gekommen, dass sie mit dem Mittel auch ihren tyrannischen Mann hätte ins Jenseits befördern können?«

»Jetzt gerade erst! Darum bin ich doch so erschrocken«, keuchte Bodil atemlos. »Aber damals, als ich ihr das Pathmin gegeben habe, nicht. Da dachte ich doch, für ihren Mann sei der Brief!«

»Brief?«, fragte Connie verwirrt. »Was denn für ein Brief?«

Bodil Brodersen brach der Schweiß aus allen Poren, so sehr stresste sie die Situation – und die Erkenntnis, dass sie sich mit jedem verbalen Befreiungsschlag nur noch weiter in die Bredouille brachte. Doch Connie ließ sie nicht mehr vom Haken.

»WAS FÜR EIN BRIEF?«

»Katrine hat mir einen Brief gegeben. Heimlich. Ich sollte ihn für sie einwerfen. Weil sie ja ohne ihren Mann nie aus dem Haus kam. Ich hatte keine Ahnung, was drinstand, aber er war dick. Sehr dick. Ich dachte, der Brief ist vielleicht ein Hilferuf von ihr. Dass sie da alles aufgeschrieben hat, was sie in ihrer Ehe erdulden muss. Dass sie sich so Hilfe holt, damit sie endlich von ihm loskommt. Ich wollte ihr so gerne helfen. Also hab ich ihn eingeworfen«, japste Bodil.

»Wann war das?«

»Das weiß ich nicht mehr so genau. Vielleicht vor zwei oder drei Wochen.«

»Und kannst du dich noch daran erinnern, an wen der Brief adressiert war?«

»Ja, natürlich. An die Polizei!«

»Die Polizei???«

Wieder warfen sich Connie und Nora einen überraschten Blick zu. Das Gespräch mit Bodil Brodersen förderte eine unerwartete Wendung nach der anderen zutage.

»Ja, der Brief war an die Polizeiwache in Büllum adressiert. Deswegen dachte ich doch, die Polizei würde sich ab sofort darum kümmern. Also, um ihren aggressiven Mann.«

Der verkohlte Briefumschlag! Der Brief, der von der Post zurückgeschickt worden und dessen ursprünglicher Adressat nicht mehr lesbar gewesen war. War das etwa der Brief, den Bodil Brodersen heimlich für Katrine eingeworfen hatte? Aber wieso ...

»... hast du ihn denn nicht ausreichend frankiert?«, fragte Nora verzweifelt.

Nun war es Bodil, die völlig entgeistert guckte.

»Frankiert? Einen Brief an die Polizei?«

Plötzlich sah Nora sich von *zwei* fragenden Augenpaaren angestarrt. Denn auch Connie schaute sie mit bis über den Scheitel hochgezogenen Brauen an.

»Werden Briefe an Behörden in Deutschland etwa *nicht* portofrei zugestellt?«, fragte sie fassungslos.

»Kann man Briefe an Behörden in Dänemark etwa portofrei einwerfen?«, fragte Nora ungläubig zurück.

»Ja«, antworteten Connie und Bodil Brodersen wie aus einem Mund.

»Tja, in Deutschland nicht«, erwiderte Nora resigniert.

»Ernsthaft? Ein Brief, der *an die Polizei adressiert* ist, geht zurück zum Absender, nur weil da nicht genug Porto draufgeklebt ist?« Connies Fassungslosigkeit wuchs ins Unermessliche.

Nora rang mit den Händen. »Ja.«

Connie schüttelte den Kopf über so viel deutsche Bürokratie-Pingeligkeit.

»Also, mehr weiß ich wirklich nicht. Und ich muss jetzt dringend los.« Bodil steckte den Zündschlüssel ins Schloss. »Ich bin eh schon viel zu spät.«

»Danke, Bodil. Bitte halte dich zu unserer Verfügung, falls wir noch –«

Weiter kam Nora nicht, denn Bodil Brodersen hatte schon die Autotür zugeschlagen und den Motor gestartet.

Connie sah dem Kleinwagen grübelnd hinterher, als er mit quietschenden Reifen vom Parkplatz raste.

»Interessant«, murmelte sie. »Interessant.«

»Allerdings«, bestätigte Nora. »Der Thorshammer

war also tatsächlich ein Liebesgeschenk. Deswegen hat Katrine Hauge ihn auch all die Jahrzehnte über behalten. Er ist ihre einzige Erinnerung an Kristoffer, mit dem sie ein heimliches Liebespaar war. So heimlich, dass nicht einmal Kristoffers Familie von den beiden wusste.«

»Na ja, das behauptet die Brodersen zumindest.«

»Wir sollten trotzdem überprüfen, ob sein Name auch in der Binderune vorkommt. Nur zur Sicherheit.«

»Das hat Reza eben am Telefon längst getan. Volltreffer! Die Binderune auf Katrine Hauges Rücken ist aus den Vornamen der beiden zusammengesetzt.«

»Glaubst du, dass Katrine durch Kristoffer zum Heidentum gefunden hat?«, fragte Nora nachdenklich.

Connie zuckte mit den Schultern. »Ob er es war oder ob sie von sich aus an dieser Religion Interesse hatte und ihn darüber erst kennengelernt hat, das werden wir nicht mehr herausfinden. Es ist aber auch egal.« Connie zündete sich eine Zigarette an. »Klar ist, dass das für Magnus Hauge einem Todesstoß gleichgekommen sein muss. Ich weiß gar nicht, was für ihn schlimmer ist: dass seine geliebte Frau ihn betrügt oder dass sie es mit einem Odinisten tut.« Sie stieß genüsslich den Rauch aus.

»Und es ist auch egal, ob Katrine wusste, dass Bodil Kristoffers Schwester war: Sie hat bei ihr Hilfe gesucht. Weil Bodil ihr letzter Kontakt zur Außenwelt war. Deshalb hat sie ihr den Brief an die Polizei mitgegeben.«

»Den sie zuvor geschrieben haben muss. Das bedeutet, dass sie bis vor zwei oder drei Wochen immerhin noch Material hatte, mit dem sie schreiben konnte.«

»Du meinst …?«

Connie nickte. »Stell dir folgendes Szenario vor: Magnus Hauge öffnet den Briefkasten und findet darin den

Brief von Katrine an die Polizei, der wegen eurer deutschen Porto-Erbsenzählerei ungeöffnet zurückkam.« Connie schüttelte erneut ungläubig den Kopf. »Er öffnet den Brief und liest darin Katrines Hilferuf. Keine Ahnung, was da genau drinstand, aber bei ihm werden alle Alarmglocken geschrillt haben.«

»Er weiß nun also, was Katrine wirklich von ihm hält, dass sie sich vielleicht sogar vor ihm ängstigt oder sich von ihm trennen will«, führte Nora Connies Gedanken weiter.

Die nickte. »Daraufhin verbrennt er den Brief, kappt das Telefonkabel und lässt im Haus alles verschwinden, mit dem Katrine sonst noch kommunizieren könnte, damit sich das nicht wiederholt. Er kapselt sie völlig von der Außenwelt ab.« Connie zog heftig an ihrer Zigarette. »Was für ein Arschloch!«

»Und weil Katrine sehr wahrscheinlich noch nicht einmal mitbekommen hat, dass ihr Brief zurückkam und Magnus ihn gelesen hat, weiß sie auch nicht, was er jetzt alles weiß. Und sie versteht die Welt nicht mehr; warum ihr Brief an die Polizei keine Wirkung zeigt. Warum ihr niemand hilft.« Wie ein Faustschlag traf Nora plötzlich die Hilflosigkeit, die Katrine gespürt haben musste. Hilflosigkeit und Verzweiflung. Diese Frau war todkrank gewesen, von unerträglichen Schmerzen geplagt und ohne Aussicht auf die sehnlichst erhoffte Rettung. Was für ein schreckliches Schicksal!

»Gut, das ergibt Sinn«, brummte Connie. »Aber das erklärt noch nicht, wer Katrine umgebracht hat. Und warum.«

Nora nickte geistesabwesend. Connie hatte recht. In ihrem Hirn ratterte es. Während sich Nora gedankenverloren abwandte, trat Connie ihren Zigarettenstummel aus und zog die Bäckertüte vom Frühstück aus ihrer Jackentasche. Kaum hatte sie laut knisternd die angebissene Nussschnecke hervorgewühlt, als wie aus dem Nichts eine Silbermöwe vom Himmel stieß. Mit wildem Flügelschlagen und weit geöffnetem Schnabel schoss sie nur knapp an Connies Kopf vorbei, die sich – ihrem alten Kampfsport-Instinkt folgend – gerade noch rechtzeitig wegdrehen konnte, weshalb die Schwingen nur ihre Schulter streiften. Dann landete die Möwe mit lautem Schreien ein paar Schritte von ihr entfernt. Connie schluckte. Aus der Nähe betrachtet, war das ein verdammt großes Vieh!

Connie starrte die Möwe an, die Möwe starrte ihre Nussschnecke an. Keine der beiden rührte sich. Starr und bewegungslos belauerten sie sich.

Die Sekunden verstrichen. Irgendwo in der Ferne schlug eine Kirchturmuhr. Im Hintergrund wehte eine Plastiktüte über die Straße.

Die Möwe legte angriffslustig den Kopf schief, die grellgelben Augen immer noch starr auf das Gebäckstück gerichtet, dann watschelte sie einen Schritt auf Connie zu. Connies Augen verengten sich zu kleinen Schlitzen. Mit der freien Hand entriegelte sie das Waffenholster an ihrer Hüfte.

Auf einmal lautes Flügelschlagen, aggressive Schreie! Drei weitere Möwen landeten flatternd vor Connie auf dem Asphalt. Nun sah sie sich plötzlich vier Fressfeinden gegenüber, und alle fixierten aus gelben, gierigen Augen das Backwerk in ihrer Hand.

Mit einem Ruck zog Connie ihre Dienstwaffe und richtete sie auf die Möwen. Doch die beeindruckte das weniger als erhofft: nämlich gar nicht. Stattdessen setzten sie mit ihren riesigen, platten Füßen und den gewaltigen Schwingen zum gemeinsamen Angriff an!

Da wurde Connie mit Schrecken klar, dass weder ein Warn- noch ein Streifschuss die gefräßigen Biester aufhalten würde. Und deswegen tat sie das Einzige, was die aggressive Attacke der Möwengang überhaupt noch stoppen konnte: Sie schob sich die Nussschnecke in Gänze zwischen den bis zum Anschlag aufgerissenen Mundwinkeln hindurch in den Schlund.

Die Möwen brachen ihren Angriff ab, blinzelten ungläubig, dann schwangen sie sich mit ärgerlichen Schreien wieder in die Lüfte. Connie grinste ihnen mit vollem Mund hinterher, hatte allerdings große Mühe, Kauen und Atmen in Einklang zu bringen.

»Und was ist, wenn alles ganz anders war?«

Nora war so tief in ihre Gedanken versunken gewesen, dass sie von Connies Möwenduell gar nichts mitbekommen hatte – weshalb sie nun umso irritierter darüber war, dass Connie mit hamsterprallen Backen und gezogener Waffe neben ihr stand.

Nora sah ihre Irritation in dem kleinen Jungen gespiegelt, der von der anderen Straßenseite aus mit offenem Mund zu ihnen herüberstarrte, während die rosafarbene Eiskugel über seine Hand schmolz und schließlich auf den Boden klatschte.

»Äh, du weißt schon, dass Möwen unter Naturschutz stehen?«, bemühte Nora sich um einen möglichst sachlichen Ton.

»Pfff, warum auch immer«, grunzte Connie durch Hefeteig, Nuss- und Rosinenbrocken hindurch. Während der Junge von seiner hastig herbeigeeilten Mutter weggezerrt wurde, steckte Connie immer noch kräftig kauend ihre Waffe zurück ins Holster. Endlich hatte sie die Nussschnecke mit großen Schlucken die Speiseröhre hinabbefördert. »Was wolltest du gerade sagen?«, fragte sie Nora.

»Ach so, ja: Also, was ist, wenn alles ganz anders war?«, nahm Nora ihren Faden wieder auf. »Was ist, wenn Bodil Brodersen nur vorgibt, sie hätte das Pathmin an Katrine ausgehändigt? Und es stattdessen selbst benutzt hat? Sie konnte bei den Hauges als Einzige ein und aus gehen. Sie hätte Magnus das Medikament sicherlich irgendwie unbemerkt unters Essen mischen und Katrine damit sedieren können.«

»Aber warum hätte Bodil Brodersen das tun sollen?«

»Vielleicht wollte sie Katrine erlösen«, sinnierte Nora. »Sie wäre nicht die erste Krankenpflegerin, die Mitleid mit ihren sterbenden Patienten hat und so etwas tut.«

»Meinetwegen«, musste Connie zugeben. »Aber warum dann die Inszenierung im Wald mit der Binderune auf dem Rücken?«

»Weil sie Katrine und ihren Bruder in Helheim wieder zusammenführen wollte?!« Nora war auf einmal ganz aufgeregt. »Überleg doch mal, es ist nicht unwahrscheinlich, dass sie Katrines Thorshammer nicht erst heute gesehen hat, sondern schon viel früher. Vielleicht hat Katrine ihn ihr gezeigt, als sie sich ihr als Glaubensgenossin zu erkennen gegeben hat. Quasi als Pendant zu Bodils Yggdrasil-Kette. Und als Bodil Kristoffers Thorshammer bei Katrine wiedererkannt hat, konnte sie eins und eins zusammenzählen. Dass Katrine die große Liebe ihres Bruders war.«

»Reine Spekulation!« Connie zog einen Handkantenschlag durch die Luft. »Obwohl ...« Ihre Hand hing in der Luft, wanderte dann langsam zum Kinn. Sie geriet ins Grübeln. »Sie wirkte schon sehr fahrig vorhin. Der Schweißausbruch, die roten Stressflecken im Gesicht. Ja klar, es ist keine alltägliche Situation, von der Polizei befragt zu werden. Dazu noch in einem Mordfall. Aber die hat ja beinahe hyperventiliert! Was hat sie so aus der Fassung gebracht? Doch nicht nur der Anhänger ihres Bruders.«

»Vielleicht ist ihr jetzt gerade erst klar geworden, in was für Schwierigkeiten sie sich gebracht hat. Allein durch die Weitergabe vom Pathmin hat sie sich schon strafbar gemacht.« Nora atmete tief ein. »Und wenn sie wirklich als Todesengel agiert hat, dann wandert sie sehr wahrscheinlich für den Rest ihres Lebens in den Knast.«

»Ja, aber das müssen wir ihr erst einmal nachweisen.«

Flügelschlagen ließ die Luft erbeben. Die Möwengang war zurück! Unwillkürlich griff Connie wieder an ihr Holster. Doch diesmal rauschten die Raubvögel über sie hinweg und stürzten sich mit freudigen Schreien auf die Kugel Erdbeereis, die auf der anderen Straßenseite vor sich hin schmolz.

»Du meinst also, Bodil Brodersen könnte aus Nächstenliebe gehandelt und Katrine Hauge mit einer Überdosis Pathmin von ihren Leiden erlöst haben?«, sinnierte Connie, während sie die Möwen beim Kampf untereinander beobachtete. »Aber was hypothetisch für Bodil Brodersen gilt, könnte doch auch für Magnus Hauge gelten. Wenn er herausgefunden hat, dass Katrine Pathmin zu Hause hatte, könnte doch auch er sich des Medikaments bemächtigt haben.«

Bevor Nora antworten konnte, klingelte ihr Handy.

»Nora, Connie, ihr müsst sofort herkommen!« Reza klang ungewohnt aufgeregt am anderen Ende der Leitung.

»Ich brauche mindestens einen weiteren Ermittler für die Aussageaufnahme.«

Nora schaltete das Handy auf Lautsprecher, damit auch Connie mithören konnte.

»Was für eine Aussageaufnahme?«, fragte sie. »Und wo sind denn die anderen?«

»Hellmann und Jule folgen einem Fahndungshinweis. Die Kollegen aus Dänemark haben sich gemeldet. Angeblich wurde Lasse Hansen in Jütland gesehen«, antwortete Reza ungeduldig.

Nora und Connie wechselten einen überraschten Blick.

»Und wo ist Chris?«, fragte Nora.

»Der ist bei Dr. Valerie Günther und überprüft ihr Alibi.«

»Okay, wir kommen. Sind schon auf dem Weg. Aber um was für eine Aussage geht es denn eigentlich?«

»Helen Hauge ist bei mir, völlig fertig«, flüsterte Reza durch die Leitung. »Die ist hier einfach reinmarschiert und dann heulend zusammengebrochen. Sie glaubt, zu wissen, wer Katrine Hauge umgebracht hat.«

GEGENWART

21

»Es war richtig, dass Sie zu uns gekommen sind. Dass Sie uns von dem Kuss erzählt haben.« Nora reichte Helen Hauge fürsorglich ein Taschentuch. Stumme Tränen rannen der Pastorin über das verquollene Gesicht, die mit vor Gram gebeugtem Rücken an einem Tisch in der Einsatzzentrale saß.

Immer wieder suchte ihr Blick das Whiteboard, das allerdings mit der kahlen Rückseite zu ihnen stand. Reza hatte es geistesgegenwärtig umgedreht, als die Pastorin den zur Einsatzzentrale umfunktionierten Pfarrgemeindesaal betreten hatte, doch offenbar nicht schnell genug. Helen Hauge hatte kurz einen Blick auf die dort angepinnten Ermittlungsinformationen werfen können, und natürlich war ihr sofort das Foto ihrer Schwägerin ins Auge gesprungen. Von dort ging ein dicker Strich zum Foto von Kristoffer Kjær. Darüber war ein Herz gezeichnet. Im Bruchteil einer Sekunde hatte Helen Hauge verstanden, was das zu bedeuten hatte. Erst war ihr alle Farbe aus dem Gesicht gewichen, dann war sie in Tränen ausgebrochen.

Als Nora und Connie eingetroffen waren, hatte sie ihnen vom Grund ihres Kommens berichtet; sie hatte ihnen erzählt, was sie seit Tagen quälte und um den Schlaf brachte: nämlich dass sie vor dreißig Jahren gesehen hatte, wie ihre Schwägerin einen fremden Mann geküsst hatte.

Und nun wusste sie auch, wer das gewesen war.

Helen Hauge starrte auf die Tischplatte vor sich, auf der ihre Hände das tränennasse Taschentuch kneteten.

»Meine Kollegin hat recht. Du hast das Richtige getan«, sprang Connie Nora zur Seite.

»Und warum fühlt es sich dann nicht so an?« Helen Hauges Stimme war kaum mehr als ein raues Krächzen.

Müsste jetzt nicht eigentlich ihr Gott am Start sein?, dachte Connie irritiert. Wann, wenn nicht jetzt, könnte diese Frau göttlichen Beistand brauchen? Warum ist er nicht da und hilft ihr? Sie ist doch völlig fertig!

»Ich hatte keine Ahnung, wer er war. Wenn ich gewusst hätte, dass der tote junge Däne, den man damals gefunden hat, auch der Mann war, den Katrine Wochen zuvor geküsst hatte, dann ...« Helen Hauge brach ab.

»Was dann? Dann wärst du heute nicht zu uns gekommen?«, fragte Connie provokant.

Helen Hauge versteifte sich. Energisch wischte sie sich die Tränen von den Wangen. »Ich hoffe, Sie haben verstanden, dass ich Ihnen gerade lediglich Vermutungen mitgeteilt habe, oder? Das kann sich alles auch als ganz anders herausstellen. Ich *weiß* ja nicht, was genau passiert ist. Es ist Ihre Aufgabe, die Wahrheit herauszufinden.«

Nora nickte verständnisvoll. »Natürlich, Frau Hauge. Wir werden Ihre Angaben überprüfen und uns selbst ein Bild machen. Wir werden Beweise suchen. Beweise, die entweder die Schuld oder die Unschuld Ihres Bruders belegen.«

Helen Hauge rang sich ein schwaches Lächeln ab und nickte dankbar. »Dann würde ich jetzt gerne gehen. Sie wissen ja, wo Sie mich finden können.« Sie erhob sich.

»Eine Frage habe ich noch«, hielt Nora die Pastorin zurück. »Ich sehe, wie schwer es Ihnen gefallen ist, zu uns, zur Polizei, zu kommen. Aber warum haben Sie Ihre …« Sie suchte nach der richtigen Formulierung und entschied sich schließlich, Helen Hauges eigene Worte zu benutzen. »… Ihre *Vermutungen* nicht schon vor dreißig Jahren mit der Polizei geteilt? Warum erst jetzt?«

Hatte Nora gedacht, dass Helen Hauges blasses Gesicht nicht noch mehr Farbe verlieren konnte, wurde sie nun eines Besseren belehrt. Die Pastorin wurde schlagartig so weiß wie die Wand des Gemeindesaals hinter ihr.

»Soll das ein Vorwurf sein?«, krächzte sie bestürzt.

Eilig schüttelte Nora den Kopf. »Nein, ganz und gar nicht. Ich will es nur verstehen.«

Die Pastorin sank kraftlos auf den Stuhl zurück, von dem sie sich eben erst erhoben hatte. »Weil ich vor dreißig Jahren diese *Vermutung* noch nicht hatte.«

»Wirklich nicht?« Connie versuchte gar nicht erst, ihren Unglauben zu kaschieren. Doch wenigstens verstummte sie nach Noras Tritt unter dem Tisch.

»Nein, wirklich nicht«, murmelte Helen Hauge, mehr zu sich als zu Connie. »Ich wusste es wirklich nicht! Wir wussten doch damals gar nichts! In der Zeitung hatte nur gestanden, dass der Tote Däne war und zu *Stærkt Bånd* gehörte. Deshalb hat die Polizei auch ganz kurz Magnus befragt, der ja mit den Heiden schon seit Jahren Differenzen hatte. Aber das war auch schon alles, was ich wusste. Ich hatte doch überhaupt keine Ahnung, dass der Tote der Liebhaber von Katrine war! Dass sie überhaupt einen Liebhaber hatte! Dass da tatsächlich mehr gewesen war als nur ein einziger Kuss.« Helen Hauge schaute Connie verzweifelt an. »Ohne diese ganzen Informationen: Wieso hätte ich meinen Bruder verdächtigen sollen?«

»Aber jetzt tust du es?«, hakte Connie angriffslustig

nach. »Jetzt verdächtigst du deinen Bruder? Du denkst, dass er Kristoffer Kjær umgebracht haben könnte?«

Sofort schossen Helen Hauge die Tränen in die Augen, weshalb Nora kurz Angst hatte, dass ihre Schuhspitze diesmal aus Versehen das falsche Schienbein unter dem Tisch getroffen hatte.

»Ich habe ihm geglaubt«, fuhr Helen Hauge mit schwacher Stimme fort. »Ich hatte keinen Grund, ihm nicht zu glauben. Er hat mir damals gesagt, dass er und Katrine sich ausgesprochen hätten. Dass alles wieder gut sei. Ich meine, welche Ehe segelt nicht mal durch stürmisches Gewässer? So etwas kommt doch vor. Aber in einigen Fällen findet man danach wieder zusammen, als Ehepaar. Enger und inniger als zuvor. Und genau so habe ich das bei Magnus und Katrine erlebt. Zumindest dachte ich das.«

Sie schnäuzte sich in das von ihren Tränen bereits komplett durchweichte Taschentuch. Fürsorglich zupfte Nora ein weiteres aus der Verpackung und reichte es ihr. »Aber dann, vor drei Monaten, haben Sie auf einmal gemerkt, dass das nicht stimmt?«

Helen Hauge wischte sich über das tränennasse Gesicht. »Ja, am Abend ihres fünfunddreißigsten Hochzeitstags. Katrine hat mich mit dem Auto heimgefahren. Ich war angetrunken und habe geplappert, und im Verlauf des Gesprächs habe ich auf einmal verstanden, dass Magnus nie mit Katrine über den Kuss gesprochen hatte. Katrine hatte keine Ahnung, dass Magnus dreißig Jahre lang davon wusste. Sie war völlig schockiert.«

»Katrine hatte also keine Ahnung, dass ihr Mann seit dreißig Jahren wusste, dass sie zumindest für kurze Zeit ein Verhältnis gehabt hatte. Wissen Sie, ob Magnus einen Verdacht hatte, wer sein Nebenbuhler war?«

Helen Hauge zuckte die Schultern. »Wie ich Ihnen schon die ganze Zeit zu erklären versuche: Ich habe den Mann, den Katrine geküsst hat, damals nicht erkannt. Und das habe ich Magnus auch gesagt. Aber vielleicht …« Sie stockte, dann zwang sie sich zum Weitersprechen. »Aber vielleicht hat er es auf anderem Wege herausgefunden.«

Helen Hauge schloss gequält die Augen und presste die Lippen aufeinander. Man musste kein Psychologiestudium absolviert haben, um zu sehen, wie sehr die Frau mit ihrem inneren Widerstand rang, wie sehr sie sich zwingen musste, überhaupt weiterzureden. Nora und Connie schauten sich alarmiert an. Das hier war jetzt die Stelle, wo sie Helen Hauge nicht verlieren durften. Doch während Nora noch nach den richtigen, einfühlsamen Worten suchte, war Connie bereits am Ende ihrer Geduld angelangt.

»Wie meinst du das, er hat es vielleicht herausgefunden? Wusste Magnus, wer Katrines Liebhaber war: ja oder nein?«, fragte sie geradeheraus.

»Ich weiß es nicht«, flüsterte Helen Hauge schwach. »Aber es könnte sein.«

»Wieso? Woher willst du das wissen? Jetzt lass dir doch nicht alles aus der Nase ziehen!«

Helen Hauge sah ein, dass sie keine Chance mehr hatte, ihren Verdacht für sich zu behalten. Die beiden Kommissarinnen schauten sie erwartungsvoll an. Und auch das leise Tastenklappern des jungen IT-Beamten, der hinter seinen breiten Monitoren in Deckung verharrte, verstummte auf einmal.

»Das, was ich Ihnen jetzt erzählen werde, ist mir erst letzte Nacht wieder eingefallen. Dreißig Jahre lang habe ich nicht daran gedacht. Das müssen Sie mir glauben!«

Connie zog spöttisch die Augenbrauen in die Höhe, was Helen Hauge natürlich nicht verborgen blieb. »Wirklich! Das stimmt!«, beteuerte die Pastorin.

»Na ja, was ich dir glaube oder nicht, musst du schon mir überlassen«, brummte Connie. Noras Fuß holte schon zum nächsten Schienbeinschwinger aus, als Connie versöhnlich hinterherschob: »Aber erzähl doch erst mal.«

Helen Hauge atmete tief durch. »Also, wie gesagt, dreißig Jahre lang habe ich keinen einzigen Gedanken daran verschwendet. Aber durch Katrines merkwürdige Reaktion bei dieser Autofahrt vor drei Monaten und natürlich auch jetzt durch ihren Tod, habe ich über vieles neu nachgedacht. Ich habe mir immer und immer wieder das Hirn darüber zermartert, was ich in den letzten Jahrzehnten gesehen und gehört und wahrscheinlich völlig falsch bewertet habe. Sie können mir glauben, es hat mich gequält wie nichts zuvor in meinem Leben.«

Connie begann, ungeduldig mit den Fingerkuppen auf die Tischplatte zu trommeln. Nora gab resigniert auf, unter dem Tisch weiter gegen ihr Bein zu treten. Es hatte einfach keinen Sinn; Connie zog ihre Bad-Cop-Taktik knallhart durch. Und das mit Erfolg, denn Helen Hauge verstand und fuhr eilig fort: »Es war ein paar Wochen nach dem Kuss. Ein paar Wochen nachdem mir Magnus versichert hatte, dass zwischen ihm und Katrine wieder alles in bester Ordnung sei. Und ich habe ihm das geglaubt und deswegen überhaupt nicht mehr darüber nachgedacht. Wie jeden Dienstag haben wir uns im *Teufel* zum Kartenkloppen getroffen. Wir waren jedes Mal so um die fünfzehn Leute, alles Nachbarn aus dem Dorf. Wir spielten an mehreren Tischen, es war immer ein lustiges Kommen und Gehen, sehr gesellig. Aber daher auch völlig unübersichtlich. Diese Tradition, also das Kartenspielen, gibt es übrigens heute noch. Schön, dass sich manche Sachen doch nicht ändern, oder?«

Connies Fingertrommeln wurde lauter.

»Ja, also, es war Dienstag«, nahm Helen Hauge den Faden wieder auf. »Wir haben um Geld gespielt. Keine großen Beträge, aber schon so viel, dass jeder sein Portemonnaie dabeihatte. Tja, und Magnus hatte an diesem Abend kein Spielglück und war ziemlich schnell blank. Es war noch recht früh, aber er hatte so schlechte Laune, dass er schon nach Hause gegangen ist.«

Connies Fingertrommeln verstummte, dafür nahm jetzt hinter Rezas Monitoren das leise Tastenklappern Fahrt auf.

»Aber irgendwann stand er dann plötzlich wieder in der Tür. Bester Laune. Er behauptete, er sei nur schnell nach Hause gegangen, um sich noch ein wenig Geld zu holen. Er wolle seinen Verlust wieder zurückgewinnen.«

»Wie lange war er weg?«, hakte Connie sofort nach.

Helen Hauge zuckte mit den Schultern. »Keiner von uns hat auf die Uhr geschaut. Gefühlt war der nur ganz kurz weg, vielleicht eine halbe Stunde. Aber genau weiß ich das nicht. Wie gesagt: Keiner hat die Uhr im Blick, wenn wir Karten kloppen. Da verfliegt die Zeit im Nu.«

»Und dann?«

»Dann hat er sich wieder zu uns gesetzt und ein Bündel dänische Kronen aus der Hosentasche gezogen.«

»Kronen?«, fragte Nora.

»Das ist nicht ungewöhnlich«, sagte Connie. »Hier im Grenzgebiet kann man schon seit jeher mit beiden Währungen zahlen.«

»Das ist richtig«, stimmte Helen Hauge zu. »Darum

haben wir uns damals auch gar nichts dabei gedacht. Wir hatten dann auch noch einen wirklich schönen Abend, haben noch bis weit nach Mitternacht gespielt und getrunken.«

Helen Hauges Stimme drohte wieder zu kippen.

»Aber ein paar Tage später, beim Bezahlen im Supermarkt, habe ich mit einem der Kronenscheine bezahlt. Und die Kassiererin hat auf einmal ganz angeekelt reagiert, weil an einem der Scheine ein paar rote Sprenkel waren.«

»Rote Sprenkel?«, fragte Nora.

»Ich habe mir damals einfach gar nichts dabei gedacht«, fuhr Helen Hauge flüsternd fort. »Ich wusste ja noch nicht mal, ob das überhaupt einer der Kronenscheine war, die ich von Magnus gewonnen hatte. Und außerdem sind Geldscheine doch häufig verschmutzt und unhygienisch, gerade weil sie schon durch so viele Hände gegangen sind. Und selbst wenn der Schein wirklich von Magnus war, hätte das doch vielleicht auch Schweineblut sein können. Das kann bei Hofschlachtungen doch schon mal passieren. Oder nicht?« Helen Hauge schaute unglücklich zwischen Nora und Connie hin und her.

»Und jetzt denken Sie anders darüber?«

Helen Hauge sank in ihrem Stuhl zusammen, als hätte sie auf einmal keine Knochen mehr im Leib. Sie war komplett ausgelaugt.

»Ich weiß einfach nicht mehr, was ich denken soll. Damals habe ich ihm geglaubt. Natürlich, er ist doch mein Bruder! Und es ist ja auch nicht meine Aufgabe, aus meinen Beobachtungen irgendwelche Schlüsse zu ziehen. Das müssen Sie tun!« Verzweifelt wiederholte sie ihre Bitte vom Anfang. »Sie müssen das alles überprüfen und rekonstruieren. Vielleicht gibt es ja auch eine ganz andere Erklärung für all diese merkwürdigen Vorkommnisse. Ich meine, das kann ja alles auch ganz anders gewesen sein. Oder?«

Nora, Connie und Reza schwiegen.

Helen Hauge schluchzte auf. »Vor dreißig Jahren war ich ... also ich war nicht immer nüchtern.« Es kostete sie große Überwindung, doch sie sprach weiter. »Ich habe das damals nicht erkannt, aber heute weiß ich, dass ich ein Problem hatte. Und dann wusste ich manchmal nicht mehr so genau, was ich wirklich gesehen habe oder was ich mir selbst noch glauben konnte. Ich wollte mir ja auch nichts einreden. Vielleicht, so habe ich gedacht, hab ich eine Situation auch einfach nur falsch eingeschätzt. Verstehen Sie?«

Niemand antwortete, aber Helen Hauge erwartete auch gar keine Antwort. »Jetzt weiß ich, dass ich schon früher hätte kritischer sein müssen. Dass ich durch meine Gedankenlosigkeit große Schuld auf mich geladen habe. Ich habe den Herrgott bereits um Vergebung gebeten. Aber das ist nicht genug. Deswegen bin ich zu Ihnen gekommen. Ich konnte das alles einfach nicht mehr für mich behalten. Ich wollte, dass Sie das wissen.«

Sie knetete das Taschentuch in ihrer Hand. Und dann ergänzte sie mit fast tonloser Stimme: »Ich kann ihn doch nicht auch noch mit dem Mord an Katrine davonkommen lassen.«

Stille erfüllte den Pfarrgemeindesaal. Selbst Reza hatte sein Tastenklappern eingestellt.

Nach ein paar langen Sekunden fand Nora als Erste ihre Stimme wieder. »Warum denken Sie, Ihr Bruder könnte seiner Frau etwas angetan haben?«

»Weil ich befürchte, dass Katrine ihn nach unserer Autofahrt zur Rede gestellt hat. Und dass es zum Streit zwischen ihnen gekommen ist. Sie fühlte sich dreißig Jahre lang von ihm belogen, weil er ihr verschwiegen hat, dass er so lange schon von dem Kuss wusste. Sie müssen wissen, Katrine hat in den letzten Wochen eine Wandlung durchgemacht. Sie wirkte auf einmal nicht mehr kompromissbereit. Sie hat ihr Schicksal nicht mehr ertragen, sondern dagegen aufbegehrt.«

»Welches Schicksal meinst du? Ihre schreckliche Krankheit? Oder ihre schreckliche Ehe?«

»Sie haben recht«, antwortete Helen Hauge auf Connies erneute Provokation. »Katrine kann mit meinem Bruder nicht mehr glücklich gewesen sein. Schon lange nicht mehr. Und so absurd es klingt: Magnus' Liebe ist der Grund dafür.« Sie stieß einen leisen Seufzer aus. »Wissen Sie, ich habe ihn deswegen immer bewundert. Und beneidet. Es ist nicht jedem vergönnt, einen Menschen zu finden, der einen komplettiert. Mit dem man den Rest seines Lebens verbringen will. Bei dem man sich sicher ist, dass es für immer ist. Es erscheint als so selbstverständlich, weil ja angeblich auf jeden Topf ein Deckel passt. Aber das stimmt nicht! So ist es nicht! Mir ist dieses Geschenk bedingungsloser, grenzenloser Liebe bisher noch nicht zuteilgeworden.«

Nora musste an Thies denken. Und an Mats. Sie wusste genau, was Helen Hauge meinte.

Connie hingegen hatte keinen blassen Schimmer, wovon die Pastorin redete. Obwohl, so ganz stimmte das nicht. Die Liebe hatte sie ein einziges Mal leicht gestreift. Voller Unbehagen dachte sie daran zurück. An die Ohnmacht. Und den Schmerz. Sie hatte beides abgeschüttelt und seitdem ihr Leben in absoluter Selbstbestimmtheit und Kompromisslosigkeit genossen.

»Die Liebe meines Bruders zu Katrine war grenzenlos. Er hat sie auf Händen getragen. Was gleichzeitig bedeutet, dass er sie nicht mehr auf eigenen Beinen hat stehen lassen.« Helen Hauge merkte selbst, dass sie unwillkürlich in einen metaphorischen Predigtstil abgerutscht war. Sachlicher fuhr sie fort: »Aber zum Schluss war Katrine anders. Sie ist Streit nicht mehr ausgewichen, sondern hat ihn geradezu gesucht. So, als hätte sie im Angesicht des nahenden Todes nichts mehr zu verlieren.«

»Und Sie glauben, dass sie reinen Tisch gemacht hat? Und dass das Streitgespräch daraufhin möglicherweise eskaliert ist?«

Helen Hauge nickte Nora zu. »Es fällt mir wirklich nicht leicht, das zu sagen. Aber wenn Katrine Magnus zur Rede gestellt oder ihm sogar gedroht hat, ihn zu verlassen, dann traue ich ihm alles zu! Dass er alles dafür getan hat, das zu verhindern. Notfalls auch mit …«

Sie brach ab.

Wieder erfüllte gespenstische Stille den Pfarrgemeindesaal. Wieder war es Nora, die sie durchbrach.

»Vielen Dank, dass Sie uns das alles erzählt haben.« Sie schenkte Helen Hauge ein aufmunterndes Lächeln. »Sie dürfen jetzt gehen. Wir melden uns wieder bei Ihnen.«

Mühsam stemmte sich Helen Hauge aus ihrem Stuhl hoch. Sie schien um Jahre gealtert zu sein.

Nora und Connie sahen ihr nach, wie sie, bleich und kraftlos wie ein Geist, den Gemeindesaal verließ und die schwere Holztür langsam hinter ihr ins Schloss fiel.

»Sollen wir hinterher? Ich meine: Tut die sich was an?«, fragte Connie mit einer Fürsorge, die Nora sich während des vorangegangenen Gesprächs an der ein oder anderen Stelle gewünscht hätte. Aber Connies ehrliche Sorge zeigte ihr jetzt nur zu deutlich, dass die harte Schale der Dänin häufig nur ein taktisches Mittel war – und sehr überzeugend ihren weichen Kern verbarg.

»Ich hoffe, dass sie Kraft in ihrem Glauben findet«, antwortete Nora. »Und dass der sie von solch einer Tat abhält.«

Connie zog ungläubig die Augenbrauen hoch. »Na, das nenne ich mal Gottvertrauen«, murmelte sie.

»Wow! Was war das denn gerade?« Reza ließ sich gegen die Rückenlehne seines Bürostuhls fallen. »Ich meine: Helen Hauge glaubt tatsächlich, dass ihr eigener Bruder zu einem Mord fähig ist!«

»Nun ja, sogar zu zwei Morden, wenn ich sie richtig verstanden habe«, ergänzte Nora.

Connie zog ihre alte Cold-Case-Akte von Rezas Schreibtisch und begann darin zu blättern. Schließlich tippte sie mit ihrem Zeigefinger auf eine Textstelle. »Hier steht's: Bei der Leiche von Kristoffer Kjær wurde kein Bargeld gefunden.« Sie blätterte ein paar Seiten weiter, bis ihr Zeigefinger wieder auf die gesuchte Stelle traf. »Die Abfrage bei seiner Bank hat damals ergeben, dass Kristoffer Kjær kurz vor seinem Tod fast sein gesamtes Erspartes abgehoben hatte.«

»Du meinst, daher kamen die Kronen, mit denen Magnus Hauge an den Spieltisch zurückgekommen ist?«

Connie nickte. Sie schlug die staubige Akte zu und begann, unruhig auf und ab zu laufen. Zwischen ihren Ohren ratterte es dermaßen auf Hochtouren, dass Reza für einen kurzen Moment glaubte, das Rauschen seines Computerlüfters aus ihrem Schädel kommen zu hören.

Auch Nora dachte hoch konzentriert nach. »Von Bodil Brodersen wissen wir, dass Kristoffer seine geliebte Katrine aus ihrer unglücklichen Ehe befreien wollte. Dass sie gemeinsam abhauen wollten«, sagte sie gedankenverloren. »Dafür spricht doch, dass Kristoffer fast sein gesamtes Geld abgehoben hat. Für den gemeinsamen Neuanfang. Ist das nachvollziehbar?«

Reza und Connie nickten.

»Und Helen Hauge hat uns gerade berichtet, dass die jeden Dienstag im *Teufel* Karten kloppen«, fuhr Connie fort. »Also, ich finde, das klingt nach dem perfekten Zeitpunkt, wenn man heimlich die Biege machen will. Wie seht ihr das?«

Reza und Nora nickten.

»Aber an diesem Dienstag vor dreißig Jahren ist alles anders! Weil Magnus Hauge eine Pechsträhne hat und früher als geplant nach Hause kommt«, ergänzte Nora.

»Ganz genau.« Connie nickte, während sie weiterhin unruhig durch den Raum tigerte. »Okay, bis hierhin können wir alles mit den Aussagen von Bodil Brodersen und Helen Hauge untermauern. Ab jetzt folgt der spekulative Teil.« Sie blieb wie angewurzelt stehen. »Aber ich glaube, ich habe eine Vorstellung davon, wie es abgelaufen sein könnte.«

»Ich auch«, bestätigte Nora.

Reza schaute fragend zwischen den beiden hin und her. Und dann begannen sie, ihm ihre Hypothesen zu erzählen.

DREI MONATE ZUVOR

22 Warum sah sie ihn so komisch an? Irgendetwas hatte sich verändert.

Seit dem Moment, als sie aus dem Auto ausgestiegen war, mit dem sie eben Helen nach Hause gefahren hatte, war sie vollkommen verwandelt. Wie ein anderer Mensch. Dabei war es doch bisher so ein schöner Abend gewesen.

Aber jetzt schaute Katrine ihn plötzlich mit einer Kälte an, die ihn – auch wenn sie ihm schon seit Jahrzehnten keine Wärme und Zuneigung mehr geschenkt hatte – frösteln ließ.

Hatte sich Helen auf der Autofahrt etwa als Seelsorgerin aufgespielt? Hatten sie über den Tod geredet? War es das? Ja, bestimmt! Die Angst vor der anstehenden Lasertherapie. Und auch die Angst vor dem Sterben. Das setzte Katrine sicherlich zu.

Magnus wollte seine Frau liebevoll in den Arm nehmen, doch die drehte sich weg.

Und dann verstand er. Es hatte nichts *mit ihr* zu tun. Es hatte etwas *mit ihm* zu tun.

Etwas zwischen ihnen hatte sich grundlegend verändert.

Ihre jahrelange Gleichgültigkeit ihm gegenüber war zwar einer unerwarteten Zugewandtheit gewichen, doch es war kein wohlwollendes Interesse. Im Gegenteil. Sie starrte ihn an wie ein Untier.

Hinter der Kälte in ihren Augen konnte er es jedoch lodern sehen. Früher war es ein Feuer des Begehrens gewesen, jetzt der puren Feindseligkeit. Es war, als brannte sie von innen. Sie rang mit sich, versuchte mit aller Kraft, ihre inneren Dämonen niederzukämpfen. Doch sosehr sie sich auch bemühte, ihn mit Missachtung zu strafen, es gelang ihr nicht. Das Feuer war stärker. Der Vernichtungswille. Der Hass.

Und dann, gerade als er nach ihrer Hand griff, um sie zu küssen, brachen alle Dämme!

»Fass mich nicht an!«

Sie schlug seine Hand weg, traf sein volles Glas, das in tausend Scherben an der Wand zerbarst. Sie griff nach der Weinflasche, holte aus, er konnte ihr gerade noch in den Arm fallen. Sie schrie, sie weinte, sie schlug um sich. Katrine war vollkommen außer sich! Sie echauffierte sich so sehr, dass er kurz Angst davor bekam, sie könnte mit ihrem durch den Krebs geschwächten Körper einfach tot vor ihm zusammenbrechen. Doch die Energie, die die Wut und die Fassungslosigkeit und die Verzweiflung in ihr freisetzten, wirkte wie ein Jungbrunnen auf Katrine. Sie war kraftvoll wie schon seit Jahren nicht mehr.

»Wo warst du in der Nacht, als Kristoffer starb?« Sie schrie ihn so heftig an, dass ihre Speicheltröpfchen sein Gesicht benetzten. »Wo warst du? Was hast du getan?«

»Wovon redest du?«

»Hör auf! Helen hat sich verplappert. Ich weiß es! Also: Wo warst du?«

»Im *Teufel.*«

»Lüg mich nicht an!«

»Du kannst alle fragen, die da waren.«

»Du meinst die ganzen Suffköppe, die nach dem dritten Korn die Namen ihrer Frauen nicht mehr wissen?«

»Dann frag doch Helen.«

»Ausgerechnet Helen?« Katrine lachte höhnisch. »Helen ist doch auch eine von denen. Entweder ist dir ihr Alkoholproblem noch nie aufgefallen, oder es ist dir egal. Ich weiß nicht, was schlimmer ist!«

Sie sank auf einen der hölzernen Küchenstühle und klammerte sich an die Lehne, als suchte sie dort Halt.

»Ich weiß, dass du es warst, Magnus. Du hast Kristoffer umgebracht! Wer soll es denn sonst gewesen sein?«

Er schwieg. So, wie er dreißig Jahre lang geschwiegen hatte.

Und sein Schweigen war ihr Antwort genug.

Heiße Tränen rannen ihre Wangen hinab und tränkten ihr Kleid. Sie war am Ende. So schnell, wie das Feuer entflammt war, so schnell war es auch wieder abgebrannt. Katrines Kraft war aufgebraucht.

»Du hast es gewusst«, schluchzte sie. »Dreißig Jahre lang hast du es gewusst. Dass ich einen anderen liebe.«

Es tat weh! Es tat so fürchterlich weh!

Magnus' Mund war staubtrocken, das Schlucken schmerzte.

»Aber wie hätte ich ihn denn umbringen sollen? Ich hatte doch überhaupt keine Ahnung, wer der Kerl war«, krächzte er.

Doch das war gelogen.

Denn in der Nacht, als Kristoffer plötzlich vor ihm gestanden hatte, hatte er es schlagartig gewusst.

Schlecht gelaunt hatte er sich von Tönsburg aus zu Fuß auf den Heimweg gemacht. So viel Geld hatte er schon lange nicht mehr verloren. Hätte er es wenigstens für mehr

Bier und Schnaps ausgegeben. Aber nein, ausgerechnet seine eigene Schwester hatte ihn abgezogen.

Missmutig stapfte er den Feldweg am Waldrand entlang. Trotz der fortgeschrittenen Abendstunde war es noch immer drückend schwül. Klamm und schwer hing die angestaute Sommerluft zwischen den Bäumen. Er hielt kurz inne, wischte sich den Schweiß von der Stirn, dann ging er mit müdem Schritt weiter.

Es dämmerte langsam, doch er kannte den Weg. Nicht mehr weit, schon nach der nächsten Biegung würde er seinen Hof sehen.

Ein leichter Wind kam auf. Die Blätter um ihn herum rauschten. Und jetzt, auf einmal, wehten auch leise Trommelklänge zu ihm herüber.

Sofort kroch die Wut in ihm hoch! Das waren diese Spinner! Aber wenigstens lungerten sie nicht mehr in unmittelbarer Nähe zu seinem Hof herum, sondern hatten sich in den südlichen Teil des Waldes verpisst, nachdem er ihren heiligen Baum gefällt hatte. Der Gedanke stimmte ihn geradezu fröhlich und ließ ihn beinahe die Schmach vom Stammtisch vergessen.

Endlich. Gleich war er zu Hause. Die Stalllaterne brannte. Und auch hinter dem Wohnzimmerfenster glomm warmes Licht in die aufziehende Nacht. War Katrine etwa noch auf? Natürlich, er kam ja diesmal nicht so spät wie sonst nach Hause. Verdammte Pechsträhne!

Da bemerkte er plötzlich einen Schatten an der Hauswand. Schlagartig war Magnus hellwach. Katrine ging nie nach Anbruch der Dämmerung über den Hof, vor allem nicht, wenn sie allein war. Sollte sich etwa ein Einbrecher im Zwielicht herangewagt haben?

Mit großen Schritten hastete Magnus auf seinen Hof zu.

Da, da war es wieder! Ein Knacken im Unterholz, ein schemenhafter Schattenriss. Genau gegenüber dem Wohnhaus duckte sich eine Gestalt am Waldrand ins Gebüsch! Kein Tier. Ein Mensch, eindeutig. Den Kerl schnappte er sich!

Magnus pirschte sich, so leise er konnte, an die Stelle heran, an der er eben noch die menschliche Silhouette ausgemacht hatte, doch offenbar nicht leise genug. Ein Ruck ging durch die Gestalt. Aber bevor sie sich umdrehen und im Unterholz verschwinden konnte, war Magnus schon bei ihr und riss sie am Kragen herum.

»Wer bist du? Was machst du hier?«

Magnus' Pranken packten den strampelnden Unbekannten und schmetterten ihn gegen den nächsten Baum. Mit einem schmerzerfüllten Keuchen entwich ihm alle Luft aus den Lungen, sein Widerstand brach. Beinahe leblos hing sein Körper, aus dem alle Spannung gewichen war, an Magnus' Händen, die ihn am Kragen in die Höhe drückten.

»Bitte lass los! Du tust mir weh!«

Die Stimme eines jungen Mannes!

Doch anstatt ihn loszulassen, zog ihm Magnus mit einem Ruck die Kapuze seines Pullovers vom Kopf. Zum Vorschein kam ein bartloses Gesicht mit sanften Zügen, um das schulterlange blonde Haare quollen. Ein schmales Jungchen, eine halbe Portion, die erst noch zu einem richtigen Mann werden musste.

Und dann wusste er auf einmal, wen er da vor sich hatte! Wer dieser Hänfling war! Nicht, wie er hieß. Aber warum er hier in der einbrechenden Dunkelheit vor seinem Hof herumlungerte. Die Erkenntnis traf Magnus wie ein Faustschlag in die Magengrube!

Seit Helen ihm von Katrines Kuss auf dem Dorffest

erzählt hatte, hatte er darauf gewartet. Auf den Moment, es endlich zu erfahren. Endlich zu erfahren, wer sein Nebenbuhler war. Und hier stand er!

Natürlich hatte er Katrine nicht auf Helens Beobachtung angesprochen. Dann wäre es vorbei gewesen, das hatte er instinktiv gespürt. Nein, es gab Dinge, die erst zur Gewissheit wurden, wenn man sie laut aussprach. Solange man sie aber totschwieg, waren sie nicht real. Also hatte er geschwiegen. Und gleichzeitig hatte die Angst vor der drohenden Gefahr seine Sinne geschärft.

Er hatte Katrine beobachtet, auf einen unbedachten Versprecher gewartet, auf eine verräterische Geste, eine zufällige Enthüllung. Aber Katrine hatte sich zu nichts dergleichen hinreißen lassen.

So hatten sich mit der Zeit Zweifel in sein Herz geschlichen. Vielleicht war es ja wirklich nur ein einziger Kuss gewesen? Ein Ausrutscher auf dem Dorffest, vom Alkohol befeuert? Eine einmalige Sache, die nichts zu bedeuten hatte?

Aber warum berührte sie ihn dann nicht mehr? Wo sie sich doch nichts sehnlicher als ein Kind wünschten.

Es war der Hof, der vermaledeite Hof! Das Leben hier war hart, sie waren abends oft zu erschöpft, um Zärtlichkeiten auszutauschen oder gar in die Leidenschaft ihrer Anfangsjahre zurückzufallen. Die müden Glieder sehnten sich nach nichts als Schlaf. Sein Begehren, seine Fleischeslust, sein Verlangen danach, dass sie ihn endlich wieder in sich aufnahm, all das brannte in ihm, aber er konnte es kontrollieren. Er würde sie niemals zu etwas zwingen. Und so war es Magnus genug, jeden Abend neben der Liebe seines Lebens einzuschlafen und morgens wieder neben ihr aufzuwachen.

Aber jetzt, da er diesen Hänfling am Kragen gepackt hatte, wusste er, was für ein liebeskranker Idiot er gewesen war. Dass Katrine ihm die ganze Zeit etwas vorgespielt, dass sie ihn in den letzten Wochen perfekt in die Irre geführt hatte. Dass es mehr als nur ein Kuss gewesen war. Dass sie ihn nicht mehr liebte. Dafür diesen Jungen von höchstens Ende zwanzig, der mit seinen langen Haaren und den bartlosen, filigranen Gesichtszügen wie das genaue Gegenteil von ihm wirkte: sanftmütig und zart.

Magnus schoss das Blut in den Kopf. Er spürte, wie sich die Ader an seinem Hals weitete und schmerzhaft zu pochen begann.

»Du bist das also«, krächzte er mit belegter Stimme. »Du bist wegen Katrine hier.«

Angeekelt ließ Magnus ihn los, sodass der junge Mann auf den Waldboden krachte. Es war keine Frage, sondern eine Feststellung gewesen. Magnus hatte keinen Zweifel an der Richtigkeit seiner Vermutung, und selbst wenn er sie gehabt hätte, so wäre er nun brutal mit der Wahrheit konfrontiert worden.

»Ja, richtig.« Der junge Mann rappelte sich auf und strich sich selbstbewusst die langen Haare aus dem Gesicht. »Ich bin wegen Katrine hier.«

»Ach ja? Macht ihr das immer so? Kommst du jeden Dienstag hierhergeschlichen und vögelst meine Frau in unserem Ehebett, während ich in Tönsburg beim Kartenspiel bin?« Heiße Wut stieg in Magnus hoch, die nur noch brennender wurde, als er das abfällige Grinsen im Gesicht seines Gegenübers wahrnahm.

»Nichts weißt du, gar nichts.«

Magnus folgte dem beiläufigen Blick des jungen Mannes und erkannte einen prall gefüllten Rucksack im

Gebüsch. Es dauerte einen Augenblick, bis sein Verstand ihm erklärte, was er da sah. Doch dann schoss ihm der Schrecken in die Glieder.

»Was wird das hier? Was soll das? Wieso kommst du mit Gepäck?«

Mit zwei Schritten war er am Rucksack und riss ihn auf. Ein dickes Portemonnaie flog ihm entgegen, das so voll mit Scheinen war, dass es sich schon gar nicht mehr schließen ließ. Darunter kam Kleidung zum Vorschein. Hygieneartikel. Alles, was man brauchte, um für längere Zeit zu verreisen.

Oder um irgendwo ein neues Leben zu beginnen.

Magnus schaute auf den Rucksack hinab, sein Atem ging stoßweise, seine Hände begannen zu zittern. Seine schlimmste Angst wurde wahr, sein allergrößter Albtraum.

Schritte hinter ihm. Er spürte, wie sich das Bürschchen näherte und ihm sanft eine Hand auf die Schulter legte.

»Lass sie gehen.«

Mit einem Ruck schoss Magnus herum. »Niemals!« Speichelbläschen platzten in seinen Mundwinkeln. »Niemals lasse ich Katrine gehen. Und ich werde auch nicht zulassen, dass du mir meine Frau stiehlst.«

»Ich stehle dir gar nichts.« Der junge Mann wirkte auf einmal sehr ruhig und gefasst. Und genau deswegen trafen ihn seine Worte so hart. »Sie liebt dich nicht mehr.«

Der Schmerz war unbeschreiblich. Es fühlte sich an, als wäre ihm die Herzschlagader geplatzt. Magnus glaubte zu spüren, wie das Leben aus ihm wich.

»Vielleicht hat sie dich nie wirklich geliebt.«

Blut flutete sein Inneres und stieg in ihm hoch bis hinter die Augen.

»Du kannst sie nicht gegen ihren Willen festhalten.«

Über seinen Blick legte sich ein rötlicher Schleier. Seine ganze Welt war nur noch rot.

»Sie wird dich verlassen.«

NEIN!

Ein Krachen in seinem Kopf ließ Magnus wohlig erschauern. Die Erinnerung an das Geräusch, als unter den langen Haaren der Schädelknochen geborsten war.

Er hatte das nicht gewollt. Aber es hatte ihm auch nicht leidgetan. Was hatte ihn der Junge auch so provozieren müssen?

Ein Schlag, ein einziger Schlag. Er war gefallen wie ein Baum. Wie die gottverdammte Esche, die Magnus kurz zuvor gefällt hatte.

Der Aufschlag. Ein Knirschen. Dann Stille.

Der Wald hielt kurz inne. Doch nur für einen Wimpernschlag. Dann flüsterte wieder der Wind in den Blättern, kleine Tiere schoben sich raschelnd durch das Unterholz, Zweige knackten, irgendwo schrie ein Vogel. Es war wie immer. Als wäre nichts geschehen. Als wäre nicht gerade ein Lebenslicht erloschen. Die Natur machte einfach weiter. Und selbst die leise Heidenmusik in der Ferne setzte wieder ein. Die Trommeln schlugen im Rhythmus seines rasenden Herzens.

Und da hatte er plötzlich seine Chance erkannt.

Alles würde bleiben, wie es war. Katrine und er, für immer. Er hatte die Gefahr beseitigt, vielleicht konnte er sogar zwei Fliegen mit einer Klappe schlagen. Den verhassten Odinisten etwas anhängen. Und wenn er schnell war, hatte er sogar ein Alibi.

Noch während er das dachte, griff er nach dem Taschenmesser, das er immer bei sich trug. Er hatte so viele Schweine geschlachtet, ein Schwein mehr machte ihm da auch nichts mehr aus.

Sein Hirn war wie auf Autopilot. Er beeilte sich.

Schließlich schnitt er ihm das gottlose Zeichen in die nackte Schwarte, die Messerspitze kratzte hart über das Rückgrat, doch er spürte nichts außer Befriedigung.

Als er alles hergerichtet hatte, riss er die Geldscheine aus dem Portemonnaie. Da rutschte ihm das Foto entgegen. Katrine! Dieses Bild hatte er noch nie zuvor gesehen. Sie lachte so überglücklich! Sie lachte ihn an. Nein, so hatte sie ihn noch nie angelacht. Wer auch immer das Foto gemacht hatte, er war der Glückliche, der von ihr mit dem glückseligsten Strahlen bedacht worden war.

Kurz war es, als entwiche ihm alle Kraft. Ein faustgroßer Kloß schnürte ihm den Hals zu. Eine Träne klatschte auf das Gesicht seiner Frau. Seine schwieligen Finger streichelten sie weg. Dann steckte er das Foto ein. Ab sofort würde die glückliche Katrine immer bei ihm sein.

Er vergrub den Rucksack und die Kleidung, die er dem Toten vom Leib geschnitten hatte. Niemand würde sie je in der Tiefe des Waldes finden. Dann rannte er los. Zurück nach Tönsburg. Einmal kurz drehte er sich noch um. Er sah seinen Hof in der Ferne, wo hinter dem Wohnzimmerfenster immer noch Licht brannte.

Ein wölfisches Lächeln zerschnitt sein Gesicht.

Sie würde vergeblich warten.

GEGENWART

23

»Ja, so könnte es gewesen sein.«

Reza schaute Connie und Nora an, die gerade ihre Hypothese des Tathergangs beendet hatten.

»Aber wieso diese Rune? Ich meine, woher wusste er davon? Mag ja sein, dass die Musik in der Mittsommernacht Magnus Hauge wirklich erst auf die Idee gebracht hat, den Mord an Kristoffer Kjær als heidnisches Opferritual zu vertuschen. Er zieht ihn nackt aus, legt ihn über den Stumpf von diesem heiligen Baum. Alles nachvollziehbar. Aber wie kam er auf die Rune?« Sein Blick wanderte durch den Raum und blieb schließlich an der Rückwand des Whiteboards hängen. »Natürlich!«, rief er aus und hatte sich in Gedanken seine Frage längst selbst beantwortet. Er sprang auf und drehte das Whiteboard wieder herum. »Ey, ich gucke da seit Tagen drauf! Mir geht das Bild gar nicht mehr aus dem Kopf!« Er deutete auf das schwarz-weiße Zeitungsfoto, das völlig ungeniert die nackte Leiche von Rainer Thun zeigte – und die Rune, die in sein Fleisch geritzt worden war. »Das Bild war damals in allen Zeitungen. *Daher* wusste Magnus Hauge von der Rune.«

»Reza, du guckst seit Tagen auf das Bild. Kein Wunder, dass es dich bis in deine Träume verfolgt.« Nora legte die Stirn in Falten. »Aber als Kristoffer Kjær starb, war der Mord an Rainer Thun schon dreißig Jahre her. Dreißig Jahre! Meinst du wirklich, dass Magnus Hauge sich dann noch an die Rune erinnert hat?«

»Ganz sicher«, sprang Connie Reza bei. »Magnus Hauge kannte Rainer Thun. Er hatte sogar ein persönliches Verhältnis zu ihm! Thun war Hilfsarbeiter auf dem Hauge-Hof oder besser gesagt damals noch auf dem Jessen-Hof. Wenn jemand, den du kennst, auf so bestialische Art umgebracht wird, dann brennt sich dir das ins Gedächtnis ein.«

Reza schaute auf die Nauthiz-Rune. »Außerdem kann man sie sich wirklich leicht merken.«

»Also gut«, fuhr Nora fort. »Gehen wir mal von der Hypothese aus, dass Magnus Hauge Kristoffer Kjær wirklich als Heidenopfer inszeniert hat, als Nachahmungstat von dem dreißig Jahre zuvor verübten Mord an Rainer Thun. Danach hetzt er mit den erbeuteten Kronen zurück in die Dorfkneipe nach Tönsburg, wo er lustig weiter Karten spielt. Alle sind schon ordentlich angetrunken, keiner guckt auf die Uhr, es gibt keine feste Sitzordnung, es ist ein Kommen und Gehen: Perfekt für ihn. Vielleicht füllt er die anderen auch ab, schmeißt ein paar Trinkrunden. Auf jeden Fall spekuliert er darauf, dass sich später keiner mehr so ganz genau daran erinnern kann, wann er wirklich weg war. Oder dass sich keiner mehr daran erinnert, dass er überhaupt weg war.«

»Zu Hause wäscht er sich und verbrennt seine Sachen, an denen eventuell noch Blut klebt. Damit hat er dann alle möglichen Spuren beseitigt.«

»Bis auf die Geldscheine, an denen ja laut Aussage von Helen Hauge Blutspritzer gewesen sein könnten.«

»Geldscheine, die seit dreißig Jahren im Umlauf sind und die wir als Beweismittel nie wieder rekonstruieren können.« Nora seufzte.

Reza blies demonstrativ die Backen auf. »Ganz genau.

Das ist ja eine schöne Theorie, aber nichts davon können wir beweisen.«

»Noch nicht«, sagte Connie. Doch ihren untrüglichen Optimismus wollten weder Reza noch Nora teilen.

»Reza hat recht. Das sind nichts als Vermutungen. Magnus Hauge müsste die Tötung von Kristoffer Kjæer schon gestehen, ansonsten werden wir ihm das niemals hieb- und stichfest nachweisen können.«

»Sollte unser Hauptaugenmerk nicht auf dem aktuellen Fall liegen? Auf dem Tod von Katrine Hauge?« Angriffslustig zog Reza die Computertastatur zu sich heran. »Wenn nicht bald mal der Bericht der Spurensicherung kommt, dann –«

»Bodil Brodersen!«, unterbrach ihn Nora aufgeregt. »Was ist, wenn sie gar kein Todesengel ist, sondern ein Racheengel?«

»Rache als Motiv?«, fragte Connie.

Nora nickte. »Katrine war nicht dumm. Ab dem Moment, als Helen Hauge sich verplappert hat, wird sie sich zusammengereimt haben, was in der Nacht von Kristoffers Tod passiert sein könnte. Vielleicht hat sie diese Vermutung mit Bodil geteilt. Vielleicht musste sie mit jemandem darüber sprechen, sich ihren Kummer von der Seele reden. Und vielleicht hat sie Bodil doch verraten, was in dem Brief an die Polizei stand. Nämlich dass sie ihren Mann des Mordes an Kristoffer Kjær verdächtigt.«

»Ein bisschen viel *vielleicht,* findest du nicht? Das sind nichts als Hypothesen.«

»Die aber nicht ganz abwegig klingen«, musste Reza zugeben.

»Du denkst also, wenn Bodil Katrines Verdacht geteilt hat und auch davon ausgegangen ist, dass Magnus Hauge ihren Bruder Kristoffer umgebracht hat, dann könnte sie sich an ihm durch den Mord an Katrine gerächt haben?« Connie zog ihre Brauen so sehr in die Höhe, dass sie über ihrem Haaransatz zu schweben schienen.

»Bodil wollte Rache!« Noras Stimme klang fest und bestimmt. »Und an Magnus Hauge kann man sich am besten rächen, wenn man ihm das Liebste auf der Welt nimmt: seine Frau! Katrines Tod ist für ihn die schlimmste Strafe! Vor allem, wenn man ihm nach dreißig Jahren den Mord an Kristoffer nicht mehr nachweisen und ihn nicht dafür bestrafen kann.«

»Das ist ja schon fast alttestamentarisch: Auge um Auge, Zahn um Zahn.« Reza verzog das Gesicht.

»Ja, aber auch die Binderune auf dem Rücken spricht dafür! Das Zeichen der beiden Liebenden, Kristoffers und Katrines ganz persönliches Liebessymbol! Bodil konnte mit dem Mord nicht nur Magnus bestrafen und ihren Bruder rächen, sondern hat Katrine auch auf die sanfteste Weise erlösen und sie in Liebe wieder mit ihrem Bruder zusammenführen können.«

»Also, wenn wir hier schon wild herumfantasieren, dann könnte ich auch noch ein Szenario beitragen.« Connie lehnte sich auf ihrem Stuhl zurück und legte die Füße auf den Tisch. »Was ist, wenn Katrine Hauge sich freiwillig geopfert hat? Ein Opfer pro Generation für *Stærkt Bånd,* immer zu Mittsommer.«

»Connie, nicht schon wieder deine Menschenopfer«, stöhnte Reza.

»Waren wir damit nicht eigentlich schon durch?«, wagte auch Nora einen Einwand.

»Nicht im Fall von Katrine Hauge. Denn die glaubte auch an die alten Götter«, überging Connie die Einwände und erläuterte weiter ihre Theorie. »Sie war todkrank und hatte nicht mehr lange zu leben. Das wusste vor allem Bodil, die sie gepflegt hat. Und die Zugriff auf Pathmin hatte, mit dem Katrine extrem sanft und schmerzfrei getötet wurde. Also ist ja wohl die Frage erlaubt: Hat Katrine sich vielleicht bewusst für das Ritual zur Verfügung gestellt?«

»Aber laut den Zeugenaussagen, die wir von den Teilnehmern des Mittsommerfestes eingeholt haben, wurde Bodil von allen den ganzen Abend über gesehen«, murmelte Reza.

»Ach, das hatten wir doch schon. Die geben sich einfach alle untereinander Alibis«, rief Connie. »Und es ist doch ganz besonders auffällig, wie sich angeblich *alle* daran erinnern können, dass ausgerechnet Bodil die ganze Zeit über da war.«

»Nee, es ist vielmehr so, dass alle Befragten mit Bodil etwas Positives verknüpfen.« Reza deutete auf einige rot markierte Textstellen auf seinem Monitor. »Bodil Brodersen muss wohl mehrmals mit einer riesigen Kiste selbst gebackener Kekse die Runde gemacht haben. Deswegen können sich alle so gut daran erinnern, dass sie den ganzen Abend über da war.«

Bodils Kekse! Natürlich! Davon hatte sie Nora an dem Abend auch mehrmals angeboten.

»Es stimmt. Ich meine auch, mich zu erinnern, dass Bodil den ganzen Abend über da war«, musste Nora widerwillig zugeben. »Auf jeden Fall ist sie nicht gemeinsam mit Lasse und Ingvar weggegangen. Das weiß ich ganz sicher.«

Shit! Wenn Bodil wirklich den ganzen Abend über dort gewesen war, was alle Blót-Teilnehmer bezeugten inklusive der Undercover-Kommissarin, dann hatten sich mit einem Schlag auch die Todes- und Racheengel-Theorien erledigt. Nora ballte enttäuscht die Fäuste.

»Na gut, dann war es Bodil eben nicht allein. Vielleicht war sie ja Teil eines Teams«, sagte Connie mit Nachdruck. »Bodil Brodersen bereitet mit dem Medikament so weit alles vor, betäubt Magnus und sediert Katrine. Und Lasse Hansen, der Mann fürs Grobe, und Ingvar Poulsen, der alte Zeremonienmeister, vollziehen dann im ehemals heiligen Hain das Opfer.«

Nora schüttelte unwillkürlich den Kopf. Irgendetwas in ihrem Inneren sträubte sich vehement dagegen, bei Katrine Hauges Tod von einem heidnischen Opferritual auszugehen. Doch Connies Hypothese ließ sich auch nicht widerlegen. Es fehlten einfach noch die entscheidenden Puzzleteile, um endlich das ganze Bild sehen zu können.

Rezas Handy vibrierte auf der Tischplatte.

»Chris?!« Er stellte den Anruf auf Lautsprecher.

»Ich bin gerade auf der Rückfahrt von Dr. Valerie Günther«, tönte Kösters Stimme durch das Rauschen der Autofahrt hindurch. »Sie hat auf Anraten ihrer Anwältin zugegeben, dass sie am Abend vor Katrine Hauges Tod tatsächlich auf dem Hauge-Hof war. Sie war mit ihr verabredet. Katrine Hauge hatte angeblich um das Treffen gebeten. Und Dr. Günther hat die Einladung natürlich nur zu gerne angenommen. Sie wollte noch einmal mit ihr reden. Um diesen Enthüllungsartikel zu verhindern. Aber ein ohrenbetäubender Streit hat sie davon abgehalten.«

»Streit? Was für ein Streit?«

»Die Günther behauptet, sie habe aus dem Inneren des Hauses eine extrem aggressive Auseinandersetzung mitbekommen. Magnus und Katrine Hauge hätten sich angeschrien. So laut, dass sie es trotz geschlossener Fenster schon beim Aussteigen gehört habe.«

»Hat sie auch mitbekommen, worum es ging?«

»Leider nein. Aber es muss hoch hergegangen sein. Angeblich hat sie gehört, wie von innen etwas gegen die Wand geworfen wurde und zerbrochen ist. Irgendetwas aus Glas oder Porzellan, schätzt sie. Jedenfalls war sie von der aggressiven Stimmung so abgeschreckt, dass sie trotz ihrer Verabredung unverrichteter Dinge wieder gefahren ist. Sie sagte, das sei ihr einfach nicht wie der richtige Zeitpunkt für ein klärendes Gespräch erschienen.«

»Das deckt sich übrigens mit der Aussage der Helmers«, ergänzte Reza. »Die haben gesehen, wie das Auto von Dr. Günther keine fünf Minuten später wieder über den Waldweg zurückgebrettert ist.«

»Und warum hat Katrine Hauge ihre Ärztin um ein Treffen gebeten? Was wollte sie von ihr?«, fragte Nora nachdenklich.

»Das weiß Dr. Günther nicht«, antwortete Kösters Stimme aus dem Handylautsprecher. »Das hat ihr Katrine Hauge angeblich nicht gesagt.«

»Soso. Die Hauges hatten also Streit. Am Vorabend von Katrines Tod«, resümierte Connie, nachdem Köster aufgelegt hatte. »Auch das hat Magnus Hauge irgendwie vergessen, uns zu erzählen.«

»Ich habe die Überreste davon gesehen.« Nora hatte auf einmal den Scherbenhaufen wieder vor Augen, der ihr im Hauge-Wohnzimmer so unangenehm aufgefallen war. »Da lagen Scherben auf dem Boden an der Wand. Große Scherben.«

»Aggression. Kontrollverlust. Gewalt. Vielleicht hat er

deswegen nichts gesagt. Wäre ja nicht der erste Streit, der in Mord und Totschlag endet, oder?«

»Du meinst, Magnus Hauge hat seine Frau umgebracht?«

»Ich meine gar nichts. Ich sammle Fakten. Fakt ist: Magnus und Katrine Hauge hatten Streit. Und Fakt ist auch: Keine zwölf Stunden später ist Katrine Hauge tot.«

»Aber nicht in einer Affekttat getötet, was für den Streit spräche, sondern durch eine umsichtig geplante Aktion.«

»Ja, aber auch auf eine sehr liebevolle Weise. Durch eine Überdosis Pathmin sanft entschlafen. Das ist doch ein Tod, den man sich für Menschen, die man liebt, wünscht.«

»Gerade warst du doch noch felsenfest davon überzeugt, dass sie bei einem Heidenkomplott geopfert wurde!«

»Meine Güte, Nora! Jetzt bleib doch mal geistig flexibel! Das ist unser Job: Hypothesen aufzustellen und sie dann mithilfe von Fakten und Beweisen auszusortieren oder zu untermauern.«

Ein Signalton erklang. Doch Connie und Nora hörten ihn gar nicht. Reza hingegen öffnete die Mail sofort und überflog die Zeilen.

»Gut, dann bleibe ich mal *geistig flexibel* und gehe bei deiner These mit«, schnaufte Nora. »Aber wie passt der aggressive Streit dazu? Einerseits werden im Affekt Gegenstände geworfen, andererseits wird eine äußerst sanfte Tötungsart gewählt. Sorry, Connie, aber das widerspricht sich doch total!«

»Nicht unbedingt. Vielleicht war das, worüber sie sich gestritten haben, nur der Tropfen, der das Fass zum Überlaufen gebracht hat. Der Magnus Hauge in seinem Entschluss noch bestärkt hat, den schon lange gehegten Plan, seine todkranke Frau zu erlösen, endlich in die Tat umzusetzen.«

»Schluss mit den Spekulationen! Wir müssen herausfinden, worüber die sich gestritten haben.« Nora kratzte sich am Hinterkopf. »Irgendetwas ist da eskaliert. Aber was genau?«

»Vielleicht das hier?« Reza drehte seinen Monitor in ihre Richtung. »Der Bericht von der Spurensicherung vom Hauge-Hof ist endlich da!«

Nora und Connie lasen, dann entgleisten ihnen zeitgleich die Gesichtszüge.

Während Nora und Connie zum Hauge-Hof rasten, wurde hundertfünfzig Kilometer weiter nördlich, irgendwo in einer kleinen, abgelegenen Gemeinde in Jütland, Lasse Hansen festgenommen. Die dänischen Kollegen, die den Zugriff durchgeführt hatten, übergaben den in Handschellen gelegten und vollkommen verwirrt wirkenden Wikinger an Jule und Hellmann.

»Fahndung? Vorläufig festgenommen?«, stammelte Lasse Hansen. »Wieso? Warum denn? Was soll das alles?«

»Sie stehen unter dem dringenden Tatverdacht, Katrine Hauge getötet zu haben.« Hellmann drückte Lasse Hansen gerade auf die Rückbank des bereitstehenden Zivilwagens, als Jule von einem dänischen Polizeibeamten einen Beweissicherungsbeutel gereicht bekam. Darin glänzte ein sichergestelltes Messer, das dem von der Videoaufnahme verdächtig ähnlich sah. Hellmann und Jule warfen sich einen Blick zu.

»Was?« Lasse Hansen riss den Kopf hoch und starrte mit großen Augen zu Hellmann hinauf, der neben ihm in der offenen Autotür stand. »Katrine Hauge ist tot? Die Frau von dem Schweinebauern? Von unserem Hater?«

Lasse Hansen war so erschüttert, dass er für ein paar Sekunden gar nichts mehr sagen konnte. Seine Sprachlosigkeit nutzte Hellmann, um mit der Belehrung fortzufahren. »Es steht Ihnen frei, sich zum Tatvorwurf zu äußern oder zu schweigen. Sie müssen nichts sagen, was Sie selbst belasten könnte. Sie haben das Recht, jederzeit einen Verteidiger hinzuzuziehen. Haben Sie das verstanden?«

»Sie wurde umgebracht?« Lasse Hansen war viel zu sehr mit seinem Gedankenchaos beschäftigt, um Hellmanns Frage zu beantworten. »Das ist ja schrecklich!«

Hellmann schlug die Autotür zu, umrundete den Wagen und setzte sich neben Lasse Hansen auf die Rückbank. Jule nahm hinter dem Steuer Platz und startete den Motor.

»Herr Hansen, haben Sie die Belehrung gerade verstanden? Und verstehen Sie, warum Sie vorläufig festgenommen sind?«

Lasse Hansen schwieg.

Jules Blick traf sich mit Hellmanns im Rückspiegel.

»Nun gut, dann fahren wir jetzt zurück nach Tönsburg und werden Sie dort zum Tatvorwurf vernehmen. Möchten Sie einen Rechtsbeistand hinzuziehen?«

»Ich brauche keinen Anwalt. Ich habe nämlich überhaupt nichts gemacht! Ich war das nicht! Das ist der Hauge! Der will mir was anhängen!«

Auf Hellmanns Nicken hin drehte Jule den Zündschlüssel zurück und startete stattdessen die Aufnahmefunktion ihres Handys.

»Wieso denken Sie, dass Herr Hauge Ihnen etwas anhängen will?«

»Weil der uns hasst! Schon immer! Der tut alles, um uns zu vernichten!« Lasse Hansen pumpte seinen Brustkorb auf und spannte die Oberarmmuskeln an, was ihn selbst im Sitzen zu einer imposanten Erscheinung machte. »Und weil ich optisch für einige Leute ein gewisses Klischee bediene, hat er sich vielleicht gedacht, dass er das am besten mir anhängen kann. Dem prolligen Odinisten! Dem unkultivierten Schlächter! Dem Barbaren!« Aus Lasses Augen sprühte die Wut. Aber auch ein klein wenig Stolz, wie Jule im Rückspiegel zu erkennen glaubte.

Hellmann ging über Lasses Provokation einfach hinweg. »Unterstellungen sind nicht Grundlage unserer Arbeit, Herr Hansen, sondern Fakten«, sagte er ruhig. »Es gibt Videomaterial von Ihnen.«

Lasse Hansen schaute erstaunt auf. »Was für Videomaterial?«

»Videomaterial, das Sie in einer wenn nicht belastenden, dann doch zumindest erklärungsbedürftigen Situation zeigt. Wie Sie kurz vor der Tatzeit am Waldrand entlang Richtung des späteren Fundortes der Leiche gehen. Mit einem Messer.«

Lasse Hansen sackte in sich zusammen, als hätte man ihm den Stecker gezogen. Unter seinen großflächigen Tattoos wirkte er auf einmal klein und hilflos. Aber Jule kam es weniger so vor, als fühlte er sich ertappt, als vielmehr peinlich berührt.

»Ach so.« Der Wikinger schluckte trocken. »Das kann ich erklären.«

»Nur zu.« Hellmann beugte sich vor. »Wir sind ganz Ohr, Herr Hansen.«

GEGENWART

24

Der raue Strick um seinen Hals kratzte. Der Schemel unter seinen schweren Stiefeln wackelte. Aber es war nicht Angst, die Magnus Hauge erzittern ließ, sondern bleischwere Traurigkeit. Nicht darüber, dass die Schweine, diese Mistviecher, denen er den größten Teil seines Lebens geopfert hatte, sich einen Dreck darum scherten, was hier gleich mitten unter ihnen passieren würde. Sondern darüber, dass er trotz bester Absichten alles falsch gemacht hatte. Jede seiner Entscheidungen, alle seinen Taten waren falsch gewesen, das wusste er nun. Und jetzt war es zu spät, noch irgendetwas daran zu ändern. Endlich tat er, was er schon längst hätte tun sollen. Aber bisher hatte ihn der Gedanke an Jytte davon abgehalten. Und auch jetzt war sie es, die ihn vor seinem geistigen Auge tadelnd ansah.

Dabei wusste sie nichts. Gar nichts!

Manchmal, wenn sie lachte, erkannte er das Lachen ihrer Mutter wieder. Und wenn sie weinte, dann spiegelte sich in ihrem tränennassen Blick die Trauer, die unendliche Trauer, die seit jener Nacht vor dreißig Jahren nie wieder von Katrine abgefallen war.

Sie hatte an jenem Abend vor dreißig Jahren vergeblich auf ihren Liebsten gewartet, und als er nicht kam, war sie davon ausgegangen, dass er sie versetzt hatte.

Erst am nächsten Tag, als man seine Leiche fand, hatte sie verstanden, dass sie die Situation falsch gedeutet hatte.

Und zeitgleich waren Erleichterung und Verzweiflung über ihr zusammengeschlagen. Denn nun war er tot. Und sie für immer in ihrem alten Leben gefangen.

Weil sie allein nicht den Mut aufbrachte, ihn zu verlassen. Und weil sich Jytte angekündigt hatte. Ihr gemeinsames Glück, auf das sie lange Jahre gewartet hatten. Seine Jytte!

So gesehen war das damals die grausamste und wunderschönste Nacht seines Lebens gewesen.

Es war schon weit nach Mitternacht, als er vor ihrem Ehebett stand und auf seine schlafende Liebe hinabschaute. Er hatte getrunken, aber nicht so viel wie die anderen. Die hatte er schön abgefüllt. Die geraubten Kronen für eine Runde nach der anderen ausgegeben. Morgen würden viele Kopfschmerzen haben. Und nur noch eine vage Erinnerung an den Abend.

Auch seine Erinnerungen fransten bereits aus. Dehnten sich wie die zarten weißen Schlieren der Zirruswolken, die immer dünner wurden, bevor sie sich schließlich ganz im Blau des Sommerhimmels verloren.

Durch das gekippte Fenster hallten in weiter Ferne noch die Trommeln und Hörner durch den nächtlichen Wald und bestätigten ihn in seiner Annahme. Es schien, als hätte sich in den letzten Stunden nichts verändert. Es war immer noch drückend schwül, die Heiden feierten immer noch Mittsommer, und das, was erst vor wenigen Stunden passiert war, seine Begegnung mit diesem langhaarigen Bürschchen, dessen Namen er noch nicht einmal kannte, wirkte nur noch wie eine surreale Szene aus einem Traum, den es nie wirklich gegeben hatte.

Als er sich zu Katrine hinabbeugte, um sie sanft zu küssen, spürte er, dass ihr Kopfkissen feucht war. Tränennass? Hatte sie sich etwa in den Schlaf geweint?

Wut stieg in ihm hoch. Waren es Tränen der Enttäuschung gewesen? Darüber, dass dieses Jungchen nicht wie verabredet aufgetaucht war und sein Versprechen gebrochen hatte, mit ihr in ein besseres Leben zu fliehen?

Magnus spürte, wie ihm die Hitze zwischen die Schenkel stieg. Es war gut gewesen, was er getan hatte. Er hatte die Gefahr gebannt.

Sie gehörte ihm, nur ihm allein. Niemals würde er dulden, dass sie ihm abhandenkam.

Er entblößte sich und stieg zu ihr unter die Bettdecke. Im Halbschlaf nahm sie wahr, wie er in sie eindrang. Sie wehrte sich, doch er duldete keinen Widerstand. Diesmal nicht. Nicht in dieser Nacht. Nicht in der Nacht seines Triumphes.

Er liebte sie wie noch nie zuvor. Er gab ihr alles, was er geben konnte. Und nahm sich mehr, als sie ihm geben wollte. Viel mehr.

Erst nach dem Höhepunkt, als er erschöpft in die schweißnassen Laken sank, spürte er die Kälte, doch er verstand sie nicht. Liebevoll küsste er Katrine und zog die Bettdecke über ihren zitternden Körper. Dann schmiegte er sich an sie, umschlang sie mit seinen starken Armen und hielt sie die ganze Nacht über fest. Um sie zu wärmen, wie er meinte. Um sie für immer gefangen zu halten, wie sie wusste. Doch das spürte er nicht.

Bis heute fühlte er nichts als Liebe, wenn er an diese Nacht zurückdachte; die Erinnerung zauberte ihm jedes Mal ein Lächeln aufs Gesicht. Es war die schönste Nacht seines Lebens gewesen; die Nacht, in der er seine Tochter gezeugt hatte, wie er lange sicher gewesen war.

Das Kind seiner Liebe.

Die Frucht seines Willens.

Und ihr Glück für die Zukunft.

Jytte war der Kitt, der sie zusammenhielt. Jytte hatte sie erst zu einer richtigen Familie gemacht.

Und Katrine hatte sich ergeben. In seine Liebe. In ihr Schicksal.

Magnus hatte geglaubt, er habe gewonnen. Er hatte gedacht, es sei ausgestanden. Es hatte keinen Sinn, sich gegen die Wendungen, die das Leben ab und zu einschlägt, zu wehren. Aber manchmal wendete sich auch alles zum Guten.

Dreißig Jahre hatte Katrine sich in trügerischer Sicherheit gewähnt. Dass er nichts wusste. Nichts von dem Kuss. Nichts von diesem langhaarigen Spinner, mit dem sie hatte abhauen wollen.

Doch dann war der Brief zurückgekommen. Und nichts war mehr gewesen wie zuvor.

Schlagartig war ihm klar geworden, dass *er* es gewesen war, der sich in trügerischer Sicherheit gewähnt hatte.

Denn sie wusste es! Sie wusste alles!

Helen hatte sich verplappert, da hatte Katrine schon Verdacht geschöpft. Hatte ihm Vorwürfe gemacht, ihn angeschrien, geweint und getobt. Aber nichts von ihren gehässigen Fantasien hatte sie beweisen können. Bis sie einen zufälligen Blick in seine Brieftasche geworfen hatte.

Ab da hatte sie es gewusst.

Ab da hatte sie einen Beweis gehabt.

Und ab da war es vorbei gewesen.

Denn sie war wütend! Und sie wollte seine Vernichtung!

Ihr Brief war lang gewesen; mehrere eng beschriebene Seiten. Sie hatte alles notiert, was sie wusste und beweisen konnte, und noch viel mehr, was sie nur ahnte. Der Brief war eine Anklageschrift gewesen, eine Zeugenaussage, ein Geständnis. Und ein Hilferuf. Dass man sie nach dreißig Jahren endlich von dem Monster befreite, von diesem grausamen Mörder. Denn genau das hatte sie geschrieben: dass sie einen Beweis dafür hatte, dass ihr Mann ihren Liebhaber umgebracht hatte. Und dass man bitte kommen, das Foto sicherstellen und ihn verhaften möge.

Sie hatte ihn verraten.

Sie hatte ihn ans Messer geliefert.

Seine Hände ballten sich zu Fäusten. Die Vorstellung tat immer noch so weh.

Er hatte ihr alles geopfert. Alles!

Er hatte ein Leben als Schweinebauer gelebt. Für sie!

Er war ihr immer treu gewesen. Immer!

Und sie?

Wieso konnte sie nicht einfach glücklich sein? Mit ihm?!

Er hatte den Brief genommen und das Foto aus seinem Geldbeutel gezogen, war eilig hinter den Schweinestall gegangen und hatte beides verbrannt. Jetzt gab es keinen Beweis mehr. Nur noch die wilden, hanebüchenen Spekulationen einer todkranken und verzweifelten Frau, die sich nicht beweisen ließen. Und die die Polizei sowieso nicht erreicht hatten.

Sie wusste nicht, dass der Brief zurückgekommen war. Schon wieder wartete sie vergebens. Darauf, dass jemand kam und sie erlöste.

Doch nur der Tod würde noch kommen und sie erlösen, und bis dahin blieb er an ihrer Seite.

Er hatte ihr doch längst verziehen. Auch wenn der Verrat noch schmerzte. Aber er war bereit gewesen, seinen Pflichten als treu sorgender Ehemann nachzukommen und ihr in diesen letzten Wochen und Monaten beizustehen. Auch wenn sie auf andere hoffte: *Er* war es, der bei ihr war. Der an ihrer Seite stand. Der sie begleitete und stützte.

Aber dieser Streit vor drei Tagen hatte ihn kalt erwischt. Er war aus dem Nichts gekommen. Als hätte Katrine auf die Uhr geguckt und um Punkt 18 Uhr beschlossen, ihn mit Boshaftigkeiten zu überschütten. Ihn bis zur Weißglut zu reizen. Ihn so lange zu provozieren, bis er sich vergaß.

Sie hatte ihn beschimpft, beleidigt, gedemütigt, seine Manneskraft verhöhnt und seine Liebe verspottet. Er war lange ruhig geblieben, aber dann hatte sie ihm gedroht, Jytte alles zu erzählen. Dass sie ein Kind wahrer Liebe sei, in einem Moment aufrichtiger Zuneigung gezeugt. Und nicht während einer ehelichen Vergewaltigung.

Da war ihm wieder das Rot hinter den Augen hochgestiegen. Und dann hatte er gebrüllt. Den nächstbesten Gegenstand gegriffen und nach ihr geworfen. Sie Gott sei Dank verfehlt. Aber sich nichts sehnlicher gewünscht, als dass sie endlich den Mund hielt. Für immer.

Jetzt war sein Leben vorbei. Er hatte nichts mehr. Nichts mehr, wofür es sich zu kämpfen lohnte.

Jytte!

Sein Herz wurde schwer.

Sie war stark. Sie würde ihren Weg gehen, redete er sich ein, auch ohne ihn. Ohne ihn war sie vielleicht sogar besser dran. Dann musste sie nicht die Schmach ertragen, ein Leben lang belogen worden zu sein. Und dass ihr Vater nicht ihr Vater, dafür aber ein Mörder war.

Magnus griff hinter sich und zog sich den Knoten fest ins Genick.

Er wollte gerade den Schemel wegtreten, als ihn die Zweifel überrollten.

Vielleicht war es ja doch falsch, was er tat? Schon wieder?!

Nein, er durfte sich nicht einfach so aus dem Leben stehlen, wie ein feiger Hund, der sich vor seiner Verantwortung drückte. Er würde für alles geradestehen, was er getan hatte. Und ihr alles erklären.

Gerade als er die Arme heben wollte, um sich den Strick vorsichtig über den Kopf zu ziehen, wehte eine nervöse Unruhe durch den Stall. Die Schweine begannen zu quieken und drängten sich aufgeregt in ihren Gattern. Und dann hörte er es auch: Motorgeräusch. Quietschende Reifen. Schlagende Autotüren.

Bevor Magnus Hauge seinen neuen Entschluss in die Tat umsetzen und seinen Kopf aus der Schlinge ziehen konnte, wurde unter lautem Schweinegrunzen die Stalltür aufgerissen, und die beiden nervigen Polizistinnen, die ihm schon an Katrines Todestag so zugesetzt hatten, stürmten mit gezogenen Waffen herein. Sie erstarrten augenblicklich, als sie ihn unter dem Dachbalken stehen sahen.

»Hey, Magnus, mach jetzt keinen Scheiß!« Ohne den Blick von ihm abzuwenden, steckte die Dänin ihre Waffe zurück ins Holster. Ihre deutsche Kollegin tat es ihr nach. Mit beschwichtigend erhobenen Händen kamen sie langsam auf ihn zu.

Magnus griff nach dem Strick.

»Ja, so ist's gut. Vorsichtig. Ganz vorsichtig.«

Wie ihm diese beschissene Dänin auf die Nerven ging!

Die beiden Frauen drängten sich durch die ohnehin schon aufgeregten Schweine auf ihn zu. Plötzlich brach unter den Tieren Panik aus, und im ängstlichen Gedränge stieß eine Sau gegen den Schemel!

Magnus wackelte, versuchte krampfhaft, die Balance zu halten. Panik flutete ihn. Er hatte den Stahlbalken im Schweinestall gewählt, weil er befürchtet hatte, dass das marode Holzskelett des Wohnhauses sein massiges Körpergewicht nicht tragen würde – und er bezweifelt hatte, nach einem missglückten Versuch seinen Mut erneut zusammenkratzen zu können. Nun hingegen erfüllte ihn die berechtigte Angst, dass ihn seine Wahl tatsächlich das Leben kosten könnte.

Der Schemel kippte! Mit einem Ruck zog sich das Seil um seinen Hals zu! Seine Füße zappelten über den panischen Schweinen! Er wollte schreien, doch dafür fehlte ihm die Luft!

Die beiden Frauen stürmten schreiend auf ihn zu, die Schweine spritzten quietschend zu allen Seiten davon. Verzweifelt griff er über sich, bekam das Seil aber nicht zu fassen, dafür zog ihn sein zuckender Körper nur immer tiefer in die Schlinge. Die jüngere Polizistin rammte den Schemel wieder unter seine zappelnden Füße, umgriff seine Knöchel und verhalf ihm wieder zu festem Stand. Aber warum bekam er immer noch keine Luft? Die Panik färbte seine Welt in ein intensives Weiß, das alles überstrahlte. Durch den gleißenden Schleier glaubte er zu erkennen, wie die ältere Polizistin auf einmal ein Messer in der Hand hielt und sich an einem Querbalken neben ihm hochzog. Ein Ratschen über ihm. Dann schlug er hart auf dem Boden auf.

Connie ließ sich vom Dachbalken fallen, ihre Füße landeten direkt neben Magnus, der sich im Dreck des

Schweinegatters wälzte. Seine Lungen pfiffen, er keuchte, griff sich immer wieder an den schmerzenden Hals.

Connie und Nora schauten sich an und atmeten tief durch.

»Das war knapp.« Connie klappte das Messer zusammen, steckte es in ihre Jackentasche zurück und zog stattdessen ein paar Handschellen hervor. Dann kniete sie sich neben den immer noch nach Luft schnappenden Bauern, drehte ihm die Arme auf den Rücken und ließ den kalten Stahl um seine Handgelenke schnappen. »Magnus Hauge, Sie stehen unter dem dringenden Tatverdacht, Ihre Frau getötet zu haben. Sie sind vorläufig festgenommen.«

GEGENWART

25

»Einen Selbstmordversuch als Schuldeingeständnis zu deuten, das ist doch geschmacklos!« Hauges Anwalt, ein feister Mann mit Stirnglatze, auf der bei den sommerlichen Temperaturen die Schweißtröpfchen glitzerten, demonstrierte seine Überlegenheit mit einem lässigen Lächeln und dem ununterbrochenen Klicken seines Kugelschreibers. »Und es ist viel weniger eine zwangsläufige Schlussfolgerung als vielmehr der Ausdruck Ihrer Unfähigkeit und Verzweiflung.«

Connie atmete tief durch. »Vielleicht ist der Selbstmordversuch aber auch Ausdruck der Verzweiflung *deines Mandanten.*«

Sie saßen sich an den zusammengeschobenen Tischen in der Einsatzzentrale gegenüber, Connie und Nora auf der einen, Magnus Hauge und sein Anwalt auf der anderen Seite. Dazwischen Reza, der hinter seinen Monitoren geradezu mit dem Raummobiliar verschmolz.

»Oder warum sollte man sich sonst umbringen wollen? Ich sag dir, warum: weil man verzweifelt ist. Weil man keinen Ausweg mehr sieht. Weil man Schuld auf sich geladen hat. Hm, Magnus?« Connie funkelte Magnus Hauge über den Tisch hinweg an, doch der hatte das Reden eingestellt. Nicht etwa, weil ihn die roten Schürfstriemen am Hals daran hinderten – der Notarzt, von dem Magnus Hauge noch vor Ort versorgt worden war, hatte keine gravierenden Verletzungen festgestellt und ihm volle Vernehmungsfähigkeit bescheinigt – sondern vielmehr, weil ihm sein Anwalt dazu geraten hatte.

»Nichts als Vermutungen. Also, wenn das alles ist, was Sie haben ...« Hauges Anwalt machte Anstalten, sich aus seinem Stuhl hochzustemmen.

»Mitnichten!« Nora wartete, bis sich der Anwalt wieder hingesetzt hatte, dann suchte sie Blickkontakt zu Magnus Hauge. »Es gibt eine Zeugin, die am Abend vor dem Tod Ihrer Frau einen Streit zwischen Ihnen beiden mitbekommen hat. Einen Streit, bei dem geschrien und Gegenstände geworfen wurden. Die Atmosphäre ist uns als sehr emotional, geradezu aggressiv, vielleicht sogar gewalttätig beschrieben worden. Worum ging es da?«

Hauge schwieg.

»Gibt es denn Beweise, dass es diesen Streit wirklich gegeben hat? Das ist doch nichts weiter als Hörensagen.« Belustigt klackte der Anwalt mit seinem Kugelschreiber.

»Ich habe in den frühen Morgenstunden des darauffolgenden Tages selbst die Überreste dieses Streits gesehen«, erwiderte Nora ruhig. »Es gibt daher keinen Grund, an der Aussage der Zeugin zu zweifeln.«

Der Anwalt lächelte nur müde. »Na, wenn das alles ist. Ein Streit. Kommt in der besten Ehe mal vor.«

»Ja, wenn es nur die *beste Ehe* gewesen wäre«, murmelte Connie vielsagend.

Hauges Anwalt zupfte das Einstecktuch aus der Brusttasche seines Anzugs und wischte sich damit über die verschwitzte Stirn. »Haben Sie keine Klimaanlage hier drin?«

»Leider nein«, heuchelte Connie Bedauern. »Aber wir können Erfrischungen anbieten. Wasser oder Kaffee?«

Mit breitem Lächeln griff Connie nach der seit Stunden in der Sonne stehenden Karaffe und schenkte Wasser in die bereitstehenden Gläser. Nach nur einem Schluck des lauwarmen, fast kohlensäurefreien Wassers setzte der Anwalt mit angewidertem Gesichtsausdruck das Glas wieder ab.

»Dann bringen wir das hier am besten zügig hinter uns. Es wird auch nicht lange dauern. Mein Mandant wird sich nämlich nicht zu Ihrer Anschuldigung, er habe seine Frau getötet, äußern. Und sollte der angebliche Streit, den eine Zeugin gehört haben will, alles sein, was Ihre These untermauert, können wir wirklich sofort gehen.«

»Sie bleiben!« Nora schob eines der beiden Blätter über die Tischplatte, die Reza zuvor aus dem Drucker gezogen und ihr gereicht hatte. »Das ist der Bericht der Spurensicherung auf Ihrem Hof, Herr Hauge.«

Magnus Hauge reagierte nicht.

»Es wurde das Blut Ihrer Frau an einem Messer gefunden«, fuhr Nora fort. »An einem professionellen Fleischermesser, das zum Bestand Ihres Schlachtbestecks gehört. Zusätzlich konnte eine weitere, nur oberflächlich verwischte Blutspur auf dem Boden im Schlachtraum sichergestellt werden.«

»Na und? Dafür kann es doch viele Erklärungen geben.« Hauges Anwalt begann wieder, gelangweilt mit dem Kugelschreiber zu klicken. »Vielleicht hat sich Frau Hauge beim Schlachten geschnitten. In den Finger. Liegt das nicht nahe?«

»Frau Hauge war aufgrund ihrer Krankheit körperlich gar nicht mehr in der Lage, bei so etwas zu helfen. Außerdem liegt die letzte Hofschlachtung über ein Jahr zurück, das hat uns das zuständige Veterinäramt bestätigt.« Nora deutete auf den Ausdruck. »Katrines Blutspuren am Messer und auf dem Schlachthausboden sind aber frisch. Können Sie uns das erklären, Herr Hauge?«

»Mein Mandant muss Ihnen gar nichts erklären. Sie müssen die Beweise für Ihre absurde Theorie schon selbst finden. Aber Sie haben ja offenbar schon erkannt, dass diese Blutspuren dafür nicht ausreichend sind. Also, sonst noch was?«

»O ja.« Connies Vorfreude war so offensichtlich, dass Hauges Anwalt erstmals aus dem Konzept gebracht zu sein schien. Zumindest stellte er vorübergehend das nervtötende Kugelschreiberklicken ein.

»Es konnten auch Fingerabdrücke an dem Messer sichergestellt werden. Zwar zum Teil verwischt und mit anderen Substanzen verunreinigt …« Connies Zögern fiel nur Nora und Reza auf, und die wussten, worauf sie anspielte. »… aber ein Teil der Fingerabdrücke konnte eindeutig auf dem Messerschaft nachgewiesen und dir, Magnus, zugeordnet werden. An ausgerechnet *dem* Messer, dessen Schnittbild exakt zu den Wunden am Rücken seiner Frau passt. Das bedeutet: Das *ist* das Messer, mit dem Katrine die Rune eingeritzt wurde!«

Hauge runzelte die Stirn, sagte aber nichts.

»Ist euer Streit eskaliert?« Connie lehnte sich auf die Tischplatte und fixierte Hauge. »Hast du die Nerven verloren? Weil du gefrustet bist, dein Leben als Schweinebauer verbracht zu haben? Weil du ihr alles geopfert hast? Und eure Ehe für sie trotzdem die Hölle war?«

»Sie vergreifen sich im Ton, Frau Steenberg!«

»Oder weil ein anderer deiner Frau einen Braten in die Röhre geschoben hat?!«

Für einen kurzen Moment war Hauges Anwalt sprachlos. Die Information hatte ihn kalt erwischt. Magnus Hauge hingegen zuckte nicht einmal mit der Wimper.

»Ich hoffe sehr, dass Sie für diese Unterstellung auch

Beweise haben.« Der Ton wurde schärfer. Das Klicken des Kugelschreibers klang auf einmal wie das Durchladen eines Schrotgewehrs.

Nora schob den zweiten Ausdruck über die Tischplatte. »Unser Labor hat in Ihrem und Jyttes DNA-Material, das Sie uns freiwillig für die Vergleichsproben zur Verfügung gestellt haben, keine genetischen Übereinstimmungen gefunden. Dafür gibt es nur eine Erklärung: Sie sind nicht Jyttes leiblicher Vater, Herr Hauge.«

Die Bombe war geplatzt.

Und es passierte: nichts.

Hauges Anwalt hatte sich längst wieder gefangen, und Magnus Hauge selbst schien von dieser Information vollkommen unbeeindruckt. Er nickte sogar.

»Sie wussten es schon längst«, stellte Nora sachlich fest.

Magnus Hauge schwieg.

»Seit wann?«

Keine Antwort.

»Wie haben Sie es erfahren?«

Stille.

Aber die Ruhe war nur vorgetäuscht. Hauge begann, nervös seine Hände zu kneten.

»Herr Hauge, meine Kollegin ermittelt in einem Cold-Case-Fall. Es geht um die bislang ungeklärten Todesumstände von Kristoffer Kjær.«

»Was tut das hier zur Sache?«, ging Hauges Anwalt sofort dazwischen.

»Das weiß dein Mandant ganz genau«, blaffte Connie.

»Das erläutere ich Ihnen gerne«, bemühte sich Nora um eine weiterhin ruhige Gesprächsatmosphäre. »Wir wissen, dass Herr Kjær zu Lebzeiten eine geheime Liebesbeziehung mit Frau Hauge hatte.«

»Was kommt wohl heraus, wenn wir die Schwester von Kristoffer Kjær um eine DNA-Probe bitten und die dann mit der von Jytte vergleichen?«, stichelte Connie. »Na, was denkst du? Ob es da wohl Übereinstimmungen gibt?«

Erstmals zeigte Hauge eine deutliche Reaktion. Ein Ruck ging durch seinen Körper, sein Blick durchsiebte die Dänin mit imaginären Pfeilen.

Connie hatte einen Wirkungstreffer erzielt. Sofort setzte sie nach.

»Hast du Katrine deswegen getötet? Aus Rache? Weil du erfahren hast, dass du ein Kuckuckskind großgezogen hast? Den Samen von Kristoffer Kjær!«

Hauges Kieferknochen begannen zu mahlen. Er hatte emotionale Schlagseite.

»Musste Kristoffer deswegen sterben? Du hast ihn doch umgebracht, oder? Aber dummerweise erst, nachdem er deine Frau schon geschwängert hatte.«

Hauges Anwalt zog scharf die Luft ein. »Sie vermischen hier offensichtlich unterschiedliche Straftatbestände! Und Ihr Ton, Frau Steenberg, ist absolut inakzeptabel! Ich sehe Ihnen schon Ihr penetrantes Geduze nach, aber Ihre polemische Ausdrucksweise bekommen Sie jetzt mal besser ganz schnell in den Griff.« Die Kugelschreiberspitze zeigte wie ein Revolverlauf auf Connie. Doch die ignorierte das.

»Wir ziehen Parallelen zwischen zwei Tötungsdelikten«, konterte Nora. »Und nähern uns so einem möglichen Motiv.«

»Warum hast du Katrine getötet?« Connie fixierte Hauge. »Aus verletztem Stolz?« Unvermittelt schlug sie einen mitfühlenden Ton an. »Oder aus Liebe? Um sie zu erlösen?«

Hauges Fingerknochen knackten, so sehr knetete er seine Hände.

Nora nickte entschlossen. »Es ist Ihr gutes Recht zu schweigen, Herr Hauge. Aber wir werden das leider nur begrenzt tun können. Wir werden Jytte um eine neue freiwillige DNA-Probe bitten, um unsere Vermutung, dass Kristoffer Kjær ihr leiblicher Vater ist, zu untermauern oder zu widerlegen. Und in diesem Zusammenhang werden wir sie natürlich darüber in Kenntnis setzen müssen, dass sie nicht Ihre Tochter ist.«

»Sie ist meine Tochter!«

Hauges Stimme klang wie Schmirgelpapier.

Sein Anwalt deutete ihm mit einer stummen Geste an, still zu sein, doch Hauges Schweigen war gebrochen.

»Jytte ist meine Tochter«, wiederholte er geradezu trotzig.

»Ist sie nicht.« Connie deutete auf die Laboranalyse. »Die DNA lügt nicht. Irrtum ausgeschlossen. Ihr seid nicht miteinander verwandt.«

»Das ist mir egal! Ich weiß schon seit Jahren, dass sie nicht mein leibliches Kind ist. Aber ich liebe sie. Sie ist meine Tochter. Und ich will nicht, dass sie jemals daran zweifelt.«

»Ich fürchte, dass Sie das dann im familiären Kreis klären müssen«, entgegnete Nora bedauernd. »Im Zuge unserer Ermittlungen werden wir nicht um einen DNA-Abgleich herumkommen.«

»Dann lassen Sie es mich ihr wenigstens selbst sagen.«

»Was denn genau?« Connies Augen blitzten angriffslustig. »Dass du ihren leiblichen Vater getötet hast? Und auch noch ihre Mutter?!«

»So, das reicht jetzt! Wir gehen!« Hauges Anwalt stieß sich vom Tisch ab. Doch Hauge blieb wie festgewachsen sitzen.

»Herr Hauge, es sieht nicht gut aus.« Nora lehnte sich vor. »Sie hatten die Gelegenheit, Ihre Frau zu töten, und besitzen auch die Fähigkeit dazu. Wir haben Katrines frische Blutspuren auf Ihrem Grundstück und Ihre Fingerabdrücke am Messer, mit dem ihr Rücken verunstaltet wurde. Wir wissen von Ihrem Streit. Die Indizien verdichten sich. Und tatsächlich haben Sie sogar mehr als nur ein Motiv. Und kein Alibi.« Sie holte tief Luft. »Und auch bei den Todesumständen von Kristoffer Kjær verdichten sich die Anzeichen dafür, dass Sie etwas damit zu tun haben. Ihr damaliges Alibi bröckelt, Ihr Motiv ist eindeutig.«

»Die Schlinge um deinen Hals zieht sich zu«, warf Connie ein und merkte noch im selben Augenblick, wie geschmacklos das war. »Entschuldigung«, murmelte sie. »Das war jetzt wirklich taktlos.«

»Wollen Sie nicht doch mit uns reden, Herr Hauge? Wollen Sie uns nicht sagen, was genau passiert ist?« Nora lächelte Hauge zu. »In Ihrem eigenen Interesse.«

»Magnus, ich rate dir dringend davon ab«, wisperte sein Anwalt. Doch Hauge hatte sich entschieden.

»Ich habe sie nicht getötet!«, sagte er bestimmt. Seine Stimme klang immer noch kratzig, und Nora hatte die Befürchtung, dass das nicht nur an seinem stundenlangen Schweigen lag, sondern auch daran, dass seine Stimmbänder durch die kurze Strangulation doch in Mitleidenschaft gezogen worden waren.

»Ich hätte Katrine niemals etwas antun können. Niemals!«

»Magnus, du solltest dich wirklich nicht dazu äußern«,

mahnte sein Anwalt ein weiteres Mal. Doch Hauge wiederholte nur ruhig und stoisch: »Ich habe sie nicht getötet.«

»Und wie erklären Sie sich die Blutspuren?«

»Das waren die Odinisten. Die sind zu uns auf den Hof gekommen und haben sie so zugerichtet. Nachdem sie mich betäubt hatten.«

Nora holte tief Luft. »Herr Hauge«, begann sie einfühlsam und bemühte sich sehr, sich ihre Zweifel an Hauges Theorie nicht anmerken zu lassen. »Wenn Sie wollen, dass wir Ihnen glauben, dann müssen Sie uns jetzt die Wahrheit sagen. Die ganze Wahrheit.« Jeder im Raum wusste, dass sie nicht nur auf Katrine, sondern auch auf Kristoffer Kjær anspielte.

»Denken Sie, was Sie wollen. Aber Jytte ist das Beste, was uns passieren konnte.« Magnus Hauge schaute auf seine Hände hinab, die nun ruhig auf der Tischplatte lagen. »Wir wollten so gerne Kinder. Eine große, eine richtige Familie. Die ersten fünf Jahre nach unserer Hochzeit haben wir so sehr darauf gehofft und alles dafür getan. Aber es hat einfach nicht geklappt. Und dabei sind wir uns irgendwie abhandengekommen.« Der Anflug eines Lächelns huschte über sein Gesicht. »Aber dann, vollkommen unverhofft, hat sich Jytte angekündigt.«

»Na, ob das wirklich so *vollkommen unverhofft* war ...«, brummte Connie, wurde aber von Noras strengem Blick zum Schweigen gebracht.

»Wir haben Jytte geliebt wie nichts auf der Welt. Sie ist unser größtes Glück. Und alles, was ich jetzt noch habe.« Hauges Blick wurde wässrig. »Ich bitte Sie: Zerstören Sie das nicht!«

»Wir wollen gar nichts zerstören, Herr Hauge.« Nora

schenkte ihm ein aufrichtiges Lächeln. »Wir wollen nur verstehen, was genau passiert ist.«

»Ich habe Katrine nicht umgebracht!« Die alte Kraft strömte in Magnus Hauge zurück. Der aufsteigende Ärger richtete seinen Körper wieder zu voller Größe auf. »Das zu denken, ist vollkommen absurd! Ich habe sie geliebt!«

»Du hast sie vollkommen von der Außenwelt abgeschnitten. Sie völlig isoliert!« Auch in Connie schwoll nun der Ärger an. »Du wolltest sie ganz für dich allein haben. Und sie sollte auf keinen Fall von dir loskommen. Niemals! Sie war wie deine Gefangene! Was hat das mit Liebe zu tun?«

»Ich wollte sie beschützen!«

»Bullshit!« Connies Faust knallte so hart auf den Tisch, dass die Wassergläser hüpften. »Du hast es einfach nicht ertragen können, dass sie einen anderen liebt. Und dass sie dich verlassen wollte. Deswegen hast du Kristoffer umgebracht. Und als sie dir jetzt, nach dreißig Jahren Ehehölle, dahintergekommen ist, hast du sie zum Schweigen gebracht.«

»Es war ein Unfall!«

Die Stille war ohrenbetäubend. Das Bitzeln der kaum noch vorhandenen Kohlensäure erschien überlaut. Niemand rührte sich.

»Ich habe das nicht gewollt.« Magnus Hauge schaute Nora lange an. »Wirklich nicht. Ja, ich habe ihn geschlagen. Ein Mal. Er ist unglücklich gefallen.«

»Das heißt, der Unfall war …?«

»Kristoffer Kjær«, ergänzte Connie.

Magnus Hauge nickte. »Aber mit Katrines Tod habe ich nichts zu tun!«

»Und das sollen wir dir glauben?«, ätzte Connie.

»ICH HABE KATRINE NICHTS ANGETAN!« Hauge stand auf und pumpte wie ein wütender Stier. »Hätten die mich nicht betäubt, dann hätte ich sie beschützen können. Dann wäre das alles nicht passiert.«

»Ach ja, deine Geschichte von der Betäubung.« Connie verdrehte die Augen. »Das war doch genauso von dir inszeniert wie das Heidenopfer!«

»Wie können Sie das behaupten? Sie haben doch mein Blut analysiert!«

»Aber das beweist gar nichts!«

»Ich war betäubt!«

Die Hand seines Anwalts, die dieser ihm mahnend auf den Arm gelegt hatte, wischte Hauge weg wie eine lästige Fliege. »Lass mich! Ich will das hier richtigstellen«, fuhr er ihn an. Dann blickte Hauge mit zornesrotem Gesicht wieder zu Connie und Nora hinüber. »Niemals hätte ich meiner Frau etwas antun können! NIEMALS!«

»Aber das hat doch schon einmal so gut geklappt. Warum soll das denn nicht noch mal funktionieren?« Connie stand ebenfalls auf, um Magnus auf Augenhöhe gegenüberzustehen. »Aber was bei Kristoffer Kjær noch so einfach war, weil du ihn gehasst hast, hat dich bei deiner Frau Überwindung gekostet.« Mit zwei großen Schritten war sie am Whiteboard, das Reza für die Vernehmung wieder weggedreht hatte, und schleuderte es mit Schwung herum. »Hier, schau dir das an!« Ihr Finger trommelte auf das Foto, das in Großaufnahme die zittrigen Schnitte auf Katrine Hauges Rücken zeigte. »Deswegen sind die Schnitte so ungenau geworden. Weil es dir emotional so schwergefallen ist. Deine Hand hat gezittert, als du den Körper deiner Frau mit der Rune entstellt hast.«

»Nein!« Magnus wandte gequält den Blick von dem

Foto ab. »Ich habe sie nicht getötet! Ich habe ihr das nicht angetan!«

»Doch, das hast du«, donnerte Connie. »Wir müssen nur noch wissen, warum! War es wieder ein dummer Unfall? Eine Unbedachtsamkeit im Affekt, so wie damals bei Kristoffer? War es euer Streit, der eskaliert ist? Wolltest du nur, dass sie den Mund hält? Und hast ihr deswegen das Pathmin reingepfiffen? Ein bisschen mehr als sonst, damit sie, verdammt noch mal, endlich ruhig ist?«

Magnus Hauges Gesichtsfarbe nahm einen ungesunden Ton an. Er begann, leicht zu zittern. Wie ein Dampfdrucktopf, der kurz davorstand, zu explodieren.

»Oder hast du es von langer Hand geplant?« Connie schlug einen überraschend nachsichtigen Ton an. »Weil du deine Frau nicht mehr länger leiden sehen konntest? Ein sanfter Tod, ein schmerzfreies Einschlafen. Eine Tötung aus Nächstenliebe?«

»Wie oft denn noch? Ich habe ihr nichts getan!«

»Es deutet aber alles darauf hin! Der Haftrichter kassiert dich eh ein, Magnus. Also tu dir selbst einen Gefallen und –«

»ICH HABE SIE NICHT UMGEBRACHT!«

Wutentbrannt packte Hauge den Tisch und stieß ihn mit animalischem Gebrüll um, sodass er bedrohlich auf Connie und Nora zuflog. Die konnten gerade noch rechtzeitig zur Seite springen, bevor er hinter ihnen gegen die Wand krachte. Holz splitterte, Glas barst, Wasser spritzte, Menschen schrien.

Und dann stürmten auf einmal Hellmann, Jule und Köster zur Tür herein, die den brüllenden und wild um sich schlagenden Schweinebauern überwältigten und mit vereinter Kraft unter sich begruben.

GEGENWART

26

»Was für ein Tag«, murmelte Reza und wischte sich über die rot geränderten Augen.

Gemeinsam mit Connie, Nora, Köster, Jule und Hellmann saß er um den zertrümmerten Tisch herum, auf dessen hölzernen Überresten sich die leeren Pizzakartons ihres Abendessens stapelten. Zu seiner großen Erleichterung war trotz Hauges Wutausbruch seine Computerlandschaft unversehrt geblieben. Connie hingegen war froh, dass die Kaffeemaschine nichts abbekommen hatte. Sie war die Einzige, die sich noch kräftig nachschenkte, während alle anderen bereits die abendliche Koffein-Abstinenz eingeläutet hatten.

»Na, wenigstens haben wir jetzt im Fall von Kristoffer Kjær Klarheit«, sagte sie zwischen zwei großen Schlucken.

»Aber auch im Fall von Katrine Hauge?« Hellmann schaute zweifelnd in die Runde. »Magnus Hauge bestreitet ja vehement, etwas mit dem Tod seiner Frau zu tun zu haben.«

»Aber die Indizien sind doch nicht von der Hand zu weisen«, meinte Jule. »Immerhin haben sie die Ermittlungsrichterin überzeugt, einen Haftbefehl gegen ihn zu erlassen.«

»Ich bezweifle aber, dass die bisherigen Indizien der Staatsanwaltschaft reichen.« Nur mit Mühe konnte Reza ein Gähnen unterdrücken.

»Also, wenn wir nicht doch noch wasserdichte Beweise

gegen Hauge ermitteln, gehen uns langsam die Tatverdächtigen aus«, witzelte Köster. »Lasse Hansen können wir nach eurer Erzählung ja wohl von der Liste streichen.« Alle in der Runde mussten unwillkürlich grinsen. Denn das, was Hellmann und Jule ihnen von Lasse Hansens Festnahme und seiner anschließenden Erklärung berichtet hatten, lud wirklich zum Schmunzeln ein.

»Wir können Lasse Hansen erst von der Liste der Tatverdächtigen streichen, wenn Ingvar Poulsen seine Geschichte bestätigt. Oder vielmehr: *falls* er sie bestätigt«, ergänzte Hellmann.

Nora zog ihr Handy hervor und checkte das Display. Kein Anruf in Abwesenheit. Keine Mailboxinfo. Keine Textnachricht.

Connie sah ihren Blick. Sie setzte die Kaffeetasse ab. »Erstens: Das setzt voraus, dass Ingvar Poulsen tatsächlich bald wieder so fit ist, dass er überhaupt als Zeuge für Lasse Hansen aussagen kann. Und zweitens: Glaubt ihr ihm diese Räuberpistole etwa wirklich?«

»Die Geschichte klingt so absurd, das kann man sich nicht ausdenken«, warf Hellmann ein. »Und ehrlich gesagt hat Lasse Hansen sich gar nicht wirklich vor uns versteckt. Der hat unter seinem Klarnamen das Ferienhaus angemietet und im Supermarkt mit Karte bezahlt. Wer macht das, wenn man auf der Flucht vor der Polizei ist?«

»Außerdem war der wirklich richtig down!«, ergänzte Jule. »Der fühlt sich allen Ernstes *der Götter unwürdig!*« Sie malte mit den Fingern Anführungszeichen in die Luft. »So hat er das selbst formuliert. Echt, der war so peinlich berührt, der war so enttäuscht von sich selbst, das kann man gar nicht schauspielern. Der ist vor Scham beinahe im Boden versunken.«

»Gack-ack-ack-ackackack.« Mit großer Hingabe und überraschend authentisch imitierte Köster ein Huhn. Reza prustete sofort laut los, alle anderen fielen mit ein, und selbst Hellmanns Lippen kräuselten sich amüsiert.

»Aber irgendwie macht ihn das auch wieder sympathisch, oder?« Jule wischte sich eine Lachträne aus dem Augenwinkel. »Ich meine, nach außen gibt Lasse Hansen den obercoolen, superharten Wikinger, aber tatsächlich kann der keiner Fliege etwas zuleide tun.«

»Und erst recht keinem Huhn«, japste Reza.

»Wenn denn seine Geschichte stimmt«, mahnte Hellmann.

»Möwen, Hühner ...«, murmelte Connie. »Verdammtes Federvieh!«

Wieder schaute Nora auf ihr Handy. Die Uhrzeit war schon so weit fortgeschritten, dass ein Besuch im Krankenhaus nicht mehr infrage kam. Außerdem hatte Dr. Edl ihr versprochen, sich sofort bei ihr zu melden, sobald sich Ingvars Zustand verändern sollte. Und da sie das nicht getan hatte, würde sie Nora, selbst wenn sie jetzt noch hinfahren würde, genau wie am Vortag abweisen. Sie seufzte.

»Hoffen wir, dass es Herrn Poulsen morgen schon etwas besser geht.« Hellmann schien Noras Gedanken gelesen zu haben. Die nickte.

»Aber bis dahin können wir die Presse nicht länger außen vor lassen. Sonst schießen nur die Gerüchte weiter ins Kraut. Wir müssen jetzt wirklich dem Informationsanspruch der Öffentlichkeit nachgeben. Die Staatsanwaltschaft hat das schon abgenickt.« Hellmann guckte Reza an. »Trag bitte die relevanten Informationen zusammen, und sprich dich mit der Pressestelle ab. Aber keine Klarnamen und nichts zum Ermittlungsstand! Die Pressemitteilung kann dann zeitnah raus.«

»Aber der Redaktionsschluss für heute ist doch schon seit Stunden vorbei«, meinte Reza mit einem Blick auf die Uhr. Hellmann zuckte nur mit den Schultern. Reza nickte, dann erscholl auch schon das in seiner Gegenwart typische Tastaturgeklapper.

Connie murmelte irgendetwas von »zu viel Kaffee«, dann war sie auch schon durch die Tür verschwunden. Nur Nora wusste, dass der Toilettengang bloß vorgeschoben war und Connie stattdessen gerade sehr wahrscheinlich ihr Versprechen bei Maya Moreno einlöste.

Keine Viertelstunde später verließ das Ermittlungsteam dann den Pfarrgemeindesaal. Die Hitze war zwar ein wenig abgeklungen, aber für die späte Uhrzeit war es immer noch sommerlich warm. Langsam brach die Dämmerung über Tönsburg herein, denn selbst an diesen längsten Tagen des Jahres zog irgendwann die Nacht herauf.

Nora musste an die Geschichte von Balder denken, die Mats ihr erzählt hatte. Dass die Sonne ab Mittsommer jeden Tag ein kleines bisschen früher unterging. Dass sie jeden Tag ein kleines bisschen mehr starb, bis die Tage irgendwann schließlich so kurz und dunkel waren, dass sie Nora jedes Jahr an den Rande einer Winterdepression trieben. Nur um dann, wenn der Tiefpunkt kurz vor Weihnachten erreicht war, jeden Tag wieder ein kleines bisschen mehr an Kraft zu gewinnen und die Vorfreude auf wieder längere, hellere, wärmere Tage zu schüren.

Der ewige Kreislauf. Der endlose Zirkel aus Werden und Vergehen. Davon hatte Ingvar ihr erzählt.

Ingvar! Hoffentlich erholte sich sein altes Herz wieder. Und hoffentlich konnte er ihr bald wieder Geschichten erzählen. Von den heidnischen Göttern. Und von seiner Mittsommer-Unternehmung mit Lasse.

Lasse.

Mats.

Wie es Mats wohl ging? Hatte er von Lasses absurder Mission gewusst? Nein, sonst hätte er ihr das erzählt! Schon allein um Lasse zu entlasten! Und außerdem war es Lasse wichtig gewesen, nur Ingvar in sein Vorhaben einzuweihen. Das hatte er zumindest Jule und Hellmann erklärt. Und Ingvar würde das hoffentlich bestätigen. Sobald es ihm besser ging.

Nora war so tief in ihre Gedanken versunken gewesen, dass sie gar nicht gemerkt hatte, dass ihr abendliches Schlendern sie bereits bis vor den *Teufel* geführt hatte. Dort verabschiedeten sich Hellmann, Köster, Jule und Reza für die Nacht.

Einige Hundert Meter weiter standen Connie und Nora dann schließlich vor Noras Feriendomizil.

»Willst du hier schlafen?« Nora warf einen Blick durch die offene Tür auf das schmale Bett. Und war insgeheim erleichtert, als Connie den Kopf schüttelte. »Es ist so schön heute, da gönn ich mir wieder eine Nacht unter freiem Himmel. Alles, was ich dafür brauche, habe ich im Auto.«

»Lass dich nur nicht erwischen.« Nora grinste. »Du weißt, dass Wildcampen hier strengstens verboten ist. Beck und Becker verstehen da bestimmt keinen Spaß.«

Connie stieg kurz in Noras Grinsen ein, wurde dann aber schnell wieder ernst. »Ach, ehrlich gesagt, glaube ich nicht, dass ich überhaupt schlafen kann.«

»Zu viel Kaffee?« Noras Grinsen wurde breiter.

Wieder schüttelte Connie den Kopf. »Nee, eher zu viele ungeklärte Fragen.«

Schlagartig wurde auch Nora ernst. »Du meinst den Bericht der Spurensicherung. Die Kleberückstände.«

Connie nickte.

Nora waren die kleinen Details auch aufgefallen, vor allem, weil sie zu merkwürdigen, bisher nicht erklärbaren Unstimmigkeiten in ihrer Hypothese führten. Irgendetwas passte da nicht zusammen. Und Connie spürte das genauso.

»Wir sollten uns morgen den Hauge-Hof noch mal genauer angucken.« Connie wirkte nicht mehr halb so selbstsicher wie noch bei der Vernehmung von Magnus Hauge. »Mein Bauchgefühl sagt mir, dass das noch nicht die ganze Wahrheit ist. Und ich will nicht, dass wir irgendetwas übersehen. Oder dass wir Magnus Hauge eventuell doch unrecht tun.« Sie verstummte.

Auch Nora fühlte die Schwere der Verantwortung, die sich bei jeder Ermittlung auf ihre Schultern legte. Die sie ermahnte, keine leichtfertigen Schlüsse zu ziehen, kein noch so unscheinbares Detail außer Acht zu lassen; nicht die einfachste Lösung zu suchen, sondern die Wahrheit.

Doch selbst wenn sich ihre Hypothese noch als in Teilen falsch erweisen sollte, so war sich Nora bewusst, dass sie die Welt von Magnus Hauge – und vor allem die seiner Tochter Jytte – schon längst zum Einsturz gebracht hatten.

Nein, ermahnte sie sich, nicht *wir* haben das getan. Wir rekonstruieren nur, was geschehen ist. Und das hat *er* zu verantworten. Er hat Kristoffer Kjær getötet. Und im Fall von Katrine würden sie morgen noch einmal mit frischem Blick und wachem Geist die Spurenlage überprüfen.

Sie verabschiedete sich von Connie mit einer langen, innigen Umarmung.

Während Nora es nur mit allergrößter Kraftanstrengung schaffte, sich noch die Zähne zu putzen und umzuziehen, bevor sie erschöpft auf ihr Bett fiel und fast augenblicklich einschlief, fuhr Connie durch das abendliche Zwielicht des Tönsburger Wäldchens und hielt Ausschau nach dem perfekten Stellplatz für die Nacht.

Nach einigem Suchen hatte sie ihn gefunden. Eine kleine Lichtung, über der langsam der Sternenhimmel aufging. Als sie den Motor ausstellte und die Scheinwerfer erloschen, umfing sie wohltuendes Dämmerlicht. Farben und Konturen verloren an Schärfe, die Bäume um sie herum waren nicht mehr als schemenhafte Schatten, die in den Himmel wuchsen und deren Blätter im warmen Wind beruhigend wisperten. Dazu rauschte in nicht allzu weiter Ferne das Meer.

Connie legte sich auf die Motorhaube, verschränkte die Hände hinter dem Kopf und genoss, wie sich die Dunkelheit langsam um sie herum zusammenzog und sie mit ihrer Umwelt verschmolz. Vom warmen Waldboden stieg der würzige Duft von Kiefern auf und hüllte sie behutsam ein. Ihr Herzschlag beruhigte sich, ihr Atem ging langsam und gleichmäßig.

Nach und nach gewöhnten sich ihre Augen an die Dämmerung und entdeckten immer mehr Sterne, die aus dem tiefen Blau des wolkenlosen Nachthimmels auftauchten, bis sich schließlich das gesamte Himmelsgewölbe über ihr aufspannte und eine Pracht und Herrlichkeit offenbarte, die ihr den Atem raubte. Sie kam sich auf einmal so winzig vor. Aber nicht erniedrigt. Sondern vielmehr um das Bewusstsein erweitert, Teil von etwas viel Größerem zu sein.

Ein Käuzchen schrie. Die nachtaktiven Tiere wurden

langsam munter. Doch kein Rascheln im Gebüsch, kein Knacken im Unterholz konnte sie beunruhigen. Sie fühlte sich vollkommen sicher. Und frei.

Längst hatte sie den Stahl der Motorhaube unter sich vergessen, stattdessen spürte sie auf eine fast schon magische Weise die Gesamtheit der Natur. Jeder Baum, jeder Stern, jedes Tier, jede Pflanze, ja selbst der Wind schien ihr beseelt. Es war, als würde der Wald atmen, wie ein einziger, großer Organismus. Und sie atmete im selben Rhythmus mit.

Ein tiefer Frieden senkte sich auf sie herab. Und auf einmal hatte sie den Hauch einer Ahnung davon, was mit *göttlich* oder *heilig* gemeint sein konnte.

War es das, was die Heiden unter »Einklang mit der Natur« verstanden?

Sie wollte den Gedanken festhalten, sich von dem schönen Gefühl weiter durchströmen lassen, doch auf einmal wurden ihre Lider schwer wie Blei. Und noch bevor sie sich für die Nacht fertig machen und in ihren Biwaksack kriechen konnte, wich bereits alle Kraft aus ihrem Körper, bis die Anspannung schließlich ganz von ihr abfiel und der Schlaf sie behutsam unter sich begrub.

GEGENWART

27

Es war kurz vor sechs, als Nora vom Klingeln ihres Handys aus einem tiefen, traumlosen Schlaf gerissen wurde. Für einen kurzen Augenblick wusste sie nicht, wo sie war. Dann fiel ihr mit einem Schlag alles wieder ein. Undercover, Heiden, Balder, Mats, Lasse, Ingvar, Katrine, Bodil, Magnus! Die Eindrücke der letzten Tage prasselten so schnell auf sie ein, dass sie für einen kurzen Moment totale Verwirrung und Orientierungslosigkeit empfand.

Und die Nummer vom Krankenhaus auf ihrem Display verschärfte das ungute Gefühl nur noch.

»Dr. Edl hier, guten Morgen!«, begrüßte sie die freundliche Stimme der Oberärztin, die nach Noras Geschmack ein wenig zu euphorisch für die frühe Morgenstunde klang.

»Keine Sorge, ich habe gute Neuigkeiten«, fuhr sie schnell fort, bevor Nora nach Ingvar hatte fragen können. »Herrn Poulsens Zustand hat sich gebessert. Wenn Sie möchten, können Sie ab sofort mit ihm sprechen. Aber bitte nur kurz. Und Sie dürfen ihn natürlich unter keinen Umständen aufregen. Kriegen Sie das hin?«

Kaum hatte Dr. Edl aufgelegt, wählte Nora schon Connies Nummer. Doch zu ihrer großen Überraschung erklang nur die blecherne Ansage, dass der gewünschte Gesprächspartner gerade nicht erreichbar sei. Verwundert legte sie auf. Es sah Connie eigentlich nicht ähnlich, nicht erreichbar zu sein …

Kurz dachte sie daran, Mats anzurufen, verwarf den Gedanken aber sofort wieder. Sie brauchte Ingvars uneingeschränkte Aufmerksamkeit und seine gerade erst zurückgewonnene Kraft für die Beantwortung ihrer Fragen. Und sie selbst wollte sich von Mats' Gegenwart auch nicht ablenken lassen …

Also informierte sie nur noch schnell Reza – der zwar noch nicht wach, aber nichtsdestotrotz online gewesen war – über ihre anstehende Befragung im Krankenhaus und machte sich in Windeseile fertig.

Während Nora unter der Dusche stand, stapfte Connie über den Hauge-Hof. Hier mangelte es nicht nur am Handyempfang, sondern an jeglicher Form von Leben. Der Hof lag öde und verlassen im aufgehenden Morgenlicht da. Sie hielt inne, drehte sich um, lauschte. Es war erschreckend still. Aus der offenen Stalltür drang kein einziger Laut. Nur der penetrante Geruch erinnerte daran, dass hier bis vor wenigen Stunden noch Schweine gehalten worden waren. Das Veterinäramt hatte die Tiere am Vorabend abholen lassen, um sie, solange Hauge in U-Haft saß, versorgt zu wissen. Was weiter mit ihnen geschehen sollte, würde wohl Jytte bald entscheiden müssen. Aber noch wusste die nichts von der momentanen Situation. Sie war schon vor zwei Tagen wieder zurück nach Hamburg gefahren, von ihrem Vater dazu gedrängt, da die heiße Phase ihrer Dissertation anstand und er nicht wollte, dass sie diese seinetwegen gefährdete. Er wusste sie in ihrem sozialen Umfeld in Hamburg gut aufgehoben und hatte ihr versprochen, sich zu melden, sobald der Leichnam ihrer Mutter für die Beerdigung freigegeben war. Bis dahin sollte sie sich nicht um ihn kümmern müssen. Und das sollte sie auch jetzt nicht: Magnus Hauge hatte unter

Gebrüll schlimmster Androhungen untersagt, dass man sie über seine vorläufige Festnahme informierte.

Connie fröstelte. Nun war der Hof tot. Wirklich tot. Kein Lebewesen schien sich hier noch freiwillig aufhalten zu wollen, von ein paar eilig über die gesprungenen Steinfliesen krabbelnden Ameisen einmal abgesehen.

Müde stemmte sie die Hände in die Hüften und drückte das Kreuz durch. Ihr tat alles weh. So magisch der Moment des Einschlafens gewesen war, so unmagisch war die Nacht gewesen. Irgendwann war sie aufgewacht, mit schmerzenden Knochen, die sich auf dem Stahl der Motorhaube platt gelegen hatten, und dem unguten Gefühl, dass gerade irgendein Tier an ihren Füßen geschnüffelt hatte.

Mit wild klopfendem Herzen hatte sie in die pechschwarze Dunkelheit gelauscht. Sterne und Mond waren von einem Wolkenband verhangen gewesen, sodass man die eigene Hand vor Augen nicht erkennen konnte. Sie war quasi blind. Und der dadurch geschärfte Hörsinn war von der Vielzahl an nächtlichen Waldgeräuschen so überfordert, dass sie meinte, inmitten einer wilden Tierparty gelandet zu sein. Um sie herum nichts als Rascheln, Schmatzen, Trappeln, Grunzen.

Ab da war an Schlaf nicht mehr zu denken gewesen. Nicht etwa, weil sie Angst gehabt hätte. Dagegen half schon die Glock an ihrer Hüfte. Sondern weil die Waldgeister oder Elementarwesen oder wie auch immer die Heiden diese Kreaturen nannten, die sie überall in Feld, Wald und Flur erahnten, ihr für den Rest der Nacht in den Kopf gekrochen waren und abgründige Gedanken eingeflüstert hatten. Dass Magnus Hauge seine Frau nicht umgebracht hatte. Dass sie zu blind war, um das Offensichtliche zu sehen. Und dass ihre Vorstellungskraft nicht ausreichte, um der Wahrheit, wie absurd und grotesk sie manchmal eben war, auch nur nahezukommen.

Bis zum Morgengrauen hatte sie das Grübeln über diese eingeflüsterten – oder auch nur eingebildeten – Zweifel wach gehalten. Das Grübeln – und ihre schmerzenden Glieder. Dabei hatte sie schon in hundert Meter hohen Baumwipfeln und festgezurrt an senkrechten Felswänden übernachtet. Sie konnte eigentlich überall schlafen. Doch langsam beschlich sie das untrügliche Gefühl, dass ihre Knochen vielleicht zu alt für diese Form der extraordinären Schlafsituationen wurden. Und das ärgerte sie.

Verdrossen steckte sie sich ihre Frühstückszigarette an und spürte der wohltuenden Wirkung des Nikotins in ihrem ramponierten Körper nach. Doch das reichte nicht. Sie brauchte mehr! Sie brauchte dringend einen Kaffee!

Kurz durchzuckte sie der Gedanke, sich in der Hauge-Küche – die Haustür war ja sicherlich immer noch unverschlossen – einfach einen zu kochen. Doch dann siegte die Vernunft über den Leidensdruck. Sie würde auf ihren ersten Kaffee wohl oder übel noch ein bisschen warten und sich die Zeit bis dahin mit Arbeit vertreiben müssen.

In gierigen Zügen rauchte sie die Zigarette bis zum Filter herunter, dann setzte sie sich wieder in Bewegung, ging am Schweinestall vorbei und schob entschlossen die Tür zum angrenzenden Schlachtraum auf. Von den frischen Blutspuren, die laut Bericht der Spurensicherung gefunden worden waren, war auf den glänzend weißen Fliesen nichts mehr zu sehen.

Connie zog die mehrseitige Kopie hervor, die Reza auf ihren Wunsch hin kopfschüttelnd ausgedruckt hatte, und trat an eines der silbrig glänzenden Edelstahlregale heran, die an den bis unter die Decke gefliesten Wänden standen. Sie musste die Stelle am Regal, die in dem Befund akribisch beschrieben war, genau suchen, denn mit bloßem Auge war auch hier nichts zu erkennen. Und doch hatten die Kollegen der Spurensicherung an einer Querleiste des äußersten Regals, etwas unterhalb der Brusthöhe, exakt dieselben Kleberückstände gefunden, die man auch an den Fingerspitzen der toten Katrine Hauge und an dem Messergriff, mit dem ihr die Binderune in den Rücken geritzt worden war, sichergestellt hatte.

Hatte das etwas zu bedeuten? Oder handelte es sich einfach nur um einen Zufall, der ihre Ermittlungen unnötig verkomplizierte und sie verunsicherte?

Connie schaute sich um. An einer Seite befand sich ein Wasseranschluss, daneben hing ordentlich aufgerollt ein Gummischlauch an einer Wandhalterung. In der gegenüberliegenden Ecke war ein Abfluss in den gefliesten Boden eingelassen. Alles wirkte sehr sauber und ordentlich. Die Fliesen glänzten, nicht einmal Wasser- oder Kalkflecken konnte Connie auf ihnen erkennen. Im Gegensatz zum Wohnhaus schien der Schlachtraum in einem sehr guten Zustand zu sein, auch wenn hier nur noch sehr selten Hofschlachtungen stattfanden, wie das Veterinäramt ihnen auf Nachfrage mitgeteilt hatte.

Aber irgendetwas an dieser akribischen Sauberkeit störte Connie. Sie blätterte durch die Seiten. Schnell hatte sie die Textstelle gefunden: Man hatte nur sehr geringe Tierblutrückstände feststellen können; Blutspuren von Katrine Hauge hingegen waren nur oberflächlich weggespült worden.

Connie schaute auf den weißen Fliesenboden. Wenn Magnus Hauge seiner Frau hier die Binderune in den

Rücken geritzt hatte, warum hatte er dann danach nur so schlampig sauber gemacht? Er hatte doch alle Zeit der Welt gehabt, den Schlachtraum anschließend klinisch zu reinigen, um alle Rückstände zu beseitigen.

Oder war er in Eile gewesen, um sein Alibi mit der Betäubung vorzutäuschen? Hatte er nach der Tat so schnell seine Dosis Pathmin nehmen müssen, dass es nur für ein schnelles Abspritzen mit dem Wasserschlauch gereicht hatte?

Aber traute sie Magnus Hauge so etwas überhaupt zu? Diese raffinierte, medizinisch-mathematisch herausfordernde Aufgabe, exakt genau so viel Pathmin zu einer bestimmten Uhrzeit zu nehmen, um rechtzeitig wieder zu erwachen, aber noch genug im Blut zu haben, um sich selbst als Opfer darzustellen?! Die Antwort ihres Bauchgefühls fiel eindeutig aus: Nein!

Connie atmete schnaufend aus.

Ihr Blick fiel wieder auf das Edelstahlregal.

Was hatte es nur mit diesen Kleberückständen auf sich? War Katrine mit Klebeband an das Regal gefesselt gewesen? Aber wieso hatte man dann nur Kleber an ihren Fingerspitzen, nicht aber an den Handgelenken gefunden? Würde das bei einer Fesselung nicht mehr Sinn ergeben?

Und warum hätte man sie überhaupt fesseln müssen, wenn sie durch das Pathmin doch schon sediert und wahrscheinlich nicht mehr zu Gegenwehr in der Lage gewesen war?

Und woher hätte Magnus Hauge von der Binderune wissen können? Hatte er sie auf dem Thorshammer von Kristoffer gesehen? Unwahrscheinlich, denn ansonsten hätte er Katrine das heidnische Schmuckstück sicherlich sofort abgenommen. Aber sie hatte es geschafft, das Liebesgeschenk dreißig Jahre lang vor ihm zu verstecken.

Doch wieso hatte Magnus Hauge so vehement gefordert, dass die Spurensicherung seinen Hof untersuchte, wenn er sich selbst damit belasten konnte? Fühlte er sich wirklich so clever und der Polizei überlegen, dass er ihr nicht zutraute, ihm auf die Schliche zu kommen? Hatte er deswegen so nachlässig gehandelt?

Connie ballte unwillkürlich eine Faust, in der sie laut knisternd den Bericht der Spurensicherung zerdrückte.

Nein, verdammt, das ergab alles keinen Sinn! Da waren noch viel zu viele Unklarheiten! Je länger sie darüber nachdachte, desto mehr Fragen und Zweifel stiegen in ihr hoch. Andererseits waren das Messer, die Fingerabdrücke und die Blutspuren auch nicht von der Hand zu weisen. Wie passte das alles zusammen?

Frustriert trat sie wieder ins Freie und zog die Tür des Schlachtraums hinter sich zu. Sie blickte zu den Baumwipfeln des nahen Waldrands hinüber, die sich hinter dem Wohnhaus in den Himmel streckten. Vielleicht hatten die Waldgeister ja recht. Es erschien ihr momentan tatsächlich extrem unwahrscheinlich, dass Magnus Hauge seine Frau umgebracht hatte.

Aber was war dann auf dem Hauge-Hof geschehen?

War sie wirklich blind für das Offensichtliche? Oder fehlte ihr schlicht die Fantasie für das Unglaubliche?

Connie stieß einen resignierten Seufzer aus.

Im Grunde standen sie wieder am Anfang. Vor allem, wenn sich das Alibi von Lasse Hansen bestätigte und er als Täter ausgeschlossen werden konnte.

Gerade als Connie sich ihre zweite Morgenzigarette anzündete, setzte sich Nora an Ingvars Krankenbett und griff glücklich nach seiner mit Altersflecken übersäten Hand. »Ich bin so froh, dass es dir besser geht.«

»Ich auch.« Ingvar erwiderte Noras Händedruck überraschend fest, wie sie erleichtert feststellte. Generell wirkte er eigentlich wieder ganz gut beieinander. Er war zwar noch ein wenig blass, aber trotz der noch durchscheinenden Erschöpfung strahlte Ingvar schon wieder so viel Lebenswillen aus, dass es Nora vor Glück ganz leicht ums Herz wurde.

»Und ich bin froh, dass ich endlich etwas mehr anziehen darf.« Er stopfte sich die Bettdecke in die Seiten. »Ich kann ja verstehen, dass die Platz für die ganzen Kabel und Schläuche brauchten. Aber nur dieses dünne OP-Hemdchen, das war doch ziemlich kühl. Bei den Göttern, hab ich gefroren.« Er lachte. Und Nora fiel aus vollem Herzen mit ein.

»Könntest du mal im Schrank gucken, ob bei meinen Sachen irgendwo auch meine Mütze ist?«, fragte Ingvar, nachdem ihr Lachen wieder abgeklungen war. Er fuhr sich mit der Hand über den kahlen Schädel. »Hier oben ist es immer noch etwas kalt.« Tatsächlich fiel Nora erst jetzt auf, dass sie ihn zum ersten Mal ohne Kopfbedeckung sah. Die kümmerlichen Härchen, die sich in einem dünnen Kranz um seinen Kopf wanden, standen in krassem Kontrast zu seinem dichten, langen Vollbart, dessen Zipfel sich bis weit über die Bettdecke erstreckte.

»Natürlich.« Nora stand auf und öffnete den Schrank. Dort lagen hastig zusammengelegt Ingvars Kleidungsstücke, mit denen er vor drei Tagen von Mats in der Notaufnahme eingeliefert worden war. Sofort erkannte sie den dunkelgrünen Samt-Umhang mit den goldbestickten Ornamenten wieder, den Ingvar beim Mittsommerblót getragen hatte und der in der sterilen Krankenhausumgebung völlig fehl am Platze wirkte. Wie ein magischer Fremdkörper, wie ein Tor zu einer anderen Welt.

»Danke.« Ingvar zog seine blaue Strickmütze, die Nora ihm reichte, bis zu den Ohren hinab. »Wenn ich friere, kann ich nicht richtig denken.« Er lächelte wohlwollend. »Was wolltest du mich denn fragen, Nora?«

Nora zögerte, weil sie Ingvars begrenzte Kraft eigentlich nur für die wichtigen Fragen zum Fall beanspruchen wollte. Aber sie musste es einfach wissen.

»Ingvar, das mit dem dünnen OP-Hemd, das war Mats total wichtig. Ich war dabei, als er die zuständige Ärztin inständig gebeten hat, dich sogar ganz auszuziehen, falls du …« Sie verstummte, doch Ingvar verstand auch so.

»Ach, Mats«, murmelte er. Er schloss die Augen, ein nachsichtiges Lächeln auf dem Gesicht. »Er hat es nur gut gemeint.«

»Was denn?«, fragte Nora. Nun wollte sie erst recht verstehen, worum es Mats gegangen war.

»Wir kommen nackt, und wir gehen nackt. Das ist eine uralte, tiefe Überzeugung, der viele von uns anhängen, obwohl keiner mehr so recht nachvollziehen kann, woher dieses Diktum eigentlich stammt.« Auf Noras fragenden Blick hin konkretisierte Ingvar: »Das bedeutet, dass wir nackt geboren werden und dass wir, wenn möglich, auch wieder nackt aus diesem Leben scheiden. Also, wenn man das selbst noch steuern kann. Beispielsweise wie bei mir, in einer Krankenhaussituation, wenn es auf das Ende zugeht. Oder aber wenn man für sich den Freitod wählt.« Er stockte. Irgendein Gedanke schien ihn zu quälen. Oder eine Erinnerung. Aber bevor Nora nachfragen konnte, hatte er sich schon wieder gefangen und fuhr betont gut gelaunt fort: »Na, dann werte ich es mal als ein besonders gutes Zeichen, dass die Götter mich trotz bester Voraussetzungen doch noch nicht zu sich nach Helheim geholt haben.«

Nora stimmte in sein Schmunzeln mit ein. Doch der fröhliche Augenblick währte nicht lang. Schon war Ingvar wieder ernst. »Aber genau das versuche ich den jungen Mitgliedern von *Stærkt Bånd* schon seit so vielen Jahren beizubringen: dass wir eigentlich kaum etwas wissen über das vorchristliche Heidentum unserer Ahnen. Und dass man die wenigen Quellen, die die Zeit überdauert haben, mit Vorsicht genießen muss. Man darf das nicht alles wörtlich nehmen!«

»Apropos wörtlich nehmen.« Nora schaltete die Diktierfunktion ihres Handys ein und legte es behutsam auf den Nachttisch. »Ingvar, entschuldige bitte, aber ich muss dich das jetzt fragen.«

Nora zögerte. Sie hatte Dr. Edl versprechen müssen, nichts zu tun, was den Zustand des Patienten gefährden oder gar verschlechtern konnte. Aber sie konnte auch nicht einfach nur hier sitzen und seine Hand halten. Sie musste wissen, ob Lasse Hansens Geschichte stimmte. Sie holte tief Luft. »Kannst du mir sagen, was dich beim Mittsommerblót so sehr aufgeregt hat, dass du hier gelandet bist?«

Ingvar seufzte. Dann wanderte sein Blick zum Fenster hinaus, wo sich ein Vogel gegen die morgendliche Brise stemmte.

»Lasse hat uns etwas erzählt. Von einem sehr alten, angeblich fest in der Tradition von *Stærkt Bånd* verankerten Ritus.« Mehr verriet Nora bewusst nicht, um Ingvar nicht zu viel vorzugeben, was dieser dann nur noch abnicken musste. Stattdessen sollte er selbst frei erzählen, was in der Mittsommernacht passiert war – und im besten Falle deckte sich das dann mit Lasses Version.

»Genau das meine ich.« Ingvar blickte Nora ernst an. In sein sonst so freundliches Gesicht hatte sich eine Zornesfalte gegraben. »Wir leben eine Religion, die mehrere Tausend Jahre alt ist. Aber wir leben *jetzt!* In einer ganz anderen Zeit als unsere Ahnen! Es geht darum, das Alte zu bewahren, aber nicht auf Kosten zeitgemäßer Erkenntnisse und Verhaltensnormen. Und genau das hat Lasse nicht verstanden. Bis zum Mittsommerblót.«

»Was genau ist passiert?«, flüsterte Nora. Es tat ihr fast körperlich weh, Ingvar zum Weiterreden zu drängen, obwohl sie genau spürte, wie sehr ihn das Thema aufwühlte. »Bitte, Ingvar, sag mir, was ihr gemacht habt.«

Ingvar seufzte. Und dann brach es aus ihm heraus.

»Lasse hat das Tagebuch seines Großvaters gelesen. Auch wenn er ihn nie kennengelernt hat, verehrt er ihn über alle Maßen. Oder vielleicht gerade deshalb. Svend Hansen ist bei *Stærkt Bånd* eine fast schon mystische Figur. Er ist unser Gründungsvater. Er hat den Grundstein für unsere Glaubensgemeinschaft gelegt. Er hat uns den Weg geebnet, zur Rückkehr zu den alten Göttern.«

Ingvar bedeutete Nora, ihm das Wasserglas zu reichen. Nach einem kräftigen Schluck fuhr er fort: »Lasse war schon seit Längerem von dem Gedanken besessen, wieder *richtig zu opfern,* wie er das nannte. Etwas Lebendiges. Ein Tier! Er hat das immer wieder bei unseren Zusammenkünften angesprochen, aber wir alle haben uns natürlich vehement dagegen ausgesprochen. Doch Lasse kam von dem Gedanken einfach nicht los. Und das lag daran, dass er sich selbst beweisen wollte, dass er dazu in der Lage ist. Dass er der Götter würdig ist. Irgendwann habe ich erkannt, dass er nie davon loskommen wird, wenn er sich der Situation nicht stellt. Also habe ich mich schließlich bereit erklärt, mit ihm in der Mittsommernacht eine alte Blót-Zeremonie abzuhalten. Mit ihm nach altem Ritual zu opfern. Damit er endlich seinen inneren Dämon abschütteln kann und ein für alle Mal von dieser fixen Idee befreit wird.«

»Was?«, fragte Nora heiser. »Was habt ihr geopfert?«

»Ein Huhn.« Ingvar seufzte. »Lasse wollte ihm nach altem Ritus den Kopf abschlagen. Wir sind tief in den Wald hineingegangen, dorthin, wo uns niemand finden würde. Es war alles vorbereitet. Wir waren zur richtigen Zeit am richtigen Ort. Das war der Augenblick, auf den Lasse so lange hingefiebert hatte. Aber als er endlich da war, konnte er es nicht. Er konnte es einfach nicht.« Ingvar schluckte trocken. »Ich habe gesehen, wie sehr er sich gequält hat. Wie zwei Kräfte in seinem Inneren gegeneinander gekämpft haben. Er wollte unbedingt das Huhn köpfen, aber ich glaube, viel weniger, um sich der Götter würdig zu erweisen, als vielmehr, um seinem eigenen Anspruch gerecht zu werden. Dem Bild, das er von sich selbst hat. Oder gerne hätte. Dabei ist er so ein sanfter, einfühlsamer Mensch. Die ganzen Tattoos und sein prolliges Gehabe, das ist doch alles nur Fassade!«

Ingvar trank erneut einen Schluck und reichte das Wasserglas mit zittriger Hand an Nora zurück. »Ich habe wirklich alles versucht, um ihm seine Qual zu nehmen. Ich habe ihm gesagt, dass seine inneren Zwänge völlig irrational sind. Dass wir den Göttern heutzutage anders opfern als unsere Ahnen. Und dass das gut so ist! Gut und richtig! Es ist den Göttern doch viel wichtiger, dass wir die Schöpfung ehren und all ihre Pflanzen und Tiere schützen, anstatt sie, nach einem längst überholten Ritual, zu töten. Das Heidentum ist eine Religion, die das Leben ehrt! Ich habe ihn geradezu angefleht, dass er sich endlich von seinem anachronistischen Religionsbild lösen soll. Aber er war so besessen davon, sich der Götter würdig zu erweisen und seinen Mann zu stehen, dass er mein Flehen ignoriert hat. Er war wie ein Getriebener. Völlig besessen davon, etwas Lebendes zu opfern.« Ingvars Brust entrang sich ein gequälter Seufzer. »Doch als es dann so weit war, hat er es einfach nicht übers Herz gebracht. War nicht in der Lage dazu, einem lebendigen Huhn den Kopf abzuschlagen. Und als er das begriffen hat, war er so entsetzlich enttäuscht von sich selbst, dass er beinahe zusammengebrochen wäre. Was er denn für ein Mann sei, sagte er, wenn er nicht einmal ein Huhn köpfen könne? Peinlich sei das! Und der Götter unwürdig!«

Nora durchzuckte der Gedanke, dass sie selbst auch niemals ein lebendiges Huhn köpfen könnte und dass sie in ihrem Freundes- und Bekanntenkreis auch niemanden dazu in der Lage wähnte. Nun ja, mit Ausnahme vielleicht von Connie. Aber die würde das Huhn vermutlich eher erschießen.

»Lasse hat geweint und getobt«, fuhr Ingvar fort. »Er hat sogar auf sich selbst eingeschlagen. Und da habe ich seinen Großvater in ihm wiedererkannt! Diese Qual, diesen Wahn. Diesen dunklen Drang. Es hat mir das Herz gebrochen, ihn so zu sehen. Und ihm nicht helfen zu können.«

»Und dann? Was ist dann passiert?«

»Nichts. Irgendwann ist uns das Huhn entwischt und panisch abgehauen. Und Lasse ist verstört weggerannt. Er war vollkommen gebrochen vor Scham! Ich habe noch versucht, ihn aufzuhalten, aber vergeblich. Ich hatte solche Angst, dass er sich etwas antut. Genau wie Svend.«

Einer der Überwachungsmonitore neben Ingvars Bett begann wild zu piepsen. Nora drückte liebevoll seine Hand. »Danke, Ingvar.« Ingvar Poulsen hatte Lasse Hansens Bericht bis ins Detail bestätigt. »Das war alles, was ich wissen musste.«

Doch Ingvar hörte Nora schon gar nicht mehr. Er war längst in der Vergangenheit versunken; mit leerem Blick starrte er durch sie hindurch und sprach mit schleppender Stimme weiter. »Ich habe es schon einmal nicht geschafft, jemanden von seinen inneren Dämonen zu befreien. Es ist lange her. Sehr, sehr lange.« Er verstärkte den Druck seiner Hand, die immer noch in Noras lag. »Sechzig Jahre lang habe ich das verdrängt. Doch jetzt mit Lasse kam alles wieder hoch. Ich erkannte plötzlich seinen Großvater in ihm. Svend. In ihm wütete auch so eine destruktive Kraft. Ein dunkler Zwang, den Göttern gefallen zu wollen. Er war sogar bereit, dafür über seine eigenen Grenzen und die des Gesetzes hinauszugehen. Er war fanatisch in seiner Selbstgeißelung. Vollkommen besessen. Ich kam überhaupt nicht mehr an ihn heran.« Ingvars Hand krampfte sich so fest in Noras, dass seine Fingerknöchel weiß hervortraten. »Ich habe versagt. Ich hatte damals nicht die Kraft, mich ihm in den Weg zu stellen. Er war mein Mentor, ich war ihm hörig. Aber ich hätte Svend damals aufhalten müssen. Es ist meine Schuld …«

Der Alarmton wurde immer schneller und höher, zudem begannen mehrere Lampen hektisch zu blinken.

»Du bist nicht schuld, Ingvar! Hörst du?!« Nora erwiderte Ingvars fast schon schmerzenden Händedruck. »Es ist nicht deine Schuld!«

»Was machen Sie denn?« Dr. Edl stürmte in den Raum und beugte sich über Ingvar. »Herr Poulsen, bitte beruhigen Sie sich. Es ist alles in Ordnung.«

»Nichts ist in Ordnung«, krächzte Ingvar.

Ein Pfleger hastete herein und reichte Dr. Edl eine nadellose Spritze, deren farblosen Inhalt sie sofort in den Zugang auf Ingvars Handrücken drückte. »Alles ist gut, Herr Poulsen. Das hier hilft Ihnen, wieder zur Ruhe zu kommen.«

Nora spürte, wie Ingvars Hand langsam erschlaffte und sich sein Händedruck löste. Sanft streichelte sie seinen Handrücken. »Es ist nicht deine Schuld«, flüsterte Nora. »Mach dir keine Sorgen. Wir kriegen das alles wieder hin.«

»Sie kriegen jetzt besser die Kurve!« Dr. Edl drückte den Alarm am Monitor aus und warf Nora einen durch Mark und Bein gehenden Blick zu, den sie der freundlichen Oberärztin gar nicht zugetraut hätte. »Ihre Besuchszeit ist beendet. Und zwar jetzt!«

Als Nora wenige Minuten später über den Parkplatz auf ihr Auto zulief, hatte sie die Audiodatei mit Ingvars Aussage gerade losgeschickt. »Angekommen«, bedankte sich Reza. »Du musst dich übrigens nicht beeilen. Hellmann ist gerade auf dem Weg nach Flensburg. Die Staatsanwaltschaft will seine Einschätzung. Die überlegen, ob die Ermittlungen eingestellt werden.«

Nora drückte das Handy fester ans Ohr. »Wie bitte?«

»Wenn die Staatsanwaltschaft der Meinung ist, dass die Indizien gegen Magnus Hauge ausreichen, um Anklage zu erheben, war's das für uns. Dann wird die Mordkommission aufgelöst.«

»Aber Magnus Hauge hat nur den Mord an Kristoffer Kjær gestanden. Den an seiner Frau bestreitet er doch nach wie vor.«

»Jetzt fängst du auch noch an«, raunte Reza entnervt durch die Leitung. »Connie hat eben angerufen und genauso reagiert wie du. Und dann kam sie mit einer neuen, vollkommen absurden Theorie um die Ecke. Alles natürlich rein hypothetisch, wieder lässt sich nichts davon beweisen. Nee, also wirklich, Connies Bauchgefühl in allen Ehren, aber das klang wirklich völlig verrückt. Und wir haben einfach keinen weiteren Ansatzpunkt mehr. Alles läuft auf Magnus Hauge hinaus. Wir haben das Messer, die Fingerabdrücke, die frischen Blutspuren. Und Hauge hat ein Motiv und kein Alibi. Die Staatsanwaltschaft entscheidet jetzt, ob das ausreicht und wie es für uns weitergeht.«

»Hauge hat *mehr* als ein Motiv! Und er bestreitet nach wie vor, seine Frau getötet zu haben, egal, aus welchem Grund.«

»Na, dann kann sich die Staatsanwaltschaft ja im Grunde was aussuchen.«

»Das ist doch scheiße«, entfuhr es Nora. »So eine Beweisführung hat noch nie funktioniert.«

»Leider doch. Es sind schon Menschen wegen viel weniger verknackt worden.«

Stimmt, dachte Nora. Und genau deswegen müssen wir herausfinden, was *wirklich* passiert ist! Das sind wir Katrine Hauge schuldig. Und Magnus Hauge auch.

Erst jetzt sah sie, dass neben ihrem Auto jemand auf sie wartete.

»Ich muss Schluss machen, Reza. Ich melde mich später noch mal.« Nora drückte das Gespräch weg.

»Mit Milch und zwei Stück Zucker. Wie du ihn magst.« Connie reichte Nora einen von zwei Kaffeebechern.

»Du hast eine neue, vollkommen absurde Theorie?« Nora nahm den Kaffeebecher entgegen, trank aber nicht, sondern sah Connie neugierig an.

»Du hast mit Reza gesprochen.« Connie seufzte. »Der denkt jetzt, ich bin komplett durchgeknallt. Dabei habe ich ihm nur die Hälfte erzählt.«

»Lass hören!« Nora nippte an dem heißen Kaffee, wandte den Blick aber nicht von Connie ab.

Connie drehte unschlüssig den Becher in ihrer Hand. Dann begann sie, an der Hitzeschutz-Banderole zu knibbeln.

»Was ist los?«, fragte Nora irritiert.

»Na ja, Reza hat nicht ganz unrecht«, druckste Connie herum. »Meine Theorie klingt wirklich ziemlich verrückt. Mir fehlen auch noch ein paar Teile. Aber anders lassen sich die Fakten einfach nicht in Einklang bringen.«

»Na, verrückter als deine Menschenopfer-Theorie wird's schon nicht werden. Von wegen *ein Opfer pro Generation …*«, versuchte sich Nora an einem Scherz. Doch Connie ließ ihn kommentarlos an sich abprallen.

»Dein Bauchgefühl hat noch nie falschgelegen«, schlug Nora einen versöhnlicheren Ton an. »Also, sag schon! Vielleicht kann ich ja die fehlenden Teile ergänzen.«

»Du willst es also wirklich hören?«

Nora nickte.

Connie holte tief Luft. »Na gut.«

Und dann begann sie zu erzählen.

Als Connie eine Viertelstunde später ihren Bericht

beendete, stand Nora der Mund offen. »Natürlich! Das ist es!« Sie war wie elektrisiert. »Wir kommen nackt. Und wir gehen nackt! Das hat Ingvar mir gerade noch bestätigt.« Über Connies irritiertes Stirnrunzeln ging sie einfach hinweg. »Es passt alles zusammen. Wirklich alles! So muss es gewesen sein! Das erklärt die Klebereste am Regal! Die Binderune! Und den Termin mit Dr. Günther. Einfach alles!«

»Ja. Aber wir können es nicht beweisen«, knurrte Connie. »Das ginge nur durch ein Geständnis. Und derjenige, der gestehen müsste, ist tot.«

»Diejenige«, korrigierte Nora und stieß einen lauten Seufzer aus.

DREI TAGE ZUVOR

28 Sie wusste, dass sie kommen würde. Dr. Günther war eine Pünktlichkeitsfanatikerin. Sie würde um Punkt 18 Uhr auf ihren Hof fahren, so, wie sie es verabredet hatten. Vielleicht sogar schon ein paar Minuten früher.

Sie sah auf die Uhr. Noch drei Minuten. Sie sollte besser anfangen.

Der Streit, den sie vom Zaun brach, übertraf alles bisher Dagewesene. Sie kannte seinen wunden Punkt. Jytte. Seine Jytte. Die gar nicht seine Jytte war. Auch wenn er lange Zeit davon ausgegangen war, sie in jener Nacht gezeugt zu haben, in der ihr tatsächlicher Vater hatte sterben müssen.

Als die Vase neben ihr an der Wand zerschellte, hörte sie, wie draußen eine Autotür zuschlug. Kurz darauf brauste Motorgeräusch vom Hof. Sie musste gar nicht aus dem Fenster schauen, um zu wissen, dass es der Luxuswagen von Dr. Günther war. Sie hatte eine Zeugin für ihren Streit gebraucht. Die hatte sie nun. Der erste Teil ihres Plans war aufgegangen.

Müde ließ sie sich auf einen der Sessel fallen. Sie spielte Magnus die Erschöpfte vor. Dann sprang immer sein Beschützerinstinkt an, damit konnte sie jedes Mal alte Verhaltensmuster bei ihm wecken.

Er kniete sich vor sie, griff nach ihrer Hand. »Bitte, lass uns nicht mehr streiten. Ich liebe dich doch.« Da! Da war es wieder! Sie musste aufpassen, dass sie ihm nicht ins Gesicht spie.

»Komm, mein Schatz, ich mache dir Abendbrot.«

Er stützte sie auf dem Weg in die Küche. Dort war es nicht schwer, ihm das zu Pulver zerstoßene Pathmin ins Bier und unters Essen zu mischen. Als er schließlich merkte, wie ihn die Müdigkeit überwältigte, versuchte er noch verzweifelt dagegen anzukämpfen. Aber alle Mühen waren vergeblich. Diesen Kampf verlor er. Er konnte nichts dagegen tun.

Als sein Kopf schwer auf die Tischplatte fiel, zog sie ihren Ehering ab, legte ihn neben seinen Teller und verließ die Küche.

Es dämmerte bereits, als sie die Haustür hinter sich ins Schloss zog und über den Hof zum Schlachtraum ging. Der warme Wind strich über ihren nackten Körper. Kleine Steinchen drückten sich in ihre Fußsohlen.

Sie trug nichts als den Thorshammer, den Kristoffer ihr geschenkt hatte und den sie nie zuvor offen hatte umlegen können. Das kühle Metall ruhte auf ihrem Brustbein, der Lederriemen war im Nacken verknotet. Nie wieder würde sie ihn ablegen. Zumindest nicht zu Lebzeiten. Von dem Schmuckstück ging eine Ruhe aus, die auf ihren ganzen Körper abstrahlte.

Sie fühlte sich so gut wie lange nicht. Zwar quälten sie auch jetzt die Schmerzen, aber dennoch überwog das sie vollkommen ergreifende Gefühl der Freiheit. Sie hatte alles abgeworfen: ihre Fesseln, ihre Kleidung, ihre Angst.

Sie hatte sich befreit.

Und er würde büßen müssen.

Eigentlich war sie auf der Suche nach etwas ganz anderem gewesen. Sie hatte ihm heimlich Geld aus der Brieftasche klauen wollen. Immer wieder kleinere Beträge, damit es nicht auffiel. Um sich damit Hilfe erkaufen zu können.

Doch das war plötzlich alles unwichtig gewesen, als sie sich selbst entgegengefallen war. Beinahe hätte sie sich nicht wiedererkannt. So glücklich hatte sie ihr Spiegelbild schon lange nicht mehr gesehen. Dreißig lange Jahre nicht.

Das Foto hatte Kristoffer von ihr gemacht. Nur er hatte einen Abzug davon. Er hatte es immer bei sich getragen, das wusste sie. Und dass es jetzt in Magnus' Brieftasche war, konnte nur eines bedeuten.

Sie hatte es mit zitternden Fingern wieder zurückgesteckt und noch in derselben Sekunde den Entschluss gefasst, den Brief zu schreiben. Die Zeit des Schweigens war vorbei. Die Wahrheit musste ans Licht.

Mehrere Nächte schrieb sie daran, heimlich, im Schein einer Taschenlampe, wenn Magnus alkoholschwer schlief und sie für wenige Stunden frei von seiner Überwachung war. Kurz hatte sie überlegt, einfach den Notruf zu wählen, aber dann hatte sie sich eingestehen müssen, dass sie wahrscheinlich nicht genug Zeit gehabt hätte, um alles in Ruhe erklären zu können und nicht wie eine Geisteskranke zu klingen, bis Magnus sie erwischt und vom Hörer weggezerrt hätte. Nein, sie hatte so viel zu berichten, dass sie Zeit brauchte, um ihre Gedanken zu sortieren und einen möglichst klaren, verständlichen Eindruck zu machen. Sie musste einen Brief schreiben.

Und das tat sie dann auch. Sie schrieb alles auf, was sie wusste. Und auch das, was sie ahnte. Sie fand ihre Argumentationskette schlüssig. Mit ihr als Zeugin, die nach bestem Wissen und Gewissen gegen ihren Mann aussagen würde, musste man doch den Tod von Kristoffer auch dreißig Jahre später aufklären und den Schuldigen zur Rechenschaft ziehen können.

Aber auf ihren Brief kam nie eine Reaktion. Sehnlichst wartete sie darauf. Doch das Einzige, was passierte, war, dass irgendwann das Telefon nicht mehr funktionierte. Und es keine Schreibutensilien mehr im Haus gab. Und Magnus sie nicht mehr aus den Augen ließ, selbst bei den sehr intimen Pflegeterminen mit Bodil nicht.

Sie hätte verzweifeln können, doch der Zorn, der in ihr glühte, ließ sich nicht mit Tränen löschen. Stattdessen weitete er sich zu einem inneren Flächenbrand aus.

Sie schwor Kristoffer, ihn zu rächen. Sie wollte, dass Magnus zahlen musste für das, was er ihnen angetan hatte. Und dafür war sie bereit, ihr Leben zu geben. Dieses elende Leben, dem ohnehin keine allzu lange Dauer mehr beschieden war. Wie hätte sie es besser einsetzen können als für ewige Gerechtigkeit?

Beschwingten Schrittes erreichte sie den Schlachtraum. Sie stemmte ihren nackten Körper gegen die Schiebetür und schob sie auf. Barfuß tapste sie über die weißen Fliesen und ignorierte die Kälte, die durch die Fußsohlen in ihren Körper kroch.

Sie atmete tief durch. Alles war perfekt vorbereitet. Doch der schwierigste Teil stand ihr erst noch bevor. Sie durfte jetzt keinen Fehler machen.

Es war tatsächlich schwieriger als gedacht, sich die Binderune mit dem am Regal festgeklebten Messer in den eigenen Rücken zu schneiden. Es waren nicht die Schmerzen, die sie einschränkten. An Schmerzen war sie gewöhnt. Außerdem begann langsam die erste Pathmin-Dosis zu wirken. Nein, sie musste sich konzentrieren, die Schnitte richtig zu setzen. Alles spiegelverkehrt denken.

Das große X war noch einfach. Der senkrechte Strich durch dessen Schnittpunkt schon schwieriger. Die Spitzen der Senkrechten rechts und links mit den X-Schenkeln zu verbinden und an den Seiten weiter hinabzuziehen, war fast ein Ding der Unmöglichkeit. Sie zitterte vor Anspannung. Es erforderte so viel Konzentration. Aber sie gab nicht auf. Natürlich nicht.

Sie traf nicht jeden Punkt genau. Auch der letzte Schnitt, die von der Spitze abgehende »Fahne«, saß nicht ganz korrekt. Egal. Sie war eindeutig zu erkennen. Ihre Binderune. Acht Schnitte für die Ewigkeit. Es war vollbracht. Kristoffer war jetzt bei ihr, das spürte sie ganz deutlich.

Sie riss das angeklebte Messer vom Regal, sorgsam darauf bedacht, den Schaft mit Magnus' Fingerabdrücken nicht zu verwischen. Dann legte sie es an seinen angestammten Platz zurück, beseitigte das Klebeband und das Taschentuch, mit dem sie es selbst nur angefasst hatte. Anschließend spülte sie sich das an den nackten Beinen hinabfließende Blut weg und spritzte schnell den gefliesten Boden ab.

Nun das Finale. Pathmin. Sie nahm alles, was sie noch hatte. Bodil hatte es gut mit ihr gemeint. »Sei bitte vorsichtig, Katrine. Nimm nicht zu viel«, hatte sie gesagt. Ach, Bodil. Liebe, gute Bodil.

Und dann ging sie los. Ließ den Hof hinter sich. Ihr ganzes Leben. Ihren Schmerz. Sie schaute sich kein einziges Mal mehr um. Jeder Schritt war wie eine Befreiung. Und als das Grün des Waldes hinter ihr zusammenschlug und der Tönsburger Forst sie verschluckte, sie in sich aufnahm und willkommen hieß, kam es ihr vor, als wäre sie bereits da. An einem besseren Ort.

Nur als sie kurz an Jytte dachte, brach es ihr beinahe das Herz.

Nein, sie durfte nicht an Jytte denken! Denn dann würde sie ihr Vorhaben abbrechen, und alles wäre umsonst gewesen. Nein, das durfte nicht sein!

Jytte war stark. Und eines Tages würde sie alles verstehen.

Tränen liefen über ihr Gesicht, doch sie zwang sich zum Weitergehen. Und gerade als sie ihren Schritt verlangsamte und der Gedanke an ihre Tochter ihr das Herz zu zerreißen drohte, setzte die volle Wirkung des Pathmins ein. Ihre Rettung. Ihre Erlösung.

Eine Welle der Euphorie überrollte sie. Die Schwermut, die sie eine Sekunde zuvor noch zu Boden gedrückt und ihr den Atem abgepresst hatte: Verschwunden! Keine Angst mehr. Kein Schmerz. Keine Zweifel. Keine Reue. Kein Gedanke an morgen.

Sie begann zu pfeifen. Dann zu singen. Laut. Immer lauter. Ihr Gang wurde ganz von selbst zu einem Laufschritt. Und dann hob sie ab. Sie tanzte! Drehte Pirouetten, warf die Hände in die Luft, schlug sich jauchzend auf die nackten Schenkel, klatschte vor Freude, lachte und sang aus voller Kehle.

Sie kannte den Weg. Sie hätte ihn mit verbundenen Augen gehen können. Den Weg zum Stumpf der alten Esche. Ihres heiligen Baumes. Den ihr Mann gefällt hatte und dem sie ihren Schmerz und ihre Wut darüber nie hatte zeigen dürfen. Nie hatte sie an einem Blót teilnehmen können. Alles darüber kannte sie nur aus Erzählungen. Doch sie fühlte sich der Natur, den Elementen, den Wesen und Ahnen, den Gottheiten und Geistern und der Liebe zum Leben so nahe, als hätte sie nie an etwas anderes geglaubt.

Die Saat ihres Glaubens hatte Kristoffer gelegt. Und heute ging diese Saat auf.

Glück. Sie spürte das Glück durch ihre Adern pumpen und am Rücken durch die Schnitte wieder austreten. Sie fühlte, wie sich das Glück mit der Wärme der Nacht vermischte, zu den aufgehenden Sternen am Himmelszelt aufstieg und gleichzeitig in den Moosboden sickerte. Sie war schwerelos und tief mit dem Boden verwurzelt zugleich; sie konnte in anderen Sphären schweben und war im selben Moment ans Hier und Jetzt gefesselt, bis sich Körper und Geist schließlich voneinander lösten und eins wurden mit der Natur, den Elementen, dem ewigen Kreislauf von Werden und Vergehen. Ihre Hand umgriff den Thorshammer um ihren Hals. Bald, ganz bald schon, würde sie Kristoffer wiedersehen.

Sie sank auf den Baumstumpf hinab, dessen Holz noch sonnenwarm war und sie willkommen hieß. Die Müdigkeit breitete liebevoll ihre Arme aus und umhüllte sie wie eine wärmende Decke. Insekten summten um sie herum, vielleicht waren es aber auch kleine Feen. Oder aber keines von beiden und nichts als die Einbildung eines sterbenden Geistes.

Aus dem Halbdunkel, das zwischen den Bäumen stand, flammten plötzlich zwei Lichtkegel auf. Sie starrten sie an. Dann bewegten sie sich, entfernten sich von ihr, wurden kleiner und kleiner und verschwanden schließlich in der Tiefe des Waldes. Dafür wurde die Musik immer lauter. Sie konnte es deutlich hören. Da, wo eben noch Meeresrauschen gewesen war, ertönten nun Trommeln, im Gleichklang mit ihrem Herzen. Sie riefen sie. Eindeutig: Die Trommeln riefen sie.

Es war so weit. Sie tauchte in einen tiefen Seelenfrieden

ein, sank immer tiefer, auf den Grund ihres Bewusstseins und noch weiter darüber hinaus. Ließ alles los, an dem sie sich ein Leben lang festgeklammert hatte, und besaß nichts mehr als das instinktive Urvertrauen, dass von jetzt an alles leichter und schmerzfrei und besser sein würde.

Die letzte Minute auf dieser Welt war die friedlichste in Katrines ganzem Leben.

GEGENWART

29

»Es ergibt Sinn! Es ergibt alles Sinn! Die einzelnen Teilchen fügen sich zu einem stimmigen Gesamtbild zusammen.« Nora schaute aufgeregt in die Runde. »Mit dieser Hypothese haben wir endlich eine Erklärung für die Klebereste am Regal und an den Fingerspitzen von Katrine Hauge. Und auch am Messerschaft.« Sie tippte auf die entsprechende Stelle am Whiteboard. »Und dafür, dass die Schnitte auf ihrem Rücken so zittrig, so ungelenk wirken. Wir haben eine Erklärung für das Messer mit Magnus' Fingerabdrücken, für die frischen Blutspuren im Schlachtraum. Für den Streit, den Dr. Günther mitbekommen hat und der uns ein Motiv liefern sollte.« Ihr Finger wanderte über die Laborberichte, Spurensicherungsbefunde und Zeugenaussagen hinweg und verweilte schließlich auf dem Foto von Magnus Hauge. »Und dafür, dass alles auf Magnus Hauge hindeutet, obwohl der die Tat nach wie vor vehement abstreitet.«

Nora und Connie schauten in verständnislose Gesichter. Reza stand der Mund leicht offen, Jules Augen waren groß wie Spiegeleier, und Köster blinzelte angestrengt unter seiner in Falten gelegten Stirn. Niemand sagte etwas. Die Stille war beinahe beängstigend.

Minutenlang saßen sie schweigend um den zerstörten Tisch im Pfarrgemeindesaal herum und gingen in Gedanken die Informationen durch, die Nora und Connie ihnen gerade präsentiert hatten.

Schließlich wagte Reza eine erste Nachfrage.

»Nur damit ich das auch wirklich richtig verstehe.« Zum ersten Mal seit Ewigkeiten nahm er die Hände von der Tastatur und legte sanft die Fingerspitzen aneinander. »Eure These ist also, dass Katrine Hauge sich die Verletzungen auf ihrem Rücken selbst zugefügt hat?«

Nora und Connie nickten.

»Und dass sie sich wissentlich und willentlich mit Pathmin suizidiert und ihren Tod als Mord inszeniert hat?«

Wieder nickten Nora und Connie.

»Um ihn ihrem Mann anzuhängen?«

Erneutes Nicken.

»Aus Rache für die Tötung ihres Geliebten?«

Nora und Connie nickten mit strahlenden Gesichtern.

Reza hingegen schüttelte den Kopf. »Ich weiß nicht ...«, nuschelte er leise in seinen Hemdkragen.

Connie klatschte bekräftigend in die Hände. »Katrine hatte Angst, dass Kristoffers gewaltsamer Tod nach über dreißig Jahren nicht mehr aufgeklärt werden könnte. Kein Wunder, da sie auf ihren Brief an die Polizei ja auch nie eine Antwort erhalten hat. Aber sie wollte Magnus nicht ungeschoren davonkommen lassen. Sie *wusste,* dass er für Kristoffers Tod verantwortlich war. Und wollte ihn dafür büßen lassen.«

»Katrine Hauge hatte nicht mehr lange zu leben«, stieg Nora in Connies Erklärung mit ein. »Keine Ahnung, ob sie vielleicht aufgrund ihrer Krankheit schon früher mal über die Option eines Freitods nachgedacht hat. Aber jetzt hatte sie zumindest das Gefühl, damit auch etwas bewirken zu können: Sie wollte so den Mord an ihrem Geliebten durch ihren Ehemann, von dem sie erst vor Kurzem erfahren hatte, rächen – indem sie ihren Selbstmord als Mord inszeniert und ihrem Mann in die Schuhe schiebt. So wollte sie Magnus nachträglich noch zur Rechenschaft ziehen, quasi stellvertretend für Kristoffer. Sie konnte ja nicht ahnen, dass er uns Kristoffers Tötung gestehen würde.«

»Was er ja auch nur getan hat, weil er unter dringendem Tatverdacht steht, Katrine getötet zu haben. In diesem Sinne ist ihr Plan also tatsächlich irgendwie aufgegangen«, murmelte Reza.

»Leute, ganz ehrlich: Das klingt für mich total irre!« Köster lehnte sich in seinen Stuhl zurück. »Das ist doch alles extrem weit hergeholt. Und total hypothetisch. Nichts davon können wir beweisen. Gar nichts. Von mir aus könnt ihr eure vollkommen durchgeknallte These ja gerne dem Chef unterbreiten. Aber ich für meinen Teil bin da raus. Ich geh da nicht mit! Das ist mir zu crazy!«

»Ach, es ist doch egal, wie verrückt eine Theorie klingt. Hauptsache, man kann sie beweisen. Und da muss ich Chris leider beipflichten.« Reza schüttelte frustriert den Kopf. »Wir haben nichts! Vor allem nicht den Brief, den Katrine an die Polizei geschrieben hat und der ja ein Schlüssel zur Lösung dieses Falls wäre.«

»Aber Bodil kann immerhin bestätigen, dass es den Brief gegeben hat«, entgegnete Nora.

»Ja, aber sie weiß nicht, was drinstand.«

Nora und Connie wechselten einen frustrierten Blick.

»Es stimmt schon: Die Aussagen von Helen Hauge, Bodil Brodersen und Dr. Valerie Günther passen zu eurer Hypothese«, ergriff nun auch Jule das Wort. »Das heißt: Ja, es *könnte* tatsächlich so gewesen sein. Ich kann euren Überlegungen durchaus folgen.«

Nora und Connie schöpften Hoffnung, die Jule jedoch sofort wieder zerstörte. »Aber Chris und Reza haben recht: Wir können nichts davon beweisen. Im Grunde könnte nur Katrine Hauge selbst eure Version bestätigen.«

»Tja, die ist aber tot«, ergänzte Köster überflüssigerweise, weshalb sein Kommentar von allen ignoriert wurde.

Erneut erfüllte Stille den Pfarrgemeindesaal. Alle hingen wieder ihren Gedanken nach. Und mit jeder Sekunde, die verstrich, nahm der Sauerstoffgehalt im Raum ab und die Niedergeschlagenheit zu. Gab es wirklich keine Möglichkeit mehr, die neue Theorie irgendwie beweisen zu können?

Nach einer gefühlten Ewigkeit hob Jule den Kopf. »Wird in dem Waldstück gejagt? Vielleicht gibt es dort ja Wildtierkameras?«

Reza schüttelte den Kopf. »Gibt es nicht. Habe ich längst gecheckt.«

»Wär ja auch zu schön gewesen«, brummte Köster.

»Dann bleiben nur noch Augenzeugen.« Jule massierte sich nachdenklich die Schläfen. »Wir bräuchten einen Augenzeugen, der gesehen hat, dass Katrine Hauge selbstständig, freiwillig und ohne fremdes Zutun auf diesen Baumstumpf gelangt ist. Dass sie sich da quasi selbst zum Sterben hingelegt hat. Dass niemand dabei war, der sie genötigt oder gezwungen oder gar Hand angelegt hat. Dass es keinen Zwang gab und kein Fremdverschulden. Das ist die einzige Möglichkeit, um die neue These zu stützen.«

Köster schnaufte nur abfällig. »Wenn Katrine Hauge wirklich allein gehandelt und sich selbst umgebracht hat, dann wird es für ihre Tat keine Zeugen geben. Oder wer, bitte schön, soll das zufällig mitbekommen haben? Wer hängt denn nachts einfach so im Wald rum?« Er stockte. »Also, außer den Heiden? Aber die hatten ihre Feier ja viel weiter südlich.«

»Wir müssen es trotzdem versuchen.« Reza hatte schon das Handy in der Hand. »Der Chef ist noch in Flensburg und bespricht sich mit der Staatsanwaltschaft. Die letzte Möglichkeit für einen neuen Ansatz wären sachdienliche Hinweise aus der Bevölkerung. Wir müssen die Erlaubnis einholen, einen Aufruf in den Medien zu starten.«

»Da melden sich doch nur wieder irgendwelche Spinner und Wichtigtuer«, gab Köster zu bedenken. »Wenn es wirklich Augenzeugen gäbe, hätten die sich doch schon längst bei uns gemeldet.«

»Nicht unbedingt«, meinte Nora. »Du vergisst die Nachrichtensperre. Bisher wurde über den Fall ja noch gar nicht offiziell berichtet.«

»Und genau deswegen sind wir hier!«

Alle fuhren erschrocken herum. Im offenen Türrahmen standen Beck und Becker.

»Äh, ja, hallo erst mal.« Claudia Beck hob, von so viel plötzlicher Aufmerksamkeit verunsichert, die Hand. »Also, Thorsten und ich dachten, wir kommen mal lieber direkt vorbei.«

»Frau Beck. Herr Becker.« Nora stand auf und deutete freundlich auf die letzten freien Stühle, die noch um den ramponierten Tisch herumstanden. »Setzen Sie sich doch. Was können wir für Sie tun?«

»Ich glaube eher, dass wir etwas für Sie tun können. Oder vielmehr diese beiden Damen hier.« Claudia Beck trat einen Schritt vor. Hinter ihrer barocken Gestalt sowie dem schlaksigen Riesenkörper von Thorsten Becker wurden auf einmal zwei weitere Menschen sichtbar.

»Das sind Aylin Günal und Johanna Radcke.«

Die beiden Frauen von Anfang zwanzig nickten grüßend in die Runde.

»Sie haben sich bei uns gemeldet. Nachdem sie im Internet einen *Blog* gelesen haben.« Claudia Beck sprach das Wort aus, als handle es sich dabei um etwas Unanständiges.

»Was für einen Blog?« Nora deutete den beiden jungen Frauen freundlich an, sich an den Tisch zu setzen. Kaum dass sie saßen, hatte Reza auch schon das Diktiergerät gestartet.

»Diesen hier.« Aylin Günal zog ihr Smartphone aus der Tasche und legte es auf den Tisch. Es war ein News-Blog für die Region, mit aktuellen Nachrichten aus dem deutsch-dänischen Grenzgebiet. *Mord zu Mittsommer. Tote im Tönsburger Wäldchen gefunden* lief in übergroßen Buchstaben quer über die Startseite. Nur unwesentlich kleiner stand darunter der Name der Verfasserin: Maya Moreno.

»Moment mal.« Reza klickte auf seinem Tablet herum. »Der Beitrag ist von gestern Abend. Kurz nach acht. Da war unsere Pressemitteilung noch gar nicht raus.« Reza schaute fassungslos zu den anderen. »Wie konnte die Moreno diesen Artikel schreiben? Woher hatte sie die ganzen Infos?«

»Ist doch egal«, lenkte Connie ab. »Vielleicht ist der Zeitstempel falsch oder so.«

Reza holte gerade Luft, um zu protestieren, als Nora Connie eilig zu Hilfe sprang. »Sie haben also diesen Artikel gelesen?« Sie lächelte den beiden jungen Frauen aufmunternd zu.

Aylin Günal nickte. »Von der toten Frau im Tönsburger Wäldchen. In der Mittsommernacht. Und dass die Polizei von einem Tötungsdelikt ausgeht.« Sie zögerte kurz, doch auf Johannas Nicken hin sprach sie weiter. »Na ja, wir glauben, dass wir sie gesehen haben. Die Tote. Also, als sie noch gelebt hat, meine ich.«

»Wir wissen, dass es verboten ist, im Tönsburger Wäldchen zu campen.« Johanna Radcke fiel sich beinahe selbst ins Wort, so schnell schob sie hinterher: »Aber es ist auch gar nichts passiert. Ehrlich! Wir hatten keine offene Flamme. Und unseren Müll haben wir natürlich auch wieder mitgenommen!«

»Sie haben in der Mittsommernacht im Tönsburger Wäldchen gecampt?«, fragte Nora fassungslos. Auch Connie, Reza, Jule und Köster setzten sich in ihren Stühlen auf. Doch die allgemeine Anspannung, die auf einmal im Raum herrschte, wurde von den beiden jungen Frauen missinterpretiert.

»Ja, Mann, es tut uns auch leid! Ehrlich!«, beeilte sich Aylin Günal zu versichern. »Aber genau weil Campen dort verboten ist, ist es doch auch so besonders schön da. Man ist völlig für sich. Total abgeschieden. Und total romantisch.« Sie warf Johanna einen warmen Blick zu. »Jedenfalls waren wir mit unserem Auto in der Nähe der Stelle, die in dem Artikel beschrieben ist.«

Nora warf einen Blick aus dem Fenster. Direkt vor der Kirche parkte ein kleiner asiatischer Geländewagen, der die typisch hohe Karosserie und die grobstolligen Reifen eines Offroaders hatte. Die Räder waren lehmverschmiert, die Seiten des Autos dreckbespritzt. Das zusammengefaltete Dachzelt und die unzähligen Aufkleber, die die Heckklappe zierten und Reisen durch ganz Skandinavien und das Baltikum bezeugten, ließen darauf schließen, dass es sich bei den beiden jungen Frauen offenbar um ein reise- und abenteuerlustiges Paar handelte.

»Und? Was habt ihr gesehen?«, fragte Connie ungeduldig.

»Eine ältere Frau. Komplett nackt. Die ist laut singend durch den Wald getanzt. Nur deshalb sind wir doch überhaupt auf sie aufmerksam geworden. Zuerst haben wir die ja nur gehört. Eben weil sie so laut gesungen hat. Und auch immer wieder so irre gelacht. Die war so krass happy. Keine Ahnung, was die genommen hatte, aber die war total drauf.«

»Aber habt ihr sie nur gehört? Oder auch gesehen?«, hakte Connie nach.

Aylin Günal nickte. »Es war Vollmond. Da war es ziemlich hell im Wald. Wir konnten sie wirklich gut erkennen. Vor allem, dass sie komplett nackt war, als sie zwischen den Büschen und Bäumen an uns vorbeigetanzt ist.«

»Zuerst haben wir uns auch gar nichts dabei gedacht. Wir fanden das cool. So eine alte Lady, die gut gelaunt nackt durch den Wald tanzt: Da kann man sich ja fast schon 'ne Scheibe von abschneiden, haben wir uns gedacht.« Das Lächeln auf Johanna Radckes Gesicht verschwand. Sie zögerte. Die aufkeimende Erinnerung schien sie auf einmal zu ängstigen. »Aber dann haben wir auf ihrem Rücken so komische blutige Striemen gesehen. Der Rücken war komplett zerkratzt! Das war dann gar nicht mehr lustig, sondern einfach nur noch gruselig!«

»Ja«, pflichtete Aylin bei. »Mega spooky! Wir haben ganz kurz überlegt, ob wir zu ihr hingehen sollen. Also, ob sie vielleicht Hilfe braucht. Aber die wirkte nicht verängstigt. Im Gegenteil, eher total überdreht. So übertrieben glücklich. Ehrlich gesagt, hat die uns mit ihrer Art total Angst gemacht.«

»*Alles* hat uns plötzlich Angst gemacht«, flüsterte Johanna Radcke. »Das Mondlicht. Die krasse alte Lady. Und dann hat auch noch der Wind gedreht. Da war plötzlich nichts mehr mit romantischem Meeresrauschen, dafür haben wir Musik gehört. Zwar leise und von weiter weg. Aber die Trommeln und Hörner konnte man trotzdem deutlich hören. Die Stimmung ist auf einmal komplett gekippt. Wir kamen uns vor wie in einem Horrorfilm!«

Aylin griff liebevoll nach Johannas Hand. »Ja, das stimmt. Wir hatten auf einmal richtig Schiss. Also haben wir gewartet, bis sie weg war, und dann sind wir abgehauen.«

»Wie: weg? Wieso war die Frau weg?«, hakte Nora nach.

»Wir haben die halt auf einmal nicht mehr gesehen. Keine Ahnung, ob die gestürzt ist oder sich irgendwo hingehockt hat oder so, aber die war plötzlich wie vom Erdboden verschluckt.« Aylin hielt immer noch Johannas Hand, strich ihr zärtlich mit dem Daumen über den Handrücken. Der Schmerz durchzuckte Nora wie ein Stromschlag. Plötzlich spürte sie ganz deutlich, wie sehr sie Mats' Berührungen vermisste. Seine Nähe. Seine Wärme.

»Aber dann war da dieser News-Artikel.« Johanna Radcke riss Nora wieder aus ihren Gedanken. »Als wir den heute Morgen gelesen haben, hatten wir irgendwie das Gefühl, dass da vieles nicht mit unseren Beobachtungen übereinstimmt. Und deswegen haben wir uns sofort wieder bei der Polizei gemeldet.« Johanna Radcke machte eine Kopfbewegung in Richtung von Beck und Becker.

»Wieder? Wieso wieder?«, fragte Connie scharf.

»Na, weil wir doch schon in der Mittsommernacht angerufen haben.«

Alle Blicke richteten sich auf Beck und Becker, die immer noch an der Tür standen und so wirkten, als würden sie am liebsten rückwärts die Flucht ergreifen.

Claudia Beck holte tief Luft. »Na ja«, begann sie zögerlich. »Es stimmt schon, dass wir über eine nackte Frau im Tönsburger Wäldchen informiert wurden.«

»Aber eine *laut singende und tanzende nackte Frau*«, ergänzte Becker.

»Was sollen wir denn da denken?« Claudia Beck wurde laut. »Ich meine, ausgerechnet in der Mittsommernacht. Ausgerechnet im Tönsburger Wäldchen. Wir haben halt gedacht, das sind die Leute von *Stærkt Bånd,* die da wie jedes Jahr ihre Party machen. Die melden ihre Mittsommerfeier ja auch immer pflichtschuldigst bei uns an. Damit sich eben niemand erschreckt.«

»Und trotzdem kriegen wir jedes Jahr solche Anrufe rein«, ergänzte Becker. »Trommeln. Hörner. Lichter im Wald. Nackt ums Feuer tanzen. Das ist für uns hier doch fast schon normal.«

»Das hat uns dann auch irgendwie beruhigt.« Aylin Günal lächelte Beck und Becker zu. »Dass die uns am Telefon gesagt haben, dass das nur irgendwelche Heiden sind, die da gerade die Sommersonnenwende feiern, und dass das hier total normal ist. Kein Grund zur Sorge. Aber wir haben die Nacht dann trotzdem woanders geschlafen. Das war uns doch zu krass.«

»Aber von was sind wir denn da Zeuginnen geworden?« Johanna Radcke schaute fragend zwischen den versammelten Kriminalbeamtinnen und Polizisten hin und her. »In dem News-Blog stand etwas von Mord. Die Frau, die wir beobachtet haben, ist sie die Ermordete? Aber wir haben außer ihr niemanden dort gesehen!«

»Moment! Der Reihe nach!« Connie sprang auf und eilte zum Whiteboard. »Ist die Frau, die ihr gesehen habt, hier dabei?« Sie deutete auf die Fotos der Hauge-Frauen, die neben dem Porträt von Magnus Hauge hingen: ein Bild von Katrine zu Lebzeiten sowie eines von Helen und eines von Jytte. »Erkennt ihr die Frau wieder? Oder ist sie nicht dabei?«

Nora nickte anerkennend. Connie klopfte ab, wie glaubwürdig die beiden Zeuginnen waren.

Aylin und Johanna guckten sich die Fotos einige Sekunden lang aufmerksam an. Dann deuteten beide zeitgleich auf das Bild von Katrine Hauge. »Die da.«

»Seid ihr sicher?«

»Ganz sicher.«

»Und diese Frau ist allein durch den Wald getanzt? Da war niemand sonst?«

Die beiden jungen Frauen schüttelten ihre Köpfe. »Das haben wir doch schon gesagt!«

»Ihr seid euch absolut sicher?«, wiederholte Connie scharf.

»Ja!« Aylin Günal wurde beinahe ärgerlich. »Als die Frau plötzlich weg war, haben wir noch ein paar Minuten gewartet. Wir waren total starr vor Angst. Wir haben uns im Auto verkrochen und geguckt, ob da noch mehr Irre kommen. Aber da war niemand.«

Connie und Nora schauten sich an. Dann sahen sie in die leuchtenden Augen von Reza und Jule sowie in Kösters fassungsloses Gesicht. Am liebsten hätte Nora laut geschrien vor Freude. Da waren sie: zwei Augenzeuginnen, die ihre Theorie von Katrine Hauges Freitod und Mord-Inszenierung bestätigten!

»Kriegen wir jetzt noch Stress?« Johanna Radcke schaute unsicher zwischen den versammelten Polizeibeamten hin und her. »Na, wegen Wildcampen und so ...«

»Nee, keinen Stress!« Nora strahlte die beiden jungen Frauen glücklich an. »Ganz im Gegenteil.«

GEGENWART

30

Erst musste Hellmann von der neuen Theorie überzeugt werden, dann die Staatsanwaltschaft. Doch dank der Aussagen von Helen Hauge, Bodil Brodersen und Dr. Valerie Günther sowie des Augenzeugenberichts von Aylin Günal und Johanna Radcke musste selbst der stärkste Zweifler zugeben, dass die Theorie von Katrine Hauges als Mord inszeniertem Freitod plausibel war – so verrückt sie auch klingen mochte.

Es lag nun an der Staatsanwaltschaft, ob auch sie dieser Hypothese folgen wollte.

»Magnus Hauge hat immer noch kein Alibi für Katrines Tod. Und ein Motiv hat er auch. Wenn es wirklich ihr Plan war, ihn für Kristoffers Tod büßen zu lassen, dann scheint ihr das geglückt zu sein. Denn dafür wird sich Magnus Hauge auf jeden Fall verantworten müssen.« Nora seufzte. »Aber was den Tod von Katrine angeht, gilt doch wohl *in dubio pro reo.* Oder meinst du nicht?«

»Das ist nicht mehr unsere Sache. Wir haben unseren Job gemacht. Wir haben ermittelt, was es zu ermitteln gab.« Connie zündete sich eine Zigarette an und inhalierte tief. Ihre Augen bekamen einen feuchten Glanz. »Aber ich hoffe wirklich sehr, dass Magnus Hauge zur Rechenschaft gezogen wird.«

»Weinst du etwa?«, fragte Nora ungläubig.

»Natürlich nicht!«, knurrte Connie und wischte sich

eilig die Träne aus dem Augenwinkel. »Aber das Schicksal von Katrine Hauge kann einem schon nahegehen. Diese Frau hat so unglaublich gelitten. Über dreißig Jahre war sie in einer toxischen Beziehung gefangen. Sie hat ihre große Liebe durch eine Gewalttat verloren. Sie konnte ihren Glauben nicht leben. Und am Schluss erkrankt sie auch noch unheilbar an Krebs. Ich meine: Wie hart ist das, bitte schön?! Diese Frau musste so viel ertragen ...«

Wieder zog Connie tief und lang an ihrer Zigarette. »Ich hoffe, dass es ihr da, wo sie jetzt ist, besser geht.«

Sie ignorierte Noras irritierten Blick, drückte die Schultern durch, räusperte sich und war wieder ganz die Alte. »Glückwunsch, Nora! Wir haben im Grunde sogar drei Todesfälle aufgeklärt.« Die Genugtuung in Connies Stimme war nicht zu überhören. »Aber ist es nicht total verrückt, dass alle drei Todesfälle irgendwie miteinander zusammenhängen? Was für eine unglückliche Verkettung von Familiendramen, persönlichen Schicksalen und religiösen Missverständnissen, oder?«

»Na ja, du hast doch von Anfang an vermutet, dass die beiden Cold Cases miteinander in Verbindung stehen. Ein Heidenopfer pro Generation«, neckte Nora sie.

Connies Miene verfinsterte sich. »Ja, dafür muss ich mich wohl noch bei denen entschuldigen. Aber immerhin lag mein Bauchgefühl nicht ganz falsch: Alle drei Fälle hingen tatsächlich miteinander zusammen!«

»Hier ist Rauchen verboten!« Dr. Edls Stimme ließ sie erschrocken herumfahren. Mit dem entschlossenen Gesichtsausdruck, den in die Hüften gestemmten Händen und ihrem in der lauen Sommerbrise flatternden Arztkittel sah sie ein wenig wie eine tadelnde Superheldin aus.

»Aber wir sind doch draußen! Das hier ist der Krankenhauspark!« Connie schaute sich Hilfe suchend um. Sie standen auf einem Kiesweg inmitten einer gepflegten Grünanlage. In einiger Entfernung ragte der weiße Klotz des Krankenhauses in die Höhe, dazwischen lagen Rasenflächen, Sitzbänke und vereinzelte Baumgruppen. Doch Dr. Edl verzog keine Miene. Unter ihrem erbarmungslosen Blick drückte Connie die Zigarette schließlich aus. Sofort kehrten die Lachfältchen um die Augen der netten Oberärztin zurück. »Herr Poulsen freut sich schon sehr auf Ihren Besuch. Es geht ihm bereits deutlich besser. Und ich hoffe, dass das so bleibt.« Dr. Edl warf Nora einen tadelnden Blick zu. Die schaute betreten zu Boden. Dr. Edl deutete auf eine Baumgruppe etwas abseits. »Er sitzt dahinten auf der Bank, direkt unter der alten Eiche.«

Doch Ingvar war nicht allein. Als Nora erkannte, wer da neben ihm saß, machte ihr Herz einen Sprung.

»Hej, Nora.« Mats Hansen stand auf und rieb sich verschämt die Handflächen an seiner Hose trocken. Nora nickte nur kurz, dann umarmte sie erst einmal Ingvar, lang und innig.

»Bitte verzeih, dass ich dich bei unserem letzten Treffen so in Aufregung versetzt habe«, flüsterte sie dem alten Mann ins Ohr, während sie ihn umarmt hielt. »Es tut mir so leid. Das wollte ich nicht. Aber ich musste herausfinden, was passiert ist.«

»Das weiß ich doch«, wisperte Ingvar. Dann löste er sich aus Noras Umarmung und bedachte sie mit einem herzlichen Lächeln.

Der alte Mann sah schon viel besser aus als bei ihrem letzten Besuch. Die bleiche Gesichtsfarbe war einem kräftigen Rosa gewichen, das eine herrlich frische Farbkombination mit der blauen Strickmütze und seinem weißen Rauschebart ergab. »Vielleicht darf ich morgen schon nach Hause.« Ingvar gluckste glücklich. »Aber nur, wenn ich mich nicht aufrege. Also vertragt euch bitte wieder, ja?« Er schaute zwischen Nora und Mats hin und her.

Connie ließ sich neben Ingvar auf die Bank fallen und nickte bekräftigend. »Geht mal ein Stück. Ich brauche Ruhe. Ich muss mich nämlich entschuldigen, für meine harschen Ermittlungen und die falschen Vorwürfe.«

»Können wir euch denn wirklich allein lassen?« Nora schaute fragend auf Connie hinab. Schließlich hatte es Ingvar gerade selbst gesagt: Er durfte sich auf keinen Fall aufregen.

Ingvar machte eine lässige Handbewegung. »Wir kommen schon zurecht. Seht mal lieber zu, dass *ihr beide* wieder miteinander klarkommt.«

Zögerlich wandten sich Nora und Mats ab und folgten den verschlungenen Wegen, bis sie sich schließlich am hinteren Ende des Krankenhausparks wiederfanden, außer Sichtweite von Connie und Ingvar und ohne weitere Patienten oder Besucherinnen in der Nähe.

Verlegen setzten sie sich auf eine Bank und schauten in das Grün der sommerlichen Vegetation um sich herum. Gellende Möwenschreie verrieten, dass hinter den Bäumen die Nordsee nicht weit war. In der Luft lag Salz und der Geruch von Algen, eine Duftmischung, die Nora in Gedanken sofort nach zu Hause katapultierte, nach Billersby, das gar nicht so weit weg war und wo Niklas und Menke und Joost und Flint und Wotan auf sie warteten. Ihr altes Leben.

Und ihr neues Leben? Was war damit?

In Noras Kopf schossen die Fragen wie Flipperkugeln hin und her. Wieso hatte Mats sich nicht bei ihr gemeldet?

Warum hatte er ihre Anrufe nicht angenommen, sie nie zurückgerufen? Empfand er überhaupt dasselbe wie sie? Oder hatte sie sich das alles nur eingebildet, ihre besondere Verbindung, die Anziehung zwischen ihnen, weil sie von den ganzen neuen Eindrücken vollkommen reizüberflutet gewesen war? Was war denn schon passiert? Ein Kuss. Nur ein Kuss. Wenn auch ein besonders schöner …

Mats räusperte sich. »Ähm, also ich möchte, dass du weißt, dass deine Kollegin mir verboten hat, sich bei dir zu melden. Und sie kann wirklich sehr überzeugend sein, wenn sie so etwas sagt.«

Täuschte sich Nora, oder klang da so etwas wie Angst in Mats' Stimme mit?

»Auf jeden Fall hat sie gesagt, dass ich dir erst wieder nahekommen darf, wenn der Fall abgeschlossen ist. Damit du nicht befangen bist oder so.«

»Wolltest du das denn? Mir nahekommen?«, fragte Nora leise.

Mats wandte den Kopf und blickte ihr in die Augen. »Ich habe mir nichts sehnlicher gewünscht«, flüsterte er.

»Dann bist du mir also nicht mehr böse?«

Mats schüttelte den Kopf. »Ich war verletzt. Sehr sogar. Aber ich war auch ungerecht zu dir. Ich hätte doch wissen müssen, wie schlimm das gerade für dich ist. So ein doppeltes Spiel zu spielen.«

»Ich habe kein doppeltes Spiel gespielt. Zumindest nicht, was meine Gefühle für dich betrifft.«

Nora erstarrte! Jetzt war es raus! Sie hatte es laut ausgesprochen! Und damit nicht nur Mats Hansen, sondern auch sich selbst offen eingestanden, dass von ihrer Seite aus Gefühle im Spiel waren. Ja, sie war verliebt!

Die Worte hingen zwischen ihnen in der Luft. Kurz

glaubte sie, Überraschung in Mats' Augen zu sehen. Doch dann ging das Lausbubenlächeln über sein Gesicht, das Nora vom ersten Augenblick an verzaubert hatte.

Und sie war unendlich froh, dass er jetzt weder einen pseudolustigen Spruch brachte oder sie mit irgendwelchen neckischen Witzen malträtierte noch den obercoolen Macho gab, sondern stattdessen einfach ihr Gesicht in seine Hände nahm, kurz auf ihr stummes Einverständnis wartete und sie dann küsste, noch viel zärtlicher und inniger als beim ersten Mal.

Sie merkten gar nicht, wie die Zeit an ihnen vorüberflog. Erst als die Schatten der Bäume schon merklich länger wurden, lösten sie sich wieder voneinander und schlenderten schließlich Hand in Hand den Weg zurück, den sie gekommen waren.

Als sie hinter einer Baumgruppe um die Ecke bogen, sahen sie jedoch Ingvar allein auf seiner Bank sitzen. »Connie besorgt uns etwas zu naschen aus der Cafeteria.« Kaum hatte Ingvar es laut ausgesprochen, kam Connie auch schon im Laufschritt angerannt und wedelte bereits aus der Ferne mit einer braunen Papiertüte. »Schnell, beeilt euch«, stieß sie atemlos hervor, als sie die Bank erreicht hatte und immer wieder gespielt ängstlich über ihre Schulter spähte. »Bevor diese griesgrämige Ärztin uns auch noch den Zucker verbietet.« Sie hielt die Bäckertüte auf. Darin lagen fettig glänzende, mit Puderzucker und Mandelsplittern überzogene Plunderteilchen voller Quark und Marzipan!

»Äh, also, ich weiß wirklich nicht, ob das so gut für Ingvar ist«, wagte Nora einen vorsichtigen Einwand.

»Die sind auch nicht für Ingvar. Die sind für uns. Also eigentlich mehr für mich. Ich habe nämlich Hunger, verdammt! Das kommt nur davon, weil ich hier nicht rauchen darf! Für Ingvar habe ich etwas anderes.«

Wie eine Zauberkünstlerin zog Connie mit großer Geste etwas aus ihrer Lederjacke hervor. Stolz hielt sie Ingvar eine Tafel edler Zartbitterschokolade hin. »Mindestens siebzig Prozent Kakaoanteil. Ich hab's gerade extra noch mal nachgeguckt: Maximal hundert Gramm am Tag sind voll okay. Antioxidantien, Eisen, Magnesium, Vitamin B und Flavonoide! Die senken den Blutdruck und weiten sogar die Blutgefäße. Ist quasi Medizin fürs Herz!«

Bevor Nora auch hier berechtigte Bedenken anmelden konnte, hatte Ingvar schon mit kindlicher Freude nach der Schokolade gegriffen und sich ein winziges Stückchen abgebrochen.

»Also, ich finde wirklich, wir sollten das erst mit Dr. Edl absprechen.« Nora wirkte so unglücklich, dass Ingvar laut lachen musste. »Ach, Nora, deine Sorge ist wirklich liebenswert. Aber ein winziges Stück wird mich schon nicht umbringen.« Genüsslich ließ er es sich auf der Zunge zergehen. Nora seufzte.

»Ich habe im Auto noch eine Kiste mit Obst vom Blót.« Mats stand energisch auf. »Die hole ich jetzt. Dann kannst du gesund naschen, Ingvar.«

»Ich komme mit.« Nora war schon aufgesprungen und an Mats' Seite getreten.

»Ach, ihr wollt doch nur knutschen«, grunzte Connie vergnügt, in der Hand ein angebissenes Plunderteilchen und den Mund voller Blätterteig.

Nora schenkte Connie nur ein glückliches Lächeln, dann wandte sie sich mit Mats ab und schlug den Weg zum Parkplatz ein.

Sie hatten sich kaum ein paar Meter entfernt, als plötzlich ein markerschütternder Schrei durch den Park scholl: »Du verdammtes Drecksvieh!«

Ein Schatten zog über ihre Köpfe hinweg, so dicht, dass sie den Windstoß der Flügel spüren konnten. Und dann rannte Connie wie von der Tarantel gestochen an ihnen vorbei, die eine Hand bereits am Holster, der Möwe hinterher, die mit panischem Schwingenschlag versuchte, die Beute in ihrem Schnabel in Sicherheit zu bringen: ein Plunderteilchen. Connies Plunderteilchen!

»O nein!« Nora hatte die skurrile Situation zuerst erfasst. »Los, komm! Wir müssen verhindern, dass Connie auf die Möwe schießt!«

»Dass Connie … Was???«

Mats war völlig perplex, doch Nora war bereits ohne weitere Erklärung losgerannt.

»Aber Möwen stehen unter Naturschutz!«, rief Mats ihr hinterher.

»Das ist doch Connie egal!«, schrie Nora zurück.

Und da rannte auch Mats los. Als er Nora eingeholt hatte, griff sie im Laufen nach seiner Hand, und gemeinsam rannten sie Connie und der Möwe hinterher.

Und während Mats' Wärme von seiner Hand auf ihren ganzen Körper übergriff und Nora zu fliegen schien, schossen die Gedanken nur so durch ihren Kopf.

Ihr Leben war doch in Billersby! Nicht in Tönsburg! Sondern in Billersby bei Menke und Joost, auf ihrer kleinen Polizeiwache direkt am Hafen. Von wo Niklas mit der *Marleen* Touristen über die Nordsee schipperte. Und Flint Krabben fischte, mit Wotan an Deck. Das waren ihre Liebsten! Dort war ihr Zuhause!

Hatte ihre zart aufkeimende Liebe zu Mats unter diesen Voraussetzungen überhaupt eine Chance? Oder war sie sofort zum Scheitern verurteilt?

Und überhaupt: Eine Beziehung zu einem Heiden – konnte sie das? Wie ging es denn jetzt eigentlich mit ihr und dem heidnischen Weltbild weiter? Würde sie es auch annehmen können, so wie Mats? Oder war sie damit schon fertig, weil sie vielleicht doch kein Mensch war, der sich einer Religion hingeben konnte? Oder ging ihre persönliche Reise gerade erst los? Und was würde das mit ihrer Beziehung machen? Also, wenn es überhaupt zu einer Beziehung, einer langfristigen, dauerhaften, liebevollen Paarbeziehung kommen sollte und –

»Meine Güte, Nora!«, stöhnte Connie entnervt. »Man kann dich ja förmlich denken hören!«

Nora hatte gar nicht gemerkt, dass sie und Mats Connie längst eingeholt hatten. Die Dänin stand mit der Waffe im Holster, vor der Brust verschränkten Armen und einem breiten Grinsen vor ihr und schaute auf Noras Hand hinab, die immer noch fest mit der von Mats verschränkt war. »Hör sofort auf damit!«

Nora ergriff Mats' Hand nur umso fester!

»Nicht damit!« Connies Grinsen schlug an den Ohren an. »Sondern damit, dir dauernd Sorgen zu machen!«

Nora drückte sanft Mats' Hand. Und er erwiderte den Druck. Kräftig und bestimmt. Das war sein stummes Einverständnis. Es hieß: Lass uns doch einfach gucken, was passiert. Das wird schon alles irgendwie werden.

Also wagte Nora es. Sie ließ die Zweifel fahren und gab sich ganz dem Moment hin. Sie würde es einfach darauf ankommen lassen. Den Kopf ausschalten und sich ganz auf ihr Gefühl verlassen.

Die Zukunft würde schon zeigen, was das Leben noch

für sie bereithielt. Für ihre Liebe zu Mats. Und für ihre Liebe zu ihrem Job.

»Na bitte, geht doch.« Connie zündete sich genüsslich eine Zigarette an. Etwas abseits hockte die Möwe auf einem Zaunpfahl und würgte das Plunderteilchen hinunter. »Mal gewinnt man, mal verliert man«, sagte Connie grinsend. »Aber damit eins klar ist: Das nächste Mal gewinne wieder ich!«

Das nächste Mal.

Der nächste Fall.

Nora lächelte glücklich.

Sie konnte es kaum erwarten!

DANKSAGUNG

Einen Roman zu schreiben bedeutet, viel Zeit in Recherche, Plotten, Strukturieren, Schreiben, Umschreiben, Neuschreiben und Überarbeiten zu stecken – Zeit, die man hauptsächlich mit sich alleine (oder höchstens in der geistigen Gegenwart seiner Protagonist*innen) verbringt, aber weniger mit Familie und Freunden. Dass diese Menschen mich dennoch in meiner Arbeit, in meiner Passion so tatkräftig unterstützen, bedeutet mir sehr viel. Und dafür möchte ich mich von Herzen bedanken.

Lynda Bartnik, dir gebührt erneut mein Dank für deine dramaturgische Unterstützung und deinen immer klugen Rat.

Alexandra Schmidt, Larissa Winter und Miriam Grüninger, vielen Dank für eure Zeit, die ihr als Testleserinnen in diesen Roman investiert habt, und die scharfsinnigen Anmerkungen, die ihn besser gemacht haben.

Jana Lämmerer, vielen Dank für deine wunderbare Grafik der Binderune, die Katrines und Kristoffers Liebe verbildlicht und die man sich auf meiner Website anschauen kann (www.annekessel.de).

Zu den oben Genannten gesellen sich noch Lisa, Pauli, Greta, Marleen und Sus: Vielen Dank für eure Freundschaft und euren Support.

Diesen Roman hätte ich niemals so schreiben können ohne die Unterstützung und die Einblicke, die mir der Eldaring e. V. gewährt hat. Das gelebte germanische Heidentum werde ich ab sofort mit sehr schönen Erinnerungen an Gaby, Mia, Gabriele, Annika, Peter, Jenny, Volkmar, Niebel und all die anderen Heidinnen und Heiden verbinden, die mich bei meiner Recherche so herzlich unterstützt haben und mit denen ich im Sommer 2023 das Mittsommer-Blót auf dem Glauberg feiern durfte. Die Gespräche mit euch waren sehr offen, sehr ehrlich und sehr inspirierend.

Ganz besonders bedanke ich mich bei Andreas »Fafnir« & Sybille Hofmann. Ihr habt mir nicht nur extrem offenherzig Einblicke in eure Gemeinschaft gewährt, sondern selbst noch Monate nach dem Mittsommer-Blót geduldig alle meine Fragen beantwortet. Zudem konnte ich dank eurer Hilfe die Binderune für Katrine und Kristoffer binden. Vielen Dank für euren Enthusiasmus, eure Herzlichkeit und eure Blót-Gastfreundschaft.

Des Weiteren gilt mein Dank Dr. Uwe Ehrenhöfer, dem Vorsitzenden des Eldaring e. V., der die Textpassagen, in denen das Heidentum thematisiert ist, gegengelesen und auf ihre Korrektheit überprüft hat. Alles, was in diesem Roman über das gelebte germanische Heidentum steht und nicht den Tatsachen entspricht, ist auf keinen Fall ihm, sondern allein meiner künstlerischen Freiheit zuzuschreiben.

Vielen Dank an Céline Meiner, die dieses Projekt vermittelt hat, und an Birgit Förster für ihr respektvolles und sehr kluges Lektorat. Und vielen Dank an Ronja Keil und den gesamten Piper Verlag, in dem Nora, Connie und ich eine wunderbare kreative Heimat gefunden haben.

Ebenso danke ich allen Buchhändler*innen, Bibliothekar*innen, Buchblogger*innen und Leser*innen! Dafür, dass Sie meinen Roman lesen, (ver)kaufen, bewerten und empfehlen.

Mein größter und innigster Dank gilt aber – wie immer – meinen Eltern: für ihre unerschütterliche Unterstützung und alles, was sie mir ermöglicht haben.

Anne-M. Keßel